U0651293

雷雨·日出

曹禺作品菁华集

曹 禺◎著

湖南文艺出版社
HUNAN LITERATURE AND ART PUBLISHING HOUSE

博集天卷
CS-BOOKY

图书在版编目（CIP）数据

雷雨·日出：曹禺作品菁华集 / 曹禺著 . —长沙：湖南文艺出版社，2013.8

ISBN 978-7-5404-6282-6

Ⅰ . ①雷… Ⅱ . ①曹… Ⅲ . ①话剧剧本－作品集－中国－现代 Ⅳ . ① I234

中国版本图书馆 CIP 数据核字（2013）第 137027 号

© 中南博集天卷文化传媒有限公司。本书版权受法律保护。未经权利人许可，任何人不得以任何方式使用本书包括正文、插图、封面、版式等任何部分内容，违者将受到法律制裁。

上架建议：**青少年阅读·经典名著**

雷雨·日出：曹禺作品菁华集

作　者：曹　禺
出 版 人：刘清华
责任编辑：薛　健　刘诗哲
监　制：张应娜
特约编辑：薛　婷
版权提供：吴增富
装帧设计：张丽娜
出版发行：湖南文艺出版社
　　　　　（长沙市雨花区东二环一段 508 号 邮编：410014）
网　址：www.hnwy.net
印　刷：北京鹏润伟业印刷有限公司
经　销：新华书店
开　本：880mm×1270mm　1/32
字　数：339 千字
印　张：10.5
版　次：2013 年 8 月第 1 版
印　次：2013 年 8 月第 1 次印刷
书　号：ISBN 978-7-5404-6282-6
定　价：29.00 元
（若有质量问题，请致电质量监督电话：010-84409925）

目录

雷雨

（四幕话剧）

人　物

姑奶奶甲（教堂尼姑）

姑奶奶乙

姊姊——十五岁。

弟弟——十二岁。

周朴园——某煤矿公司董事长，五十五岁。

周繁漪——其妻，三十五岁。

周　萍——其前妻生子，年二十八。

周　冲——繁漪生子，年十七。

鲁　贵——周宅仆人，年四十八。

鲁侍萍——其妻，某校女佣，年四十七。

鲁大海——侍萍前夫之子，煤矿工人，年二十七。

鲁四凤——鲁贵与侍萍之女，年十八，周宅使女。

周宅仆人等：仆人甲，仆人乙……老仆。

景

序　幕　在教堂附属医院的一间特别客厅内。

　　　　——冬天的一个下午。

第一幕　十年前，一个夏天，郁热的早晨。

　　　　——周公馆的客厅内（即序幕的客厅，景
　　　　与前大致相同）。

第二幕　景同前。

　　　　——当天的下午。

第三幕　在鲁家，一个小套间。

　　　　——当天夜晚十时许。

第四幕　周家的客厅（与第一幕同）。

——当天半夜两点钟。

尾　声　又回到十年后，一个冬天的下午。

——景同序幕。

（由第一幕至第四幕为时仅一天）

序　幕

景——一间宽大的客厅。冬天，下午三点钟，在某教堂附设医
院内。

屋中间是两扇棕色的门，通外面；门身很笨重，上面雕着半西
洋化的旧花纹，门前垂着满是斑点，褪色的厚帷幔，深紫色的；织
成的图案已经脱了线，中间有一块已经破了一个洞。右边——左右
以台上演员为准——有一扇门，通着现在的病房。门面的漆已蚀了
去。金黄的铜门钮放着暗涩的光，配起那高而宽，有黄花纹的灰门
框，和门上凹凸不平，古式的西洋木饰，令人猜想这屋子的前主多
半是中国的老留学生，回国后又富贵过一时的。这门前也挂着一条
半旧，深紫的绒幔，半拉开，破成碎条的幔角拖在地上。左边也开
一道门，两扇的，通着外间饭厅，由那里可以直通楼上，或者从饭
厅走出外面，这两扇门较中间的还华丽，颜色更深老；偶尔有人穿
过，它好沉重地在门轨上转动，会发着一种久磨擦的滑声，像一个
经过多少事故，很沉默，很温和的老人。这前面，没有帷幔，门上
脱落，残蚀的轮廓同漆饰都很明显。靠中间门的右面，墙凹进去如
一个神像的壁龛，凹进去的空隙是棱角形的，划着半圆。壁龛的上
大半满嵌着细狭而高长的法国窗户，每棱角一扇长窗，很玲珑的；
下面只是一块较地板略起的半圆平面，可以放着东西，可以坐；这
前面整个地遮上一面有折纹的厚绒垂幔，拉拢了，壁龛可以完全掩
盖上，看不见窗户同阳光，屋子里阴沉沉的，有些气闷。开幕时，
这帷幕是关上的。

墙的颜色是深褐，年久失修，暗得褪了色。屋内所有的陈设都
很富丽，但现在都呈现着衰败的景色。——右墙近前是一个壁炉，
沿炉嵌着长方的大理石，正前面镶着星形彩色的石块；壁炉上面
没有一件陈设，空空地，只悬着一个钉在十字架上的耶稣。现在壁
炉里燃着煤火，火焰熊熊地，照着炉前的一张旧圈椅，映出一片
红光，这样，一丝丝的温暖，使这古老的房屋还有一些生气。壁炉

旁边搁放一个粗制的煤斗同木柴。右边门左侧，挂一张画轴；再左，近后方，墙角抹成三四尺的平面，倚的那里，斜放着一个半人高的旧式紫檀小衣柜，柜门的角上都包着铜片。柜上放着一个暖水壶，两只白饭碗，都搁在旧黄铜盘上。柜前铺一张长方的小地毯；在上面，和柜平行的，放一条很矮的紫檀长几，以前大概是用来摆设瓷器、古董一类的精巧的小东西，现在堆着一叠叠的雪白桌布，白床单等物，刚洗好，还没有放进衣柜去。在正面，柜与壁龛中间立一只圆凳。壁龛之左（中门的右面），是一只长方的红木菜桌。上面放着两个旧烛台，墙上是张大而旧的古油画，中门左面立一只有玻璃的精巧的紫檀柜。里面原为放古董，但现在是空空的，这柜前有一条狭长的矮凳。离左墙角不远，与角成九十度，斜放着一个宽大深色的沙发，沙发后是只长桌，前面是一条短几，都没有放东西。沙发左面立一个黄色的站灯，左墙靠墙略凹进，与左后墙成一直角。凹进处有一只茶几，墙上低悬一张小油画。茶几旁，再略向前才是左边通饭厅的门。屋子中间有一张地毯。上面对放着，但是略斜地，两张大沙发；中间是个圆桌，铺着白桌布。

〔开幕时，外面远处有钟声。教堂内合唱颂主歌同大风琴声，最好是 Bach: High Mass in B Minor Benedictus qui venait Domini Nomini ——屋内寂静无人。

〔移时，中间门沉重地缓缓推开，姑奶奶甲（教堂尼姑①）进来，她的服饰如在天主教堂里常见的尼姑一样，头束着雪白布巾，蓬起来像荷兰乡姑，穿一套深蓝的粗布制袍，衣袍几乎拖在地面。她胸前悬着一个十字架，腰间悬一串钥匙，走起路来铿铿地响着。她安静地走进来，脸上很平和的。她转过身子向着门外。

姑　甲　（和蔼地）请进来吧。

〔一位苍白的老年人走进来，穿着很考究的旧皮大衣。进门脱下帽子，头发斑白，眼睛沉静而忧郁，他的下颏有苍白的短须，脸上满是皱纹。他戴着一副金边眼镜，进门后，也取下来，放在眼镜盒内，手有些颤。他搓弄一下子，衰弱地咳嗽两声。外面乐声止。

姑　甲　（微笑）外面冷得很!

老　人　（点头）嗯——（关心地）她现在还好么?

姑　甲　（同情地）好。

---

① 尼姑即修女，原书"教堂"为"寺院"，现按常用说法"教堂"。

老　人	（沉默一时，指着头）她这儿呢？
姑　甲	（怜悯地）那——还是那样。（低低地叹一口气）
老　人	（沉静地）我想也是不容易治的。
姑　甲	（矜怜地）您先坐一坐，暖和一下，再看她吧。
老　人	（摇头）不。（走向右边病房）
姑　甲	（走向前）您走错了，这屋子是鲁奶奶的病房。您的太太在楼上呢。
老　人	（停住，失神地）我——我知道，（指着右边病房）我现在可以看看她么？
姑　甲	（和气地）我不知道。鲁奶奶的病房是另一位姑奶奶管，我看您先到楼上看看，回头再来看这位老太太好不好？
老　人	（迷惘地）嗯，也好。
姑　甲	您跟我上楼吧。

〔姑甲领着老人进左面的饭厅下。

〔屋内静一时。外面有脚步声。姑乙领两个小孩进。姑乙除了年轻些，比较活泼些，一切都与姑甲相同。进来的小孩是姊弟，都穿着冬天的新衣服，脸色都红得像个苹果，整个是胖圆圆的。姊姊有十五岁，梳两个小辫，在背后摆着；弟弟戴上一顶红绒帽。两个都高兴地走进来，二人在一起，姊姊是较沉着些。走进来的时节姊姊在前面。

姑　乙	（和悦地）进来，弟弟。（弟弟进来望着姊姊，两个人只呵手）外头冷，是吧。姐姐，你跟弟弟在这儿坐一坐好不好？
姊　姊	（微笑）嗯。
弟　弟	（拉着姊姊的手，窃语）姐姐，妈呢？
姑　乙	你妈看完病就来，弟弟坐在这儿暖和一下，好吧？

〔弟弟的眼望姊姊。

姊　姊	（很懂事地）弟弟，这儿我来过，就坐这儿吧，我给你讲笑话。

〔弟弟好奇地四面看。

姑　乙	（有兴趣地望着他们）对了，叫姐姐给你讲笑话，（指着火）坐在火旁边讲，两个人一块儿。
弟　弟	不，我要坐这个小凳子！（指中门左柜前的小矮凳）
姑　乙	（和气地）也好，你们就坐这儿。可是（小声地）弟弟，你得乖乖地坐着，不要闹！楼上有病人——（指右边病房）这旁边也有病人。
姊　姊 弟　弟	（很乖地点头）嗯。

弟　弟　（忽然，向姑乙）我妈就回来吧？

姑　乙　对了，就来。你们坐下，（姊弟二人共坐矮凳上，望着姑乙）
　　　　不要动！（望着他们）我先进去，就来。

　　　　〔姊弟点头，姑乙进右边病房，下。

　　　　〔弟弟忽然站起来。

弟　弟　（向姊）她是谁？为什么穿这样衣服？

姊　姊　（很世故地）尼姑，在医院看护病人的。弟弟，你坐下。

弟　弟　（不理她）姐姐，你看，你看！（自傲地）你看妈给我买的新
　　　　手套。

姊　姊　（瞧不起地）看见了，你坐坐吧。（拉弟弟坐下，二人又很规矩地坐
　　　　着）

　　　　〔姑甲由左边厅进。直向右角衣柜走去，没看见屋内的人。

弟　弟　（又站起，低声，向姊）又一个，姐姐！

姊　姊　（低声）嘘！别说话。（又拉弟弟坐下）

　　　　〔姑甲打开右面的衣柜，将长几上的白床单，白桌布等物一叠叠放
　　　　在衣柜里。

　　　　〔姑乙由右边病房进。见姑甲，二人沉静地点一点头，姑乙助姑甲
　　　　放置洗物。

姑　乙　（向姑甲，简截地）完了？

姑　甲　（不明白）谁？

姑　乙　（明快地，指楼上）楼上的。

姑　甲　（怜悯地）完了，她现在又睡着了。

姑　乙　（好奇地询问）没有打人么？

姑　甲　没有，就是大笑了一场，把玻璃又打破了。

姑　乙　（呼出一口气）那还好。

姑　甲　（向姑乙）她呢？

姑　乙　你说楼下的？（指右面病房）她总是那样，哭的时候多，不说话，我
　　　　来了一年，没听见过她说一句话。

弟　弟　（低声，急促地）姐姐，你给我讲笑话。

姊　姊　（低声）不，弟弟，听她们说话。

姑　甲　（怜悯地）可怜，她在这儿九年了，比楼上的只晚了一年，可是
　　　　两个人都没有好。——（欣喜地）对了，刚才楼上的周先生来了。

姑　乙　（奇怪地）怎么？

姑　甲　今天是旧年腊月三十。

姑　乙	（惊讶地）哦，今天三十？——那么今天楼下的也会出来，到这房子里来。
姑　甲	怎么，她也出来？
姑　乙	嗯，（多话地）每到腊月三十，楼下的就会出来，到这屋子里；在这窗户前面站着。
姑　甲	干什么？
姑　乙	大概是望她儿子回来吧，她的儿子十年前一天晚上跑了，就没有回来。可怜，她的丈夫也不在了——（低声地）听说就在周先生家里当差，——一天晚上喝酒喝得太多，死了的。
姑　甲	（自己以为明白地）所以周先生每次来看他太太来，总要问一问楼下的。——我想，过一会儿周先生会下楼来见她的。
姑　乙	（虔诚地）圣母保佑他。（又放洗物）
弟　弟	（低声，请求）姐姐，你给我就讲半个笑话好不好？
姊　姊	（听着有兴趣，忙摇头，压迫地，低声）弟弟！
姑　乙	（又想起一段）奇怪，周家有这么好的房子，为什么卖给医院呢？
姑　甲	（沉静地）不大清楚。——听说这屋子有一天夜里连男带女死过三个人。
姑　乙	（惊讶）真的？
姑　甲	嗯。
姑　乙	（自然想到）那么周先生为什么偏把有病的太太放在楼上，不把她搬出去呢？
姑　甲	说是呢，不过他太太就在这楼上发的神经病，她自己说什么也不肯搬出去。
姑　乙	哦。
	〔弟弟忽然站起。
弟　弟	（抗议地，高声）姐姐，我不爱听这个。
姊　姊	（劝止他，低声）好弟弟。
弟　弟	（命令地，更高声）不，姐姐，我要你给我讲笑话！
	〔姑甲，姑乙回头望他们。
姑　甲	（惊奇地）这是谁的孩子？我进来，没有看见他们。
姑　乙	一位看病的太太的，我领他们进来坐一坐。
姑　甲	（小心地）别把他们放在这儿。——万一把他们吓着。
姑　乙	没有地方；外头冷，医院都满了。
姑　甲	我看你还是找他们的妈来吧。万一楼上的跑下来，说不定吓坏了他们！

姑　乙　（顺从地）也好。（向姊弟，他们两个都瞪着眼望着她们）姐姐，你们
　　　　在这儿好好地再等一下，我就找你们的妈来。

姊　姊　（有礼地）好，谢谢你！

　　　〔姑乙由中门出。

弟　弟　（怀着希望）姐姐，妈就来么？

姊　姊　（还在怪他）嗯。

弟　弟　（高兴地）妈来了！我们就回家。（拍掌）回家吃年饭。

姊　姊　弟弟，不要闹，坐下。（推弟弟坐）

姑　甲　（关上柜门向姊弟）弟弟，你同姐姐安安静静地坐一会儿，我上楼去
　　　　了。

　　　〔姑甲由左面饭厅下。

弟　弟　（忽然发生兴趣，立起）姐姐，她干什么去了？

姊　姊　（觉得这是不值一问的问题）自然是找楼上的去了。

弟　弟　（急切地）谁是楼上的？

姊　姊　（低声）一个疯子。

弟　弟　（直觉地臆断）男的吧？

姊　姊　（肯定地）不，女的——一个有钱的太太。

弟　弟　（忽然）楼下的呢？

姊　姊　（也肯定地）也是一个疯子。——（知道弟弟会愈问愈多）你不要再
　　　　问了。

弟　弟　（好奇地）姐姐，刚才她们说这屋子死过三个人。

姊　姊　（心虚地）嗯——弟弟，我给你讲笑话吧！有一年，一个国王——

弟　弟　（已引上兴趣）不，你给我讲讲这三个人怎么会死的？这三个人是谁？

姊　姊　（胆怯）我不知道。

弟　弟　（不信，伶俐地）嗯！——你知道，你不愿意告诉我。

姊　姊　（不得已地）你别在这屋子里问，这屋子闹鬼。

　　　〔楼上忽然有乱摔东西的声音，铁链声，足步声，女人狂笑，怪
　　　　叫声。

弟　弟　（略惧）你听！

姊　姊　（拉着弟弟手紧紧地）弟弟！（姊弟抬头，紧张地望着天花板）
　　　　〔声止。

弟　弟　（安定下来，很明白地）姐姐，这一定是楼上的！

姊　姊　（害怕）我们走吧。

弟　弟　（倔强）不，你不告诉我这屋子怎么死了三个人，我不走。

姊 姊	你不要闹，回头妈知道打你！
弟 弟	（不在乎地）嗯！

〔右边门开，一位头发斑白的老妇人颤巍巍地走进来，在屋中停一停，眼睛像是瞎了。慢吞吞地踱到窗前，由帷幔隙中望一望，又踱至台上，像是谛听什么似的。姊弟都紧张地望着她。

弟 弟	（平常的声音）这是谁？
姊 姊	（低声）嘘！别说话。她是疯子。
弟 弟	（低声，秘密地）这大概是楼下的。
姊 姊	（声颤）我，我不知道。（老妇人躯干无力，渐向下倒）弟弟，你看，她向下倒。
弟 弟	（胆大地）我们拉她一把。
姊 姊	不，你别去！

〔老妇人突然歪下去，侧面跪倒在舞台中。台渐暗，外面远处合唱声又起。

弟 弟	（拉姊向前，看老太婆）姐姐，你告诉我，这屋子是怎么回事？这些疯子干什么？
姊 姊	（惧怕地）不，你问她，（指老妇人）她知道。
弟 弟	（催促地）不，姐姐，你告诉我，这屋子怎么死了三个人，这三个人是谁？
姊 姊	（急迫地）我告诉你问她呢，她一定都知道！

〔老妇人渐渐倒在地下，舞台全暗，听见远处合唱弥撒和大风琴声。

〔弟弟声：（很清楚地）姐姐，你去问她。

〔姊姊声：（低声）不，你问她，（幕落）你问她！

〔大弥撒声。

第 一 幕

开幕时舞台全黑，隔十秒钟，渐明。

景——大致和序幕相同，但是全屋的气象是比较华丽的。
十年前一个夏天的上午，在周宅的客厅里。

壁龛的帷幔还是深掩着，里面放着艳丽的盆花。中间的门开着，隔一层铁纱门，从纱门望出去，花园的树木绿荫荫的，并且听见蝉在叫。右边的衣服柜，铺上一张黄桌布，上面放着许多小巧的摆饰，最显明的是一张旧相片，很不调和地和这些精致东西放在一起。柜前面狭长的矮几，放着华贵的烟具同一些零碎物件。右边炉上有一个钟同鲜花盆，墙上，挂一幅油画。炉前有两把圈椅，背朝着墙。中间靠左的玻璃柜放满了古玩，前面的小矮凳有绿花的椅垫，左角的长沙发还不旧，上面放着三四个缎制的厚垫子。沙发前的矮几排置烟具等物，台中两个小沙发同圆桌都很华丽，圆桌上放着吕宋烟盒和扇子。

所有的帷幕都是崭新的，一切都是兴旺的气象，屋里家具非常洁净，有金属的地方都放着光彩。屋中很气闷，郁热逼人，空气低压着。外面没有阳光，天空灰暗，是将要落暴雨的神气。

〔开幕时，四凤在靠中墙的长方桌旁，背着观众滤药，她不时地摇着一把蒲扇，一面在揩汗。鲁贵（她的父亲）在沙发旁擦着矮几上零碎的银家具，很吃力地；额上冒着汗珠。

〔四凤约有十七八岁，脸上红润，是个健康的少女。她整个的身体都很发育，手很白很大，走起路来，过于发育的乳房很显明地在衣服底下颤动着。她穿一件旧的白纺绸上衣，粗山东绸的裤子，一双略旧的布鞋。她全身都非常整洁，举动虽然很活泼，因为经过两年在周家的训练，她说话很大方，很爽快，却很有分寸。她的一双大而有长睫毛的水灵灵的眼睛能够很灵敏地转动，也能敛一敛眉头，很庄严地注视着。她有大的嘴，嘴唇自然红艳艳的，很宽，很厚，当着她笑的时候，牙齿整齐地露出来，嘴旁也显着一对笑涡。然而她面部整个轮廓是很庄重地显露着诚恳。她的面色不十分白，天气热，鼻尖微微有点汗，她时时用手绢揩着。她很爱笑，她知道自己是好看的，但是她现在皱着眉头。

〔她的父亲——鲁贵——约莫有四十多岁的样子，神气萎缩，最令人注目的是粗而乱的眉毛同肿眼皮。他的嘴唇，松弛地垂下来，和他眼下凹进去的黑圈，都表示着极端的肉欲放纵。他的身体较胖，面上的肌肉松驰地不肯动，但是总是很卑贱地谄笑着，和许多大家的仆人一样。他很懂事，尤其是很懂礼节。他的背略有点伛偻，似乎永远欠着身子向他的主人答应着"是"。他的眼睛锐利，常常贪婪地窥视着，如一只狼；他很能计算的。虽然这样，他的胆量不算大；全部看去，他还是萎缩的。他穿的虽然华丽，但是不整齐的。现在他用一条抹布擦着东西，脚下是他刚刷好的黄皮鞋。时而，他用自己的衣襟揩脸上的油汗。

鲁　　贵　　（喘着气）四凤！

鲁四凤　　（只做不听见，依然滤她的汤药）

鲁　　贵　　四凤！

鲁四凤　　（看了她的父亲一眼）喝①，真热。（走向右边的衣柜旁，寻一把　芭蕉扇，又走回中间的茶几旁扇着）

鲁　　贵　　（望着她，停下工作）四凤，你听见了没有？

鲁四凤　　（烦厌地，冷冷地看着她的父亲）是！爸！干什么？

鲁　　贵　　我问你听见我刚才说的话了么？

鲁四凤　　都知道了。

鲁　　贵　　（一向是这样被女儿看待的，只好是抗议似的）妈的，这孩子！

鲁四凤　　（回过头来，脸正向观众）您少说闲话吧！（挥扇，嘘出一口气）呵！天气这样闷热，回头多半下雨。（忽然）老爷出门穿的皮鞋，您擦好了没有？（到鲁贵面前，拿起一只皮鞋不经意地笑着）这是您擦的！这么随随便便抹了两下，——老爷的脾气您可知道。

鲁　　贵　　（一把抢过鞋来）我的事用不着你管。（将鞋扔在地上）四凤，你听着，我再跟你说一遍，回头见着你妈，别忘了把新衣服都拿出来给她瞧瞧。

鲁四凤　　（不耐烦地）听见了。

鲁　　贵　　（自傲地）叫她想想，还是你爸爸混事有眼力，还是她有眼力。

鲁四凤　　（轻蔑地笑）自然您有眼力啊！

鲁　　贵　　你还别忘了告诉你妈，你在这儿周公馆吃的好，喝的好，就是白天

---

① 旧同"嗬"。

侍候太太少爷，晚上还是听她的话，回家睡觉。

鲁四凤　那倒不用告诉，妈自然会问的。

鲁　贵　（得意）还有啦，钱，（贪婪地笑着）你手下也有许多钱啦！

鲁四凤　钱！？

鲁　贵　这两年的工钱，赏钱，还有（慢慢地）那零零碎碎的，他们……

鲁四凤　（赶紧接下去，不愿听他要说的话）那您不是一块两块都要走了么？喝了！赌了！

鲁　贵　（笑，掩饰自己）你看，你看，你又那样。急，急，急什么？我不跟你要钱。喂，我说，我说的是——（低声）他——不是也不断地塞给你钱花么？

鲁四凤　（惊讶地）他？谁呀？

鲁　贵　（索性说出来）大少爷。

鲁四凤　（红脸，声略高，走到鲁贵面前）谁说大少爷给我钱？爸爸，您别又穷疯了，胡说乱道的。

鲁　贵　（鄙笑着）好，好，好，没有，没有。反正这两年你不是存点钱么？（鄙吝地）我不是跟你要钱，你放心。我说啊，你等你妈来，把这些钱也给她瞧瞧，叫她也开开眼。

鲁四凤　哼，妈不像您，见钱就忘了命。（回到中间茶桌滤药）

鲁　贵　（坐在长沙发上）钱不钱，你没有你爸爸成么？你要不到这儿周家大公馆帮主儿，这两年尽听你妈妈的话，你能每天吃着喝着，这大热天还穿得上小纺绸么？

鲁四凤　（回过头）哼，妈是个本分人，念过书的，讲脸，舍不得把自己的女儿叫人家使唤。

鲁　贵　什么脸不脸？又是你妈的那一套！你是谁家的小姐？——妈的，底下人的女儿，帮了人就失了身份啦。

鲁四凤　（气得只看父亲，忽然厌恶地）爸，您看您那一脸的油，——您把老爷的鞋再擦擦吧。

鲁　贵　（涎涎地）讲脸呢，又学你妈的那点穷骨头，你看她，她要脸！跑他妈的八百里外，女学堂里当老妈，为着一月八块钱，两年才回一趟家。这叫本分，还念过书呢；简直是没出息。

鲁四凤　（忍气）爸爸，您留几句回家说吧，这是人家周公馆！

鲁　贵　咦，周公馆也挡不住我跟我的女儿谈家务啊！我跟你说，你的妈……

鲁四凤　（突然）我可忍了好半天了。我跟您先说下，妈可是好容易才回一趟家。这次，也是看哥哥跟我来的。您要是再给她一个不痛快，我就把您这两年做的事都告诉哥哥。

鲁　贵　我，我，我做了什么事啦？（觉得在女儿面前失了身份）喝点，赌点，玩点，这三样，我快五十的人啦，还怕他么？

鲁四凤　他才懒得管您这些事呢！——可是他每月从矿上寄给妈用的钱，您偷偷地花了，他知道了，就不会答应您！

鲁　贵　那他敢怎么样，（高声地）他妈嫁给我，我就是他爸爸。

鲁四凤　（羞愧）小声点！这有什么喊头。——太太在楼上养病呢。

鲁　贵　哼！（滔滔地）我跟你说，我娶你妈，我还抱老大的委屈呢。你看我这么个机灵人，这周家上上下下几十口子，哪一个不说我鲁贵呱呱叫。来这里不到两个月，我的女儿就在这公馆找上事，就说你哥哥，没有我，能在周家的矿上当工人么？叫你妈说，她成么？——这样，你哥同你妈还是一个劲儿地不赞成我。这次回来，你妈要是还是那副寡妇脸子，我就当你哥哥的面上不认她，说不定就离了她，别看她替我养个女儿，外带来你这个倒霉蛋的哥哥。

鲁四凤　（不愿听）哦，爸爸。

鲁　贵　哼，（骂得高兴了）谁知道哪个王八蛋养的儿子。

鲁四凤　哥哥哪点对不起您，您这样骂他干什么？

鲁　贵　他哪一点对得起我？当大兵，拉包月车，干机器匠，念书上学，哪一行他是好好地干过？好容易我荐他到了周家的矿上去，他又跟工头闹起来，把人家打啦。

鲁四凤　（小心地）我听说，不是我们老爷先叫矿上的警察开了枪，他才领着工人动的手么？

鲁　贵　反正这孩子混蛋，吃人家的钱粮，就得听人家的话。好好地，要罢工，现在又得靠我这老面子跟老爷求情啦！

鲁四凤　您听错了吧，哥哥说他今天自己要见老爷，不是找您求情来的。

鲁　贵　（得意）可是谁叫我是他的爸爸呢，我不能不管啦。

鲁四凤　（轻蔑地看着她的父亲，叹了一口气）好，您歇歇吧，我要上楼给太太送药去了。（端起了药碗向左边饭厅走）

鲁　贵　你先停一停，我再说一句话。

鲁四凤　（打岔）开午饭了，老爷的普洱茶先泡好了没有？

鲁　贵　那用不着我，他们小当差早伺候到了。

鲁四凤　（闪避地）哦，好极了，那我走了。

鲁　贵　（拦住她）四凤，你别忙，我跟你商量点事。

鲁四凤　什么？

鲁　贵　你听啊，昨天不是老爷的生日么？大少爷也赏给我四块钱。

鲁四凤　好极了，（口快地）我要是大少爷，我一个子也不给您。

鲁　贵　（鄙笑）你这话对极了！四块钱，够干什么的，还了点账，就干了。

鲁四凤　（伶俐地笑着）那回头您跟哥哥要吧。

鲁　贵　四凤，别——你爸爸什么时候借钱不还账？现在你手下方便，随便匀给我七块八块好么？

鲁四凤　我没有钱。（停一下放下药碗）您真是还账了么？

鲁　贵　（赌咒）我跟我的亲生女儿说瞎话是王八蛋！

鲁四凤　您别骗我，说了实在的，我也好替您想想法。

鲁　贵　真的！？——说起来这不怪我。昨天那几个零钱，大账还不够，小账剩点零，所以我就要了两把，也许赢了钱，不都还了么？谁知运气不好，连喝带输，还倒欠了十来块。

鲁四凤　这是真的？

鲁　贵　（真心地）这可一句瞎话也没有。

鲁四凤　（故意揶揄地）那我实实在在地告诉您，我也没有钱！（说毕就要拿起药碗）

鲁　贵　（着急）凤儿，你这孩子是什么心思？你可是我的亲生孩子。

鲁四凤　（嘲笑地）亲生的女儿也没有法子把自己卖了，替您老人家还赌账啊？

鲁　贵　（严重地）孩子，你可放明白点，你妈疼你，只在嘴上，我可是把你的什么要紧的事情，都处处替你想。

鲁四凤　（明白地，但是不知他闹的什么把戏）您心里又要说什么？

鲁　贵　（停一停，四面望了一望，更近地逼着四凤，伴笑）我说，大少爷常跟我提过你，大少爷，他说——

鲁四凤　（管不住自己）大少爷！大少爷！您疯了！——我走了，太太就要叫我呢。

鲁　贵　别走，我问你一句，前天！我看见大少爷买衣料，——

鲁四凤　（沉下脸）怎么样？（冷冷地看着鲁贵）

鲁　贵　（打量四凤周身）嗯——（慢慢地拿起四凤的手）你这手上的戒指，（笑着）不也是他送给你的么？

鲁四凤　（厌恶地）您说话的神气真叫我心里想吐。

鲁　贵　（有点气，痛快地）你不必这样假门假事，你是我的女儿。（忽然贪婪地笑着）一个当差的女儿，收人家点东西，用人家一点钱，没有什么说不过去的。这不要紧，我都明白。

鲁四凤 好吧，那么你说吧，究竟要多少钱用？

鲁　贵 不多，三十块钱就成了。

鲁四凤 哦？（恶意地）那你就跟这位大少爷要去吧。我走了。

鲁　贵 （恼羞）好孩子，你以为我真装糊涂，不知道你同这混账大少爷做的事么？

鲁四凤 （惹怒）您是父亲么？父亲有跟女儿这样说话的么？

鲁　贵 （恶相地）我是你的爸爸，我就要管你。我问你，前天晚上——

鲁四凤 前天晚上？

鲁　贵 我不在家，你半夜才回来，以前你干什么？

鲁四凤 （掩饰）我替太太找东西呢。

鲁　贵 为什么那么晚才回家？

鲁四凤 （轻蔑地）您这样的父亲没有资格来问我。

鲁　贵 好文明词！你就说不上你上哪儿去呢。

鲁四凤 那有什么说不上！

鲁　贵 什么？说！

鲁四凤 那是太太听说老爷刚回来，又要我检老爷的衣服。

鲁　贵 哦，（低声，恐吓地）可是半夜送你回家的那位是谁？坐着汽车，醉醺醺，只对你说胡话的那位是谁呀？（得意地微笑）

鲁四凤 （惊吓）那，那——

鲁　贵 （大笑）哦，你不用说了，那是我们鲁家的阔女婿！——哼，我们两间半破瓦房居然来了坐汽车的男朋友，找我这当差的女儿啦！（突然严厉）我问你，他是谁？你说。

鲁四凤 他，他是——

〔鲁大海进——四凤的哥哥，鲁贵的半子——他身体魁伟，粗黑的眉毛几乎遮盖着他的锐利的眼，两颊微微地向内凹。显着颧骨异常突出，正同他的尖长的下巴一样地表现他的性格的倔强的。他有一张大而薄的嘴唇，正和他的妹妹带着南方的热烈的、厚而红的嘴唇成强烈的对照。他说话微微有点口吃，但是在他的感情激昂的时候，他词锋是锐利的。现在他刚从六百里外的煤矿回来，矿里罢了工，他是煽动者之一，几月来的精神的紧张，使他现在露出有点疲乏的神色，胡须乱蓬蓬的，看去几乎老得像鲁贵的弟弟，只有逼近地观察他，才觉出他的眼神同声音，还正是和他的妹妹一样年轻，一样地热，都是火山的爆发，满蓄着精力的白热的人物。他穿了一件工人的蓝布褂子，油渍的草帽在手里，一双黑皮鞋，有一只鞋带早不知失在哪里。进门的时候，他略微有点不自在，把胸膛敞开一部分，笨拙地又扣上一两个扣子。他说话很简短，表面是冷冷的。

鲁大海 凤儿！

鲁四凤 哥哥！

鲁　贵 （向四凤）你说呀！装什么哑巴。

鲁四凤 （看大海，有意义地开话头）哥哥！

鲁　贵 （不顾地）你哥哥来也得说呀。

鲁大海 怎么回事？

鲁　贵 （看一看大海，又回头）你先别管。

鲁四凤 哥哥，没什么要紧的事。（向鲁贵）好吧，爸，我们回头商量，好吧？

鲁　贵 （了解地）回头商量？（肯定一下，再盯四凤一眼）那么，就这么办。（回头看大海傲慢地）咦，你怎么随随便便跑进来啦？

鲁大海 （简单地）在门房等了半天，一个人也不理我，我就进来啦。

鲁　贵 大海，你究竟是矿上打粗的工人，连一点大公馆的规矩也不懂。

鲁四凤 人家不是周家的底下人。

鲁　贵 （很有理由地）他在矿上吃的也是周家的饭哪。

鲁大海 （冷冷地）他在哪儿？

鲁　贵 （故意地）他，谁是他？

鲁大海 董事长。

鲁　贵 （教训的样子）老爷就是老爷，什么董事长，上我们这儿就得叫老爷。

鲁大海 好，你给我问他一声，说矿上有个工人代表要见见他。

鲁　贵 我看，你先回家去。（有把握地）矿上的事有你爸爸在这儿替你张罗。回头跟你妈、妹妹聚两天，等你妈去，你回到矿上，事情还是有的。

鲁大海 你说我们一块儿在矿上罢完工，我一个人要你说情，自己再回去？

鲁　贵 那也没有什么难看啊。

鲁大海 （没有办法）好，你先给我问他一声。我有点旁的事，要先跟他谈谈。

鲁四凤 （希望他走）爸，你看老爷的客走了没有，你再领着哥哥见老爷。

鲁　贵 （摇头）哼，我怕他不会见你吧。

鲁大海 （理直气壮）他应当见我，我也是矿上工人的代表。前天，我们一块在这儿的公司见过他一次。

鲁　贵 （犹疑地）那我先给你问问去。

鲁四凤　你去吧。

〔鲁贵走到老爷书房门口。

鲁　贵　（转过来）他要是见你，你可少说粗话，听见了没有？（鲁贵很老练地走着阔当差的步伐，进了书房）

鲁大海　（目送鲁贵进了书房）哼，他忘了他还是个人。

鲁四凤　哥哥，你别这样说，（略顿，嗟叹地）无论如何，他总是我们的父亲。

鲁大海　（望着四凤）他是你的，我并不认识他。

鲁四凤　（胆怯地望着哥哥，忽然想起，跑到书房门口，望了一望）你说话顶好声音小点，老爷就在里面旁边的屋子里呢！

鲁大海　（轻蔑地望着四凤）好。妈也快回来了，我看你把周家的事辞了，好好回家去。

鲁四凤　（惊讶）为什么？

鲁大海　（简短地）这不是你住的地方。

鲁四凤　为什么？

鲁大海　我——恨他们。

鲁四凤　哦！

鲁大海　（刻毒地）周家的人多半不是好东西。这两年我在矿上看见了他们所做的事。（略顿，缓缓地）我恨他们。

鲁四凤　你看见什么？

鲁大海　凤儿，你不要看这样威武的房子，阴沉沉地都是矿上埋死的苦工人给换来的！

鲁四凤　你别胡说，这屋子听说直闹鬼呢。

鲁大海　（忽然）刚才我看见一个年轻人，在花园里躺着，脸色发白，闭着眼睛，像是要死的样子，听说这就是周家的大少爷，我们董事长的儿子。啊，报应，报应。

鲁四凤　（气）你，——（忽然）他待人顶好，你知道么？

鲁大海　他父亲做尽了坏人弄钱，他自然可以行善。

鲁四凤　（看大海）两年我不见你，你变了。

鲁大海　我在矿上干了两年，我没有变，我看你变了。

鲁四凤　你的话我有点不懂，你好像——有点像二少爷说话似的。

鲁大海　你是要骂我么？"少爷"？哼，在世界上没有这两个字！

〔鲁贵由左边书房进。

鲁　贵　（向大海）好容易老爷的客刚走，我正要说话，接着又来一个。

我看，我们先下去坐坐吧。

鲁大海　那我还是自己进去。

鲁　贵　（拦住他）干什么？

鲁四凤　不，不。

鲁大海　也好，不要叫他看见我们工人不懂礼节。

鲁　贵　你看你这点穷骨头。老头说不见就不见，在下房再等一等，算什么？
　　　　我跟你走，这么大院子，你别胡闯乱闯走错了。（走向中门，回头）
　　　　四凤，你先别走，我就回来，你听见没有？

鲁四凤　你去吧。

　　　　〔鲁贵、大海同下。

鲁四凤　（厌倦地摸着前额，自语）哦，妈呀！

　　　　〔外面花园里听见一个年轻的轻快的声音，唤着："四凤！"疾步中
　　　　夹杂着跳跃，渐渐移近中间门口。

鲁四凤　（有点惊慌）哦，二少爷。

　　　　〔门口的声音。

　　　　〔声：四凤！四凤！你在哪儿？

　　　　〔四凤慌忙躲在沙发背后。

　　　　〔声：四凤，你在这屋子里么？

　　　　〔周冲进。他身体很小，却有着大的心，也有着一切孩子似的空想。
　　　　他年轻，才十七岁，他已经幻想过许多许多不可能的事实，他是在
　　　　美的梦里活着的。现在他的眼睛欣喜地闪动着，脸色通红，冒着汗，
　　　　他在笑。左腋下挟着一只球拍，右手正用白毛巾擦汗，他穿着打球
　　　　的白衣服。他低声唤着四凤。

周　冲　四凤！四凤！（四面望一望）咦，她上哪儿去了？（蹑足走向右边
　　　　的饭厅，开开门，低声）四凤你出来，四凤，我告诉你一件事。四
　　　　凤，一件喜事。（他又轻轻地走到书房门口，更低声）四凤。

　　　　〔里面的声音：（严峻地）是冲儿么？

周　冲　（胆怯地）是我，爸爸。

　　　　〔里面的声音：你在干什么？

周　冲　嗯，我叫四凤呢。

　　　　〔里面的声音：（命令地）快去，她不在这儿。

　　　　〔周冲把头由门口缩回来，做了一个鬼脸。

周　冲　咦，奇怪。

　　　　〔他失望地向右边的饭厅走去，一路低低唤着四凤。

鲁四凤　（看见周冲已走，呼出一口气）他走了！（焦灼地望着通花园的门）
〔鲁贵由中门进。

鲁　贵　（向四凤）刚才是谁在喊你？

鲁四凤　二少爷。

鲁　贵　他叫你干什么？

鲁四凤　谁知道。

鲁　贵　（责备地）你为什么不理他？

鲁四凤　哦，我，（擦眼泪）——不是您叫我等着么？

鲁　贵　（安慰地）怎么，你哭了么？

鲁四凤　我没哭。

鲁　贵　孩子，哭什么，这有什么难过？（仿佛在做戏）谁叫我们穷呢？穷
　　　　　　人没有什么讲究。没法子，什么事都忍着点，谁都知道我的孩子
　　　　　　是个好孩子。

鲁四凤　（抬起头）得了，您痛痛快快说话好不好？

鲁　贵　（不好意思）你看，刚才我走到下房，这些王八蛋就跑到公馆跟我要
　　　　　　账，当着上上下下的人，我看没有二十块钱，简直圆不下这个脸。

鲁四凤　（拿出钱来）我的都在这儿。这是我回头预备给妈买衣服的，现在
　　　　　　你先拿去用吧。

鲁　贵　（佯辞）那你不是没有花的了么？

鲁四凤　得了，您别这样客气啦。

鲁　贵　（笑着接下钱，数）只十二块？

鲁四凤　（坦白地）现钱我只有这么一点。

鲁　贵　那么，这堵着周公馆跟我要账的，怎么打发呢？

鲁四凤　（忍着气）您叫他们晚上到我们家里要吧。回头，见着妈，再想别
　　　　　　的法子，这钱，您留着自己用吧。

鲁　贵　（高兴地）这给我啦，那我只当着你这是孝敬父亲的。——哦，
　　　　　　好孩子，我早知道你是个孝顺孩子。

鲁四凤　（没有办法）这样，您让我上楼去吧。

鲁　贵　你看，谁管过你啦。去吧，跟太太说一声，说鲁贵直惦记太太的病。

鲁四凤　知道，忘不了。（拿药走）

鲁　贵　（得意）对了，四凤，我还告诉你一件事。

鲁四凤　您留着以后再说吧，我可得给太太送药去了。

鲁　贵　（暗示着）你看，这是你自己的事。（假笑）

鲁四凤　（沉下脸）我又有什么事？（放下药碗）好，我们今天都算清楚再走。

鲁　贵　你瞧瞧，又急了。真快成小姐了，耍脾气倒是呱呱叫啊。

鲁四凤　我沉得住气，您尽管说吧。

鲁　贵　孩子，你别这样，（正经地）我劝你小心点。

鲁四凤　（嘲弄地）我现在钱也没有了，还用得着小心干什么？

鲁　贵　我跟你说，太太这两天的神气有点不大对的。

鲁四凤　太太的神气不对我的什么？

鲁　贵　我怕太太看见你才有点不痛快。

鲁四凤　为什么？

鲁　贵　为什么？我先提你个醒。老爷比太太岁数大得多，太太跟老爷不好。大少爷不是这位太太生的，他比太太的岁数差得也有限。

鲁四凤　这我都知道。

鲁　贵　可是太太疼大少爷比疼自己的孩子还热，还好。

鲁四凤　当后娘只好这样。

鲁　贵　你知道这屋子为什么晚上没有人来，老爷在矿上的时候，就是白天也是一个人也没有么？

鲁四凤　不是半夜里闹鬼么？

鲁　贵　你知道这鬼是什么样儿么？

鲁四凤　我只听说到从前这屋子里常听见叹气的声音，有时哭，有时笑的，听说这屋子死过人，屈死鬼。

鲁　贵　鬼！一点也不错，——我可偷偷地看见啦。

鲁四凤　什么，您看见，您看见什么？鬼？

鲁　贵　（自负地）那是你爸爸的造化。

鲁四凤　您说。

鲁　贵　那时你还没有来，老爷在矿上，那么大，阴森森的院子，只有太太，二少爷，大少爷住。那时这屋子就闹鬼，二少爷小孩，胆小，叫我在他门口睡。那时是秋天，半夜里二少爷忽然把我叫起来，说客厅又闹鬼，叫我一个人去看看。二少爷的脸发青，我也直发毛。可是我是刚来的底下人，少爷说了，我怎么好不去呢？

鲁四凤　您去了没有？

鲁　贵　我喝了两口烧酒，穿过荷花池，就偷偷地钻到这门外的走廊旁边，就听见这屋子里啾啾地像一个女鬼在哭。哭得惨！心里越怕，越想看。我就硬着头皮从这窗缝里，向里一望。

鲁四凤　（喘气）您瞧见什么？

鲁　贵　就在这张桌上点着一支要灭不灭的洋蜡烛，我恍恍惚惚地看见两个穿着黑衣裳的鬼，并排地坐着，像是一男一女，背朝着我，那个女鬼像是靠着男鬼的身边哭，那个男鬼低着头直叹气。

鲁四凤 哦，这屋子有鬼是真的。

鲁 贵 可不是？我就是乘着酒劲儿，朝着窗户缝，轻轻地咳嗽一声。就看这两个鬼飕一下子分开了，都向我这边望：这一下子他们的脸清清楚楚地正对着我，这我可真见了鬼了。

鲁四凤 鬼么？什么样？（停一下，鲁贵四面望一望）谁？

鲁 贵 我这才看见那个女鬼呀，（回头，低声）——是我们的太太。

鲁四凤 太太？——那个男的呢？

鲁 贵 那个男鬼，你别怕，——就是大少爷。

鲁四凤 他？

鲁 贵 就是他，他同他的后娘就在这屋子里闹鬼呢。

鲁四凤 我不信，您看错了吧？

鲁 贵 你别骗自己。所以孩子，你看开点，别糊涂，周家的人就是那么一回事。

鲁四凤 （摇头）不，不对，他不会这样。

鲁 贵 你忘了，大少爷比太太只小六七岁。

鲁四凤 我不信，不，不像。

鲁 贵 好，信不信都在你，反正我先告诉你，太太的神气现在对你不大对，就是因为你，因为你同——

鲁四凤 （不愿意他说出真有这件事）太太知道您在门口，一定不会饶您的。

鲁 贵 是啊，我吓了一身汗，我没等他们出来，我就跑了。

鲁四凤 那么，二少爷以后就不问您？

鲁 贵 他问我，我说我没有看见什么就算了。

鲁四凤 哼，太太那么一个人不会算了吧？

鲁 贵 她当然厉害，拿话套了我十几回，我一句话也没有漏出来，这两年过去，说不定他们以为那晚上真是鬼在咳嗽呢。

鲁四凤 （自语）不，不，我不信——就是有了这样的事，他也会告诉我的。

鲁 贵 你说大少爷会告诉你。你想想，你是谁？他是谁？你没有个好爸爸，给人家当底下人，人家当真心地待你？你又做你的小姐梦啦，你，就凭你……

鲁四凤 （突然闷气地喊了一声）您别说了！（忽然站起来）妈今天回家，您看我太快活么？您说这些瞎话——这些瞎话！哦，您一边去吧。

鲁 贵 你看你，告诉你真话，叫你聪明点。你反而生气了，唉，你呀！（很不经意地扫四凤一眼，他傲然地，好像满意自己这段话的效果，觉得自己是比一切人都聪明似的。他走到茶几旁，从烟筒里，抽出一支烟；预备点上，忽然想起这是周公馆，于是改了主张，很熟练地偷了几支烟卷同雪茄，放在自己的旧得露出黄铜底镀银的烟盒里）

鲁四凤 （厌恶地望着鲁贵做完他的偷窃的勾当，轻蔑地）哦，就这么一点事么？那么，我知道了。

〔四凤拿起药碗就走。

鲁　贵 你别走，我的话没说完。

鲁四凤 没说完？

鲁　贵 这刚到正题。

鲁四凤 对不起您老人家，我不愿意听了。（反身就走）

鲁　贵 （拉住她的手）你得听！

鲁四凤 放开我！（急）——我喊啦。

鲁　贵 我告诉你这一句话，你再闹。（对着四凤的耳朵）回头你妈就到这儿来找你。（放手）

鲁四凤 （变色）什么？

鲁　贵 你妈一下火车，就到这儿公馆来。

鲁四凤 妈不愿意我在公馆里帮人，您为什么叫她到这儿来找我？我每天晚上，回家的时候自然会看见她，您叫她到这儿来干什么？

鲁　贵 不是我，四凤小姐，是太太要我找她来的。

鲁四凤 太太要她来？

鲁　贵 嗯，（神秘地）奇怪不是，没亲没故。你看太太偏要请她来谈一谈。

鲁四凤 哦，天！您别吞吞吐吐地好么？

鲁　贵 你知道太太为什么一个人在楼上，做诗写字，装着病不下来？

鲁四凤 老爷一回家，太太向来是这样。

鲁　贵 这次不对吧？

鲁四凤 那么，您快说出来。

鲁　贵 你一点不觉得？——大少爷没提过什么？

鲁四凤 我知道这半年多，他跟太太不常说话的。

鲁　贵 真的么？——那么太太对你呢？

鲁四凤 这几天比往日特别地好。

鲁　贵 那就对了！——我告诉你，太太知道我不愿意你离开这儿。这次，她自己要对你妈说，叫她带着你卷铺盖，滚蛋！

鲁四凤 （低声）她要我走——可是——为什么？

鲁　贵　哼！那你自己明白吧。——还有——

鲁四凤　（低声）要妈来干什么？

鲁　贵　对了，她要告诉你妈一件很要紧的事。

鲁四凤　（突然明白）哦，爸爸，无论如何，我在这儿的事，不能让妈知道的。（惧悔交集，大恸）哦，爸爸，您想，妈前年离开我的时候，她嘱咐过您，好好地看着我，不许您送我到公馆帮人。您不听，您要我来。妈不知道这些事，妈疼我，妈爱我，我是妈的好孩子，我死也不能叫妈知道这儿这些事情的。（扑在桌上）我的妈呀！

鲁　贵　孩子！（他知道他的戏到什么情形应当怎么做，他轻轻地抚着四凤）你看现在才是爸爸好了吧，爸疼你，不要怕！不要怕！她不敢怎么样，她不会辞你的。

鲁四凤　她为什么不？她恨我，她恨我。

鲁　贵　她恨你。可是，哼，她不会不知道这儿有一个人叫她怕的。

鲁四凤　她会怕谁？

鲁　贵　哼，她怕你的爸爸！你忘了我告诉你那两个鬼哪。你爸爸会抓鬼。昨天晚上我替你告假，她说你妈来的时候，要我叫你妈来。我看她那两天的神气，我就猜了一半，我顺便就把那天半夜的事提了两句，她是机灵人，不会不懂的。——哼，她要是跟我装蒜，现在老爷在家，我们就是个麻烦；我知道她是个厉害人，可是谁欺负了我的女儿，我就跟谁拼了。

鲁四凤　爸爸，（抬起头）您可不要胡来！

鲁　贵　这家除了老头，我谁也看不上眼。别着急，有你爸爸。再说，也许是我瞎猜，她原来就许没有这意思。她外面倒是跟我说，因为听说你妈会读书写字，才想见见谈谈。

鲁四凤　（忽然谛听）爸，别说话，我听见好像有人在饭厅（指左边）咳嗽似的。

鲁　贵　（听一下）别是太太吧？（走到通饭厅的门前，由锁眼窥视，忙回来）可不是她，奇怪，她下楼来了。

鲁四凤　（擦眼泪）爸爸，擦干了么？

鲁　贵　别慌，别露相，什么话也别提。我走了。

鲁四凤　嗯，妈来了，您先告诉我一声。

鲁　贵　对了，见着你妈，就当什么都不知道，听见了没有？（走到中门，又回头）别忘了，跟太太说鲁贵惦记着太太的病。

〔鲁贵慌忙由中门下。四凤端着药碗向饭厅门，至门前，周蘩漪进。

她一望就知道是个果敢阴鸷的女人。她的脸色苍白，只有嘴唇微红，她的大而灰暗的眼睛同高鼻梁令人觉得有些可怕。但是眉目间看出来她是忧郁的，在那静静的长的睫毛的下面，有时为心中的郁积的火燃烧着，她的眼光会充满了一个年轻妇人失望后的痛苦与怨望。她的嘴角向后略弯，显出一个受抑制的女人在管制着自己。她那雪白细长的手，时常在她轻轻咳嗽的时候，按着自己瘦弱的胸。直等自己喘出一口气来，她才摸摸自己胀得红红的面颊，喘出一口气。她是一个中国旧式女人，有她的文弱，她的哀静，她的明慧，——她对诗文的爱好，但是她也有更原始的一点野性：在她的心，她的胆量，她的狂热的思想，在她莫明其妙的决断时忽然来的力量。整个地来看她，她似乎是一个水晶，只能给男人精神的安慰，她的明亮的前额表现出深沉的理解，像只是可以供清谈的；但是当她陷于情感的冥想中，忽然愉快地笑着；当着她见着她所爱的，红晕的颜色为快乐散布在脸上，两颊的笑涡也显露出来的时节，你才觉得出她是能被人爱的，应当被人爱的，你才知道她到底是一个女人，跟一切年轻的女人一样。她会爱你如一只饿了三天的狗咬着它最喜欢的骨头，她恨起你来也会像只恶狗狺狺地，不，多不声不响地恨恨地吃了你的。然而她的外形是沉静的，忧烦的，她会如秋天傍晚的树叶轻轻落在你的身旁，她觉得自己的夏天已经过去，西天的晚霞早暗下来了。

〔她通身是黑色。旗袍镶着灰银色的花边。她拿着一把团扇，挂在手指下，走进来。她的眼眶略微有点塌进，很自然地望着四凤。

鲁四凤　（奇怪地）太太！怎么您下楼来啦？我正预备给您送药去呢！

周蘩漪　（咳）老爷在书房里么？

鲁四凤　老爷在书房里会客呢。

周蘩漪　谁来？

鲁四凤　刚才是盖新房子的工程师，现在不知道是谁。您预备见他？

周蘩漪　不。——老妈子告诉我说，这房子已经卖给一个教堂做医院，是么？

鲁四凤　是的，老爷叫把小东西都收一收，大家具有些已经搬到新房子里去了。

周蘩漪　谁说要搬房子？

鲁四凤　老爷回来就催着要搬。

周蘩漪　（停一下，忽然）怎么不告诉我一声？

鲁四凤　老爷说太太不舒服，怕您听着嫌麻烦。

周蘩漪　（又停一下，看看四面）两礼拜没下来，这屋子改了样子了。

鲁四凤　是的，老爷说原来的样子不好看，又把您添的新家具搬了几件走。

	这是老爷自己摆的。
周蘩漪	（看看右面的衣柜）这是他顶喜欢的衣柜，又拿来了。（叹气）什么事自然要依着他，他是什么都不肯将就的。（咳，坐下）
鲁四凤	太太，您脸上像是发烧，您还是到楼上歇着吧。
周蘩漪	不，楼上太热。（咳）
鲁四凤	老爷说太太的病很重，嘱咐过请您好好地在楼上躺着。
周蘩漪	我不愿意躺在床上。——喂，我忘了，老爷哪一天从矿上回来的？
鲁四凤	前天晚上。老爷见着您发烧很厉害，叫我们别惊醒您，就一个人在楼下睡的。
周蘩漪	白天我像是没见过老爷来。
鲁四凤	嗯，这两天老爷天天忙着跟矿上的董事们开会，到晚上才上楼看您。可是您又把门锁上了。
周蘩漪	（不经意地）哦，哦——怎么，楼下也这么闷热。
鲁四凤	对了，闷得很。一早晨黑云就遮满了天，也许今儿个会下一场大雨。
周蘩漪	你换一把大点的团扇，我简直有点喘不过气来。
	〔四凤拿一把团扇给她，她望着四凤，又故意地转过头去。
周蘩漪	怎么这两天没见着大少爷？
鲁四凤	大概是很忙。
周蘩漪	听说他也要到矿上去是么？
鲁四凤	我不知道。
周蘩漪	你没有听见说么？
鲁四凤	倒是伺候大少爷的下人这两天尽忙着给他检衣裳。
周蘩漪	你父亲干什么呢？
鲁四凤	大概给老爷买檀香去啦。——他说，他问太太的病。
周蘩漪	他倒是惦记着我。（停一下忽然）他现在还没起来么？
鲁四凤	谁？
周蘩漪	（没有想到四凤这样问，忙收敛一下）嗯，——自然是大少爷。
鲁四凤	我不知道。
周蘩漪	（看了她一眼）嗯？
鲁四凤	这一早晨我没有见着他。
周蘩漪	他昨天晚上什么时候回来的？
鲁四凤	（红脸）您想，我每天晚上总是回家睡觉，我怎么知道。
周蘩漪	（不自主地，尖酸）哦，你每天晚上回家睡！（觉得失言）老爷回来，家里没有人会伺候他，你怎么天天要回家呢？

鲁四凤	太太，不是您吩咐过，叫我回去睡么？
周蘩漪	那时是老爷不在家。
鲁四凤	我怕老爷念经吃素，不喜欢我们伺候他，听说老爷一向是讨厌女人家的。
周蘩漪	哦，（看四凤，想着自己的经历）嗯，（低语）难说的很。（忽而抬起头来，眼睛张开）这么说，他在这几天就走，究竟到什么地方去呢？
鲁四凤	（胆怯地）您说的是大少爷？
周蘩漪	（斜着看四凤）嗯！
鲁四凤	我没听见。（嗫嚅地）他，他总是两三点钟回家，我早晨像是听见我父亲叨叨说下半夜给他开的门来着。
周蘩漪	他又喝醉了么？
鲁四凤	我不清楚。——（想找一个新题目）太太，您吃药吧。
周蘩漪	谁说我要吃药？
鲁四凤	老爷吩咐的。
周蘩漪	我并没请医生，哪里来的药？
鲁四凤	老爷说您犯的是肝郁，今天早上想起从前您吃的老方子，就叫抓一服。说太太一醒，就给您煎上。
周蘩漪	煎好了没有？
鲁四凤	煎好了，凉在这儿好半天啦。
	〔四凤端过药碗来。
鲁四凤	您喝吧。
周蘩漪	（喝一口）苦得很。谁煎的？
鲁四凤	我。
周蘩漪	太不好喝，倒了它吧！
鲁四凤	倒了它？
周蘩漪	嗯？好，（想起朴园严厉的脸）要不，你先把它放在那儿。不，（厌恶）你还是倒了它。
鲁四凤	（犹豫）嗯。
周蘩漪	这些年喝这种苦药，我大概是喝够了。
鲁四凤	（拿着药碗）您忍一忍喝了吧。还是苦药能够治病。
周蘩漪	（心里忽然恨起她来）谁要你劝我？倒掉！（自己觉得失了身份）这次老爷回来，我听老妈子说瘦了。
鲁四凤	嗯，瘦多了，也黑多了。听说矿上正在罢工，老爷很着急的。
周蘩漪	老爷很不高兴么？

鲁四凤　老爷还是那样。除了会客，念念经，打打坐，在家里一句话也不说。

周蘩漪　没有跟少爷们说话么？

鲁四凤　见了大少爷只点一点头，没说话，倒是问了二少爷学堂的事。——对了，二少爷今天早上还问您的病呢。

周蘩漪　我现在不怎么愿意说话，你告诉他我很好就是了。——回头叫账房拿四十块钱给二少爷，说这是给他买书的钱。

鲁四凤　二少爷总想见见您。

周蘩漪　那就叫他到楼上来见我。——（站起来，踱了两步）哦，这老房子永远是这样闷气，家具都发了霉，人们也都是鬼里鬼气的！

鲁四凤　（想想）太太，今天我想跟您告假。

周蘩漪　是你母亲从济南回来么？——嗯，你父亲说过来着。

〔花园里，周冲又在喊：四凤！四凤！

周蘩漪　你去看看，二少爷在喊你。

〔周冲在喊：四凤。

鲁四凤　在这儿。

〔周冲由中门进，穿一套白西服上身。

周　冲　（进门只看见四凤）四凤，我找你一早晨。（看见蘩漪）妈，怎么您下楼来了？

周蘩漪　冲儿，你的脸怎么这样红？

周　冲　我刚同一个同学打网球。（亲热地）我正有许多话要跟您说。您好一点儿没有？（坐在蘩漪身旁）这两天我到楼上看您，您怎么总把门关上？

周蘩漪　我想清净清净。你看我的气色怎么样？四凤，你给二少爷拿一瓶汽水。你看你的脸通红。

〔四凤由饭厅门口下。

周　冲　（高兴地）谢谢您。让我看看您。我看您很好，没有一点病。为什么他们总说您有病呢？您一个人躲在房里头，您看，父亲回家三天，您都没有见着他。

周蘩漪　（忧郁地看着周冲）我心里不舒服。

周　冲　哦，妈，不要这样。父亲对不起您，可是他老了，我是您的将来，我要娶一个顶好的人，妈，您跟我们一块住，那我们一定会叫您快活的。

周蘩漪　（脸上闪出一丝微笑的影子）快活？（忽然）冲儿，你是十七了吧？

周　冲　（喜欢他的母亲有时这样奇突）妈，您看，您要再忘了我的岁数，我一定得跟您生气啦！

周蘩漪　妈不是个好母亲。有时候自己都忘了自己在哪儿。（沉思）——哦，十八年了，在这老房子里，你看，妈老了吧？

周　冲　不，妈，您想什么？

周蘩漪　我不想什么？

周　冲　妈，您知道我们要搬家么？新房子。父亲昨天对我说后天就搬过去。

周蘩漪　你知道父亲为什么要搬房子？

周　冲　您想父亲哪一次做事先告诉过我们？——不过我想他老了，他说过以后要不做矿上的事，加上这旧房子不吉利。——哦，妈，您不知道这房子闹鬼么？前年秋天，半夜里，我像是听见什么似的。

周蘩漪　你不要再说了。

周　冲　妈，您也信这些话么？

周蘩漪　我不相信，不过这老房子很怪，我很喜欢它，我总觉得这房子有点灵气，它拉着我，不让我走。

周　冲　（忽然高兴地）妈。——
　　　　〔四凤拿汽水上。

鲁四凤　二少爷。

周　冲　（站起来）谢谢你。（四凤红脸）
　　　　〔四凤倒汽水。

周　冲　你给太太再拿一个杯子来，好么？（四凤下）

周蘩漪　（目不转睛地看着他们）冲儿，你们为什么这样客气？

周　冲　（喝水）妈，我就想告诉您，那是因为，——（四凤进）——回头我告诉您。妈，您给我画的扇面呢？

周蘩漪　你忘了我不是病了么？

周　冲　对了，您原谅我。我，我——怎么这屋子这样热？

周蘩漪　大概是窗户没有开。

周　冲　让我来开。

鲁四凤　老爷说过不叫开，说外面比屋里热。

周蘩漪　不，四凤，开开它。他在外头一去就是两年不回家，这屋子里的死气他是不知道的。（四凤拉开壁龛前的帷幔）

周　冲　（见四凤很费力地移动窗前的花盆）四凤，你不要动。让我来。（走过去）

鲁四凤　我一个人成，二少爷。

周　冲	（争执着）让我。（二人拿起花盆，放下时压了四凤的手，四凤轻轻 叫了一声痛）怎么样，四凤？（拿着她的手）
鲁四凤	（抽出自己的手）没有什么，二少爷。
周　冲	不要紧，我给你拿点橡皮膏。
周蘩漪	冲儿，不用了。——（转头向四凤）你到厨房去看一看，问问给老 爷做的素菜都做完了没有？

〔四凤由中门下，周冲望着她下去。

周蘩漪	冲儿，（周冲回来）坐下。你说吧。
周　冲	（看着蘩漪，带了希冀和快乐的神色）妈，我这两天很快活。
周蘩漪	在这家里，你能快活，自然是好现象。
周　冲	妈，我一向什么都不肯瞒过您，您不是一个平常的母亲，您最大胆， 最有想象，又，最同情我的思想的。
周蘩漪	那我很欢喜。
周　冲	妈，我要告诉您一件事，——不，我要跟您商量一件事。
周蘩漪	你先说给我听听。
周　冲	妈，（神秘地）您不说我么？
周蘩漪	我不说你，孩子，你说吧。
周　冲	（高兴地）哦，妈——（又停下了，迟疑着）不，不，不，我不说了。
周蘩漪	（笑）为什么？
周　冲	我，我怕您生气。（停）我说了以后，您还是一样地喜欢我么？
周蘩漪	傻孩子，妈永远是喜欢你的。
周　冲	（笑）我的好妈妈。真的，您还喜欢我？不生气？
周蘩漪	嗯，真的——你说吧。
周　冲	妈，说完以后还不许您笑话我。
周蘩漪	嗯，我不笑话你。
周　冲	真的？
周蘩漪	真的！
周　冲	妈，我现在喜欢一个人。
周蘩漪	哦！（证实了她的疑惧）哦！
周　冲	（望着蘩漪的凝视的眼睛）妈，您看，您的神气又好像说我不应该 似的。
周蘩漪	不，不，你这句话叫我想起来，——叫我觉得我自己……——哦， 不，不，不。你说吧。这个女孩子是谁？
周　冲	她是世界上最——（看一看蘩漪）不，妈，您看您又要笑话我。反

正她是我认为最满意的女孩子。她心地单纯，她懂得活着的快乐，她知道同情，她明白劳动有意义。最好的，她不是小姐堆里娇生惯养出来的人。

周蘩漪 可是你不是喜欢受过教育的人么？她念过书么？

周　冲 自然没念过书。这是她，也可说是她唯一的缺点，然而这并不怪她。

周蘩漪 哦。（眼睛暗下来，不得不问下一句，沉重地）冲儿，你说的不是——四凤？

周　冲 是，妈妈。——妈，我知道旁人会笑话我，您不会不同情我的。

周蘩漪 （惊愕，停，自语）怎么，我自己的孩子也……

周　冲 （焦灼）您不愿意么？您以为我做错了么？

周蘩漪 不，不，那倒不。我怕她这样的孩子不会给你幸福的。

周　冲 不，她是个聪明有感情的人，并且她懂得我。

周蘩漪 你不怕父亲不满意你么？

周　冲 这是我自己的事情。

周蘩漪 别人知道了说闲话呢？

周　冲 那我更不放在心上。

周蘩漪 这倒像我自己的孩子。不过我怕你走错了。第一，她始终是个没受过教育的下等人。你要是喜欢她，她当然以为这是她的幸运。

周　冲 妈，您以为她没有主张么？

周蘩漪 冲儿，你把什么人都看得太高了。

周　冲 妈，我认为您这句话对她用是不合适的。她是最纯洁，最有主张的好孩子，昨天我跟她求婚——

周蘩漪 （更惊愕）什么？求婚？（这两个字叫她想笑）你跟她求婚？

周　冲 （很正经地，不喜欢母亲这样的态度）不，妈，您不要笑！她拒绝我了。——可是我很高兴，这样我觉得她更高贵了。她说她不愿意嫁给我。

周蘩漪 哦，拒绝！（这两个字也觉得十分可笑）她还"拒绝"你。——哼，我明白她。

周　冲 您以为她不答应我，是故意地虚伪么？不，不，她说，她心里另外有一个人。

周蘩漪 她没有说谁？

周　冲 我没有问。总是她的邻居，常见的人吧。——不过真的爱情免不了波折，我爱她，她会渐渐地明白我，喜欢我的。

周蘩漪	我的儿子要娶也不能娶她。

周　冲　妈妈，您为什么这样厌恶她？四凤是个好女孩子，她背地总是很佩服您，敬重您的。

周蘩漪　你现在预备怎么样？

周　冲　我预备把这个意思告诉父亲。

周蘩漪　你忘了你父亲是什么样一个人啦！

周　冲　我一定要告诉他的。我将来并不一定跟她结婚。如果她不愿意我，我仍然是尊重她，帮助她的。但是我希望她现在受教育，我希望父亲允许我把我的教育费分给她一半上学。

周蘩漪　你真是个孩子。

周　冲　（不高兴地）我不是孩子。我不是孩子。

周蘩漪　你父亲一句话就把你所有的梦打破了。

周　冲　我不相信。——（有点沮丧）得了，妈，我们不谈这个吧。哦，昨天我见着哥哥，他说他这次可要到矿上去做事了，他明天就走，他说他太忙，他叫我告诉您一声，他不上楼见您了。您不会怪他吧？

周蘩漪　为什么？怪他？

周　冲　我总觉得您同哥哥的感情不如以前那样似的。妈，您想，他自幼就没有母亲，性情自然容易古怪。我想他的母亲一定也感情很盛的，哥哥就是一个很有感情的人。

周蘩漪　你父亲回来了，你少说哥哥的母亲，免得你父亲又板起脸，叫一家子不高兴。

周　冲　妈，可是哥哥现在真有点怪，他喝酒喝得很多，脾气很暴，有时他还到外国教堂去，不知干什么？

周蘩漪　他还怎么样？

周　冲　前三天他喝得太醉了。他拉着我的手，跟我说，他恨他自己，说了许多我不大明白的话。

周蘩漪　哦！

周　冲　最后他忽然说，他从前爱过一个他决不应该爱的女人！

周蘩漪　（自语）从前？

周　冲　说完就大哭，当时就逼着我，要我离开他的屋子。

周蘩漪　他还说什么话来么？

周　冲　没有，他很寂寞的样子，我替他很难过，他到现在为什么还不结婚呢？

周蘩漪　（喃喃地）谁知道呢？谁知道呢？

周　冲　（听见门外脚步的声音，回头看）咦，哥哥进来了。

〔中门大开，周萍进。他约莫有二十八九，脸色苍白，躯干比他的弟弟略微长些。他的面目清秀，甚至于可以说美，但不是一看就使女人醉心的那种男子。他有宽而黑的眉毛，有厚的耳垂，粗大的手掌，乍一看，有时令人觉得他有些憨气的；不过，若是你再长久地同他坐一坐，会感到他的气味不是你所想的那么纯朴可喜，他是经过了雕琢的，虽然性格上那些粗涩的渣渣经过了教育的提炼，成为精细而优美了；但是一种可以炼钢熔铁，火炽的，不成形的原始人生活中所有的那种"蛮"力，也就因为郁闷，长久离开了空气的原因，成为怀疑的，怯弱的，莫名其妙的了。和他谈两三句话，便知道这也是一个美丽的空形，如生在田野的麦苗移植在暖室里，虽然也开花结实，但是空虚脆弱，经不起现实的风霜。在他灰暗的眼神里，你看见了不定，犹疑，怯弱同冲突。当他的眼神暗下来，瞳仁微微地在闪烁的时候，你知道他在审阅自己的内心过误，而又怕人窥探出他是这样无能，只讨生活于自己的内心的小圈子里。但是你以为他是做不出惊人的事情，没有男子的胆量么？不，在他感情的潮涌起来的时候，——哦，你单看他眼角间一条时时刻刻地变动的刺激人的圆线，极冲动而敏锐的红而厚的嘴唇，你便知道在这种时候，他会贸然地做出自己终身诅咒的事，而他生活是不会有计划的。他的唇角松弛地垂下来。一点疲乏会使他眸子发呆，叫你觉得他不能克制自己，也不能有规律地终身做一件事。然而他明白自己的病，他在改，不，不如说在悔，永远地在悔恨自己过去由直觉铸成的错误；因为当着一个新的冲动来时，他的热情，他的欲望，整个如潮水似的冲上来，淹没了他。他一星星的理智，只是一段枯枝卷在漩涡里，他昏迷似的做出自己认为不应该做的事。这样很自然地一个大错跟着一个更大的错。所以他是有道德观念的，有情爱的，但同时又是渴望着生活，觉得自己是个有肉体的人。于是他痛苦了，他恨自己，他羡慕一切没有顾忌，敢做坏事的人，于是他会同情鲁贵。他又钦羡一切能抱着一件事业向前做，能依循着一般人所谓的"道德"生活下去，为"模范市民"，"模范家长"的人，于是他佩服他的父亲。他的父亲在他的见闻里，除了一点倔强冷酷，——但是这个也是他喜欢的，因为这两种性格他都没有——是一个无瑕的男子。他觉得他在那一方面欺骗他的父亲是不对了，并不是因为他怎么爱他的父亲（固然他不能说不爱他），他觉得这样是卑鄙，像老鼠在狮子睡着的时候偷咬一口的行为，同时如一切好内省而又冲动的人，在他的直觉过去，理智冷回来的时候，他更刻毒地恨自己，更深地觉得这是反人性，一切的犯了罪的痛苦都牵到自己身上。他要把自己拯救起来，他需要新的力，无论是什么，只要能帮助他，把他由冲突的苦海中救出来，他愿意找。他见着四凤，当时就觉得她新鲜，她的"活"！他发现他最需要的那一点东西，是充满地流动着在四凤的身里。她有"青春"，有"美"，有充溢着的血，固然他也看到她是粗，但是他直觉到这才是他要的，渐渐地他厌恶一切忧郁过分的女人，忧郁已经蚀尽了他的心；他也恨一切经些教育陶冶的女人（因为她们会提醒他的缺点），同一切细致的情绪，他觉得"腻"！

〔然而这种感情的波纹是在他心里隐约地流荡着，潜伏着；他自己只是顺着自己之情感的流在走，他不能用理智再冷酷地剖析自己，他怕，他有时是怕看自己心内的残疾的。现在他不得不爱四凤了，他要死心塌地地爱她，他想这样忘了自己。当然他也明白，他这次的爱不只是为求自己心灵的药，他还有一个地方是渴。但是在这一层他并不感觉得从前的冲突，他想好好地待她，心里觉得这样也说得过去了。经过她那有处女香的温热的气息后，豁然地他觉出心地的清朗，他看见了自己心内的太阳，他想："能拯救他的女人大概是她吧！"于是就把生命交给这个女孩子，然而昔日的记忆如巨大的铁掌抓住了他的心，不时地，尤其是在蘩漪面前，他感觉一丝一丝刺心的疚痛；于是他要离开这个地方——这个能引起人的无边噩梦似的老房子，走到任何地方。而在未打开这个狭的笼之先，四凤不能了解也不能安慰他的疚伤的时候，便不自主地纵于酒，于热烈的狂欢，于一切外面的刺激之中。于是他精神颓丧，永远成了不安定的神情。

〔现在他穿一件藏青的绸袍，西服裤，漆皮鞋，没有修脸。整个是不整齐，他打着呵欠。

周　冲　哥哥。

周　萍　你在这儿。

周蘩漪　（觉得没有理她）萍！

周　萍　哦？（低了头，又抬起）您——您也在这儿。

周蘩漪　我刚下楼来。

周　萍　（转头问周冲）父亲没有出去吧？

周　冲	没有，你预备见他么？
周　萍	我想在临走以前跟父亲谈一次。（一直走向书房）
周　冲	你不要去。
周　萍	他老人家干什么呢？
周　冲	他大概跟一个人谈公事。我刚才见着他，他说他一会儿会到这儿来，叫我们在这儿等他。
周　萍	那我先回到我屋子里写封信。（要走）
周　冲	不，哥哥，母亲说好久不见你。你不愿意一齐坐一坐，谈谈么？
周蘩漪	你看，你让哥哥歇一歇，他愿意一个人坐着的。
周　萍	（有些烦）那也不见得，我总怕父亲回来，您很忙，所以——
周　冲	你不知道母亲病了么？
周蘩漪	你哥哥怎么会把我的病放在心上？
周　冲	妈！
周　萍	您好一点了么？
周蘩漪	谢谢你，我刚刚下楼。
周　萍	对了，我预备明天离开家里到矿上去。
周蘩漪	哦，（停）好得很。——什么时候回来呢？
周　萍	不一定，也许两年，也许三年。哦，这屋子怎么闷气得很。
周　冲	窗户已经打开了。——我想，大概是大雨要来了。
周蘩漪	（停一停）你在矿上做什么呢？
周　冲	妈，你忘了，哥哥是专门学矿科的。
周蘩漪	这是理由么，萍？
周　萍	（拿起报纸看，遮掩自己）说不出来，像是家里住得太久了，烦得很。
周蘩漪	（笑）我怕你是胆小吧？
周　萍	怎么讲？
周蘩漪	这屋子曾经闹过鬼，你忘了。
周　萍	没有忘。但是这儿我住厌了。
周蘩漪	（笑）假若我是你，这周围的人我都会厌恶，我也离开这个死地方的。
周　冲	妈，我不要您这样说话。
周　萍	（忧郁地）哼，我自己对自己都恨不够，我还配说厌恶别人？——（叹一口气）弟弟，我想回屋去了。（起立）
	〔书房门开。
周　冲	别走，这大概是爸爸来了。

〔里面的声音：（书房门开一半，周朴园进，向内露着半个身子说话）我的意思是这么办，没有问题了，很好，再见吧，不送。

〔门大开，周朴园进，他约莫有五六十岁，鬓发已经斑白，带着椭圆形的金边眼镜，一对沉鸷的眼在底下闪烁着。像一切起家立业的人物，他的威严在儿孙面前格外显得峻厉。他穿的衣服，还是二十年前的新装，一件团花的官纱大褂，底下是白纺绸的衬衫，长衫的领扣松散着，露着颈上的肉。他的衣服很舒展地贴在身上，整洁，没有一些尘垢。他有些胖，背微微地伛偻，面色苍白，腮肉松弛地垂下来，眼眶略微下陷，眸子闪闪地放着光彩，时常也倦怠地闭着眼皮。他的脸带着多年的世故和劳碌，一种冷峭的目光和偶然在嘴角逼出的冷笑，看出他平日的专横，自是和倔强。年轻时一切的冒失，狂妄已经为脸上的皱纹深深遮盖着，再也寻不着一点痕迹，只有他的半白的头发还保持昔日的丰采，很润泽地分梳到后面。在阳光底下，他的脸呈着银白色，一般人说这就是贵人的特征。所以他才有这样大的矿产。他的下颏的胡须已经灰白，常用一只象牙的小梳梳理。他的大指套着一个扳指。

〔他现在精神很饱满，沉重地走出来。

周　冲	（同时）爸。
周　萍	

周　冲　客走了？

周朴园　（点头，转向蘩漪）你怎么今天下楼来了。完全好了么？

周蘩漪　病原来不很重——回来身体好么？

周朴园　还好。——你应当再到楼上去休息。冲儿，你看你母亲的气色比以前怎么样？

周　冲　母亲原来就没有什么病。

周朴园　（不喜欢儿子们这样答复老人的话，沉重地，眼翻上来）谁告诉你的？我不在的时候，你常来问你母亲的病么？（坐在沙发上）

周蘩漪　（怕他又来教训）朴园，你的样子像有点瘦了似的。——矿上的罢工究竟怎么样？

周朴园　昨天早上已经复工，不成问题。

周　冲　爸爸，怎么鲁大海还在这儿等着要见您呢？

周朴园　谁是鲁大海？

周　冲　鲁贵的儿子。前年荐进去，这次当代表的。

周朴园　这个人！我想这个人有背景，厂方已经把他开除了。

周　冲　开除！爸爸，这个人脑筋很清楚，我方才跟这个人谈了一回。代表罢工的工人并不见得就该开除。

周朴园　哼，现在一般青年人，跟工人谈谈，说两三句不关痛痒、同情的话，像是一件很时髦的事情！

周　冲　我以为这些人替自己的一群努力，我们应当同情的。并且我们这样享福，同他们争饭吃，是不对的。这不是时髦不时髦的事。

周朴园　（眼翻上来）你知道社会是什么？你读过几本关于社会经济的书？我记得我在德国念书的时候，对于这方面，我自命比你这种半瓶醋的社会思想要彻底得多！

周　冲　（被压制下去，然而）爸，我听说矿上对于这次受伤的工人不给一点抚恤金。

周朴园　（头扬起来）我认为你这次说话说得太多。（向繁漪）这两年他学得很像你了。（看钟）十分钟后我还有一个客来，嗯，你们关于自己有什么话说么？

周　萍　爸，刚才我就想见您。

周朴园　哦，什么事？

周　萍　我想明天就到矿上去。

周朴园　这边公司的事，你交代完了么？

周　萍　差不多完了。我想请父亲给我点实在的事情做，我不想看看就完事。

周朴园　（停一下，看周萍）苦的事你成么？要做就做到底。我不愿意我的儿子叫旁人说闲话的。

周　萍　这两年在这儿做事太舒服，心里很想在内地乡下走走。

周朴园　让我想想。——（停）你可以明天起身，做哪一类事情，到了矿上我再打电报给你。

　　　　〔四凤由饭厅门入，端了碗普洱茶。

周　冲　（犹豫地）爸爸。

周朴园　（知道他又有新花样）嗯，你？

周　冲　我现在想跟爸爸商量一件很重要的事。

周朴园　什么？

周　冲　（低下头）我想把我的学费的一部分分出来。

周朴园　哦。

周　冲　（鼓起勇气）把我的学费拿出一部分送给——

　　　　〔四凤端茶，放朴园前。

周朴园	四凤，——（向周冲）你先等一等。——（向四凤）叫你给太太煎的药呢？
鲁四凤	煎好了。
周朴园	为什么不拿来？
鲁四凤	（看蘩漪，不说话）
周蘩漪	（觉出四周的征兆有些恶相）她刚才给我倒来了，我没有喝。
周朴园	为什么？（停，向四凤）药呢？
周蘩漪	（快说）倒了，我叫四凤倒了。
周朴园	（慢）倒了？哦？（更慢）倒了！——（向四凤）药还有么？
鲁四凤	药罐里还有一点。
周朴园	（低而缓地）倒了来。
周蘩漪	（反抗地）我不愿意喝这种苦东西。
周朴园	（向四凤，高声）倒了来。
	〔四凤走到左面倒药。
周　冲	爸，妈不愿意，您何必这样强迫呢？
周朴园	你同你母亲都不知道自己的病在哪儿。（向蘩漪低声）你喝了，就会完全好的。（见四凤犹豫，指药）送到太太那里去。
周蘩漪	（顺忍地）好，先放在这儿。
周朴园	（不高兴地）不。你最好现在喝了它吧。
周蘩漪	（忽然）四凤，你把它拿走。
周朴园	（忽然严厉地）喝了它，不要任性，当着这么大的孩子。
周蘩漪	（声颤）我不想喝。
周朴园	冲儿，你把药端到母亲面前去。
周　冲	（反抗地）爸！
周朴园	（怒视）去！
	〔周冲只好把药端到蘩漪面前。
周朴园	说，请母亲喝。
周　冲	（拿着药碗，手发颤，回头，高声）爸，您不要这样。
周朴园	（高声地）我要你说。
周　萍	（低头，至周冲前，低声）听父亲的话吧，父亲的脾气你是知道的。
周　冲	（无法，含着泪，向着母亲）您喝吧，为我喝一点吧，要不然，父亲的气是不会消的。
周蘩漪	（恳求地）哦，留着我晚上喝不成么？
周朴园	（冷峻地）蘩漪，当了母亲的人，处处应当替孩子着想，就是自己

不保重身体，也应当替孩子做个服从的榜样。

周蘩漪　（四面看一看，望望朴园，又望望周萍。拿起药，落下眼泪，忽而又放下）哦，不！我喝不下！

周朴园　萍儿，劝你母亲喝下去。

周　萍　爸！我——

周朴园　去，走到母亲面前！跪下，劝你的母亲。

〔周萍走至蘩漪前。

周　萍　（求恕地）哦，爸爸！

周朴园　（高声）跪下！

〔周萍望蘩漪和周冲；蘩漪泪痕满面，周冲身体发抖。

周朴园　叫你跪下！

〔周萍正向下跪。

周蘩漪　（望着周萍，不等周萍跪下，急促地）我喝，我现在喝！（拿碗，喝了两口，气得眼泪又涌出来，她望一望朴园的峻厉的眼和苦恼着的周萍，咽下愤恨，一气喝下）哦……（哭着，由右边饭厅跑下）

〔半晌。

周朴园　（看表）还有三分钟。（向周冲）你刚才说的事呢？

周　冲　（抬头，慢慢地）什么？

周朴园　你说把你的学费分出一部分？——嗯，是怎么样？

周　冲　（低声）我现在没有什么事情啦。

周朴园　真没有什么新鲜的问题啦么？

周　冲　（哭声）没有什么，没有什么，——妈的话是对的。（跑向饭厅）

周朴园　冲儿，上哪儿去？

周　冲　到楼上去看看妈。

周朴园　就这么跑了么？

周　冲　（抑制着自己，走回去）是，爸，我要走了，您有事吩咐么？

周朴园　去吧。

〔周冲向饭厅走了两步。

周朴园　回来。

周　冲　爸爸。

周朴园　你告诉你的母亲，说我已经请德国的克大夫来，给她看病。

周　冲　妈不是已经吃了您的药了么？

周朴园　我看你的母亲，精神有点失常，病像是不轻。（回头向周萍）我看，你也是一样。

周　萍　爸，我想下去，歇一回。

周朴园　不，你不要走。我有话跟你说。（向周冲）你告诉她，说克大夫是
　　　　个有名的脑病专家，我在德国认识的。来了，叫她一定看一看，听
　　　　见了没有？

周　冲　听见了。（走了两步）爸，没有事啦？

周朴园　上去吧。

　　　　〔周冲由饭厅下。

周朴园　（回头向四凤）四凤，我记得我告诉过你，这个房子你们没有
　　　　事就得走的。

鲁四凤　是，老爷。（也由饭厅下）

　　　　〔鲁贵由书房上。

鲁　贵　（见着老爷，便不自主地好像说不出话来）老，老，老爷。客，
　　　　客来了。

周朴园　哦，先请到大客厅里去。

鲁　贵　是，老爷。（鲁贵下）

周朴园　怎么这窗户谁开开了？

周　萍　弟弟跟我开的。

周朴园　关上，（擦眼镜）这屋子不要底下人随便进来，回头我预备一个人在
　　　　这里休息的。

周　萍　是。

周朴园　（擦着眼镜，看周围的家具）这间屋子的家具多半是你生母顶喜欢
　　　　的东西。我从南边移到北边，搬了多少次家，总是不肯丢下的。（戴
　　　　上眼镜，咳嗽一声）这屋子摆的样子，我愿意总是三十年前的老
　　　　样子，这叫我的眼看着舒服一点。（踱到桌前，看桌上的相片）你
　　　　的生母永远喜欢夏天把窗户关上的。

周　萍　（强笑着）不过，爸爸，纪念母亲也不必——

周朴园　（突然抬起头来）我听人说你现在做了一件很对不起自己的事情。

周　萍　（惊）什——什么？

周朴园　（低声走到周萍的面前）你知道你现在做的事是对不起你的父
　　　　亲么？并且——（停）——对不起你的母亲么？

周　萍　（失措）爸爸。

周朴园　（仁慈地，拿着周萍的手）你是我的长子，我不愿意当着人谈这件
　　　　事。（停，喘一口气严厉地）我听说我在外边的时候，你这两年来在
　　　　家里很不规矩。

周　萍	（更惊恐）爸，没有的事，没有，没有。

周　萍　（更惊恐）爸，没有的事，没有，没有。

周朴园　一个人敢做一件事就要当一件事。

周　萍　（失色）爸！

周朴园　公司的人说你总是在跳舞场里鬼混，尤其是这两三个月，喝酒，赌钱，整夜地不回家。

周　萍　哦，（喘出一口气）您说的是——

周朴园　这些事是真的么？（半晌）说实话！

周　萍　真的，爸爸。（红了脸）

周朴园　将近三十的人应当懂得"自爱"！——你还记得你的名为什么叫萍吗？

周　萍　记得。

周朴园　你自己说一遍。

周　萍　那是因为母亲叫侍萍，母亲临死，自己替我起的名字。

周朴园　那我请你为你的生母，你把现在的行为完全改过来。

周　萍　是，爸爸，那是我一时的荒唐。

〔鲁贵由书房上。

鲁　贵　老，老，老爷。客，——等，等，等了好半天啦。

周朴园　知道。

〔鲁贵退。

周朴园　我的家庭是我认为最圆满，最有秩序的家庭，我的儿子我也认为都还是健全的子弟，我教育出来的孩子，我绝对不愿叫任何人说他们一点闲话的。

周　萍　是，爸爸。

周朴园　来人啦。（自语）哦，我有点累啦。

〔周萍扶他至沙发坐。

〔鲁贵上。

鲁　贵　老爷。

周朴园　你请客到这边来坐。

鲁　贵　是，老爷。

周　萍　不，——爸，您歇一会儿吧。

周朴园　不，你不要管。（向鲁贵）去，请进来。

鲁　贵　是，老爷。

〔鲁贵下。朴园拿出一支雪茄，萍为他点上，朴园徐徐抽烟，端坐。

——幕落

第 二 幕

〔午饭后，天气很阴沉，更郁热，湿潮的空气，低压着在屋内的人，使人成为烦躁的了。周萍一个人由饭厅走上来，望望花园，冷清清的，没有一个人。偷偷走到书房门口，书房里是空的，也没有人。忽然想起父亲在别的地方会客，他放下心，又走到窗户前开窗门，看着外面绿荫荫的树丛。低低地吹出一种奇怪的哨声，中间他低沉地叫了两三声"四凤！"不一时，好像听见远处有哨声在回应，渐移渐近，他又缓缓地叫一声："凤儿！"门外有一个女人的声音："萍，是你么？"萍就把窗门关上。

〔四凤由外面轻轻地跑进来。

周　萍　（回头，望着中门，四凤正从中门进，低声，热烈地）凤儿！（走近，拉着她的手）

鲁四凤　不，（推开他）不，不。（谛听，四面望）看看，有人！

周　萍　没有，凤，你坐下。（推她到沙发坐下）

鲁四凤　（不安地）老爷呢？

周　萍　在大客厅会客呢。

鲁四凤　（坐下，叹一口长气。望着）总是这样偷偷摸摸的。

周　萍　嗯。

鲁四凤　你连叫我都不敢叫。

周　萍　所以我要离开这儿哪。

鲁四凤　（想一下）哦，太太怪可怜的。为什么老爷回来，头一次见太太就发这么大的脾气？

周　萍　父亲就是这样，他的话，向来不能改的。他的意见就是法律。

鲁四凤　（怯懦地）我——我怕得很。

周　萍　怕什么？

鲁四凤　我怕万一老爷知道了，我怕。有一天，你说过，要把我们的事情告诉老爷的。

周　萍　（摇头，深沉地）可怕的事不在这儿。

鲁四凤	还有什么？
周　萍	（忽然地）你没有听见什么话？
鲁四凤	什么？（停）没有。
周　萍	关于我，你没有听见什么？
鲁四凤	没有。
周　萍	从来没听见过什么？
鲁四凤	（不愿提）没有——你说什么？
周　萍	那——没什么！没什么！
鲁四凤	（真挚地）我信你，我相信你以后永远不会骗我。这我就够了。——刚才，我听你说，你明天就要到矿上去。
周　萍	我昨天晚上已经跟你说过了。
鲁四凤	（爽直地）你为什么不带我去？
周　萍	因为……（笑）因为我不想带你去。
鲁四凤	这边的事我早晚是要走的。——太太，说不定今天要辞掉我。
周　萍	（没想到）她要辞掉你，——为什么？
鲁四凤	你不要问。
周　萍	不，我要知道。
鲁四凤	自然因为我做错了事。我想，太太大概没有这个意思。也许是我瞎猜。（停）萍，你带我去好不好？
周　萍	不。
鲁四凤	（温柔地）萍，我好好地侍候你，你要这么一个人。我给你缝衣服，烧饭做菜，我都做得好，只要你叫我跟你在一块儿。
周　萍	哦，我还要一个女人，跟着我，侍候我，叫我享福？难道，这些年，在家里，这种生活我还不够么？
鲁四凤	我知道你一个人在外头是不成的。
周　萍	凤，你看不出来，现在我怎么能带你出去？——你这不是孩子话吗？
鲁四凤	萍，你带我走！我不连累你，要是外面因为我，说你的坏话，我立刻就走。你——你不要怕。
周　萍	（急躁地）凤，你以为我这么自私自利么？你不应该这么想我。——哼，我怕，我怕什么？（管不住自己）这些年，我做出这许多的……哼，我的心都死了，我恨极了我自己。现在我的心刚刚有点生气了，我能放开胆子喜欢一个女人，我反而怕人家骂？哼，让大家说吧，周家大少爷看上他家里面的女下人，怕什么，我喜欢她。
鲁四凤	（安慰地）萍，不要难过。你做了什么，我也不怨你的。（想）

周　萍	（平静下来）你现在想什么？
鲁四凤	我想，你走了以后，我怎么样。
周　萍	你等着我。
鲁四凤	（苦笑）可是你忘了一个人。
周　萍	谁？
鲁四凤	他总不放松我。
周　萍	哦，他呀——他又怎么样？
鲁四凤	他又把前一月的话跟我提了。
周　萍	他说，他要你？
鲁四凤	不，他问我肯嫁他不肯。
周　萍	你呢？
鲁四凤	我先没有说什么，后来他逼着问我，我只好告诉他实话。
周　萍	实话？
鲁四凤	我没有说旁的。我只提我已经许了人家。
周　萍	他没有问旁的？
鲁四凤	没有，他倒说，他要供给我上学。
周　萍	上学？（笑）他真呆气！——可是，谁知道，你听了他的话，也许很喜欢的。
鲁四凤	你知道我不喜欢，我愿意老陪着你。
周　萍	可是我已经快三十了，你才十八，我也不比他的将来有希望，并且我做过许多见不得人的事。
鲁四凤	萍，你不要同我瞎扯，我现在心里很难过。你得想出法子，他是个孩子，老是这样装着腔，对付他，我实在不喜欢。你又不许我跟他说明白。
周　萍	我没有叫你不跟他说。
鲁四凤	可是你每次见我跟他在一块儿，你的神气，偏偏——
周　萍	我的神气那自然是不快活的。我看见我最喜欢的女人时常跟别人在一块儿。哪怕他是我的弟弟，我也不情愿的。
鲁四凤	你看你又扯到别处。萍，你不要扯，你现在到底对我怎么样？你要跟我说明白。
周　萍	我对你怎么样？（他笑了。他不愿意说，他觉得女人们都有些呆气，这一句话似乎有一个女人也这样问过他，他心里隐隐有些痛）要我说出来？（笑）那么，你要我怎么说呢？
鲁四凤	（苦恼地）萍，你别这样待我好不好？你明明知道我现在什么都是你的，你还——你还这样欺负人。

周　萍	（他不喜欢这样，同时又以为她究竟有些不明白）哦！（叹一口气）天哪！
鲁四凤	萍，我父亲只会跟人要钱，我哥哥瞧不起我，说我没有志气，我母亲如果知道了这件事，她一定恨我。哦，萍，没有你就没有我。我父亲，我哥哥，我母亲，他们也许有一天会不理我，你不能够的，你不能够的。（抽咽）
周　萍	四凤，不，不，别这样，你让我好好地想一想。
鲁四凤	我的妈最疼我，我的妈不愿意我在公馆里做事，我怕她万一看出我的谎话，知道我在这里做了事，并且同你……如果你又不是真心的，……那我——那我就伤了我妈的心了。（哭），还有，……
周　萍	不，凤，你不该这样疑心我。我告诉你，今天晚上我预备到你那里去。
鲁四凤	不，我妈今天回来。
周　萍	那么，我们在外面会一会好么？
鲁四凤	不成，我妈晚上一定会跟我谈话的。
周　萍	不过，我明天早车就要走了。
鲁四凤	你真不预备带我走么？
周　萍	孩子！那怎么成？
鲁四凤	那么，你——你叫我想想。
周　萍	我先要一个人离开家，过后，再想法子，跟父亲说明白，把你接出来。
鲁四凤	（看着他）也好，那么今天晚上你只好到我家里来。我想，那两间房子，爸爸跟妈一定在外房睡，哥哥总是不在家睡觉，我的房子在半夜里一定是空的。
周　萍	那么，我来还是先吹哨，（吹一声）你听得清楚吧？
鲁四凤	嗯，我要是叫你来，我的窗上一定有个红灯，要是没有灯，那你千万不要来。
周　萍	不要来？
鲁四凤	那就是我改了主意，家里一定有许多人。
周　萍	好，就这样。十一点钟。
鲁四凤	嗯，十一点。
	〔鲁贵由中门上，见四凤和周萍在这里，突然停止，故意地做出懂事的假笑。
鲁　贵	哦！（向四凤）我正要找你。（向周萍）大少爷，您刚吃完饭？
鲁四凤	找我有什么事？

鲁　贵　你妈来了。

鲁四凤　（喜形于色）妈来了，在哪儿？

鲁　贵　在门房，跟你哥哥刚见面，说着话呢。

〔四凤跑向中门。

周　萍　四凤，见着你妈，给我问问好。

鲁四凤　谢谢您，回头见。（四凤下）

鲁　贵　大少爷，您是明天起身么？

周　萍　嗯。

鲁　贵　让我送送您。

周　萍　不用，谢谢你。

鲁　贵　平时总是您心好，照顾着我们。您这一走，我同我这丫头都得惦记
　　　　着您了。

周　萍　（笑）你又没钱了吧？

鲁　贵　（奸笑）大少爷，您这可是开玩笑了。——我说的是实话，四凤
　　　　知道，我总是背后说大少爷好的。

周　萍　好吧。——你没有事么？

鲁　贵　没事，没事，我只跟您商量点闲拌儿。您知道，四凤的妈来了，
　　　　楼上的太太要见她，……

〔蘩漪由饭厅上，鲁贵一眼看见她，话说成一半，又吞进去。

鲁　贵　哦，太太下来了！太太，您病完全好啦？（蘩漪点一点头）鲁
　　　　贵直惦记着。

周蘩漪　好，你下去吧。

〔鲁贵鞠躬由中门下。

周蘩漪　（向周萍）他上哪去了？

周　萍　（莫明其妙）谁？

周蘩漪　你父亲。

周　萍　他有事情，见客，一会儿就回来。弟弟呢？

周蘩漪　他只会哭，他走了。

周　萍　（怕和她一同在这间屋里）哦。（停）我要走了，我现在要收拾
　　　　东西去。（走向饭厅）

周蘩漪　回来，（周萍停步）我请你略微坐一坐。

周　萍　什么事？

周蘩漪　（阴沉地）有话说。

周　萍　（看出她的神色）你像是有很重要的话跟我谈似的。

周蘩漪　嗯。

周　萍　说吧。

周蘩漪　我希望你明白方才的情形。这不是一天的事情。

周　萍　（躲避地）父亲一向是那样，他说一句就是一句的。

周蘩漪　可是人家说一句，我就要听一句，那是违背我的本性的。

周　萍　我明白你。（强笑）那么你顶好不听他的话就得了。

周蘩漪　萍，我盼望你还是从前那样诚恳的人。顶好不要学着现在一般青
　　　　年人玩世不恭的态度。你知道我没有你在我面前，这样，我已经
　　　　很苦了。

周　萍　所以我就要走了。不要叫我们见着，互相提醒我们最后悔的
　　　　事情。

周蘩漪　我不后悔，我向来做事没有后悔过。

周　萍　（不得已地）我想，我很明白地对你表示过。这些日子我没有见
　　　　你，我想你很明白。

周蘩漪　很明白。

周　萍　那么，我是个最糊涂，最不明白的人。我后悔，我认为我生平
　　　　做错一件大事。我对不起自己，对不起弟弟，更对不起父亲。

周蘩漪　（低沉地）但是你最对不起的人有一个，你反而轻轻地忘了。

周　萍　我最对不起的人，自然也有，但是我不必同你说。

周蘩漪　（冷笑）那不是她！你最对不起的是我，是你曾经引诱过的后母！

周　萍　（有些怕她）你疯了。

周蘩漪　你欠了我一笔债，你对我负着责任；你不能看见了新的世界，
　　　　就一个人跑。

周　萍　我认为你用的这些字眼，简直可怕。这种字句不是在父亲这
　　　　样——这样体面的家庭里说的。

周蘩漪　（气极）父亲，父亲，你撇开你的父亲吧！体面？你也说体面？
　　　　（冷笑）我在这样的体面家庭已经十八年啦。周家家庭里所出的罪恶，
　　　　我听过，我见过，我做过。我始终不是你们周家的人。我做的事，
　　　　我自己负责任。不像你们的祖父，叔祖，同你们的好父亲，偷偷做
　　　　出许多可怕的事情，祸移在人身上，外面还是一副道德面孔，慈善
　　　　家，社会上的好人物。

周　萍　蘩漪，大家庭自然免不了不良分子，不过我们这一支，除了
　　　　我，……

周蘩漪　都一样，你父亲是第一个伪君子，他从前就引诱过一个良家的

姑娘。

周　萍　你不要乱说话。

周蘩漪　萍，你再听清楚点，你就是你父亲的私生子!

周　萍　（惊异而无主地）你瞎说，你有什么证据?

周蘩漪　请你问你的体面父亲，这是他十五年前喝醉了的时候告诉我的。（指桌上相片）你就是这年轻的姑娘生的小孩。她因为你父亲又不要她，就自己投河死了。

周　萍　你，你，你简直……——好，好，（强笑）我都承认。你预备怎么样?你要跟我说什么?

周蘩漪　你父亲对不起我，他用同样手段把我骗到你们家来，我逃不开，生了冲儿。十几年来像刚才一样的凶横，把我渐渐地磨成了石头样的死人。你突然从家乡出来，是你，是你把我引到一条母亲不像母亲，情妇不像情妇的路上去。是你引诱的我!

周　萍　引诱!我请你不要用这两个字好不好?你知道当时的情形怎么样?

周蘩漪　你忘记了在这屋子里，半夜，我哭的时候，你叹息着说的话么?你说你恨你的父亲，你说过，你愿他死，就是犯了灭伦的罪也干。

周　萍　你忘了。那是我年轻，我的热叫我说出来这样糊涂的话。

周蘩漪　你忘了，我虽然比你只大几岁，那时，我总还是你的母亲，你知道你不该对我说这种话么?

周　萍　哦——（叹一口气）总之，你不该嫁到周家来，周家的空气满是罪恶。

周蘩漪　对了，罪恶，罪恶。你的祖宗就不曾清白过，你们家里永远是不干净。

周　萍　年轻人一时糊涂，做错了的事，你就不肯原谅么?（苦恼地皱着眉）

周蘩漪　这不是原谅不原谅的问题，我已经预备好棺材，安安静静地等死，一个人偏把我救活了又不理我，撇得我枯死，慢慢地渴死。让你说，我该怎么办?

周　萍　那，那我也不知道，你来说吧!

周蘩漪　（一字一字地）我希望你不要走。

周　萍　怎么，你要我陪着你，在这样的家庭，每天想着过去的罪恶，这样活活地闷死么?

周蘩漪　你既然知道这家庭可以闷死人，你怎么肯一个人走，把我放在家里？

周　萍　你没有权利说这种话，你是冲弟弟的母亲。

周蘩漪　我不是！我不是！自从我把我的性命，名誉，交给你，我什么都不顾了。我不是他的母亲。不是，不是，我也不是周朴园的妻子。

周　萍　（冷冷地）如果你以为你不是父亲的妻子，我自己还承认我是我父亲的儿子。

周蘩漪　（不曾想到他会说这一句话，呆了一下）哦，你是你的父亲的儿子。——这些月，你特别不来看我，是怕你的父亲？

周　萍　也可以说是怕他，才这样的吧。

周蘩漪　你这一次到矿上去，也是学着你父亲的英雄榜样，把一个真正明白你，爱你的人丢开不管么？

周　萍　这么解释也未尝不可。

周蘩漪　（冷冷地）这么说，你到底是你父亲的儿子。（笑）父亲的儿子？（狂笑）父亲的儿子？（狂笑，忽然冷静严厉地）哼，都是些没有用，胆小怕事，不值得人为他牺牲的东西！我恨着我早没有知道你！

周　萍　那么你现在知道了！我对不起你，我已经同你详细解释过，我厌恶这种不自然的关系。我告诉你，我厌恶。我负起我的责任，我承认我那时的错，然而叫我犯了那样的错，你也不能完全没有责任。你是我认为最聪明，最能了解人的女子，所以我想，你最后会原谅我。我的态度，你现在骂我玩世不恭也好，不负责任也好，我告诉你，我盼望这一次的谈话是我们最末一次谈话了。（走向饭厅门）

周蘩漪　（沉重的语气）站着。（周萍立住）我希望你明白我刚才说的话，我不是请求你。我盼望你用你的心，想一想，过去我们在这屋子里说的，（停，难过）许多，许多的话。一个女子，你记着，不能受两代的欺侮，你可以想一想。

周　萍　我已经想得很透彻，我自己这些天的痛苦，我想你不是不知道，好，请你让我走吧。

　　　　〔周萍由饭厅下，蘩漪的眼泪一颗颗地流在腮上，她走到镜台前，照着自己苍白色的有皱纹的脸，便嘤嘤地扑在镜台上哭起来。

　　　　〔鲁贵偷偷地由中门走进来，看见太太在哭。

鲁　贵　（低声）太太！

周蘩漪　（突然站起）你来干什么？

鲁　贵　鲁妈来了好半天啦！

周蘩漪　谁？谁来好半天啦？

鲁　贵	我家里的，太太不是说过要我叫她来见么？
周蘩漪	你为什么不早点来告诉我？
鲁　贵	（假笑）我倒是想着，可是我（低声）刚才瞧见太太跟大少爷说话，所以就没敢惊动您。
周蘩漪	啊，你，你刚才在——
鲁　贵	我？我在大客厅伺候老爷见客呢！（故意地不明白）太太有什么事么？
周蘩漪	没什么，那么你叫鲁妈进来吧。
鲁　贵	（谄笑）我们家里是个下等人，说话粗里粗气，您可别见怪。
周蘩漪	都是一样的人。我不过想见一见，跟她谈谈闲话。
鲁　贵	是，那是太太的恩典。对了，老爷刚才跟我说，怕明天要下大雨，请太太把老爷的那一件旧雨衣拿出来，说不定老爷就要出去。
周蘩漪	四凤给老爷检的衣裳，四凤不会拿么？
鲁　贵	我也是这么说啊，您不是不舒服么？可是老爷吩咐，不要四凤，还是要太太自己拿。
周蘩漪	那么，我一会儿拿来。
鲁　贵	不，是老爷吩咐，说现在就要拿出来。
周蘩漪	哦，好，我就去吧。——你现在叫鲁妈进来，叫她在这房里等一等。
鲁　贵	是，太太。
	〔鲁贵下，蘩漪的脸更显得苍白，她在极力压制自己的烦郁。
周蘩漪	（把窗户打开，吸一口气，自语）热极了，闷极了，这里真是再也不能住的。我希望我今天变成火山的口，热烈烈地冒一次，什么我都烧个干净，那时我就再掉在冰川里，冻成死灰，一生只热热地烧一次，也就算够了。我过去的是完了，希望大概也是死了的。哼，什么我都预备好了，来吧，恨我的人，来吧，叫我失望的人，叫我忌妒的人，都来吧，我在等候着你们。（望着空空的前面，继而垂下头去。鲁贵上）
鲁　贵	刚才小当差来，说老爷催着要。
周蘩漪	（抬头）好，你先去吧。我叫陈妈送去。
	〔蘩漪由饭厅下，贵由中门下。移时鲁妈——即鲁侍萍——与四凤上。鲁妈的年纪约有四十七岁的光景，鬓发已经有点斑白，面貌白净，看上去也只有三十八九岁的样子。她的眼有些呆滞，时而呆呆地望着前面，但是在那秀长的睫毛，和她圆大的眸子间，还寻得出

她少年时静慧的神韵。她的衣服朴素而有身份，旧蓝布裤褂，很洁净地穿在身上。远远地看着，依然像大家户里落魄的妇人。她的高贵的气质和她的丈夫的鄙俗，奸小，恰成一个强烈的对比。

〔她的头还包着一条白布手巾，怕是坐火车围着避土的，她说话总爱微微地笑，尤其因为刚见着两年未见的亲女儿，神色还是快慰地闪着快乐的光彩。她的声音很低，很沉稳，语音像一个南方人曾经和北方人相处很久，夹杂着许多模糊、轻快的南方音，但是她的字句说得很清楚。她的牙齿非常齐整，笑的时候在嘴角旁露出一对深深的笑涡，叫我们想起来四凤笑时口旁一对浅浅的涡影。

〔鲁妈拉着女儿的手，四凤就像个小鸟偎在她身边走进来。后面跟着鲁贵，提着一个旧包袱。他骄傲地笑着，比起来，这母子的单纯的欢欣，他更是粗鄙了。

鲁四凤　太太呢？

鲁　贵　就下来。

鲁四凤　妈，您坐下。（鲁妈坐）您累么？

鲁侍萍　不累。

鲁四凤　（高兴地）妈，您坐一坐。我给您倒一杯冰镇的凉水。

鲁侍萍　不，不要走，我不热。

鲁　贵　凤儿，你给你妈拿一瓶汽水来，（向鲁妈）这儿公馆什么没有？一到夏天，柠檬水，果子露，西瓜汤，橘子，香蕉，鲜荔枝，你要什么，就有什么。

鲁侍萍　不，不，你别听你爸爸的话。这是人家的东西。你在我身旁跟我多坐一会儿，回头跟我同——同这位周太太谈谈，比喝什么都强。

鲁　贵　太太就会下来，你看你，那块白包头，总舍不得拿下来。

鲁侍萍　（和蔼地笑着）真的，说了那么半天。（笑望着四凤）连我在火车上搭的白手巾都忘了解啦。（要解它）

鲁四凤　（笑着）妈，您让我替您解开吧。（走过去解。这里，鲁贵走到小茶几旁，又偷偷地把烟放在自己的烟盒里）

鲁侍萍　（解下白手巾）你看我的脸脏么？火车上尽是土，你看我的头发，不要叫人家笑。

鲁四凤　不，不，一点都不脏。两年没见您，您还是那个样。

鲁侍萍　哦，凤儿，你看我的记性。谈了这半天，我忘记把你顶喜欢的东西给你拿出来啦。

鲁四凤　什么？妈。

鲁侍萍	（由身上拿出一个小包来）你看，你一定喜欢的。
鲁四凤	不，您先别给我看，让我猜猜。
鲁侍萍	好，你猜吧。
鲁四凤	小石娃娃？
鲁侍萍	（摇头）不对，你太大了。
鲁四凤	小粉扑子。
鲁侍萍	（摇头）给你那个有什么用？
鲁四凤	哦，那一定是小针线盒。
鲁侍萍	（笑）差不多。
鲁四凤	那您叫我打开吧。（忙打开纸包）哦！妈！顶针，银顶针！爸，您看，您看！（给鲁贵看）
鲁侍萍	（随声说）好！好！
鲁四凤	这顶针太好看了，上面还镶着宝石。
鲁　贵	什么？（走两步，拿来细看）给我看看。
鲁侍萍	这是学校校长的太太送给我的。校长丢了个要紧的钱包，叫我拾着了，还给他。校长的太太就非要送给我东西，拿出一大堆小首饰，叫我挑，送给我的女儿。我就检出这一件，拿来送给你，你看好不好？
鲁四凤	好，妈，我正要这个呢。
鲁　贵	咦，哼，（把顶针交给四凤）得了吧，这宝石是假的，你挑的真好。
鲁四凤	（见着母亲特别欢喜说话，轻蔑地）哼，您呀，真宝石到了您的手里也是假的。
鲁侍萍	凤儿，不许这样跟爸爸说话。
鲁四凤	（撒娇）妈，您不知道，您不在这儿，爸爸就拿我一个人撒气，尽欺负我。
鲁　贵	（看不惯他妻女这样"乡气"，于是轻蔑地）你看你们这点穷相，走到大家公馆，不来看看人家的阔排场，尽在一边闲扯。四凤，你先把你这两年做的衣裳给你妈看看。
鲁四凤	（白眼）妈不稀罕这个。
鲁　贵	你不也有点首饰么？你拿出来给你妈开开眼。看看还是我对，还是把女儿关在家里对？
鲁侍萍	（向鲁贵）我走的时候嘱咐过你，这两年写信的时候也总不断地提醒过你，我说过我不愿意把我的女儿送到一个阔公馆，叫人家使唤。你偏——（忽然觉得这不是谈家事的地方，回头向四凤）你哥哥呢？
鲁四凤	不是在门房里等着我们么？
鲁　贵	不是等着你们，人家等着见老爷呢。（向鲁妈）去年我叫人给你捎个

信，告诉你大海也当了矿上的工头，那都是我在这儿嘀咕上的。

鲁四凤 （厌恶她父亲又表白自己的本领）爸爸，您看哥哥去吧。他的脾气有点不好，怕他等急了，跟张爷刘爷们闹起来。

鲁　贵 真他妈的。这孩子的狗脾气我倒忘了，（走向中门，回头）你们好好在这屋子里坐一会儿，别乱动，太太一会儿就下来。

〔鲁贵下。母女见鲁贵走后，如同犯人望见看守走了一样，舒展地吐出一口气来。母女二人相对凄然地笑了一笑，刹那间，她们脸上又浮出欢欣，这次是由衷心升起来愉快的笑。

鲁侍萍 （伸出手来，向四凤）哦，孩子，让我看看你。

〔四凤走到母亲面前。跪下。

鲁四凤 妈，您不怪我吧？您不怪我这次没听您的话，跑到周公馆做事吧？

鲁侍萍 不，不，做了就做了。——不过为什么这两年你一个字也不告诉我，我下车走到家里，才听见张大婶告诉我，说我的女儿在这儿。

鲁四凤 妈，我怕您生气，我怕您难过，我不敢告诉您。——其实，妈，我们也不是什么富贵人家，就是像我这样帮人，我想也没有什么关系。

鲁侍萍 不，你以为妈怕穷么？怕人家笑我们穷么？不，孩子，妈最知道认命，妈最看得开，不过，孩子，我怕你太年轻，容易一阵子犯糊涂，妈受过苦，妈知道的。你不懂，你不知道这世界太——人的心太——。（叹一口气）好，我们先不提这个。（站起来）这家的太太真怪！她要见我干什么？

鲁四凤 嗯，嗯，是啊。（她的恐惧来了，但是她愿意向好的一面想）不，妈，这边太太没有多少朋友，她听说妈也会写字，念书，也许觉着很相近，所以想请妈来谈谈。

鲁侍萍 （不信地）哦？（慢慢看这屋子的摆设，指着有镜台的柜）这屋子倒是很雅致的。就是家具太旧了点。这是——？

鲁四凤 这是老爷用的红木书桌，现在做摆饰用了。听说这是三十年前的老东西，老爷偏偏喜欢用，到哪儿带到哪儿。

鲁侍萍 那个（指着有镜台的柜）是什么？

鲁四凤 那也是件老东西，从前的第一个太太，就是大少爷的母亲，顶爱的东西。您看，从前的家具多笨哪。

鲁侍萍 咦，奇怪。——为什么窗户还关上呢？

鲁四凤 您也觉奇怪不是？这是我们老爷的怪脾气，夏天反而要关窗户。

鲁侍萍 （回想）凤儿，这屋子我像是在哪儿见过似的。

鲁四凤 （笑）真的？您大概是想我想的梦里到过这儿。

鲁侍萍 对了，梦似的。——奇怪，这地方怪得很，这地方忽然叫我想起了许多许多事情。（低下头坐下）

鲁四凤 （慌）妈，您怎么脸上发白？您别是受了暑，我给您拿一杯冷水吧。

鲁侍萍 不，不是，你别去——我怕得很，这屋子有鬼怪的！

鲁四凤 妈，您怎么啦？

鲁侍萍 我怕得很，忽然我把三十年前的事情一件一件地都想起来了，已经忘了许多年的人又在我心里转。四凤，你摸摸我的手。

鲁四凤 （摸鲁妈的手）冰凉，妈，您可别吓坏我。我胆子小，妈，妈，——这屋子从前可闹过鬼的！

鲁侍萍 孩子，你别怕，妈不怎么样。不过，四凤，我好像我的魂来过这儿似的。

鲁四凤 妈，您别瞎说啦，您怎么来过？他们二十年前才搬到这儿北方来，那时候，您不是还在南方么？

鲁侍萍 不，不，我来过。这些家具，我想不起来——我在哪儿见过。

鲁四凤 妈，您的眼不要直瞪瞪地望着，我怕。

鲁侍萍 别怕，孩子，别怕，孩子。（声音愈低，她用力地想，她整个的人，缩缩到记忆的最下层深处）

鲁四凤 妈，您看那个柜干什么？那就是从前死了的第一个太太的东西。

鲁侍萍 （突然低声颤颤地向四凤）凤儿，你去看，你去看，那只柜子靠右第三个抽屉里，有没有一只小孩穿的绣花虎头鞋。

鲁四凤 妈，您怎么啦？不要这样疑神疑鬼的。

鲁侍萍 凤儿，你去，你去看一看。我心里有点怯，我有点走不动，你去！

鲁四凤 好，我去看。

〔她走到柜前，拉开抽斗，看。

鲁侍萍 （急问）有没有？

鲁四凤 没有，妈。

鲁侍萍 你看清楚了？

鲁四凤 没有，里面空空地就是些茶碗。

鲁侍萍 哦，那大概是我在做梦了。

鲁四凤 （怜惜她的母亲）别多说话了，妈，静一静吧。妈，您在外受了委屈了，（落泪）从前，您不是这样神魂颠倒的。可怜的妈呀（抱着她）好一点了么？

鲁侍萍 不要紧的。——刚才我在门房听见这家里还有两位少爷？

鲁四凤	嗯妈，都很好，都很和气的。
鲁侍萍	（自言自语地）不，我的女儿说什么也不能在这儿多待。不成。不成。
鲁四凤	妈，您说什么？这儿上上下下都待我很好。妈，这里老爷太太向来不骂底下人，两位少爷都很和气的。这周家不但是活着的人心好，就是死了的人样子也是挺厚道的。
鲁侍萍	周？这家里姓周？
鲁四凤	妈，您看您，您刚才不是问着周家的门进来的么，怎么会忘了？（笑）妈，我明白了，您还是路上受热了。我先给你拿着周家第一个太太的相片，给您看。我再给你拿点水来喝。
	〔四凤在镜台上拿了相片过来，站在鲁妈背后，给她看。
鲁侍萍	（拿着相片，看）哦！（惊愕得说不出话来，手发颤）
鲁四凤	（站在鲁妈背后）您看她多好看，这就是大少爷的母亲，笑得多美，他们说还有点像我呢。可惜，她死了，要不然，——（觉得鲁妈头向前倒）哦，妈，您怎么啦？您怎么？
鲁侍萍	不，不，我头晕，我想喝水。
鲁四凤	（慌，掐着鲁妈的手指，搓她的头）妈，您到这边来！（扶鲁妈到一个大的沙发前，鲁妈手里还紧紧地拿着相片）妈，您在这儿躺一躺。我给您拿水去。
	〔四凤由饭厅门忙跑下。
鲁侍萍	哦，天哪。我是死了的人！这是真的么？这张相片？这些家具？怎么会？——哦，天底下地方大得很，怎么？熬过这几十年偏偏又把我这个可怜的孩子，放回到他——他的家里？哦，好不公平的天哪！（哭泣）
	〔四凤拿水上，鲁妈忙擦眼泪。
鲁四凤	（持水杯，向鲁妈）妈，您喝一口，不，再喝几口。（鲁妈饮）好一点了么？
鲁侍萍	嗯，好，好啦。孩子，你现在就跟我回家。
鲁四凤	（惊讶）妈，您怎么啦？
	〔由饭厅传出蘩漪喊"四凤"的声音。
鲁侍萍	谁喊你？
鲁四凤	太太。
	〔蘩漪声：四凤！
鲁四凤	嗳。
	〔蘩漪声：四凤，你来，老爷的雨衣你给放在哪儿啦？

鲁四凤	（喊）我就来。（向鲁妈）妈等一等，我就回来。
鲁侍萍	好，你去吧。
	〔四凤下。鲁妈周围望望，走到柜前，抚摩着她从前的家具，低头沉思。忽然听见屋外花园里走路的声音，她转过身来，等候着。
	〔鲁贵由中门上。
鲁　贵	四凤呢？
鲁侍萍	这儿的太太叫了去啦。
鲁　贵	你回头告诉太太，说找着雨衣，老爷自己到这儿来穿，还要跟太太说几句话。
鲁侍萍	老爷要到这屋里来？
鲁　贵	嗯，你告诉清楚了，别回头老爷来到这儿，太太不在，老头儿又发脾气了。
鲁侍萍	你跟太太说吧。
鲁　贵	这上上下下许多底下人都得我支派，我忙不开，我可不能等。
鲁侍萍	我要回家去，我不见太太了。
鲁　贵	为什么？这次太太叫你来，我告诉你，就许有点什么很要紧的事跟你谈谈。
鲁侍萍	我预备带着凤儿回去，叫她辞了这儿的事。
鲁　贵	什么？你看你这点——
	〔蘩漪由饭厅上。
鲁　贵	太太。
周蘩漪	（向门内）四凤，你先把那两套也拿出来，问问老爷要哪一件。（里面答应）哦，（吐出一口气，向鲁妈）这就是四凤的妈吧？叫你久等了。
鲁　贵	等太太是应当的。太太准她来跟您请安就是老大的面子。
	〔四凤由饭厅出，拿雨衣进。
周蘩漪	请坐！你来了好半天啦。（鲁妈只在打量着，没有坐下）
鲁侍萍	不多一会儿，太太。
鲁四凤	太太。把这三件雨衣都送给老爷那边去么？
鲁　贵	老爷说就放在这儿，老爷自己来拿，还请太太等一会儿，老爷见您有话说呢。
周蘩漪	知道了。（向四凤）你先到厨房，把晚饭的菜看看，告诉厨房一下。
鲁四凤	是，太太。（望着鲁贵，又疑惧地望着蘩漪由中门下）
周蘩漪	鲁贵，告诉老爷，说我同四凤的母亲谈话，回头再请他到这儿来。
鲁　贵	是，太太。（·但不走）

周蘩漪　（见鲁贵不走）你有什么事么？

鲁　贵　太太，今天早上老爷吩咐德国克大夫来。

周蘩漪　二少爷告诉过我了。

鲁　贵　老爷刚才吩咐，说来了就请太太去看。

周蘩漪　我知道了。好，你去吧。

〔鲁贵由中门下。

周蘩漪　（向鲁妈）坐下谈，不要客气。（自己坐在沙发上）

鲁侍萍　（坐在旁边一张椅子上）我刚下火车，就听见太太这边吩咐，要我来见见您。

周蘩漪　我常听四凤提到你，说你念过书，从前也是很好的门第。

鲁侍萍　（不愿提起从前的事）四凤这孩子很傻，不懂规矩，这两年叫您多生气啦。

周蘩漪　不，她非常聪明，我也很喜欢她。这孩子不应当叫她伺候人，应当替她找一个正当的出路。

鲁侍萍　太太多夸奖她了。我倒是不愿意这孩子帮人。

周蘩漪　这一点我很明白。我知道你是个知书达礼的人，一见面，彼此都觉得性情是直爽的，所以我就不妨把请你来的原因现在跟你　说一说。

鲁侍萍　（忍不住）太太，是不是我这小孩平时的举动有点叫人说闲话？

周蘩漪　（笑着，故为很肯定地说）不，不是。

〔鲁贵由中门上。

鲁　贵　太太。

周蘩漪　什么事？

鲁　贵　克大夫已经来了，刚才汽车夫接来的，现时在小客厅等着呢。

周蘩漪　我有客。

鲁　贵　客？——老爷说请太太就去。

周蘩漪　我知道，你先去吧。

〔鲁贵下。

周蘩漪　（向鲁妈）我先把我家里的情形说一说。第一我家里的女人很少。

鲁侍萍　是，太太。

周蘩漪　我一个人是个女人，两个少爷，一位老爷，除了一两个老妈子以外，其余用的都是男下人。

鲁侍萍　是，太太，我明白。

周蘩漪　四凤的年纪很轻，哦，她才十九岁，是不是？

鲁侍萍　不，十八。

周蘩漪	那就对了，我记得好像她比我的孩子是大一岁的样子。这样年轻的孩子，在外边做事，又生得很秀气的。
鲁侍萍	太太，如果四凤有不检点的地方，请您千万不要瞒我。
周蘩漪	不，不，（又笑了）她很好的。我只是说说这个情形。我自己有一个儿子，他才十七岁，——恐怕刚才你在花园见过——一个不十分懂事的孩子。

〔鲁贵自书房门上。

鲁　贵	老爷催着太太去看病。
周蘩漪	没有人陪着克大夫么？
鲁　贵	王局长刚走，老爷自己在陪着呢。
鲁侍萍	太太，您先看去。我在这儿等着不要紧。
周蘩漪	不，我话还没说完。（向鲁贵）你跟老爷说，说我没有病，我自己并没要请医生来。
鲁　贵	是，太太。（但不走）
周蘩漪	（看鲁贵）你在干什么？
鲁　贵	我等太太还有什么旁的事要吩咐。
周蘩漪	（忽然想起来）有，你跟老爷回完话之后，你出去叫一个电灯匠来，刚才我听说花园藤萝架上的旧电线落下来了，走电，叫他赶快收拾一下，不要电了人。
鲁　贵	是，太太。

〔鲁贵由中门下。

周蘩漪	（见鲁妈立起）鲁奶奶，你还是坐呀。哦，这屋子又闷热起来啦。（走到窗户，把窗户打开，回来，坐）这些天我就看着我这孩子奇怪，谁知这两天，他忽然跟我说他很喜欢四凤。
鲁侍萍	什么？
周蘩漪	也许预备要帮助她学费，叫她上学。
鲁侍萍	太太，这是笑话。
周蘩漪	我这孩子还想四凤嫁给他。
鲁侍萍	太太，请您不必往下说，我都明白了。
周蘩漪	（追一步）四凤比我的孩子大，四凤又是很聪明的女孩子，这种情形——
鲁侍萍	（不喜欢蘩漪的暧昧的口气）我的女儿，我总相信是个懂事，明白大体的孩子。我向来不愿意她到大公馆帮人，可是我信得过，我的女儿就帮这儿两年，她总不会做出一点糊涂事的。

周蘩漪	鲁奶奶，我也知道四凤是个明白的孩子，不过有了这种不幸的情形，我的意思，是非常容易叫人发生误会的。
鲁侍萍	（叹气）今天我到这儿来是万没想到的事，回头我就预备把她带走，现在我就请太太准了她的长假。
周蘩漪	哦，哦，——如果你以为这样办好，我也觉得很妥当的。不过有一层，我怕，我的孩子有点傻气，他还是会找到你家里见四凤的。
鲁侍萍	您放心。我后悔得很，我不该把这个孩子一个人交给她父亲管的。明天，我准离开此地，我会远远地带她走，不会见着周家的人。太太，我想现在带我的女儿走。
周蘩漪	那么，也好，回头我叫账房把工钱算出来。她自己的东西，我可以派人送去，我有一箱子旧衣服，也可以带着去，留着她以后在家里穿。
鲁侍萍	（自语）凤儿，我的可怜的孩子！（坐在沙发上落泪）天哪。
周蘩漪	（走到鲁妈面前）不要伤心，鲁奶奶。如果钱上有什么问题，尽管到我这儿来，一定有办法。好好地带她回去，有你这样一个母亲教育她，自然比在这儿好的。

〔朴园由书房上。

周朴园	蘩漪！

〔蘩漪抬头。鲁妈站起，忙躲在一旁，神色大变，观察他。

周朴园	你怎么还不去？
周蘩漪	（故意地）上哪儿？
周朴园	克大夫在等着你，你不知道么？
周蘩漪	克大夫？谁是克大夫？
周朴园	给你从前看病的克大夫。
周蘩漪	我的药喝够了，我不预备再喝了。
周朴园	那么你的病……
周蘩漪	我没有病。
周朴园	（忍耐）克大夫是我在德国的好朋友，对于妇科很有研究。你的神经有点失常，他一定治得好。
周蘩漪	谁说我的神经失常？你们为什么这样咒我，我没有病，我没有病，我告诉你，我没有病！
周朴园	（冷酷地）你当着人这样胡喊乱闹，你自己有病，偏偏要讳病忌医，不肯叫医生治，这不就是神经上的病态么？
周蘩漪	哼，我假若是有病，也不是医生治得好的。（向饭厅门走）
周朴园	（大声喊）站住！你上哪儿去？

周蘩漪	（不在意地）到楼上去。
周朴园	（命令地）你应当听话。
周蘩漪	（好像不明白地）哦！（停，不经意地打量他）你看你！（尖声笑两声）你简直叫我想笑。（轻蔑地笑）你忘了你自己是怎么样一个人啦！（又大笑，由饭厅跑下，重重地关上门）
周朴园	来人！

〔仆人上。

仆　人	老爷！
周朴园	太太现在在楼上。你叫大少爷陪着克大夫到楼上去给太太看病。
仆　人	是，老爷。
周朴园	你告诉大少爷，太太现在神经病很重，叫他小心点，叫楼上老妈子好好地看着太太。
仆　人	是，老爷。
周朴园	还有，叫大少爷告诉克大夫，说我有点累，不陪他了。
仆　人	是，老爷。

〔仆人下。朴园点着一支吕宋烟，看见桌上的雨衣。

周朴园	（向鲁妈）这是太太找出来的雨衣吗？
鲁侍萍	（看着他）大概是的。
周朴园	（拿起看看）不对，不对，这都是新的。我要我的旧雨衣，你回头跟太太说。
鲁侍萍	嗯。
周朴园	（看她不走）你不知道这间房子底下人不准随便进来么？
鲁侍萍	（看着他）不知道，老爷。
周朴园	你是新来的下人？
鲁侍萍	不是的，我找我的女儿来的。
周朴园	你的女儿？
鲁侍萍	四凤是我的女儿。
周朴园	那你走错屋子了。
鲁侍萍	哦。——老爷没有事了？
周朴园	（指窗）窗户谁叫打开的？
鲁侍萍	哦。（很自然地走到窗前，关上窗户，慢慢地走向中门）
周朴园	（看她关好窗门，忽然觉得她很奇怪）你站一站，（鲁妈停）你——你贵姓？
鲁侍萍	我姓鲁。

周朴园　姓鲁。你的口音不像北方人。

鲁侍萍　对了，我不是，我是江苏的。

周朴园　你好像有点无锡口音。

鲁侍萍　我自小就在无锡长大的。

周朴园　（沉思）无锡？嗯，无锡（忽而）你在无锡是什么时候？

鲁侍萍　光绪二十年，离现在有三十多年了。

周朴园　哦，三十年前你在无锡？

鲁侍萍　是的，三十多年前呢，那时候我记得我们还没有用洋火呢。

周朴园　（沉思）三十多年前，是的，很远啦，我想想，我大概是二十多岁的时候。那时候我还在无锡呢。

鲁侍萍　老爷是那个地方的人？

周朴园　嗯，（沉吟）无锡是个好地方。

鲁侍萍　哦，好地方。

周朴园　你三十年前在无锡么？

鲁侍萍　是，老爷。

周朴园　三十年前，在无锡有一件很出名的事情——

鲁侍萍　哦。

周朴园　你知道么？

鲁侍萍　也许记得，不知道老爷说的是哪一件？

周朴园　哦，很远的，提起来大家都忘了。

鲁侍萍　说不定，也许记得的。

周朴园　我问过许多那个时候到过无锡的人，我想打听打听。可是那个时候在无锡的人，到现在不是老了就是死了，活着的多半是不知道的，或者忘了。

鲁侍萍　如若老爷想打听的话，无论什么事，无锡那边我还有认识的人，虽然许久不通音信，托他们打听点事情总还可以的。

周朴园　我派人到无锡打听过。——不过也许凑巧你会知道。三十年前在无锡有一家姓梅的。

鲁侍萍　姓梅的？

周朴园　梅家的一个年轻小姐，很贤慧，也很规矩，有一天夜里，忽然地投水死了，后来，后来，——你知道么？

鲁侍萍　不敢说。

周朴园　哦。

鲁侍萍　我倒认识一个年轻的姑娘姓梅的。

周朴园	哦？你说说看。
鲁侍萍	可是她不是小姐，她也不贤慧，并且听说是不大规矩的。
周朴园	也许，也许你弄错了，不过你不妨说说看。
鲁侍萍	这个梅姑娘倒是有一天晚上跳的河，可是不是一个，她手里抱着一个刚生下三天的男孩。听人说她生前是不规矩的。
周朴园	（苦痛）哦！
鲁侍萍	她是个下等人，不很守本分的。听说她跟那时周公馆的少爷有点不清白，生了两个儿子。生了第二个，才过三天，忽然周少爷不要她了，大孩子就放在周公馆，刚生的孩子抱在怀里，在年三十夜里投河死的。
周朴园	（汗涔涔地）哦。
鲁侍萍	她不是小姐，她是无锡周公馆梅妈的女儿，她叫侍萍。
周朴园	（抬起头来）你姓什么？
鲁侍萍	我姓鲁，老爷。
周朴园	（喘出一口气，沉思地）侍萍，侍萍，对了。这个女孩子的尸首，说是有一个穷人见着埋了。你可以打听得她的坟在哪儿么？
鲁侍萍	老爷问这些闲事干什么？
周朴园	这个人跟我们有点亲戚。
鲁侍萍	亲戚？
周朴园	嗯，——我们想把她的坟墓修一修。
鲁侍萍	哦——那用不着了。
周朴园	怎么？
鲁侍萍	这个人现在还活着。
周朴园	（惊愕）什么？
鲁侍萍	她没有死。
周朴园	她还在？不会吧？我看见她河边上的衣服，里面有她的绝命书。
鲁侍萍	不过她被一个慈善的人救活了。
周朴园	哦，救活啦？
鲁侍萍	以后无锡的人是没见着她，以为她那夜晚死了。
周朴园	那么，她呢？
鲁侍萍	一个人在外乡活着。
周朴园	那个小孩呢？
鲁侍萍	也活着。
周朴园	（忽然立起）你是谁？

鲁侍萍	我是这儿四凤的妈,老爷。
周朴园	哦。
鲁侍萍	她现在老了,嫁给一个下等人,又生了个女孩,境况很不好。
周朴园	你知道她现在在哪儿?
鲁侍萍	我前几天还见着她!
周朴园	什么?她就在这儿?此地?
鲁侍萍	嗯,就在此地。
周朴园	哦!
鲁侍萍	老爷,你想见一见她么?
周朴园	不,不。谢谢你。
鲁侍萍	她的命很苦。离开了周家,周家少爷就娶了一位有钱有门第的小姐。她一个单身人,无亲无故,带着一个孩子在外乡什么事都做。讨饭、缝衣服、当老妈,在学校里伺候人。
周朴园	她为什么不再找到周家?
鲁侍萍	大概她是不愿意吧?为着她自己的孩子她嫁过两次。
周朴园	嗯,以后她又嫁过两次?
鲁侍萍	嗯,都是很下等的人。她遇人都很不如意,老爷想帮一帮她么?
周朴园	好,你先下去。让我想一想。
鲁侍萍	老爷,没有事了?(望着朴园,眼泪要涌出)老爷,您那雨衣,我怎么说?
周朴园	你去告诉四凤,叫她把我樟木箱子里那件旧雨衣拿出来,顺便把那箱子里的几件旧衬衣也检出来。
鲁侍萍	旧衬衣?
周朴园	你告诉她在我那顶老的箱子里,纺绸的衬衣,没有领子的。
鲁侍萍	老爷那种绸衬衣不是一共有五件?您要哪一件?
周朴园	要哪一件?
鲁侍萍	不是有一件,在右袖襟上有个烧破的窟窿,后来用丝线绣成一朵梅花补上的?还有一件,——
周朴园	(惊愕)梅花?
鲁侍萍	还有一件绸衬衣,左袖襟也绣着一朵梅花,旁边还绣着一个萍字。还有一件,——
周朴园	(徐徐立起)哦,你,你,你是——
鲁侍萍	我是从前伺候过老爷的下人。
周朴园	哦,侍萍!(低声)怎么,是你?

鲁侍萍	你自然想不到，侍萍的相貌有一天也会老得连你都不认识了。
周朴园	你——侍萍？（不觉地望望柜上的相片，又望鲁妈）
鲁侍萍	朴园，你找侍萍么？侍萍在这儿。
周朴园	（忽然严厉地）你来干什么？
鲁侍萍	不是我要来的。
周朴园	谁指使你来的？
鲁侍萍	（悲愤）命！不公平的命指使我来的。
周朴园	（冷冷地）三十年的工夫你还是找到这儿来了。
鲁侍萍	（愤怨）我没有找你，我没有找你，我以为你早死了。我今天没想到到这儿来，这是天要我在这儿又碰见你。
周朴园	你可以冷静点。现在你我都是有子女的人，如果你觉得心里有委屈，这么大年纪，我们先可以不必哭哭啼啼的。
鲁侍萍	哭？哼，我的眼泪早哭干了，我没有委屈，我有的是恨，是悔，是三十年一天一天我自己受的苦。你大概已经忘了你做的事了！三十年前，过年三十的晚上我生下你的第二个儿子才三天，你为了要赶紧娶那位有钱有门第的小姐，你们逼着我冒着大雪出去，要我离开你们周家的门。
周朴园	从前的旧恩怨，过了几十年，又何必再提呢？
鲁侍萍	那是因为周大少爷一帆风顺，现在也是社会上的好人物。可是自从我被你们家赶出来以后，我没有死成，我把我的母亲可给气死了，我亲生的两个孩子你们家里逼着我留在你们家里。
周朴园	你的第二个孩子你不是已经抱走了么？
鲁侍萍	那是你们老太太看着孩子快死了，才叫我带走的。（自语）哦，天哪，我觉得我像在做梦。
周朴园	我看过去的事不必再提起来吧。
鲁侍萍	我要提，我要提，我闷了三十年了！你结了婚，就搬了家，我以为这一辈子也见不着你了；谁知道我自己的孩子偏偏命定要跑到周家来，又做我从前在你们家里做过的事。
周朴园	怪不得四凤这样像你。
鲁侍萍	我伺候你，我的孩子再伺候你生的少爷们。这是我的报应，我的报应。
周朴园	你静一静。把脑子放清醒点。你不要以为我的心是死了，你以为一个人做了一件于心不忍的事就会忘了么？你看这些家具都是你从前顶喜欢的东西，多少年我总是留着，为着纪念你。

鲁侍萍	（低头）哦。
周朴园	你的生日——四月十八——每年我总记得。一切都照着你是正式嫁过周家的人看，甚至于你因为生萍儿，受了病，总要关窗户，这些习惯我都保留着，为的是不忘你，弥补我的罪过。
鲁侍萍	（叹一口气）现在我们都是上了年纪的人，这些傻话请你也不必说了。
周朴园	那更好了。那么我们可以明明白白地谈一谈。
鲁侍萍	不过我觉得没有什么可谈的。
周朴园	话很多。我看你的性情好像没有大改，——鲁贵像是个很不老实的人。
鲁侍萍	你不要怕。他永远不会知道的。
周朴园	那双方面都好。再有，我要问你的，你自己带走的儿子在哪儿？
鲁侍萍	他在你的矿上做工。
周朴园	我问，他现在在哪儿？
鲁侍萍	就在门房等着见你呢。
周朴园	什么？鲁大海？他！我的儿子？
鲁侍萍	他的脚趾头因为你的不小心，现在还是少一个的。
周朴园	（冷笑）这么说，我自己的骨肉在矿上鼓励罢工，反对我！
鲁侍萍	他跟你现在完完全全是两样的人。
周朴园	（沉静）他还是我的儿子。
鲁侍萍	你不要以为他还会认你做父亲。
周朴园	（忽然）好！痛痛快快地！你现在要多少钱吧？
鲁侍萍	什么？
周朴园	留着你养老。
鲁侍萍	（苦笑）哼，你还以为我是故意来敲诈你，才来的么？
周朴园	也好，我们暂且不提这一层。那么，我先说我的意思。你听着，鲁贵我现在要辞退的，四凤也要回家。不过——
鲁侍萍	你不要怕，你以为我会用这种关系来敲诈你么？你放心，我不会的。大后天我就带着四凤回到我原来的地方。这是一场梦，这地方我绝对不会再住下去。
周朴园	好得很，那么一切路费，用费，都归我担负。
鲁侍萍	什么？
周朴园	这于我的心也安一点。
鲁侍萍	你？（笑）三十年我一个人都过了，现在我反而要你的钱？

周朴园	好，好，好，那么，你现在要什么？
鲁侍萍	（停一停）我，我要点东西。
周朴园	什么？说吧！
鲁侍萍	（泪满眼）我——我——我只要见见我的萍儿。
周朴园	你想见他？
鲁侍萍	嗯，他在哪儿？
周朴园	他现在在楼上陪着他的母亲看病。我叫他，他就可以下来见你。不过是——
鲁侍萍	不过是什么？
周朴园	他很大了。
鲁侍萍	（追忆）他大概是二十八了吧？我记得他比大海只大一岁。
周朴园	并且他以为他母亲早就死了的。
鲁侍萍	哦，你以为我会哭哭啼啼地叫他认母亲么？我不会那么傻的。我难道不知道这样的母亲只给自己的儿子丢人么？我明白他的地位，他的教育，不容他承认这样的母亲。这些年我也学乖了，我只想看看他，他究竟是我生的孩子。你不要怕，我就是告诉他，白白地增加他的烦恼，他自己也不愿意认我的。
周朴园	那么，我们就这样解决了。我叫他下来，你看一看他，以后鲁家的人永远不许再到周家来。
鲁侍萍	好，我希望这一生不至于再见你。
周朴园	（由衣内取出皮夹的支票签好）很好，这是一张五千块钱的支票，你可以先拿去用。算是弥补我一点罪过。
鲁侍萍	（接过支票）谢谢你。（慢慢撕碎支票）
周朴园	侍萍。
鲁侍萍	我这些年的苦不是你拿钱算得清的。
周朴园	可是你——
	〔外面争吵声。鲁大海的声音："放开我，我要进去。"三四男仆声："不成，不成，老爷睡觉呢。"门外有男仆等与鲁大海挣扎声。
周朴园	（走至中门）来人！（仆人由中门进）谁在吵？
仆　人	就是那个工人鲁大海！他不讲理，非见老爷不可。
周朴园	哦。（沉吟）那你就叫他进来吧。等一等，叫人到楼上请大少爷下来，我有话问他。
仆　人	是，老爷。
	〔仆人由中门下。

周朴园　（向鲁妈）侍萍，你不要太固执。这一点钱你不收下，将来你会后悔的。

鲁侍萍　（望着他，一句话也不说）

　　　　〔仆人领鲁大海进，大海站在左边，三四仆人立一旁。

鲁大海　（见鲁妈）妈，您还在这儿？

周朴园　（打量鲁大海）你叫什么名字？

鲁大海　（大笑）董事长，您不要同我摆架子，您难道不知道我是谁么？

周朴园　你？我只知道你是罢工闹得最凶的工人代表。

鲁大海　对了，一点儿也不错，所以才来拜望拜望您。

周朴园　你有什么事吧？

鲁大海　董事长当然知道我是为什么来的。

周朴园　（摇头）我不知道。

鲁大海　我们老远从矿上来，今天我又在您府上大门房里从早上六点钟一直等到现在，我就是要问问董事长，对于我们工人的条件，究竟是允许不允许？

周朴园　哦，——那么，那三个代表呢？

鲁大海　我跟你说吧，他们现在正在联络旁的工会呢。

周朴园　哦，——他们没有告诉你旁的事情么？

鲁大海　告诉不告诉于你没有关系。——我问你，你的意思，忽而软，忽而硬，究竟是怎么回子事？

　　　　〔周萍由饭厅上，见有人，即想退回。

周朴园　（看周萍）不要走，萍儿！（视鲁妈，鲁妈知周萍为其子，眼泪汪汪地望着他）

周　萍　是，爸爸。

周朴园　（指身侧）萍儿，你站在这儿。（向大海）你这么只凭意气是不能交涉事情的。

鲁大海　哼，你们的手段，我都明白。你们这样拖延时候，不过是想去花钱收买少数不要脸的败类，暂时把我们骗在这儿。

周朴园　你的见地也不是没有道理。

鲁大海　可是你完全错了。我们这次罢工是有团结的，有组织的。我们代表这次来并不是来求你们。你听清楚，不求你们。你们允许就允许；不允许，我们一直罢工到底，我们知道你们不到两个月整个地就要关门的。

周朴园　你以为你们那些代表们，那些领袖们都可靠吗？

鲁大海	至少比你们只认识洋钱的结合要可靠得多。
周朴园	那么我给你一件东西看。

〔朴园在桌上找电报，仆人递给他；此时周冲偷偷由左书房进，在旁谛听。

周朴园	（给大海电报）这是昨天从矿上来的电报。
鲁大海	（拿过去读）什么？他们又上工了。（放下电报）不会，不会。
周朴园	矿上的工人已经在昨天早上复工，你当代表的反而不知道么？
鲁大海	（惊，怒）怎么矿上警察开枪打死三十个工人就白打了么？
	（又看电报，忽然笑起来）哼，这是假的。你们自己假作的电报来离间我们的。（笑）哼，你们这种卑鄙无赖的行为！
周　萍	（忍不住）你是谁？敢在这儿胡说？
周朴园	萍儿！没有你的话。（低声向大海）你就这样相信你那同来的几个代表么？
鲁大海	你不用多说，我明白你这些话的用意。
周朴园	好，那我把那复工的合同给你瞧瞧。
鲁大海	（笑）你不要骗小孩子，复工的合同没有我们代表的签字是不生效力的。
周朴园	哦，（向仆人）合同！（仆人由桌上拿合同递他）你看，这是他们三个人签字的合同。
鲁大海	（看合同）什么？（慢慢地，低声）他们三个人签了字。他们怎么会不告诉我，自己就签了字呢？他们就这样把我不理啦。
周朴园	对了，傻小子，没有经验只会胡喊是不成的。
鲁大海	那三个代表呢？
周朴园	昨天晚车就回去了。
鲁大海	（如梦初醒）他们三个就骗了我了，这三个没有骨头的东西，他们就把矿上的工人们卖了。哼，你们这些不要脸的董事长，你们的钱这次又灵了。
周　萍	（怒）你混账！
周朴园	不许多说话。（回头向大海）鲁大海，你现在没有资格跟我说话——矿上已经把你开除了。
鲁大海	开除了！？
周　冲	爸爸，这是不公平的。
周朴园	（向周冲）你少多嘴，出去！

〔周冲由中门气下。

鲁大海　哦，好，好，（切齿）你的手段我早就领教过，只要你能弄钱，你什么都做得出来。你叫警察杀了矿上许多工人，你还——

周朴园　你胡说！

鲁侍萍　（至大海前）别说了，走吧。

鲁大海　哼，你的来历我都知道，你从前在哈尔滨包修江桥，故意叫江堤出险，——

周朴园　（厉声）下去！

　　　　〔仆人等拉他，说："走！走！"

鲁大海　（对仆人）你们这些混账东西，放开我。我要说，你故意淹死了两千二百个小工，每一个小工的性命你扣三百块钱！姓周的，你发的是绝子绝孙的昧心财！你现在还——

周　萍　（忍不住气，走到大海面前，重重地打他两个嘴巴）你这种混账东西！

　　　　〔大海立刻要还手，但是被周宅的仆人们拉住。

周　萍　打他。

鲁大海　（向周萍高声）你，你！（正要骂，仆人一起打大海。大海头流血。鲁妈哭喊着护大海）

周朴园　（厉声）不要打人！

　　　　〔仆人们停止打大海，仍拉着大海的手。

鲁大海　放开我，你们这一群强盗！

周　萍　（向仆人们）把他拉下去。

鲁侍萍　（大哭起来）哦，这真是一群强盗！（走至周萍面前，抽咽）你是萍，——凭，——凭什么打我的儿子？

周　萍　你是谁？

鲁侍萍　我是你的——你打的这个人的妈。

鲁大海　妈，别理这东西，您小心吃了他们的亏。

鲁侍萍　（呆呆地看着周萍的脸，忽而又大哭起来）大海，走吧，我们走吧。（抱着大海受伤的头哭）

　　　　〔大海为仆人拥下，鲁妈亦下。台上只有朴园与周萍。

周　萍　（过意不去地）父亲。

周朴园　你太莽撞了。

周　萍　可是这个人不应该乱侮辱父亲的名誉啊。

　　　　〔半晌。

周朴园　克大夫给你母亲看过了么？

周　萍　看完了，没有什么。

周朴园　哦，（沉吟，忽然）来人！

　　　　〔仆人由中门上。

周朴园　你告诉太太，叫她把鲁贵跟四凤的工钱算清楚，我已经把他们辞了。

仆　人　是，老爷。

周　萍　怎么？他们两个怎么样了？

周朴园　你不知道刚才这个工人也姓鲁，他就是四凤的哥哥么？

周　萍　哦，这个人就是四凤的哥哥？不过，爸爸——

周朴园　（向下人）跟太太说，叫账房给鲁贵同四凤多算两个月的工钱，叫他们今天就去。去吧。

　　　　〔仆人由饭厅下。

周　萍　爸爸，不过四凤同鲁贵在家里都很好。很忠诚的。

周朴园　哦，（呵欠）我很累了。我预备到书房歇一下。你叫他们送一碗浓浓一点的普洱茶来。

周　萍　是，爸爸。

　　　　〔朴园由书房下。

周　萍　（叹一口气）嗨！（急向中门下，周冲适由中门上）

周　冲　（着急地）哥哥，四凤呢？

周　萍　我不知道。

周　冲　是父亲要辞退四凤么？

周　萍　嗯，还有鲁贵。

周　冲　即使她的哥哥得罪了父亲，我们不是把人家打了么？为什么欺负这么一个女孩子干什么？

周　萍　你可问父亲去。

周　冲　这太不讲理了。

周　萍　我也这样想。

周　冲　父亲在哪儿？

周　萍　在书房里。

　　　　〔周冲至书房，周萍在屋里踱来踱去。四凤由中门走进，颜色苍白，泪还垂在眼角。

周　萍　（忙走至四凤前）四凤，我对不起你，我实在不认识他。

鲁四凤　（用手摇一摇，满腹说不出的话）

周　萍　可是你哥哥也不应该那样乱说话。

鲁四凤　不必提了，错得很。（即向饭厅去）

周　萍　你干什么去？

鲁四凤　我收拾我自己的东西去。再见吧，明天你走，我怕不能看你了。

周　萍　不，你不要去。（拦住她）

鲁四凤　不，不，你放开我。你不知道我们已经叫你们辞了么？

周　萍　（难过）凤，你——你饶恕我么？

鲁四凤　不，你不要这样。我并不怨你，我知道早晚是有这么一天的，不过，今天晚上你千万不要来找我。

周　萍　可是，以后呢？

鲁四凤　那——再说吧！

周　萍　不，四凤，我要见你，今天晚上，我一定要见你，我有许多话要同你说。四凤，你……

鲁四凤　不，无论如何，你不要来。

周　萍　那你想旁的法子来见我。

鲁四凤　没有旁的法子。你难道看不出这是什么情形么？

周　萍　要这样，我是一定要来的。

鲁四凤　不，不，你不要胡闹，你千万不……

〔蘩漪由饭厅上。

鲁四凤　哦，太太。

周蘩漪　你们在这儿啊！（向四凤）等一会儿，你的父亲叫电灯匠就回来。什么东西，我可以交给他带回去。也许我派人给你送去。——你家住在什么地方？

鲁四凤　杏花巷十号。

周蘩漪　你不要难过，没事可以常来找我。送给你的衣服，我回头叫人送到你那里去。是杏花巷十号吧？

鲁四凤　是，谢谢太太。

〔鲁妈在外面叫：四凤！四凤！

鲁四凤　妈，我在这儿。

〔鲁妈由中门上。

鲁侍萍　四凤，收拾收拾零碎的东西，我们先走吧。快下大雨了。

〔风声，雷声渐起。

鲁四凤　是，妈妈。

鲁侍萍　（向蘩漪）太太，我们走了。（向四凤）四凤，你跟太太谢谢。

鲁四凤　（向太太请安）太太，谢谢！（含着眼泪看周萍，周萍缓缓地转过头去）

〔鲁妈与四凤由中门下，风雷声更大。

周蘩漪　萍，你刚才同四凤说的什么？

周　萍　你没有权利问。

周蘩漪　萍，你不要以为她会了解你。

周　萍　这是什么意思？

周蘩漪　你不要再骗我，我问你，你说要到哪儿去？

周　萍　用不着你问。请你自己放尊重一点。

周蘩漪　你说，你今天晚上预备上哪儿去？

周　萍　我——（突然）我找她。你怎么样？

周蘩漪　（恫吓地）你知道她是谁，你是谁么？

周　萍　我不知道。我只知道我现在真喜欢她，她也喜欢我。过去这些日子，
　　　　我知道你早明白得很，现在你既然愿意说破，我当然不必瞒你。

周蘩漪　你受过这样高等教育的人现在同这么一个底下人的女儿，这
　　　　是一个下等女人——

周　萍　（暴烈）你胡说！你不配说她下等，你不配，她不像你，她——

周蘩漪　（冷笑）小心，小心！你不要把一个失望的女人逼得太狠了，
　　　　她是什么事都做得出来的。

周　萍　我已经打算好了。

周蘩漪　好，你去吧！小心，现在（望窗外，自语，暗示着恶兆地）风暴就
　　　　要起来了！

周　萍　（领悟地）谢谢你，我知道。

　　　　〔朴园由书房上。

周朴园　你们在这儿说什么？

周　萍　我正跟母亲说刚才的事情呢。

周朴园　他们走了么？

周蘩漪　走了。

周朴园　蘩漪，冲儿又叫我说哭了，你叫他出来，安慰安慰他。

周蘩漪　（走到书房门口）冲儿。冲儿！（不听见里面答应的声音，便
　　　　走进去）

　　　　〔外面风雷大作。

周朴园　（走到窗前望外面，风声甚烈，花盆落地打碎的声音）萍儿，花盆叫
　　　　大风吹倒了，你叫下人快把这窗关上。大概是暴雨就要下来了。

周　萍　是，爸爸！（由中门下）

　　　　〔朴园在窗前，望着外面的闪电。

　　　　　　　　　　　　　　　　　　　　　　　　——幕落

第 三 幕

——杏花巷十号，在鲁贵家里。

下面是鲁家屋外的情形：

车站的钟打了十下，杏花巷的老少还沿着那白天蒸发着臭气，只有半夜才从租界区域吹来一阵好凉风的水塘边上乘凉。虽然方才落了一阵暴雨，天气还是郁热难堪，天空黑漆漆地布满了恶相的黑云，人们都像晒在太阳下的小草，虽然半夜里沾了点露水，心里还是热燥燥的，期望着再来一次的雷雨。倒是躲在池塘芦苇根下的青蛙叫得起劲，一直不停，闲人谈话的声音有一阵没一阵地。无星的天空时而打着没有雷的闪电，蓝森森地一晃，闪露出来池塘边的垂柳在水面颤动着。闪光过去，还是黑黝黝的一片。

渐渐乘凉的人散了，四周围静下来，雷又隐隐地响着，青蛙像是吓得不敢多叫，风又吹起来，柳叶沙沙地。在深巷里，野狗寂寞地狂吠着。

以后闪电更亮得蓝森森地可怕，雷也更凶恶似的隆隆地滚着，四周却更沉闷地静下来，偶尔听见几声青蛙叫和更大的木梆声，野狗的吠声更稀少，狂雨就快要来了。

最后暴风暴雨，一直到闭幕。

不过观众看见的还是四凤的屋子，(即鲁贵两间房的内屋)前面的叙述除了声音只能由屋子中间一扇木窗户显出来。

在四凤的屋子里面呢：

鲁家现在才吃完晚饭，每个人的心绪都是烦恶的。各人有各人的心思，在一个屋角，鲁大海一个人在擦什么东西。鲁妈同四凤一句话也不说，大家静默着。鲁妈低着头在屋子中间的圆桌旁收拾筷子碗，鲁贵坐在左边一张破靠椅上，喝得醉醺醺的，眼睛发了红丝，像个猴子，半身倚着靠背，望着鲁妈打噎。他的赤脚忽然放在椅子上，忽然又平拖在地上，两条腿像人字似的排开。他穿一件白汗衫，半臂已经汗透了，贴在身上，他不住地摇着芭蕉扇。

四凤在中间窗户前面站着：背朝着观众，面向窗外不安地望着，窗外池塘边有乘凉的人们说着闲话，有青蛙的叫声。她时而不安地像听见了什么似的，时而又转过头看了看鲁贵，又烦厌地迅速转过去。在她旁边靠左墙是一张搭好的木板床，上面铺着凉席，一床很干净的夹被，一个凉草枕和一把蒲扇，很整齐地放在上面。

屋子很小，像一切穷人的房子，屋顶低低地压在头上。床头上挂着一张烟草公司的广告画，在左边的墙上贴着过年时贴上的旧画，已经破烂许多地方。靠着鲁贵坐的唯一的一张椅子立了一张小方桌，上面有镜子，梳子，女人用的几件平常的化妆品，那大概就是四凤的梳妆台了。在左墙有一条板凳，在中间圆桌旁边孤零零地立着一个圆凳子，在右边四凤的床下正排着两三双很时髦的鞋。鞋的下头，有一只箱子，上面铺着一块白布，放着一个瓷壶同两三个粗的碗。小圆桌上放着一盏洋油灯，上面罩一个鲜红美丽的纸灯罩；还有几件零碎的小东西；在暗淡的灯影里，零碎的小东西虽看不清楚，却依然令人觉得这大概是一个女人的住房。

这屋子有两个门，在左边——就是有木床的一边——开着一个小门，外面挂着一幅强烈的有花的红幔帐。里面存着煤，一两件旧家具，四凤为着自己换衣服用的。右边有一个破旧的木门，通着鲁家的外间，外面是鲁贵住的地方，是今晚鲁贵夫妇睡的处所。那外间屋的门就通着池塘边泥泞的小道。这里间与外间相通的木门，旁边侧立一副铺板。

〔开幕时正是鲁贵兴致淋漓地刚刚倒完了半咒骂式的家庭训话。屋内都是沉默而紧张的。沉闷中听得出池塘边唱着淫荡的春曲，掺杂着乘凉人们的谈话。各人在想各人的心思，低着头不作声。鲁贵满身是汗，因为喝酒喝得太多，说话也过于费了力气，嘴里流着涎水，脸红得吓人，他好像很得意自己在家里面的位置同威风，拿着那把破芭蕉扇，挥着，舞着，指着。为汗水浸透了似的肥脑袋探向前面，眼睛迷腾腾地，在各个人的身上扫来扫去。

〔大海依旧擦他的手枪，两个女人都不作声，等着鲁贵继续嘶喊。这时青蛙同卖唱的叫声传了过来。

〔四凤立在窗户前，偶而深深地叹着气。

鲁　贵　（咳嗽起来）他妈的！（一口痰吐在地上，兴奋地问着）你们想，你们哪一个对得起我？（向四凤同大海）你们不要不愿意听，你们哪一个人不是我辛辛苦苦养到大，可是现在你们哪一件事做的对得起我？（先向左，对大海）你说？（忽向右，对四凤）你说？（对

着站在中间圆桌旁的鲁妈，胜利地）你也说说，这都是你的好孩子啊！（啪，又一口痰）

〔静默。听外面胡琴同唱声。

鲁大海 （向四凤）这是谁？快十点半还在唱？

鲁四凤 （随意地）一个瞎子同他老婆，每天在这儿卖唱的。（挥着扇，微微叹一口气）

鲁　贵 我是一辈子犯小人，不走运。刚在周家混了两年，孩子都安置好了，就叫你（指鲁妈）连累下去了。你回家一次就出一次事。刚才是怎么回事？我叫完电灯匠回公馆，凤儿的事没有了，连我的老根子也拔了。妈的，你不来，（指鲁妈）我能倒这样的霉？（又一口痰）

鲁大海 （放下手枪）你要骂我就骂我。别指东说西，欺负妈好说话。

鲁　贵 我骂你？你是少爷！我骂你？你连人家有钱的人都当着面骂了，我敢骂你？

鲁大海 （不耐烦）你喝了不到两盅酒，就叨叨叨，叨叨叨，这半点钟你够不够？

鲁　贵 够？哼，我一肚子的冤屈，一肚子的火，我没个够！当初你爸爸也不是没叫人伺候过，吃喝玩乐，我哪一样没讲究过！自从娶了你的妈，我是家败人亡，一天不如一天。一天不如一天……

鲁四凤 那不是你自己赌钱输光的!

鲁大海 你别理他。让他说。

鲁　贵 （只顾嘴头说得畅快，如同自己是唯一的牺牲者一样）我告诉你，我是家败人亡，一天不如一天。我受人家的气，受你们的气。现在好，连想受人家的气也不成了，我跟你们一块儿饿着肚子等死。你们想想，你们是哪一件事对得起我？（忽而觉得自己的腿没处放，面向鲁妈）侍萍，把那凳子拿过来。我放放大腿。

鲁大海 （看着鲁妈，叫她不要管）妈！

〔然而鲁妈还是拿了那唯一的圆凳子过来，放在鲁贵的脚下。他把腿放好。

鲁　贵 （望着大海）可是这怪谁？你把人家骂了，人家一气，当然就把我们辞了。谁叫我是你的爸爸呢？大海，你心里想想，我这么大年纪，要跟着你饿死；我要是饿死，你是哪一点对得起我？我问问你，我要是这样死了？

鲁大海 （忍不住，立起，大声）你死就死了，你算老几!

鲁　贵　（吓醒了一点）妈的，这孩子！

鲁侍萍　大海！　　　　　　　（同时惊恐地喊出）

鲁四凤　哥哥！

鲁　贵　（看见大海那副魁梧的身体，同手里拿着的枪，心里有点怕，笑着）
　　　　你看看，这孩子这点小脾气！——（又接着说）咳，说回来，这
　　　　也不能就怪大海，周家的人从上到下就没有一个好东西。我伺候
　　　　他们两年，他们那点出息我哪一样不知道？反正有钱的人顶方便，做
　　　　了坏事，外面比做了好事装得还体面；文明词越用得多，心里头越
　　　　男盗女娼。王八蛋！别看今天我走的时候，老爷太太装模作样地
　　　　跟我尽打官话，好东西，明儿见！他们家里这点出息当我不知道？

鲁四凤　（怕他胡闹）爸！你可，你可千万别去周家！

鲁　贵　（不觉骄傲起来）哼，明天，我把周家太太大少爷这点老底子给它
　　　　一个宣布，就连老头这老王八蛋也得给我跪下磕头。忘恩负义的东
　　　　西！（得意地咳嗽起来）他妈的！（啪地又一口痰吐在地上，向四
　　　　凤）茶呢？

鲁四凤　爸，你真是喝醉了么？刚才不给你放在桌子上么？

鲁　贵　（端起杯子，对四凤）这是白水，小姐！（泼在地上）

鲁四凤　（冷冷地）本来是白水，没有茶。

鲁　贵　（因为她打断他的兴头，向四凤）混账。我吃完饭总要喝杯好茶，
　　　　你还不知道么？

鲁大海　（故意地）哦，爸爸吃完饭还要喝茶的。（向四凤）四凤，你怎
　　　　么不把那一两四块八的龙井沏上，尽叫爸爸生气！

鲁四凤　龙井？家里连茶叶末也没有。

鲁大海　（向鲁贵）听见了没有？你就将就将就喝杯开水吧，别这样穷
　　　　讲究啦。（拿一杯白开水，放在他身旁桌上，走开）

鲁　贵　这是我的家。你要看着不顺眼，你可以滚开。

鲁大海　（上前）你，你——

鲁侍萍　（阻大海）别，别，好孩子。看在妈的份上，别同他闹。

鲁　贵　你自己觉得挺不错，你到家不到两天，就闹这么大的乱子，我
　　　　没有说你，你还要打我么？你给我滚！

鲁大海　（忍着）妈，他这样子我实在看不下去。妈，我走了。

鲁侍萍　胡说。就要下雨，你上哪儿去？

鲁大海　我有点事。办不好，也许到车厂拉车去。

鲁侍萍　大海，你——

鲁　贵　走，走，让他走。这孩子就是这点穷骨头。叫他滚，滚，滚!

鲁大海　你小心点。你少惹我的火!

鲁　贵　（赖皮）你妈在这儿。你敢把你的爹怎么样? 你这杂种!

鲁大海　什么，你骂谁?

鲁　贵　我骂你。你这——

鲁侍萍　（向鲁贵）你别不要脸，你少说话!

鲁　贵　我不要脸? 我没有在家养私孩子，还带着个（指大海）嫁人。

鲁侍萍　（心痛极）哦，天!

鲁大海　（抽出手枪）我——我打死你这老东西! （对鲁贵）

　　　　〔鲁贵叫，站起。急到里间，僵立不动。

鲁　贵　（喊）枪，枪，枪。

鲁四凤　（跑到大海的面前，抱着他的手）哥哥。

鲁侍萍　大海，你放下。

鲁大海　（对鲁贵）你跟妈说，说自己错了，以后永远不再乱说话，乱骂人。

鲁　贵　哦——

鲁大海　（进一步）说呀!

鲁　贵　（被胁）你，你——你先放下。

鲁大海　（气愤地）不，你先说。

鲁　贵　好。（向鲁妈）我说错了，我以后永远不乱说，不骂人了。

鲁大海　（指那唯一的圆椅）还坐在那儿!

鲁　贵　（颓唐地坐在椅上，低着头咕噜着）这小杂种!

鲁大海　哼，你不值得我卖这么大的力气。

鲁侍萍　放下。大海，你把手枪放下。

鲁大海　（放下手枪，笑）妈，妈您别怕，我是吓唬吓唬他。

鲁侍萍　给我。你这手枪是哪儿弄来的?

鲁大海　从矿上带来的，警察打我们的时候掉的，我拾起来了。

鲁侍萍　你现在带在身上干什么?

鲁大海　不干什么。

鲁侍萍　不，你要说。

鲁大海　（狞笑）没有什么，周家逼着我，没有路走，这就是一条路。

鲁侍萍　胡说，交给我。

鲁大海　（不肯）妈!

鲁侍萍　刚才吃饭的时候我跟你说过，周家的事算完了，我们姓鲁的永远不提他们了。

鲁大海	（低声，缓慢地）可是我在矿上流的血呢？周家大少爷刚才打在我脸上的巴掌呢？就完了么？
鲁侍萍	嗯，完了。这一本账算不清楚，报复是完不了的。什么都是天定，妈愿意你多受点苦。
鲁大海	那是妈自己，我——
鲁侍萍	（高声）大海，你是我最爱的孩子，你听着，我从来不用这样的口气对你说过话。你要是伤害了周家的人，不管是那里的老爷或者少爷，你只要伤害了他们，我是一辈子也不认你的。
鲁大海	可是妈——（恳求）
鲁侍萍	（肯定地）你知道妈的脾气，你若要做了妈最怕你做的事情，妈就死在你的面前。
鲁大海	（长叹一口气）哦！妈，您——（仰头望，又低下头来）那我会恨——恨他们一辈子。
鲁侍萍	（叹一口气）天，那就不能怪我了。（向大海）把手枪给我。（大海不肯）交给我！（走近大海，把手枪拿了过来）
鲁大海	（痛苦）妈，您——
鲁四凤	哥哥，你给妈！
鲁大海	那么您拿去吧。不过您搁的地方得告诉我。
鲁侍萍	好，我放在这个箱子里。（把手枪放在床头的木箱里）可是（对大海）明天一早我就报告警察，把枪交给他。
鲁　贵	对极了，这才是正理。
鲁大海	你少说话！
鲁侍萍	大海。不要这样同父亲说话。
鲁大海	（看鲁贵，又转头）好，妈，我走了。我要看车厂子里有认识的人没有。
鲁侍萍	好，你去。你可得准回来。一家人不许这样怄气。
鲁大海	嗯。就回来。
	〔大海由左边与外间通的房门下，听见他关外房的大门的声音。鲁贵立起来看着大海走出去，怀着怨气又回来站在圆桌旁。
鲁　贵	（自言自语）这个小王八蛋！（问鲁妈）刚才我叫你买茶叶，你为什么不买？
鲁侍萍	没有闲钱。
鲁　贵	可是，四凤，我的钱呢？——刚才你们从公馆领来的工钱呢？
鲁四凤	您说周公馆多给的两个月的工钱？

鲁　贵	对了，一共连新加旧六十块钱。
鲁四凤	（知道早晚也要告诉他）嗯，是的，还给人啦。
鲁　贵	什么，你还给人啦？
鲁四凤	刚才赵三又来堵门要你的赌账，妈就把那个钱都还给他了。
鲁　贵	（问鲁妈）六十块钱？都还了账啦！
鲁侍萍	嗯，把你这次的赌账算是还清了。
鲁　贵	（急了）妈的，我的家就是叫你们这样败了的，现在是还账的时候么？
鲁侍萍	（沉静地）都还清了好。这儿的家我预备不要了。
鲁　贵	这儿的家你不要么？
鲁侍萍	我想，大后天就回济南去。
鲁　贵	你回济南，我跟四凤在这儿，这个家也得要啊。
鲁侍萍	这次我带着四凤一块儿走，不叫她一个人在这儿了。
鲁　贵	（对四凤笑）四凤，你听你妈要带着你走。
鲁侍萍	上次我走的时候，我不知道我的事情怎么样。外面人地生疏，在这儿四凤有邻居张大婶照应她，我自然不带她走。现在我那边的事已经定了。四凤在这儿又没有事，我为什么不带她走？
鲁四凤	（惊）您，您真要带我走？
鲁侍萍	（沉痛地）嗯，妈以后说什么也不离开你了。
鲁　贵	不成，这我们得好好商量商量。
鲁侍萍	这有什么可商量的？你要愿意去，大后天一块儿走也可以。不过那儿是找不着你这一帮赌钱的朋友的。
鲁　贵	我自然不到那儿去。可是你要带四凤到那儿干什么？
鲁侍萍	女孩子当然随着妈走，从前那是没有法子。
鲁　贵	（滔滔地）四凤跟我有吃有穿，见的是场面人。你带着她，活受罪，干什么？
鲁侍萍	（对他没有办法）跟你也说不明白。你问问她愿意跟我还是愿意跟你？
鲁　贵	自然是愿意跟我。
鲁侍萍	你问她！
鲁　贵	（自信一定胜利）四凤，你过来，你听清楚了。你愿意怎么样？随你。跟你妈，还是跟我？（四凤转过身来，满脸的眼泪）咦，这孩子，你哭什么？
鲁侍萍	哦，凤儿，我的可怜的孩子。

鲁　贵　说呀，这不是大姑娘上轿，说呀？

鲁侍萍　（安慰地）哦，凤儿，告诉我，刚才你答应得好好的，愿意跟
　　　　着妈走，现在又怎么哪？告诉我，好孩子。老实地告诉妈，妈还是
　　　　喜欢你。

鲁　贵　你说你让她走，她心里不高兴。我知道，她舍不得这个地方。（笑）

鲁四凤　（向鲁贵）去！（向鲁妈）别问我，妈，我心里难过。妈，我
　　　　的妈，我是跟您走的。妈呀！（抽咽，扑在鲁妈的怀里）

鲁侍萍　哦，我的孩子，我的孩子今天受了委屈了。

鲁　贵　你看看，这孩子一身小姐气，她要跟你不是受罪么？

鲁侍萍　（向鲁贵）你少说话，（对四凤）妈命不好，妈对不起你，别难过！
　　　　以后跟妈在一块儿。没有人会欺负你，哦，我的心肝孩子。

　　　　〔大海由左边上。

鲁大海　妈，张家大婶回来了。我刚才在路上碰见的。

鲁侍萍　你，你提到我们卖家具的事么？

鲁大海　嗯，提了。她说，她能想法子。

鲁侍萍　车厂上找着认识的人么？

鲁大海　有，我还要出去，找一个保人。

鲁侍萍　那么我们一同出去吧。四凤，你等着我，我就回来！

鲁大海　（对鲁贵）再见，你酒醒了点么？（向鲁妈）今天晚上我恐怕
　　　　不回家睡觉。

　　　　〔大海、鲁妈同下。

鲁　贵　（目送他们出去）哼，这东西！（见四凤立在窗前，便向她）
　　　　你妈走了，四凤。你说吧，你预备怎么样呢？

鲁四凤　（不理他，叹一口气，听外面的青蛙声同雷声）

鲁　贵　（蔑视）你看，你这点心思还不浅。

鲁四凤　（掩饰）什么心思？天气热，闷得难受。

鲁　贵　你不要骗我，你吃完饭眼神直瞪瞪的，你在想什么？

鲁四凤　我不想什么。

鲁　贵　（故意伤感地）凤儿，你是我的明白孩子。我就有你这一个亲女
　　　　儿，你跟你妈一走，那就剩我一个人在这儿哪。

鲁四凤　您别说了，我心里乱得很。（外面打闪）您听，远远又打雷。

鲁　贵　孩子，别打岔，你真预备跟妈回济南么？

鲁四凤　嗯。（吐一口气）

鲁　贵　（无聊地唱）"花开花谢年年有，人过了青春不再来！"哎。（忽

然地）四凤，人活着就是两三年好日子，好机会一错过就完了。

鲁四凤　您，您去吧。我困了。

鲁　贵　（徐徐诱进）周家的事你不要怕。有了我，明天我们还是得回去。你真走得开，（暗指地）你放得下这儿这样好的地方么？　你放得下周家——

鲁四凤　（怕他）您不要乱说了。您睡去吧！外边乘凉的人 都散了。您为什么不睡去？

鲁　贵　你不要胡思乱想。（说真心话）这世界上没有一个人靠得住，只有钱是真的。唉，偏偏你同你母亲不知道钱的好处。

鲁四凤　听，我像是听见有人来敲门。

　　　　〔外面敲门声。

鲁　贵　快十一点，这会有谁？

鲁四凤　爸爸，您让我去看。

鲁　贵　别，让我出去。

　　　　〔鲁贵开左门一半。

鲁　贵　谁？

　　　　〔外面的声音：这儿姓鲁么？

鲁　贵　是啊，干什么？

　　　　〔外面的声音：找人。

鲁　贵　你是谁？

　　　　〔外面的声音：我姓周。

鲁　贵　（喜形于色）你看，来了不是？周家的人来了。

鲁四凤　（惊骇着，忙说）不，爸爸，您说我们都出去了。

鲁　贵　咦，（乖巧地看她一眼）这叫什么话？

　　　　〔鲁贵下。

鲁四凤　（把屋子略微整理一下，不用的东西放在左边帐后的小屋里，立在右边角上，等候着客进来）

　　　　〔这时，听见周冲同鲁贵说话的声音，一时鲁贵同周冲上。

周　冲　（见着四凤高兴地）四凤！

鲁四凤　（奇怪地望着）二少爷！

鲁　贵　（谄笑）您别见笑，我们这儿穷地方。

周　冲　（笑）这地方真不好找。外边有一片水，很好的。

鲁　贵　二少爷。您先坐下。四凤，（指圆椅）你把那张好椅子拿过来。

周　冲　（见四凤不说话）四凤，怎么，你不舒服么？

鲁四凤 没有。——（规规矩矩地）二少爷，你到这里来干什么？要是太太知道了，你——

周　冲 这是太太叫我来的。

鲁　贵 （明白了一半）太太要您来的？

周　冲 嗯，我自己也想来看看你们。（问四凤）你哥哥同母亲呢？

鲁　贵 他们出去了。

鲁四凤 你怎么知道这个地方？

周　冲 （天真地）母亲告诉我的。没想到这地方还有一大片水，一下雨真滑，黑天要是不小心，真容易摔下去。

鲁　贵 二少爷，您没摔着么？

周　冲 （稀罕地）没有。我坐着家里的车，很有趣的。（四面望望这屋子的摆设，很高兴地笑着，看四凤）哦，你原来在这儿！

鲁四凤 我看你赶快回家吧。

鲁　贵 什么？

周　冲 （忽然）对了，我忘了我为什么来的了。妈跟我说，你们离开 我们家，她很不放心；她怕你们一时找不着事情，叫我送给你母亲一百块钱。（拿出钱）

鲁四凤 什么？

鲁　贵 （以为周家的人怕得罪他，得意地笑着，对四凤）你看人家多厚道，到底是人家有钱的人。

鲁四凤 不，二少爷，你替我谢谢太太，我们还好过日子。拿回去吧。

鲁　贵 （向四凤）你看你，哪有你这么说话的？太太叫二少爷亲自送来，这点意思我们好意思不领下么？（收下钞票）你回头跟太太回一声，我们都挺好的。请太太放心，谢谢太太。

鲁四凤 （固执地）爸爸，这不成。

鲁　贵 你小孩子知道什么？

鲁四凤 您要收下，妈跟哥哥一定不答应。

鲁　贵 （不理她，向周冲）谢谢您老远跑一趟。我先给您买点鲜货吃，您同四凤在屋子里坐一坐，我失陪了。

鲁四凤 爸，您别走！不成。

鲁　贵 别尽说话，你先给二少爷倒一碗茶。我就回来。

〔鲁贵忙下。

周　冲 （不由衷地）让他走了也好。

鲁四凤 （厌恶地）唉，真是下作！——（不随意地）谁叫你送钱来了？

周　冲	你，你，你像是不愿意见我似的。为什么呢？我以后不再乱说话了。
鲁四凤	（找话说）老爷吃过饭了么？
周　冲	刚刚吃过。老爷在发脾气，母亲没吃完就跑到楼上生气。我劝了她半天，要不我还不会这样晚来。
鲁四凤	（故意不在心地）大少爷呢？
周　冲	我没有见着他，我知道他很难过，他又在自己房里喝酒，大概是喝醉了。
鲁四凤	哦！（叹一口气）——你为什么不叫底下人替你来？何必自己跑到这穷人住的地方来？
周　冲	（诚恳地）你现在怨了我们吧！——（羞愧地）今天的事，我真觉得对不起你们，你千万不要以为哥哥是个坏人。他现在很后悔，你不知道他，他还很喜欢你。
鲁四凤	二少爷，我现在已经不是周家的用人了。
周　冲	然而我们永远不可以算是顶好的朋友么？
鲁四凤	我预备跟我妈回济南去。
周　冲	不，你先不要走。早晚你同你父亲还可以回去的。我们搬了新房子，我的父亲也许回到矿上去，那时你就回来，那时候我该多么高兴！
鲁四凤	你的心真好。
周　冲	四凤，你不要为这一点小事来忧愁。世界大的很，你应当读书，你就知道世界上有过许多人跟我们一样地忍受着痛苦，慢慢地苦干，以后又得到快乐。
鲁四凤	唉，女人究竟是女人！（忽然）你听，（蛙鸣）蛤蟆怎么不睡觉，半夜三更的还叫呢？
周　冲	不，你不是个平常的女人，你有力量，你能吃苦，我们都还年轻，我们将来一定在这世界为着人类谋幸福。我恨这不平等的社会，我恨只讲强权的人，我讨厌我的父亲，我们都是被压迫的人，我们是一样。——
鲁四凤	二少爷，您渴了吧，我给您倒一杯茶。（站起倒茶）
周　冲	不，不要。
鲁四凤	不，让我再伺候伺候您。
周　冲	你不要这样说话，现在的世界是不该存在的。我从来没有把你当作我的底下人，你是我的凤姐姐，你是我引路的人，我们的真世界不在这儿。

鲁四凤	哦，你真会说话。
周　冲	有时我就忘了现在，（梦幻地）忘了家，忘了你，忘了母亲，并且忘了我自己。我想，我像是在一个冬天的早晨，非常明亮的天空，……在无边的海上……哦，有一条轻得像海燕似的小帆船，在海风吹得紧，海上的空气闻得出有点腥，有点咸的时候，白色的帆张得满满地，像一只鹰的翅膀斜贴在海面上飞，飞，向着天边飞。那时天边上只淡淡地浮着两三片白云，我们坐在船头，望着前面，前面就是我们的世界。
鲁四凤	我们？
周　冲	对了，我同你，我们可以飞，飞到一个真真干净、快乐的地方，那里没有争执，没有虚伪，没有不平等的，没有……（头微仰，好像眼前就是那么一个所在，忽然）你说好么？
鲁四凤	你想得真好。
周　冲	（亲切地）你愿意同我一块儿去么？就是带着他也可以的。
鲁四凤	谁？
周　冲	你昨天告诉我的，你说你的心已经许给了他，那个人他一定也像你，他一定是个可爱的人。
	〔大海进。
鲁四凤	哥哥。
鲁大海	（冷冷地）这是怎么回事？
周　冲	鲁先生！
鲁四凤	周家二少爷来看我们来了！
鲁大海	哦——我没想到你们现在在这儿？父亲呢？
鲁四凤	出去买东西去啦。
鲁大海	（向周冲）奇怪得很！这么晚！周少爷会到我们这个穷地方来——看我们。
周　冲	我正想见你呢。你，你愿意——跟我拉拉手么？（把右手伸出去）
鲁大海	（乖戾地）我不懂得外国规矩。
周　冲	（把手又缩回来）那么，让我说，我觉得我心里对你很抱歉的。
鲁大海	什么事？
周　冲	（红脸）今天下午，你在我们家里——
鲁大海	（勃然）请你少提那桩事。
鲁四凤	哥哥，你不要这样。人家是好心好意来安慰我们。
鲁大海	少爷，我们用不着你的安慰，我们生成一副穷骨头，用不着你半夜

的时候到这儿来安慰我们。

周　冲　你大概是误会了我的意思。

鲁大海　（清楚地）我没有误会。我家里没有第三个人，我妹妹在这儿，你在这儿，这是什么意思？

周　冲　我没想到你这么想。

鲁大海　可是谁都这样想。（回头向四凤）出去。

鲁四凤　哥哥！

鲁大海　你先出去，我有几句话要同二少爷说。（见四凤不走）出去！

　　　　〔四凤慢慢地由左门出去。

鲁大海　二少爷，我们谈过话，我知道你在你们家里还算是明白点的；不过你记着，以后你要再到这儿来，来——安慰我们，（突然凶暴地）我就打断你的腿。

周　冲　打断我的腿？

鲁大海　（肯定的神态）嗯！

周　冲　（笑）我想一个人无论怎样总不会拒绝别人的同情吧。

鲁大海　同情不是你同我的事，也要看看地位才成。

周　冲　大海，我觉得你有时候有些偏见太重，有钱的人并不是罪人，难道说就不能同你们接近么？

鲁大海　你太年轻，多说你也不明白。痛痛快快地告诉你吧，你就不应当到这儿来，这儿不是你来的地方。

周　冲　为什么？——你今早还说过，你愿意做我的朋友，我想四凤也愿意做我的朋友，那么我就不可以来帮点忙么？

鲁大海　少爷，你不要以为这样就是仁慈。我听说，你想叫四凤念书？是么？四凤是我的妹妹，我知道她！她不过是一个没有定性平平常常的女孩子，也是想穿丝袜子，想坐汽车的。

周　冲　那你看错了她。

鲁大海　我没有看错。你们有钱人的世界，她多看一眼，她就得多一番烦恼。你们的汽车，你们的跳舞，你们闲在的日子，这两年已经把她的眼睛看迷了，她忘了她是从哪里来的，她现在回到她自己的家里看什么都不顺眼啦。可是她是个穷人的孩子，她的将来是给一个工人当老婆，洗衣服，做饭，捡煤渣。哼，上学，念书，嫁给一个阔人当太太，那是一个小姐的梦！这些在我们穷人连想都想不起的。

周　冲　你的话固然有点道理，可是——

鲁大海　所以如果矿主的少爷真替四凤着想，那我就请少爷从今以后不要同她往来。

周　冲	我认为你的偏见太多,你不能说我的父亲是个矿主,你就要——
鲁大海	现在我警告你(瞪起眼睛来)……
周　冲	警告?
鲁大海	如果什么时候我再看见你跑到我家里,再同我的妹妹在一块儿,我一定——(笑,忽然态度和善些下去)好,我盼望没有这事情发生,少爷,时候不早了,我们要睡觉了。
周　冲	你,你那样说话,——是我想不到的,我没想到我的父亲的还是对的。
鲁大海	(阴沉地)哼,(爆发)你的父亲是个老混蛋。
周　冲	什么?
鲁大海	你的哥哥是——

〔四凤由左门跑进。

鲁四凤	你,你别说了!(指大海)我看你,你简直变成个怪物!
鲁大海	你,你简直是个糊涂虫!
鲁四凤	我不跟你说话了!(向周冲)你走吧,你走吧,不要同他说啦。
周　冲	(无奈地,看看大海)好,我走。(向四凤)我觉得很对不起你,来到这儿,更叫你不快活。
鲁四凤	不要提了,二少爷,你走吧,这不是你待的地方。
周　冲	好,我走!(向大海)再见,我原谅你,(温和地)我还是愿意做你的朋友。(伸出手来)你愿意同我拉一拉手么?

〔大海没有理他,把身子转过去。

鲁四凤	哼!

〔周冲也不再说什么,即将走下。

〔鲁贵由左门上,捧着水果,酒瓶,同酒菜,脸更红,步伐有点错乱。

鲁　贵	(见周冲要走)怎么?
鲁大海	让开点,他要走了。
鲁　贵	别,别,二少爷为什么刚来就走?
鲁四凤	(愤愤)你问哥哥去!
鲁　贵	(明白了一半,忽然笑向着周冲)别理他,您坐一会儿。
周　冲	不,我是要走了。
鲁　贵	那二少爷吃点什么再走,我老远地给您买的鲜货,吃点,喝两盅再走。

周　冲	不，不早了，我要回家了。
鲁大海	（向四凤，指鲁贵的食物）他从哪儿弄来的钱买这些东西？
鲁　贵	（转过头向大海）我自己的，你爸爸赚的钱。
鲁四凤	不，爸爸，这是周家的钱！你又胡花了！（回头向大海）刚才周太太送给妈一百块钱。妈不在，爸爸不听我的话收下了。
鲁　贵	（狠狠地看四凤一眼，解释地，向大海说）人家二少爷亲自送来的。我不收还像话么？
鲁大海	（走到周冲面前）什么，你刚才是给我们送钱来的。
鲁四凤	（向大海）你现在才明白！
鲁　贵	（向大海——脸上露了卑下的颜色）你看，人家周家都是好人。
鲁大海	（掉过脸来向鲁贵）把钱给我！
鲁　贵	（疑惧地）干什么？
鲁大海	你给不给？（声色俱厉）不给，你可记得住放在箱子里的是什么东西么？
鲁　贵	（恐惧地）我给，我给！（把钞票掏出来交给大海）钱在这儿，一百块。
鲁大海	（数一遍）什么，少十块。
鲁　贵	（强笑着）我，我，我花了。
周　冲	（不愿再看他们）再见吧，我走了。
鲁大海	（拉住他）你别走，你以为我们能上你这样的当么？
周　冲	这句话怎么讲？
鲁大海	我有钱，我有钱，我口袋里刚刚剩下十块钱。（拿出零票同现洋，放在一块儿）刚刚十块。你拿走吧，我们不需要你们可怜我们。
鲁　贵	这不像话！
周　冲	你这个人真有点儿不懂人情。
鲁大海	对了，我不懂人情，我不懂你们这种虚伪，这种假慈悲，我不懂……
鲁四凤	哥哥！
鲁大海	拿走。我要你给我滚，给我滚蛋。
周　冲	（他的整个的幻想被打散了一半，失望地立了一会儿，忽然拿起钱）好，我走；我走，我错了。
鲁大海	我告诉你，以后你们周家无论哪一个再来，我就打死他，不管是谁！
周　冲	谢谢你。我想周家除了我不会再有人这么糊涂的，再见吧！（向右

門下）

鲁　贵　大海。

鲁大海　（大声）叫他滚!

鲁　贵　好好好，我给您点灯，外屋黑!

周　冲　谢谢你。

〔二人由右门下。

鲁四凤　二少爷! （跑下）

鲁大海　四凤，四凤，你别去! （见四凤已下）这个糊涂孩子!

〔鲁妈由右门上。

鲁大海　妈。您知道周家二少爷来了。

鲁侍萍　嗯，我看见一辆洋车在门口，我不知道是谁来，我没敢进来。

鲁大海　您知道刚才我把他赶了么?

鲁侍萍　（沉重地点一点头）知道，我刚才在门口听了一会儿。

鲁大海　周家的太太送了您一百块钱。

鲁侍萍　哼! （愤然）不用她给钱，我会带着女儿走的。

鲁大海　您走? 带着四凤走?

鲁侍萍　嗯，明天就走。

鲁大海　明天?

鲁侍萍　我改主意了，明天。

鲁大海　好极啦! 那我就不必说旁的话了。

鲁侍萍　什么?

鲁大海　（暗晦地）没有什么，我回家的时候看见四凤跟这位二少爷谈天。

鲁侍萍　（不自主地）谈什么?

鲁大海　（暗示地）不知道，像是很亲热似的。

鲁侍萍　（惊）哦? ……（自语）这个糊涂孩子。

鲁大海　妈，您见着张大婶怎么样?

鲁侍萍　卖家具，已经商量好了。

鲁大海　好，妈，我走了。

鲁侍萍　你上哪儿去?

鲁大海　（孤独地）钱完了，我也许拉一晚上车。

鲁侍萍　干什么? 不，用不着，妈这儿有钱，你在家睡觉。

鲁大海　不，您留着自己用吧，我走了。

〔大海由右门下。

鲁侍萍　（喊）大海，大海!

〔四凤上。

鲁四凤　妈，（不安地）您回来了。

鲁侍萍　你忙着送周家的少爷，没有顾到看见我。

鲁四凤　（解释地）二少爷是他母亲叫他来的。

鲁侍萍　我听见你哥哥说，你们谈了半天的话吧？

鲁四凤　您说我跟周家二少爷？

鲁侍萍　嗯，他谈了些什么？

鲁四凤　没有什么！——平平常常的话。

鲁侍萍　凤儿，真的？

鲁四凤　您听哥哥说了些什么话？哥哥是一点人情也不懂。

鲁侍萍　（严肃地）凤儿，（看着她，拉着她的手）你看看我，我是你的妈。
　　　　　是不是？

鲁四凤　妈，您怎么啦？

鲁侍萍　凤，妈是不是顶疼你？

鲁四凤　妈，您为什么说这些话？

鲁侍萍　我问你，妈是不是天底下最可怜，没有人疼的一个苦老婆子？

鲁四凤　不，妈，您别这样说话，我疼您。

鲁侍萍　凤儿，那我求你一件事。

鲁四凤　妈，您说啦，您说什么事！

鲁侍萍　你得告诉我，周家的少爷究竟跟你——怎么样了？

鲁四凤　哥总是瞎说八道的——他跟您说了什么？

鲁侍萍　不是哥，他没说什么，妈要问你！

　　　　　〔远处隐雷。

鲁四凤　妈，您为什么问这个？我不跟您说过吗？一点也没什么。妈，没
　　　　　什么！

　　　　　〔远处隐雷。

鲁侍萍　你听，外面打着雷。妈妈是个可怜人，我的女儿在这些事上不能再
　　　　　骗我！

鲁四凤　（顿）妈，我不骗您，我不是跟您说过，这两年——

　　　　　〔鲁贵的声音：（在外屋）侍萍，快来睡觉吧，不早了。

鲁侍萍　别管我，你先睡你的。

　　　　　〔鲁贵：你来！

鲁侍萍　你别管我！——（对四凤）你说什么？

鲁四凤　我不是跟你说过，这两年，我天天晚上——回家的？

鲁侍萍　孩子，你可要说实话，妈经不起再大的事啦。

鲁四凤　妈，（抽咽）妈，您为什么不信您自己的女儿呢？（扑在鲁妈怀里大哭，鲁妈抱着她）

鲁侍萍　（落眼泪）凤儿，可怜的孩子，不是我不相信你，我太爱你，我生怕外人欺负了你，（沉痛地）我太不敢相信世界上的人了。傻孩子，你不懂妈的心，妈的苦多少年是说不出来的，你妈就是在年轻的时候没有人来提醒，——可怜，妈就是一步走错，就步步走错了。孩子，我就生了你这么一个女儿，我的女儿不能再像她妈似的。人的心都靠不住，我并不是说人坏，我就是恨人性太弱，太容易变了。孩子，你是我的，你是我唯一的宝贝，你永远疼我！你要是再骗我，那就是杀了我了，我的苦命的孩子！

鲁四凤　不，妈，不，我以后永远是妈的了。

鲁侍萍　（忽然）凤儿，我在这儿一天担心一天，我们明天一定走，离开这儿。

鲁四凤　（立起）什么，明天就走？

鲁侍萍　（果断地）嗯。我改主意了，我们明天就走。永远不回这儿来了。

鲁四凤　我们永远不回到这儿来了。妈，不，为什么这么早就走？

鲁侍萍　孩子，你要干什么？

鲁四凤　（踌躇地）我，我——

鲁侍萍　不愿意早一点儿跟妈走？

鲁四凤　（叹一口气，苦笑）也好，我们明天走吧。

鲁侍萍　（忽然疑心地）孩子，你还有什么事瞒着我。

鲁四凤　（擦着眼泪）妈，没有什么。

鲁侍萍　（慈祥地）好孩子，你记住妈刚才说的话么？

鲁四凤　记得住！

鲁侍萍　凤儿，我要你永远不见周家的人！

鲁四凤　好，妈！

鲁侍萍　（沉重地）不，要起誓。

　　　　　〔四凤畏怯地望着鲁妈的严厉的脸。

鲁四凤　哦，这何必呢？

鲁侍萍　（依然严肃地）不，你要说。

鲁四凤　（跪下）妈，（扑在鲁妈身上）不，妈，我——我说不了。

鲁侍萍　（眼泪流下来）你愿意让妈伤心么？你忘记妈三年前为着你的病几乎死了么？现在你——（回头泣）

鲁四凤　妈，我说，我说。

鲁侍萍　（立起）你就这样跪下说。

鲁四凤　妈，我答应您，以后我永远不见周家的人。

〔雷声轰地滚过去。

鲁侍萍　孩子，天上在打着雷，你要是以后忘了妈的话，见了周家的人呢？

鲁四凤　（畏怯地）妈，我不会的，我不会的。

鲁侍萍　孩子，你要说，你要说。假若你忘了妈的话，——

〔外面的雷声。

鲁四凤　（不顾一切地）那——那天上的雷劈了我。（扑在鲁妈怀里）哦，我的妈呀！（哭出声）

〔雷声轰地滚过去。

鲁侍萍　（抱着女儿，大哭）可怜的孩子，妈不好，妈造的孽，妈对不起你，是妈对不起你。（泣）

〔鲁贵由右门上。脱去短衫，他只有一件线坎肩，满身肥肉，脸上冒着油，唱着春调，眼迷迷地望着鲁妈同四凤。

鲁　贵　（向鲁妈）这么晚还不睡？你说点子什么？

鲁侍萍　你别管，你一个人去睡吧。我今天晚上就跟四凤一块儿睡了。

鲁　贵　什么？

鲁四凤　不，妈，您去吧。让我一个人在这儿。

鲁　贵　侍萍，凤儿这孩子难过一天了，你搅她干什么？

鲁侍萍　孩子，你真不要妈陪着你么？

鲁四凤　妈，您让我一个人在屋子里歇着吧。

鲁　贵　来吧，干什么？你叫这孩子好好地歇一会儿吧：她总是一个人睡的。我先走了。

〔鲁贵下。

鲁侍萍　也好，凤儿，你好好地睡，过一会儿我再来看你。

鲁四凤　嗯，妈！

〔鲁妈下。

〔四凤把右边门关上，隔壁鲁贵又唱"花开花谢年年有，人过了个青春不再来"的春调。她到圆桌前面，把洋灯的火捻小了，这时听见外面的蛙声同狗叫。她坐在床边，换了一双拖鞋，立起解开几个扣子，走两步，却又回来坐在床边，深深地叹一口气倒在床上。外边鲁贵还低声在唱，母亲像是低声在劝他不要闹。屋外敲着一声一声的梆子。四凤又由床上坐起，拿起蒲扇用力地挥着。冈极了，她把窗户打开，立在窗前，散开自己的头发，深深吸一口长气，轻轻只把窗户关上一半。她还是烦，她想起许多许多的事。她拿手绢擦一擦脸上的汗，走到圆桌旁，又听见鲁贵说话同唱的声音。她苦闷地叫了一声："天！"忽然拿起酒瓶，放在口里喝一口。她摸摸自己的胸，觉得心里在发烧，便在桌旁坐下。

〔鲁贵由左门上，赤足，拖着鞋。

鲁　贵　你怎么还不睡？

鲁四凤　（望望他）嗯。

鲁　贵　（看她还拿着酒瓶）谁叫你喝酒啦？（拿起酒瓶同酒菜，笑着）快睡吧。

鲁四凤　（失神地）嗯。

鲁　贵　（走到门口）不早了，你妈都睡着了。

〔鲁贵下。

〔四凤到右门口，把门关上，立在右门旁一会儿，听见鲁贵同鲁妈说话的声音，走到圆桌旁，长叹一声，低而重地捶着桌子，扑在桌上抽咽。"天哪！"外面有口哨声，远远地。四凤突然立起，畏惧地屏住气息谛听，忽然把桌上的灯转明，跑到窗前，开窗探头向外望，过后她立刻关上，背倚着窗户，惧怕，胸间起伏不定粗重地呼吸。但是口哨的声音更清楚，她把一张红纸罩了灯，放在窗前，她的脸发白，在喘。口哨愈近，远远一阵雷，她怕了，她又把灯拿回去。她把灯转暗，倚在桌上谛听着。窗外面有脚步的声音，一两声咳嗽。四凤轻轻走到窗前，脸向着观众，倚在窗上。

〔外面的声音：（敲着窗户）。

鲁四凤　（颤声）哦！

〔外面的声音：（敲着窗户，低声）喂！开！开！

鲁四凤　谁？

〔外面的声音：（含糊地）你猜！

鲁四凤　（颤声）你，你来干什么？

〔外面的声音：（暗晦地）你猜猜！

鲁四凤　我现在不能见你。（脸色灰白，声音打着颤）

〔外面的声音：（含糊的笑声）这是你心里的话么？

鲁四凤　（急切地）我妈在家里。

〔外面的声音：（带着诱意）不用骗我！她睡着了。

鲁四凤　（关心地）你小心，我哥哥恨透了你。

〔外面的声音：（漠然）他不在家，我知道。

鲁四凤　（转身，背向观众）你走！

〔外面的声音：我不！（外面向里用力推窗门，四凤用力挡住）

鲁四凤　（焦急地）不，不，你不要进来。

〔外面的声音：（低声）四凤，我求你，你开开。

鲁四凤　不，不！已经到了半夜，我的衣服都脱了。

〔外面的声音：（急迫地）什么，你衣服脱了？

鲁四凤　（点头）嗯，我已经在床上睡着了！

〔外面的声音：（颤声）那……那……我就……我（叹一口长气）——

鲁四凤　（恳求地）那你不要进来吧，好不好？

〔外面的声音：（转了口气）好，也好，我就走，（又急切地）可是你
先打开窗门，叫我……

鲁四凤　不，不，你赶快走！

〔外面的声音：（急切地恳求）不，四凤，你只叫我……啊……只叫
我亲一回吧。

鲁四凤　（苦痛地）啊，大少爷，这不是你的公馆，你饶了我吧。

〔外面的声音：（怨恨地）那么你忘了我了，你不再想……

鲁四凤　（决心地）对了。（转过身，面向观众，苦痛地）我忘了你了。你走吧。

〔外面的声音：（忽然地）是不是刚才我的弟弟来了？

鲁四凤　嗯！（踌躇地）……他……他……他来了！

〔外面的声音：（尖酸地）哦！（长长叹一口气）那就怪不得你，你
现在这样了。

鲁四凤　（没有办法）你明明知道我是不喜欢他的。

〔外面的声音：（狠毒地）哼，没有心肝，只要你变了心，小心我……
（冷笑）

鲁四凤　谁变了心？

〔外面的声音：（恶躁地）那你为什么不打开门，让我进来？你不知道
我是真爱你么？我没有你不成么？

鲁四凤　（哀诉地）哦，大少爷，你别再缠我好不好？今天一天你替我们闹
出许多事，你还不够么？

〔外面的声音：（真挚地）那我知道错了，不过，现在我要见你，对了，
我要见你。

鲁四凤　（叹一口气）好，那明天说吧！明天我依你，什么都成！

〔外面的声音：（恳切地）明天？

鲁四凤 （苦笑，眼泪落了下来，擦眼泪）明天！对了，明天。

〔外面的声音：（犹疑地）明天，真的？

鲁四凤 嗯，真的，我没有骗过你。

〔外面的声音：好吧，就这样吧，明天，你不要冤我。

〔足步声。

鲁四凤 你走了？

〔外面的声音：嗯，走了。

〔足步声渐远。

鲁四凤 （心里一块石头落下来，自语）他走了！哦，（摸自己的胸）这样闷，这样热。（把窗户打开，立窗前，风吹进来，她摸自己火热的面孔，深深叹一口气）唉！

〔周萍忽然立在窗口。

鲁四凤 哦，妈呀！（忙关窗门，周萍已推开一点，二人挣扎）

周 萍 （手推着窗门）这次你赶不走我了。

鲁四凤 （用力关）你……你……你走！（二人一推一拒相持中）

〔周萍到底越过窗进来，他满身泥泞，右半脸沾着鲜红的血。

周 萍 你看我还是进来了。

鲁四凤 （退后）你又喝醉了！

周 萍 不，（乞怜地）四凤，你为什么躲我？你今天变了，我明天一早就走，你骗我，你要我明天见你。我能见你就是这一点时候，你为什么害怕不敢见我？（右半血脸转过来）

鲁四凤 （怕）你的脸怎么啦？（指周萍的血脸）

周 萍 （摸脸，一手的血）为着找你，我路上摔的。（挨近四凤）

鲁四凤 不，不，你走吧，我求你，你走吧。

周 萍 （奇怪地笑着）不，我得好好地看看你。（拉住她的手）

〔雷声大作。

鲁四凤 （躲开）不，你听，雷，雷，你跟我关上窗户。

〔周萍关上窗户。

周 萍 （挨近）你怕什么？

鲁四凤 （颤声）我怕你，（退后）你的样子难看，你的脸满是血。……我不认识你……你是……

周 萍 （怪怪地笑）你以为我是谁？傻孩子？（拉她的手）

〔外面有女人叹气的声音，敲窗户。

鲁四凤 （推开他）你听，这是什么？像是有人在敲窗户。

周　萍　（听）胡说，没有什么！

鲁四凤　有，有，你听，像有个女人在叹气。

周　萍　（听）没有，没有，（忽然笑）你大概见了鬼。

〔雷声大作，一声霹雳。

鲁四凤　（低声）哦，妈。（跑到周萍怀里）我怕！（躲在角落里）

〔雷声轰轰，大雨下，舞台渐暗，一阵风吹开窗户，外面黑黝黝的。忽然一片蓝森森的闪电，照见了蘩漪的惨白发死青的脸露在窗台上面。她像个死尸，任着一条一条的雨水向散乱的头发上淋她。痉挛地不出声地苦笑，泪水流到眼角下，望着里面只顾拥抱的人们。闪电止了，窗外又是黑漆漆的。再闪时，见她伸出手，拉着窗扇，慢慢地由外面关上。雷更隆隆地响着，屋子里整个黑下来。黑暗里，只听见四凤在低声说话。

鲁四凤　（低声）你抱紧我，我怕极了。

〔舞台黑暗一时，只露着圆桌上的洋灯，和窗外蓝森森的闪电。听见屋外大海叫门的声音，大海进门的声音。舞台渐明，周萍坐在圆椅上，四凤在旁立，床上微乱。

周　萍　（谛听）这是谁？

鲁四凤　你别作声！

〔鲁妈的声音：怎么回来了，大海？

〔大海的声音：雨下得太大，车厂的房子塌了。

鲁四凤　（低声而急促地）哥哥来了，你走，你赶快走。

〔周萍忙至窗前，推窗。

周　萍　（推不动）奇怪！

鲁四凤　怎么？

周　萍　（急迫地）窗户外面有人关上了。

鲁四凤　（怕）真的，那会是谁？

周　萍　（再推）不成，开不动。

鲁四凤　你别作声音，他们就在门口。

〔大海的声音：铺板呢？

〔鲁妈的声音：在四凤屋里。

鲁四凤　哦，萍，他们要进来。你藏，你藏起来。

〔四凤正引周萍入左门，大海持灯推门进。

鲁大海　（慢，嘘声）什么？（见四凤同周萍，二人俱僵立不动，静默，哑声）妈，您快进来，我见了鬼！

〔鲁妈急进。

鲁侍萍 （喑哑）天！

鲁四凤 （见鲁妈进，即由右门跑出，苦痛地）啊！

〔鲁妈扶着门闩。几乎晕倒。

鲁大海 哦，原来是你！（拾起桌上铁刀，奔向周萍，鲁妈用力拉着他的衣襟）

鲁侍萍 大海，你别动，你动，妈就死在你的面前。

鲁大海 您放下我，您放下我！（急得跺脚）

鲁侍萍 （见周萍惊立不动，顿足）糊涂东西，你还不跑？

〔周萍由右门跑下。

鲁大海 （喊）抓住他！爸，抓住他！（大海被母亲拖着，他想追，把她在地上拖了几步）

鲁侍萍 （见周萍已跑远，坐在地上发呆）哦，天！

鲁大海 （跺足）妈！妈！你好糊涂！

〔鲁贵上。

鲁　贵 他走了？咦，可是四凤呢？

鲁大海 不要脸的东西，她跑了。

鲁侍萍 哦，我的孩子，我的孩子，外面的河涨了水，我的孩子。你千万别糊涂！四凤！（跑）

鲁大海 （拉着她）你上哪儿？

鲁侍萍 这么大的雨她跑出去，我要找她。

鲁大海 好，我也去。

鲁侍萍 我等不了！（跑下，喊"四凤！"声音愈走愈远）

〔鲁贵忽然也戴上帽子跑出，大海一人立在圆桌前不动，他走到箱子那里，把手枪取出来，看一看。揣在怀里，快步走下。外面是暴风雨的声音，同鲁妈喊四凤的声音。

————幕急落

第 四 幕

景——周宅客厅内。半夜两点钟的光景。

〔开幕时，周朴园一人坐在沙发上，读文件；旁边燃着一个立灯，
　四周是黑暗的。
〔外面还隐隐滚着雷声，雨声淅沥可闻，窗前帷幕垂下来了，中间
　的门紧紧地掩了，由门上玻璃望出去，花园的景物都掩埋在黑暗
　里，除了偶尔天空闪过一片耀目的电光，蓝森森的看见树同电线
　杆，一瞬又是黑漆漆的。

周朴园　（放下文件，呵欠，疲倦地伸一伸腰）来人啦！（取眼镜，擦目，声
　　　　略高）来人！（擦着眼镜，走到左边饭厅门口，又恢复平常的声调）
　　　　这儿有人么？（外面闪电，停，走到右边柜前，按铃。无意中又
　　　　望见侍萍的相片，拿起，戴上眼镜看）
　　　　〔仆人上。
仆　人　老爷！
周朴园　我叫了你半天。
仆　人　外面下雨，听不见。
周朴园　（指钟）钟怎么停了？
仆　人　（解释地）每次总是四凤上的，今天她走了，这件事就忘了。
周朴园　什么时候了？
仆　人　嗯，——大概有两点钟了。
周朴园　刚才我叫账房汇一笔钱到济南去，他们弄清楚了没有？
仆　人　您说寄给济南一个，一个姓鲁的，是么？
周朴园　嗯。
仆　人　预备好了。
　　　　〔外面闪电，朴园回头望花园。
周朴园　藤萝架那边的电线，太太叫人来修理了么？
仆　人　叫了，电灯匠说下着大雨不好修理，明天再来。

周朴园	那不危险么？
仆　人	可不是么？刚才大少爷的狗走过那儿，碰着那根电线，就给电死了。现在那儿已经用绳子圈起来，没有人走那儿。
周朴园	哦。——什么，现在几点了？
仆　人	两点多了。老爷要睡觉么？
周朴园	你请太太下来。
仆　人	太太睡觉了。
周朴园	（无意地）二少爷呢？
仆　人	早睡了。
周朴园	那么，你看看大少爷。
仆　人	大少爷吃完饭出去，还没有回来。

〔沉默半晌。

周朴园	（走回沙发前坐下，寂寞地）怎么这屋子一个人也没有？
仆　人	是，老爷，一个人也没有。
周朴园	今天早上没有一个客来。
仆　人	是，老爷。外面下着很大的雨，有家的都在家里待着。
周朴园	（呵欠，感到更深的空洞）家里的人也只有我一个人还在醒着。
仆　人	是，差不多都睡了。
周朴园	好，你去吧。
仆　人	您不要什么东西么？
周朴园	我不要什么。

〔仆人由中门下，朴园站起来，在厅中来回沉闷地踱着，又停在右
　边柜前，拿起侍萍的相片。开了中间的灯。
〔周冲由饭厅上。

周　冲	（没想到父亲在这儿）爸！
周朴园	（露喜色）你——你没有睡？
周　冲	嗯。
周朴园	找我么？
周　冲	不，我以为母亲在这儿。
周朴园	（失望）哦——你母亲在楼上。
周　冲	没有吧，我在她的门上敲了半天，她的门锁着。——是的，那也许。——爸，我走了。
周朴园	冲儿，（周冲立）不要走。
周　冲	爸，您有事？

周朴园　没有。（慈爱地）你现在怎么还不睡？

周　冲　（服从地）是，爸，我睡晚了，我就睡。

周朴园　你今天吃完饭把克大夫给的药吃了么？

周　冲　吃了。

周朴园　打了球没有？

周　冲　嗯。

周朴园　快活么？

周　冲　嗯。

周朴园　（立起，拉起他的手）为什么，你怕我么？

周　冲　是，爸爸。

周朴园　（干涩地）你像是有点不满意我，是么？

周　冲　（窘迫）我，我说不出来，爸。

　　　　〔半晌。

　　　　〔朴园走回沙发，坐下叹一口气。招周冲来，周冲走近。

周朴园　（寂寞地）今天——呃，爸爸有一点觉得自己老了。（停）你知道么？

周　冲　（冷淡地）不，不知道，爸。

周朴园　（忽然）你怕你爸爸有一天死了，没有人照拂你，你不怕么？

周　冲　（无表情地）嗯，怕。

周朴园　（想自己的儿子亲近他，可亲地）你今天早上说要拿你的学费帮一个人，你说说看，我也许答应你。

周　冲　（悔怨地）那是我糊涂，以后我不会这样说话了。

　　　　〔半晌。

周朴园　（恳求地）后天我们就搬新房子，你不喜欢么？

周　冲　嗯。

　　　　〔半晌。

周朴园　（责备地望着周冲）你对我说话很少。

周　冲　（无神地）嗯，我——我说不出，您平时总像不愿意见我们似的。（嗫嚅地）您今天有点奇怪，我——我——

周朴园　（不愿他向下说）嗯，你去吧！

周　冲　是，爸爸。

　　　　〔周冲由饭厅下。

　　　　〔朴园失望地看着他儿子下去，立起，拿起侍萍的相片，寂寞地呆望着四周。关上立灯，面向书房。

　　　　〔蘩漪由中门上。不作声地走进来，雨衣上的水还在往下滴，发鬓有些湿。颜色是很惨白，整个面都像石膏的塑像。高而白的鼻梁，薄而红的嘴唇死死地刻在脸上，如刻在一个严峻的假面上，整个脸庞是无表情的，只有她的眼睛烧着心内的疯狂的火，然而也是冷酷的，爱和恨烧尽了女人一切的仪态，她像是厌弃了一切，只有计算着如何报复的心念在心中起伏。

〔她看见朴园，他惊愕地望着她。

周蘩漪 （毫不奇怪地）还没有睡？（立在中门前，不动）

周朴园 你？（走近她，粗而低的声音）你上哪儿去了？（望着她，停）冲儿找你一晚上。

周蘩漪 （平常地）我出去走走。

周朴园 这样大的雨，你出去走？

周蘩漪 嗯，——（忽然报复地）我有神经病。

周朴园 我问你，你刚才在哪儿？

周蘩漪 （厌恶地）你不用管。

周朴园 （打量她）你的衣服都湿了，还不脱了它？

周蘩漪 （冷冷地，有意义地）我心里发热，我要在外面冰一冰。

周朴园 （不耐烦地）不要胡言乱语的，你刚才究竟上哪儿去了？

周蘩漪 （无神地望着他，清楚地）在你的家里！

周朴园 （烦恶地）在我的家里？

周蘩漪 （觉得报复的快感，微笑）嗯，在花园里赏雨。

周朴园 一夜晚？

周蘩漪 （快意地）嗯，淋了一夜晚。

〔半晌，朴园惊疑地望着她，蘩漪像一座石像地仍站在门前。

周朴园 蘩漪，我看你上楼去歇一歇吧。

周蘩漪 （冷冷地）不，不，（忽然）你拿的什么？（轻蔑地）哼，又是那个女人的相片！（伸手拿）

周朴园 你可以不看，萍儿母亲的。

周蘩漪 （抢过去了，前走了两步，就向灯下看）萍儿的母亲很好看。

〔朴园没有理她，在沙发上坐下。

周蘩漪 我问你，是不是？

周朴园 嗯。

周蘩漪 样子很温存的。

周朴园 （眼睛望着前面）

周蘩漪 她很聪明。

周朴园　（冥想）嗯。

周蘩漪　（高兴地）真年轻。

周朴园　（不自觉地）不，老了。

周蘩漪　（想起）她不是早死了么？

周朴园　嗯，对了，她早死了。

周蘩漪　（放下相片）奇怪，我像是在哪儿见过似的。

周朴园　（抬起头，疑惑地）不，不会吧。——你在哪儿见过她吗？

周蘩漪　（忽然）她的名字很雅致，侍萍，侍萍，就是有点丫头气。

周朴园　好，我看你睡去吧。（立起，把相片拿起来）

周蘩漪　拿这个做什么？

周朴园　后天搬家，我怕掉了。

周蘩漪　不，不，（从他手中取过来）放在这儿一晚上，（怪样地笑）不会掉的，我替你守着她。（放在桌上）

周朴园　不要装疯！你现在有点胡闹！

周蘩漪　我是疯了。请你不用管我。

周朴园　（愠怒）好，你上楼去吧，我要一个人在这儿歇一歇。

周蘩漪　不，我要一个人在这儿歇一歇，我要你给我出去。

周朴园　（严肃地）蘩漪，你走，我叫你上楼去！

周蘩漪　（轻蔑地）不，我不愿意。我告诉你，（暴躁地）我不愿意！

〔半晌。

周朴园　（低声）你要注意这儿（指头），记着克大夫的话，他要你静静地，少说话。明天克大夫还来，我已经替你请好了。

周蘩漪　谢谢你！（望着前面）明天？哼！

〔周萍低头由饭厅走出，神色忧郁，走向书房。

周朴园　萍儿。

周　萍　（抬头，惊讶）爸！您还没有睡。

周朴园　（责备地）怎么，现在才回来？

周　萍　不，爸，我早回来，我出去买东西去了。

周朴园　你现在做什么？

周　萍　我到书房，看看爸写的介绍信在那儿没有。

周朴园　你不是明天早车走么？

周　萍　我忽然想起今天夜晚两点半有一趟车，我预备现在就走。

周蘩漪　（忽然）现在？

周　萍　嗯。

周蘩漪　（有意义地）心里就这样急么？

周　萍　是，母亲。

周朴园　（慈爱地）外面下着大雨，半夜走不大方便吧？

周　萍　这时走，明天日初到，找人方便些。

周朴园　信就在书房桌上，你要现在走也好。

〔周萍点头，走向书房。

周朴园　你不用去！（向蘩漪）你到书房把信替他拿来。

周蘩漪　（看朴园，不信任地）嗯！

〔蘩漪进书房。

周朴园　（望蘩漪出，谨慎地）她不愿上楼，回头你先陪她到楼上去，叫底下
　　　　人好好地伺候她睡觉。

周　萍　（无法地）是，爸爸。

周朴园　（更小心）你过来！（周萍走近，低声）告诉底下人，叫他们小心点，
　　　　（烦恶地）我看她的病更重，刚才她忽然一个人出去了。

周　萍　出去了？

周朴园　嗯。（严重地）在外面淋了一夜晚的雨，说话也非常奇怪，我怕这
　　　　不是好现象。——（觉得恶兆来了似的）我老了，我愿意家里平平
　　　　安安地……

周　萍　（不安地）我想爸爸只要把事不看得太严重了，事情就会过去的。

周朴园　（畏缩地）不，不，有些事简直是想不到的。天意很——有点古怪，
　　　　今天一天叫我忽然悟到为人太——太冒险，太——太荒唐，（疲倦
　　　　地）我累得很。（如释重负）今天大概是过去了。（自慰地）我想
　　　　以后——不该，再有什么风波。（不寒而栗地）不，不该！

〔蘩漪持信上。

周蘩漪　（嫌恶地）信在这儿！

周朴园　（如梦初醒，向周萍）好，你走吧，我也想睡了。（振起喜色）
　　　　嗯！后天我们一定搬新房子，（向蘩漪）你好好地休息两天。

周蘩漪　（盼望他走）嗯，好。

〔朴园由书房下。

周蘩漪　（见朴园走出，阴沉地）这么说你是一定要走了。

周　萍　（声略带愤）嗯。

周蘩漪　（忽然急躁地）刚才你父亲对你说什么？

周　萍　（闪避地）他说要我陪你上楼去，请你睡觉。

周蘩漪　（冷笑）他应当叫几个人把我拉上去，关起来。

周　萍	（故意装作不明白）你这是什么意思？
周蘩漪	（迸发）你不用瞒我。我知道，我知道，（辛酸地）他说我是神经病，疯子，我知道他，要你这样看我，他要什么人都这样看我。
周　萍	（心悸）不，你不要这样想。
周蘩漪	（奇怪的神色）你？你也骗我？（低声，阴郁地）我从你们的眼神看出来，你们父子都愿我快成疯子！（刻毒地）你们——父亲同儿子——偷偷在我背后说冷话，说我，笑我，在我背后计算着我。
周　萍	（镇静自己）你不要神经过敏，我送你上楼去。
周蘩漪	（突然地，高声）我不要你送，走开！（抑制着，恨恶地，低声）我还用不着你父亲偷偷地，背着我，叫你小心，送一个疯子上楼。
周　萍	（抑制着自己的烦嫌）那么，你把信给我，让我自己走吧。
周蘩漪	（不明白地）你上哪儿？
周　萍	（不得已地）我要走，我要收拾收拾我的东西。
周蘩漪	（忽然冷静地）我问你，你今天晚上上哪儿去了？
周　萍	（敌对地）你不用问，你自己知道。
周蘩漪	（低声，恐吓地）到底你还是到她那儿去了。
	〔半晌，蘩漪望周萍，周萍低头。
周　萍	（断然，阴沉地）嗯，我去了，我去了，（挑战地）你要怎么样？
周蘩漪	（软下来）不怎么样。（强笑）今天下午的话我说错了，你不要怪我。我只问你走了以后，你预备把她怎么样？
周　萍	以后？——（贸然地）我娶她！
周蘩漪	（突如其来地）娶她？
周　萍	（决定地）嗯。
周蘩漪	（刺心地）父亲呢？
周　萍	（淡然）以后再说。
周蘩漪	（神秘地）萍，我现在给你一个机会。
周　萍	（不明白）什么？
周蘩漪	（劝诱地）如果今天你不走，你父亲那儿我可以替你想法子。
周　萍	不必，这件事我认为光明正大，我可以跟任何人谈。——她——她不过就是穷点。
周蘩漪	（愤然）你现在说话很像你的弟弟。——（忧郁地）萍！
周　萍	干什么？
周蘩漪	（阴郁地）你知道你走了以后，我会怎么样？
周　萍	不知道。

周蘩漪	（恐惧地）你看看你的父亲，你难道想象不出？
周　萍	我不明白你的话。
周蘩漪	（指自己的头）就在这儿，你不知道么？
周　萍	（似懂非懂地）怎么讲？
周蘩漪	（好像在叙述别人的事情）第一，那位专家，克大夫免不了会天天来的，要我吃药，逼我吃药。吃药，吃药，吃药！渐渐伺候着我的人一定多，守着我，像看个怪物似的守着我。他们——
周　萍	（烦）我劝你，不要这样胡想，好不好？
周蘩漪	（不顾地）他们渐渐学会了你父亲的话："小心，小心点，她有点疯病！"到处都偷偷地在我背后低着声音说话，叽咕着。慢慢地无论谁都要小心点，不敢见我，最后铁链子锁着我，那我真就成了疯子了。
周　萍	（无办法）唉！（看表）不早了，给我信吧，我还要收拾东西呢。
周蘩漪	（恳求地）萍，这不是不可能的。（乞怜地）萍，你想一想，你就一点——就一点无动于衷么？
周　萍	你——（故意恶狠地）你自己要走这一条路，我有什么办法？
周蘩漪	（愤怒地）什么，你忘记你自己的母亲也是被你父亲气死的么？
周　萍	（一了百了，更狠毒地激惹她）我母亲不像你，她懂得爱！她爱她自己的儿子，她没有对不起我父亲。
周蘩漪	（爆发，眼睛射出疯狂的火）你有权利说这种话么？你忘了就在这屋子，三年前的你么？你忘了你自己才是个罪人；你忘了，我们——（突停，压制自己，冷笑）哦，这是过去的事，我不提了。〔周萍低头，身发颤，坐沙发上，悔恨抓着他的心，面上筋肉成不自然的拘挛。
周蘩漪	（她转向他，哭声，失望地说着）哦，萍，好了。这一次我求你，最后一次求你，我从来不肯对人这样低声下气说话，现在我求你可怜可怜我，这家我再也忍受不住了。（哀婉地诉出）今天这一天我受的罪过你都看见了，这样子以后不是一天，是整月，整年地，以至到我死，才算完。他厌恶我，你的父亲；他知道我明白他的底细，他怕我。他愿意人人看我是怪物，是疯子，萍！——
周　萍	（心乱）你，你别说了。
周蘩漪	（急迫地）萍，我没有亲戚，没有朋友，没有一个可信的人，我现在求你，你先不要走——
周　萍	（躲闪地）不，不成。

周蘩漪	（恳求地）即使你要走，你带我也离开这儿——
周　萍	（恐惧地）什么。你简直胡说！
周蘩漪	（恳求地）不，不，你带我走，——带我离开这儿，（不顾一切地）日后，甚至于你要把四凤接来——一块儿住，我都可以，只要，（热烈地）只要你不离开我。
周　萍	（惊惧地望着她，退后，半晌，颤声）我——我怕你真疯了！
周蘩漪	（安慰地）不，你不要这样说话。只有我明白你，我知道你的弱点，你也知道我的。你什么我都清楚。（诱惑地笑，向周萍奇怪地招着手，更诱惑地笑）你过来，你——你怕什么？
周　萍	（望着她，忍不住地狂喊出来）哦，我不要你这样笑！（更重）不要你这样对我笑！（苦恼地打着自己的头）哦，我恨我自己，我恨，我恨我为什么要活着。
周蘩漪	（酸楚地）我这样累么？然而你知道我活不到几年了。
周　萍	（痛苦地）你难道不知道这种关系谁听着都厌恶么？你明白我每天喝酒胡闹就因为自己恨——恨我自己么？
周蘩漪	（冷冷地）我跟你说过多少遍，我不这样看，我的良心不是这样做的。（郑重地）萍，今天我做错了，如果你现在听我的话，不离开家，我可以再叫四凤回来。
周　萍	什么？
周蘩漪	（清清楚楚地）叫她回来还来得及。
周　萍	（走到她面前，声沉重，慢说）你给我滚开！
周蘩漪	（顿，又缓缓地）什么？
周　萍	你现在不像明白人，你上楼睡觉去吧。
周蘩漪	（明白自己的命运）那么，完了。
周　萍	（疲倦地）嗯，你去吧。
周蘩漪	（绝望，沉郁地）刚才我在鲁家看见你同四凤。
周　萍	（惊）什么，你刚才是到鲁家去了？
周蘩漪	（坐下）嗯，我在他们家附近站了半天。
周　萍	（悔惧）什么时候你在那里？
周蘩漪	（低头）我看着你从窗户进去。
周　萍	（急切）你呢？
周蘩漪	（无神地望着前面）就走到窗户前面站着。
周　萍	那么有一个女人叹气的声音是你么？
周蘩漪	嗯。

周　萍　　后来，你又在那里站多半天？

周蘩漪　（慢而清朗地）大概是直等到你走。

周　萍　　哦！（走到她身旁，低声）那窗户是你关上的，是么？

周蘩漪　（更低的声音，阴沉地）嗯，我。

周　萍　　（恨极，恶毒地）你是我想不到的一个怪物！

周蘩漪　（抬起头）什么？

周　萍　　（暴烈地）你真是一个疯子！

周蘩漪　（无表情地望着他）你要怎么样？

周　萍　　（狠恶地）我要你死！再见吧！

〔周萍由饭厅急走下，门猝然地关上。

周蘩漪　（呆滞地坐了一下，望着饭厅的门。瞥见侍萍的相片，拿在手上，
　　　　低叹，阴郁地）这是你的孩子！（缓缓扯下硬卡片贴的相纸，一片
　　　　一片地撕碎。沉静地立起来，走了两步）奇怪，心里静得很！

〔中门轻轻推开，蘩漪回头，鲁贵缓缓地走进来。他的狡黠的眼睛，
　　　　望着她笑着。

鲁　贵　　（鞠躬，身略弯）太太，您好。

周蘩漪　（略惊）你来做什么？

鲁　贵　　（假笑）给您请安来了。我在门口等了半天。

周蘩漪　（镇静）哦，你刚才在门口？

鲁　贵　　（低声）对了。（更秘密地）我看见大少爷正跟您打架，我——（假
　　　　笑）我就没敢进来。

周蘩漪　（沉静地，不为所迫）你原来要做什么？

鲁　贵　　（有把握地）原来我倒是想报告给太太，说大少爷今天晚上喝醉了，
　　　　跑到我们家里去。现在太太既然是也去了，那我就不必多说了。

周蘩漪　（嫌恶地）你现在想怎么样？

鲁　贵　　（倨傲地）我想见见老爷。

周蘩漪　老爷睡觉了，你要见他什么事？

鲁　贵　　没有什么，要是太太愿意办，不找老爷也可以。——（着重，有意
　　　　义地）都看太太要怎么样。

周蘩漪　（半晌，忍下来）你说吧，我也许可以帮你的忙。

鲁　贵　　（重复一遍，狡黠地）要是太太愿意做主，不叫我见老爷，多麻烦，
　　　　（假笑）那就大家都省事了。

周蘩漪　（仍不露声色）什么，你说吧。

鲁　贵　　（谄媚地）太太做了主，那就是您积德了。——我们只是求太太还

赏饭吃。

周蘩漪　（不高兴地）你，你以为我——（转缓和）好，那也没有什么。

鲁　贵　（得意地）谢谢太太。（伶俐地）那么就请太太赏个准日子吧。

周蘩漪　（爽快地）你们在搬了新房子后一天来吧。

鲁　贵　（行礼）谢谢太太恩典！（忽然）我忘了，太太，你没见着二少爷么？

周蘩漪　没有。

鲁　贵　您刚才不是叫二少爷赏给我们一百块钱么？

周蘩漪　（烦厌地）嗯？

鲁　贵　（婉转地）可是，可是都叫我们少爷回了。

周蘩漪　你们少爷？

鲁　贵　（解释地）就是大海——我那个狗食的儿子。

周蘩漪　怎么样？

鲁　贵　（很文雅地）我们的侍萍，实在还不知道呢。

周蘩漪　（惊，低声）侍萍？（沉下脸）谁是侍萍？

鲁　贵　（以为自己被轻视了，侮慢地）侍萍就是侍萍，我的家里的——，就
　　　　是鲁妈。

周蘩漪　你说鲁妈，她叫侍萍？

鲁　贵　（自夸地）她也念过书。名字是很雅气的。

周蘩漪　“侍萍”，那两个字怎么写，你知道么？

鲁　贵　我，我，（为难，勉强笑出来）我记不得了。反正那个“萍”字是
　　　　跟大少爷名字的“萍”我记得是一样的。

周蘩漪　哦！（忽然把地上撕破的相片碎片拿起来对上，给他看）你看看，
　　　　这个人你认识不认识？

鲁　贵　（看了一会儿，抬起头）不认识，太太。

周蘩漪　（急切地）你认识的人没有一个像她的么？（略停）你想想看，往近
　　　　处想。

鲁　贵　（摇头）没有一个，太太，没有一个。（突然疑惧地）太太，您怎么？

周蘩漪　（回思，自己疑惑）多半我是胡思乱想。（坐下）

鲁　贵　（贪婪地）啊，太太，您刚才不是赏我们一百块么？可是我们大海又
　　　　把钱回了，您想，——

　　　　〔中门渐渐推开。

鲁　贵　（回头）谁？

　　　　〔大海由中门进，衣服俱湿，脸色阴沉，眼不安地向四面望，疲倦，
　　　　憎恨在他举动里显明地露出来。蘩漪惊讶地望着他。

鲁大海	（向鲁贵）你在这儿！
鲁　贵	（讨厌他的儿子）嗯，你怎么进来的？
鲁大海	（冰冷地）铁门关着，叫不开，我爬墙进来的。
鲁　贵	你现在来这儿干什么？你为什么不看看你妈，找四凤怎么样了？
鲁大海	（用一块湿手巾擦着脸上的雨水）四凤没找着，妈在门外等着呢。
	（沉重地）你看见四凤了？
鲁　贵	（轻蔑）没有，我没有看见。（觉得大海小题大做，烦恶地皱着眉毛）不要管她，她一会儿就会回家。（走近大海）你跟我回去。周家的事情也办妥了，都完了，走吧！
鲁大海	我不走。
鲁　贵	你要干什么？
鲁大海	你也别走，——你先给我把这儿大少爷叫出来，我找不着他。
鲁　贵	（疑惧地，摸着自己的下巴）你要怎么样？我刚弄好，你是又要惹祸？
鲁大海	（冷静地）没有什么，我只想跟他谈谈。
鲁　贵	（不信地）我看你不对，你大概又要——
鲁大海	（暴躁地，抓着鲁贵的领口）你找不找？
鲁　贵	（怯弱地）我找，我找，你先放下我。
鲁大海	好，（放开他）你去吧。
鲁　贵	大海，你，你得答应我，你可是就跟大少爷说两句话，你不会——
鲁大海	嗯，我告诉你，我不是打架来的。
鲁　贵	真的？
鲁大海	（可怕地走到鲁贵的面前，低声）你去不去？
鲁　贵	我，我，大海，你，你——
周蘩漪	（镇静地）鲁贵，你去叫他出来，我在这儿，不要紧的。
鲁　贵	也好，（向大海）可是我请完大少爷，我就从那门走了，我，（笑）我有点事。
鲁大海	（命令地）你叫他们把门开开，让妈进来，领她在房里避一避雨。
鲁　贵	好，好，（向饭厅下）完了，我可有事。我就走了。
鲁大海	站住！（走前一步，低声）你进去，要是不找他出来就一人跑了，你可小心我回头在家里，——哼！
鲁　贵	（生气）你，你，你，——（低声，自语）这个小王八蛋！（没法子，走进饭厅下）
周蘩漪	（立起）你是谁？

鲁大海　（粗鲁地）四凤的哥哥。

周蘩漪　（柔声）你是到这儿来找她么？你要见我们大少爷么？

鲁大海　嗯。

周蘩漪　（眼色阴沉地）我怕他会不见你。

鲁大海　（冷静地）那倒许。

周蘩漪　（缓缓地）听说他现在就要上车。

鲁大海　（回头）什么！

周蘩漪　（阴沉地暗示）他现在就要走。

鲁大海　（愤怒地）他要跑了，他——

周蘩漪　嗯，他——

　　　　〔周萍由饭厅上，脸上有些慌，他看见大海，勉强地点一点头，声音略有点颤，他极力在镇静自己。

周　萍　（向大海）哦！

鲁大海　好。你还在这儿。（回头）你叫这位太太走开，我有话要跟你一个人说。

周　萍　（望着蘩漪，她不动，再走到她面前）请您上楼去吧。

周蘩漪　好！（昂首由饭厅下）

　　　　〔半晌。二人都紧紧地握着拳，大海愤愤地望着他，二人不动。

周　萍　（耐不住，声略颤）没想到你现在到这儿来。

鲁大海　（阴沉沉）听说你要走。

周　萍　（惊，略镇静，强笑）不过现在也赶得上，你来得还是时候，你预备怎么样？我已经准备好了。

鲁大海　（狠恶地笑一笑）你准备好了？

周　萍　（沉郁地望着他）嗯。

鲁大海　（走到他面前）你！（用力地击着周萍的脸，方才的创伤又破，血向下流）

周　萍　（握着拳抑制自己）你，你，——（忍下去，由袋内抽出白绸手绢擦脸上的血）

鲁大海　（切齿地）哼！现在你要跑了！

　　　　〔半晌。

周　萍　（压下自己的怒气，辩白地，故意用低沉的声音）我早有这个计划。

鲁大海　（恶狠地笑）早有这个计划？

周　萍　（平静下来）我以为我们中间误会太多。

鲁大海　误会？（看自己手上的血，擦在身上）我对你没有误会，我知道你是没有血性，只顾自己的一个十足的混蛋。

周　萍　（柔和地）我们两次见面，都是我性子最坏的时候，叫你得着一个最坏的印象。

鲁大海　（轻蔑地）不用推托，你是个少爷，你心地混账，你们都是吃饭太容易，有劲儿不知道怎样使，就拿着穷人家的女儿开开心，完了事可以不负一点儿责任。

周　萍　（看出大海的神气，失望地）现在我想辩白是没有用的。我知道你是有目的而来的。（平静地）你把你的枪或者刀拿出来吧。我愿意任你收拾我。

鲁大海　（侮蔑地）你会这样大方，——在你家里，你很聪明！哼，可是你不值得我这样，我现在还不愿意拿我这条有用的命换你这半死的东西。

周　萍　（直视大海，有勇气地）我想你以为我现在是怕你。你错了，与其说我怕你，不如说我怕我自己；我现在做错了一件事，我不愿做错第二件事。

鲁大海　（嘲笑地）我看像你这种人，活着就错了。刚才要不是我的母亲，我当时就宰了你！（恐吓地）现在你的命还在我的手心里。

周　萍　我死了，那是我的福气。（辛酸地）你以为我怕死，我不，我不，我恨活着，我欢迎你来。我够了，我是活厌了的人。

鲁大海　（厌恨地）哦你——活厌了，可是你还拉着我年轻的糊涂妹妹陪着你，陪着你。

周　萍　（无法，强笑）你说我自私么？你以为我是真没有心肝，跟她开开心就完了么？你问问你的妹妹，她知道我是真爱她。她现在就是我能活着的一点生机。

鲁大海　你倒说得很好！（突然）那你为什么——为什么不娶她？

周　萍　（略顿）那就是我最恨的事情。我的环境太坏。你想想我这样的家庭怎么允许有这样的事。

鲁大海　（辛辣地）哦，所以你就可以一面表示你是真心爱她，跟她做出什么不要脸的事都可以，一面你还得想着你的家庭，你的董事长爸爸。他们叫你随便就丢掉她，再娶一个门当户对的阔小姐来配你，对不对？

周　萍　（忍耐不下）我要你问问四凤，她知道我这次出去，是离开了家庭，设法脱离了父亲，有机会好跟她结婚的。

鲁大海　（嘲弄）你推得很好。那么像你深更半夜的，刚才跑到我家里，你怎样推托呢?

周　萍　（进发，激烈地）我所说的话不是推托，我也用不着跟你推托，我
　　　　现在看你是四凤的哥哥，我才这样说。我爱四凤，她也爱我，我们
　　　　都年轻，我们都是人，两个人天天在一起，结果免不了有点荒唐。然
　　　　而我相信我以后会对得起她，我会娶她做我的太太，我没有一点亏心
　　　　的地方。

鲁大海　这么，你反而很有理了。可是，董事长大少爷，谁相信你会爱上一
　　　　个工人的妹妹，一个当老妈子的穷女儿?

周　萍　（略顿，嗫嚅）那，那——那我也可以告诉你。有一个女人逼着我，
　　　　激成我这样的。

鲁大海　（紧张地，低声）什么，还有一个女人?

周　萍　嗯，就是你刚才见过的那位太太。

鲁大海　她?

周　萍　（苦恼地）她是我的后母! ——哦，我压在心里多少年，我当谁也
　　　　不敢说——她念过书，她受了很好的教育，她，她，——她看见我
　　　　就跟我发生感情，她要我——（突停）——那自然我也要负一部分
　　　　责任。

鲁大海　四凤知道么?

周　萍　她知道，我知道她知道。（含着苦痛的眼泪，苦闷地）那时我太糊
　　　　涂，以后我越过越怕，越恨，越厌恶。我恨这种不自然的关系，你
　　　　懂么? 我要离开她，然而她不放松我。她拉着我，不放我。她是个鬼，
　　　　她什么都不顾忌。我真活厌了，你明白么? 我喝酒，胡闹，我只要
　　　　离开她，我死都愿意。她叫我恨一切受过好教育，外面都装得很正
　　　　经的女人。过后我见着四凤，四凤叫我明白，叫我又活了一年。

鲁大海　（不觉吐出一口气）哦!

周　萍　这些话多少年我对谁也说不出的，然而——（缓慢地）奇怪，我忽
　　　　然跟你说了。

鲁大海　（阴沉地）那大概是你父亲的报应。

周　萍　（没想到，厌恶地）你，你胡说! （觉得方才太冲动，对一个这么不
　　　　相识的人说出心中的话。半晌，镇静下，自己想方才脱口说出的
　　　　原因，忽然，慢慢地）我告诉你，因为我认你是四凤的哥哥，我
　　　　要你相信我的诚心，我没有一点骗她。

鲁大海　（略露善意）那么你真预备要四凤么? 你知道四凤是个傻孩子，她不
　　　　会再嫁第二个人。

周　萍　（诚恳地）嗯，我今天走了，过了一二个月，我就来接她。

鲁大海　可是董事长少爷，这样的话叫人相信么？

周　萍　（由衣袋取出一封信）你可以看这封信，这是我刚才写给她的，就说的这件事。

鲁大海　（故意闪避地）用不着给我看，我——没有工夫！

周　萍　（半晌，抬头）那我现在再没有什么旁的保证，你口袋里那件杀人的家伙是我的担保。你再不相信我，我现在人还是在你手里。

鲁大海　（辛酸地）周大少爷，你想想这样我就完了么？（恶狠地）你觉得我真愿意我的妹妹嫁给你这种东西么？（忽然拿出自己的手枪来）

周　萍　（惊慌）你要怎么样？

鲁大海　（恨恶地）我要杀了你。你父亲虽坏，看着还顺眼。你真是世界上最用不着，最没有劲的东西。

周　萍　哦。好，你来吧！（骇惧地闭上目）

鲁大海　可是——（叹一口气，递手枪与周萍）你还是拿去吧。这是你们矿上的东西。

周　萍　（莫明其妙地）怎么？（接下枪）

鲁大海　（苦闷地）没有什么。老太太们最糊涂。我知道我的妈。我妹妹是她的命，只要你能够多叫四凤好好地活着，我只好不提什么了。

　　〔周萍还想说话，大海挥手，叫他不必再说，周萍沉郁地到桌前把枪放好。

鲁大海　（命令地）那么请你把我的妹妹叫出来吧。

周　萍　（奇怪）什么？

鲁大海　四凤啊——她自然在你这儿。

周　萍　没有，没有。我以为她在你们家里呢。

鲁大海　（疑惑地）那奇怪，我同我妈在雨里找了她两个钟头，不见她。我想自然在这儿。

周　萍　（担心）她在雨里走了两个钟头，她——她没有到旁的地方去么？

鲁大海　（肯定地）半夜里她会到哪儿去？

周　萍　（突然恐惧）啊，她不会——（坐下呆望）

鲁大海　（明白）你以为——不，她不会，（轻蔑地）不，我想她没有这个胆量。

周　萍　（颤抖地）不，她会的。你不知道她。她爱脸，她性子强，她——不过她应当先见我，她（仿佛已经看见她溺在河里）不该这样冒失。

　　〔半晌。

鲁大海　（忽然）哼，你装得好，你想骗过我，你？——她在你这儿！她在你这儿!

〔外面远处口哨声。

周　萍　（以手止之）不，你不要嚷。（哨声近，喜色）她，她来了！我听
　　　　见她！

鲁大海　什么？

周　萍　这是她的声音，我们每次见面，是这样的。

鲁大海　她在这儿？

周　萍　大概就在花园里？

〔周萍开窗吹哨，应声更近。

周　萍　（回头，眼含着眼泪，笑）她来了！

〔中门敲门声。

周　萍　（向大海）你先暂时在旁边屋子躲一躲，她没想到你在这儿。我想
　　　　她再受不得惊了。

〔忙引大海至饭厅门，大海下。

〔外面的声音：（低）萍！

周　萍　（忙跑至中门）凤儿！（开门）进来！

〔四凤由中门进，头发散乱，衣服湿透，眼泪同雨水流在脸上，眼
　　角粘着淋漓的鬓发，衣裳贴着皮肤，雨后的寒冷逼着她发抖，她的
　　牙齿上下地震战着。她见周萍如同失路的孩子再见着母亲，呆呆地
　　望着他。

鲁四凤　萍!

周　萍　（感动地）凤！

鲁四凤　（胆怯地）没有人吧？

周　萍　（难过，怜悯地）没有。（拉着她的手）

鲁四凤　（放开胆）哦！萍！（抱着周萍抽咽）

周　萍　（如许久未见她）你怎么，你怎么会这样？你怎么会找着我？（止不
　　　　住地）你怎么进来的？

鲁四凤　我从小门偷进来的。

周　萍　凤，你的手冰凉，你先换一换衣服。

鲁四凤　不；萍，（抽咽）让我先看看你。

周　萍　（引她到沙发，坐在自己一旁，热烈地）你，你上哪儿去了，凤？

鲁四凤　（看着他，含着眼泪微笑）萍，你还在这儿，我好像隔了多年一样。

周　萍　（顺手拿起沙发上的一条紫线毯给她围上）我可怜的凤儿，你怎么
　　　　这样傻，你上哪儿去了？我的傻孩子！

鲁四凤　（擦着眼泪，拉着周萍的手，周萍蹲在旁边）我一个人在雨里跑，不知道自己在哪儿。天上打着雷，前面我只看见模模糊糊的一片；我什么都忘了，我像是听见妈在喊我，可是我怕，我拼命地跑，我想找着我们门口那一条河跳。

周　萍　（紧握着四凤的手）凤！

鲁四凤　——可是不知怎么绕来绕去我总找不着。

周　萍　哦，凤，我对不起你，原谅我，是我叫你这样，你原谅我，你不要怨我。

鲁四凤　萍，我怎么也不会怨你的。我糊糊涂涂又碰到这儿，走到花园那电线杆底下，我忽然想死了。我知道一碰那根电线，我就可以什么都忘了。我爱我的母亲，我怕我刚才对她起的誓，我怕她说我这么一声"坏女儿"，我情愿不活着。可是，我刚要碰那根电线，我忽然看见你窗户的灯，我想到你在屋子里。哦，萍，我突然觉得，我不能这样就死，我不能一个人死，我丢不了你。我想起来，世界大得很，我们可以走，我们只要一块儿离开这儿。萍啊，你——

周　萍　（沉重地）我们一块儿离开这儿？

鲁四凤　（急切地）就是这一条路，萍，我现在已经没有家，（辛酸地）哥哥恨死我，母亲我是没有脸见的。我现在什么都没有，我没有亲戚，没有朋友，我只有你，萍（哀告地）你明天带我去吧。

〔半晌。

周　萍　（沉重地摇着头）不，不——

鲁四凤　（失望地）萍。

周　萍　（望着她，沉重地）不，不——我们现在就走。

鲁四凤　（不相信地）现在就走？

周　萍　（怜惜地）嗯，我原来打算一个人现在走，以后再来接你，不过现在不必了。

鲁四凤　（不信地）真的，一块儿走么？

周　萍　嗯，真的。

鲁四凤　（狂喜地，扔下线毯，立起，亲周萍的手，一面擦着眼泪）真的，真的，真的，萍，你是我的救星，你是天底下顶好的人，你是我——哦，我爱你！（在他身下流泪）

周　萍　（感动地，用手绢擦着眼泪）凤，以后我们永远在一块儿了，不分开了。

鲁四凤　（自慰地，在周萍的怀里）嗯，我们离开这儿了，不分开了。

周　萍	（约束自己）好，凤，走以前我们先见见一个人。见完他我们就走。
鲁四凤	一个人？
周　萍	你哥哥。
鲁四凤	哥哥？
周　萍	他找你，他就在饭厅里头。
鲁四凤	（恐惧地）不，不，你不要见他，他恨你，他会害你的。走吧，我们就走吧。
周　萍	（安慰地）我已经见过他。——我们现在一定要见他一面，（不可挽回地）不然我们也走不了的。
鲁四凤	（胆怯）可是，萍，你——

〔周萍走到饭厅门口，开门。

| 周　萍 | （叫）鲁大海！鲁大海！——咦，他不在这儿，奇怪，也许他从饭厅的门出去了。（望着四凤） |
| 鲁四凤 | （走到周萍面前，哀告地）萍。不要管他，我们走吧。（拉他向中门走）我们就这样走吧。 |

〔四凤拉周萍至中门，中门开，鲁妈与大海进。

〔两点钟内鲁妈的样子另变了一个人。声音因为在雨里叫喊哭号已经喑哑，眼皮失望地向下垂，前额的皱纹很深地刻在上面，过度的刺激使着她变成了呆滞，整个激成刻板的痛苦的模型。她的衣服像是已烘干了一部分，头发还有些湿，鬓角凌乱地贴着湿的头发。她的手在颤，很小心地走进来。

| 鲁四凤 | （惊惧）妈！（畏缩） |

〔略顿，鲁妈哀怜地望着四凤。

| 鲁侍萍 | （伸出手向四凤，哀痛地）凤儿，来！ |

〔四凤跑至母亲面前，跪下。

鲁四凤	妈！（抱着母亲的膝）
鲁侍萍	（抚摸四凤的头顶，痛惜地）孩子，我的可怜的孩子。
鲁四凤	（泣不成声地）妈，饶了我吧，饶了我吧，我忘了您的话了。
鲁侍萍	（扶起四凤）你为什么早不告诉我？
鲁四凤	（低头）我疼您，妈，我怕，我不愿意有一点叫您不喜欢我，看不起我，我不敢告诉您。
鲁侍萍	（沉痛地）这还是你的妈太糊涂了，我早该想到的。（酸苦地）然而天，这谁又料得到，天底下会有这种事，偏偏又叫我的孩子们遇着呢？哦，你们妈的命太苦，我们的命也太苦了。

鲁大海	（冷淡地）妈，我们走吧，四凤先跟我们回去。——我已经跟他（指周萍）商量好了，他先走，以后他再接四凤。
鲁侍萍	（迷惑地）谁说的？谁说的？
鲁大海	（冷冷地望着鲁妈）妈，我知道您的意思，自然只有这么办。所以，周家的事我以后也不提了，让他们去吧。
鲁侍萍	（迷惑，坐下）什么？让他们去？
周　萍	（嗫嚅）鲁奶奶，请您相信我，我一定好好地待她，我们现在决定就走。
鲁侍萍	（拉着四凤的手，颤抖地）凤，你，你要跟他走？
鲁四凤	（低头，不得已紧握着鲁妈的手）妈，我只好先离开您了。
鲁侍萍	（忍不住）你们不能够在一块儿！
鲁大海	（奇怪地）妈，您怎么？
鲁侍萍	（站起）不，不成！
鲁四凤	（着急）妈！
鲁侍萍	（不顾她，拉着她的手）我们走吧。（向大海）你出去叫一辆洋车，四凤大概走不动了。我们走，赶快走。
鲁四凤	（死命地退缩）妈，您不能这样做。
鲁侍萍	不，不成！（呆滞地，单调地）走，走。
鲁四凤	（哀求）妈，您愿您的女儿急得要死在您的眼前么？
周　萍	（走向鲁妈前）鲁奶奶，我知道我对不起您。不过我能尽我的力量补我的错，现在事情已经做到这一步，您——
鲁大海	妈，（不懂地）您这一次，我可不明白了！
鲁侍萍	（不得已，严厉地）你先去雇车去！（向四凤）凤儿，你听着，我情愿你没有，我不能叫你跟他在一块儿。——走吧！
	〔大海刚至门口，四凤喊一声。
鲁四凤	（喊）啊，妈，妈！（晕倒在母亲怀里）
鲁侍萍	（抱着四凤）我的孩子，你——
周　萍	（急）她晕过去了。
	〔鲁妈按着她的前额，低声唤"四凤"，忍不住地泣下。
	〔周萍向饭厅跑。
鲁大海	不用去——不要紧，一点凉水就好。她小时就这样。
	〔周萍拿凉水洒在她面上，四凤渐醒，面呈死白色。
鲁侍萍	（拿凉水灌四凤）凤儿，好孩子。你回来，你回来。——我的苦命的孩子。

鲁四凤　（口渐张眼睁开，喘出一口气）啊，妈！

鲁侍萍　（安慰地）孩子，你不要怪妈心狠，妈的苦说不出。

鲁四凤　（叹出一口气）妈！

鲁侍萍　什么？凤儿。

鲁四凤　我，我不能不告诉你，萍！

周　萍　凤，你好点了没有？

鲁四凤　萍，我，总是瞒着你；也不肯告诉您（乞怜地望着鲁妈）。妈，
　　　　您——

鲁侍萍　什么，孩子，快说。

鲁四凤　（抽咽）我，我——（放胆）我跟他现在已经有……（大哭）

鲁侍萍　（切迫地）怎样，你说你有——（过受打击，不动）

周　萍　（拉起四凤的手）四凤！怎么，真的，你——

鲁四凤　（哭）嗯。

周　萍　（悲喜交集）什么时候？什么时候？

鲁四凤　（低头）大概已经三个月。

周　萍　（快慰地）哦，四凤，你为什么不告诉我，我，我的——

鲁侍萍　（低声）天哪！

周　萍　（走向鲁妈）鲁奶奶，您无论如何不要再固执哪，都是我错了：我
　　　　求您！（跪下）我求您放了她吧。我敢保我以后对得起她，对得起您。

鲁四凤　（立起，走到鲁妈面前跪下）妈，您可怜可怜我们，答应我们，让
　　　　我们走吧。

鲁侍萍　（不作声，坐着，发痴）我是在做梦。我的儿女，我自己生的儿女，
　　　　三十年工夫——哦，天哪，（掩面哭，挥手）你们走吧，我不认得
　　　　你们。（转过头去）

周　萍　谢谢您！（立起）我们走吧。凤！（四凤起）

鲁侍萍　（回头，不自主地）不，不能够！

　　　　〔四凤又跪下。

鲁四凤　（哀求）妈，您，您是怎么？我的心定了。不管他是富，是穷，不
　　　　管他是谁，我是他的了。我心里第一个许了他，我看得见的只有他，
　　　　妈，我现在到了这一步：他到哪儿我也到哪儿；他是什么，我也跟
　　　　他是什么。妈，您难道不明白，我——

鲁侍萍　（指手令她不要向下说，苦痛地）孩子。

鲁大海　妈，妹妹既然是闹到这样，让她去了也好。

周　萍　（阴沉地）鲁奶奶，您心里要是一定不放她，我们只好不顺从您的话，

自己走了。凤！

鲁四凤　（摇头）萍！（还望着鲁妈）妈！

鲁侍萍　（沉重的悲伤，低声）啊，天知道谁犯了罪，谁造的这种孽！——他们都是可怜的孩子，不知道自己做的是什么。天哪，如果要罚，也罚在我一个人身上；我一个人有罪，我先走错了一步。（伤心地）如今我明白了，我明白了，事情已经做了的，不必再怨这不公平的天；人犯了一次罪过，第二次也就自然地跟着来。——（摸着四凤的头）他们是我的干净孩子，他们应当好好地活着，享着福。冤孽是在我心里头，苦也应当我一个人尝。他们快活，谁晓得就是罪过？他们年轻，他们自己并没有成心做了什么错。（立起，望着天）今天晚上，是我让他们一块儿走，这罪过我知道，可是罪过我现在替他们犯了；所有的罪孽都是我一个人惹的，我的儿女们都是好孩子，心地干净的，那么，天，真有了什么，也就让我一个人担待吧。（回过头）凤儿，——

鲁四凤　（不安地）妈，您心里难过，——我不明白您说的什么。

鲁侍萍　（回转头。和蔼地）没有什么。（微笑）你起来，凤儿，你们一块儿走吧。

鲁四凤　（立起，感动地，抱着她的母亲）妈！

周　萍　去，（看表）不早了，还只有二十五分钟，叫他们把汽车开出来，走吧。

鲁侍萍　（沉静地）不，你们这次走，是在黑地里走，不要惊动旁人。（向大海）大海，你出去叫车去，我要回去，你送他们到车站。

鲁大海　嗯。

　　〔大海由中门下。

鲁侍萍　（向四凤哀婉地）过来，我的孩子，让我好好地亲一亲。（四凤过来抱母；鲁妈向周萍）你也来，让我也看你一下。（周萍至前，低头，鲁妈望他擦眼泪）好，你们走吧——我要你们两个在未走以前答应我一件事。

周　萍　您说吧。

鲁侍萍　你们不答应，我还是不要四凤走的。

鲁四凤　妈，您说吧，我答应。

鲁侍萍　（看他们两人）你们这次走，最好越走越远，不要回头。今天离开，你们无论生死，永远也不许见我。

鲁四凤　（难过）妈，那不——

周　萍	（眼色，低声）她现在很难过，才说这样的话，过后，她就会好了的。
鲁四凤	嗯，也好，——妈，那我们走吧。

〔四凤跪下，向鲁妈叩头，四凤落泪，鲁妈竭力忍着。

鲁侍萍	（挥手）走吧！
周　萍	我们从饭厅里出去吧，饭厅里还放着我几件东西。

〔三人——周萍，四凤，鲁妈——走到饭厅门口，饭厅门开。
蘩漪走出，三人俱惊视。

鲁四凤	（失声）太太！
周蘩漪	（沉稳地）咦，你们到哪儿去？外面还打着雷呢！
周　萍	（向蘩漪）怎么你一个人在外面偷听！
周蘩漪	嗯，不只我，还有人呢。（向饭厅上）出来呀，你！

〔周冲由饭厅上，畏缩地。

鲁四凤	（惊愕）二少爷！
周　冲	（不安地）四凤！
周　萍	（不高兴，向弟）弟弟，你怎么这样不懂事？
周　冲	（莫明其妙地）妈叫我来的，我不知道你们这是干什么。
周蘩漪	（冷冷地）现在你就明白了。
周　萍	（焦燥，向蘩漪）你这是干什么？
周蘩漪	（嘲弄地）我叫你弟弟来给你们送行。
周　萍	（气愤）你真卑——
周　冲	哥哥！
周　萍	弟弟，我对不起你！——（突向蘩漪）不过世界上没有像你这样的母亲！
周　冲	（迷惑地）妈，这是怎么回事？
周蘩漪	你看哪！（向四凤）四凤，你预备上哪儿去？
鲁四凤	（嗫嚅）我……我？……
周　萍	不要说一句瞎话。告诉他们，挺起胸来告诉他们，说我们预备一块儿走。
周　冲	（明白）什么，四凤，你预备跟他一块儿走？
鲁四凤	嗯，二少爷，我，我是——
周　冲	（半质问地）你为什么早不告诉我？
鲁四凤	我不是不告诉你；我跟你说过，叫你不要找我，因为我——我已经不是个好女人。

周　萍　（向四凤）不，你为什么说自己不好？你告诉他们！（指蘩漪）告诉
　　　　他们，说你就要嫁我！

周　冲　（略惊）四凤，你——

周蘩漪　（向周冲）现在你明白了。（周冲低头）

周　萍　（突向蘩漪，刻毒地）你真没有一点心肝！你以为你的儿子会替——
　　　　会破坏么？弟弟，你说，你现在有什么意思，你说，你预备对我怎
　　　　么样？说！哥哥都会原谅你。

　　　〔周冲望蘩漪，又望四凤，自己低头。

周蘩漪　冲儿，说呀！（半晌，急促）冲儿，你为什么不说话呀？你为什么
　　　　不抓着四凤问？你为什么不抓着你哥哥说话呀？（又顿。众人俱看周
　　　　冲，周冲不语）冲儿你说呀，你怎么，你难道是个死人？哑巴？是个
　　　　糊涂孩子？你难道见着自己心上喜欢的人叫人抢去，一点儿都不动
　　　　气么？

周　冲　（抬头，羔羊似的）不，不，妈！（又望四凤，低头）只要四凤
　　　　愿意，我没有一句话可说。

周　萍　（走到周冲面前，拉着他的手）哦，我的好弟弟，我的明白弟弟！

周　冲　（疑惑地，思考地）不，不，我忽然发现……我觉得……我好像我并
　　　　不是真爱四凤；（渺渺茫茫地）以前——我，我，我——大概是胡闹！

周　萍　（感激地）不过，弟弟——

周　冲　（望着周萍热烈的神色，退缩地）不，你把她带走吧，只要你好好
　　　　地待她！

周蘩漪　（整个幻灭，失望）哦，你呀！（忽然，气愤）你不是我的儿子；你
　　　　不像我，你——你简直是条死猪！

周　冲　（受侮地）妈！

周　萍　（惊）你是怎么回事？

周蘩漪　（昏乱地）你真没有点男子气，我要是你，我就打了她，烧了她，
　　　　杀了她。你真是糊涂虫，没有一点生气的。你还是你父亲养的，你
　　　　父亲的小绵羊。我看错你了——你不是我的，你不是我的儿子。

周　萍　（不平地）你是冲弟弟的母亲么？你这样说话。

周蘩漪　（痛苦地）萍，你说，你说出来；我不怕，你告诉他，我现在已经不
　　　　是他的母亲！

周　冲　（难过地）妈，您怎么？

周蘩漪　（丢弃了拘束）我叫他来的时候，我早已忘了我自己，（向周冲，半
　　　　疯狂地）你不要以为我是你的母亲，（高声）你的母亲早死了，早

叫你父亲压死了，闷死了。现在我不是你的母亲。她是见着周萍又活了的女人，（不顾一切地）她也是要一个男人真爱她，要真真活着的女人！

周　冲　（心痛地）哦，妈。

周　萍　（眼色向周冲）她病了。（向繁漪）你跟我上楼去吧！你大概是该歇一歇。

周繁漪　胡说！我没有病，我没有病，我神经上没有一点病。你们不要以为我说胡话。（揩眼泪，哀痛地）我忍了多少年了，我在这个死地方，监狱似的周公馆，陪着一个阎王十八年了，我的心并没有死；你的父亲只叫我生了冲儿，然而我的心，我这个人还是我的。（指周萍）就只有他才要了我整个的人，可是他现在不要我，又不要我了。

周　冲　（痛极）妈，我最爱的妈，您这是怎么回事？

周　萍　你先不要管她，她在发疯！

周繁漪　（激烈地）不要学你的父亲。没有疯——我这是没有疯！我要你说，我要你告诉他们——这是我最后的一口气！

周　萍　（狼狈地）你叫我说什么？我看你上楼睡去吧。

周繁漪　（冷笑）你不要装！你告诉他们，我并不是你的后母。

　　　　〔大家俱惊，略顿。

周　冲　（无可奈何地）妈！

周繁漪　（不顾地）告诉他们，告诉四凤，告诉她！

鲁四凤　（忍不住）妈呀！（投入鲁妈怀）

周　萍　（望着弟弟，转向繁漪）你这是何苦！过去的事你何必说呢？叫弟弟一生不快活。

周繁漪　（失了母性，喊着）我没有孩子，我没有丈夫，我没有家，我什么都没有，我只要你说：我——我是你的。

周　萍　（苦恼）哦，弟弟！你看弟弟可怜的样子，你要是有一点母亲的心——

周繁漪　（报复地）你现在也学会你的父亲了，你这虚伪的东西，你记着，是你才欺骗了你的弟弟，是你欺骗我，是你才欺骗了你的父亲！

周　萍　（愤怒）你胡说，我没有，我没有欺骗他！父亲是个好人，父亲一生是有道德的，（繁漪冷笑）——（向四凤）不要理她，她疯了，我们走吧。

周繁漪　不用走，大门锁了。你父亲就下来，我派人叫他来的。

鲁侍萍　哦，太太！

周　萍	你这是干什么？
周蘩漪	（冷冷地）我要你父亲见见他将来的好媳妇你们再走。（喊）朴园，朴园！……
周　冲	妈，您不要！
周　萍	（走到蘩漪面前）疯子，你敢再喊！

〔蘩漪跑到书房门口，喊。

鲁侍萍	（慌）四凤，我们出去。
周蘩漪	不，他来了！

〔朴园由书房进，大家俱不动，静寂若死。

周朴园	（在门口）你叫什么？你还不上楼去睡？
周蘩漪	（倨傲地）我请你见见你的好亲戚。
周朴园	（见鲁妈，四凤在一起，惊）啊，你，你——你们这是做什么？
周蘩漪	（拉四凤向朴园）这是你的媳妇，你见见。（指着朴园向四凤）叫他爸爸！（指着鲁妈向朴园）你也认识认识这位老太太。
鲁侍萍	太太！
周蘩漪	萍，过来！当着你的父亲，过来，给这个妈叩头。
周　萍	（难堪）爸爸，我，我——
周朴园	（明白地）怎么——（向鲁妈）侍萍，你到底还是回来了。
周蘩漪	（惊）什么？
鲁侍萍	（慌）不，不，您弄错了。
周朴园	（悔恨地）侍萍，我想你也会回来的。
鲁侍萍	不，不！（低头）啊！天！
周蘩漪	（惊愕地）侍萍？什么，她是侍萍？
周朴园	嗯。（烦厌地）蘩你不必再故意地问我，她就是萍儿的母亲，三十年前死了的。
周蘩漪	天哪！

〔半晌。四凤苦闷地叫了一声，看着她的母亲，鲁妈苦痛地低着头。周萍脑筋昏乱，迷惑地望着父亲同鲁妈。这时蘩漪渐渐移到周冲身边，现在她突然发见 [1] 一个更悲惨的命运，逐渐地使她同情周萍，她觉出自己方才的疯狂，这使她很快地恢复原来平常母亲的情感。她不自主地愧恨地望着自己的冲儿。

周朴园	（沉痛地）萍儿，你过来。你的生母并没有死，她还在世上。
周　萍	（半狂地）不是她！爸，您告诉我，不是她！

---

[1] 亦作"发现"。

周朴园	（严厉地）混账！萍儿，不许胡说。她没有什么好身世，也是你的母亲。
周　萍	（痛苦万分）哦，爸！
周朴园	（尊重地）不要以为你跟四凤同母，觉得脸上不好看，你就忘了人伦天性。
鲁四凤	（向母痛苦地）哦，妈！
周朴园	（沉重地）萍儿，你原谅我。我一生就做错了这一件事。我万没有想到她今天还在，今天找到这儿。我想这只能说是天命。（向鲁妈叹口气）我老了，刚才我叫你走，我很后悔，我预备寄给你两万块钱。现在你既然来了，我想萍儿是个孝顺孩子，他会好好地侍奉你。我对不起你的地方，他会补上的。
周　萍	（向鲁妈）您——您是我的——
鲁四凤	（不自主地）萍——（回头抽咽）
周朴园	跪下，萍儿！不要以为自己是在做梦，这是你的生母。
鲁四凤	（昏乱地）妈，这不会是真的。
鲁侍萍	（不语，抽咽）
周蘩漪	（笑向周萍，悔恨地）萍，我，我万想不到是——是这样，萍——
周　萍	（怪笑，向朴园）父亲！（怪笑，向鲁妈）母亲！（看四凤，指她）你——
鲁四凤	（与周萍互视怪笑，忽然忍不住）啊，天！（由中门跑下）
	〔周萍扑在沙发上，鲁妈死气沉沉地立着。
周蘩漪	（急喊）四凤！四凤！（转向周冲）冲儿，她的样子不大对，你赶快出去看她。
	〔周冲由中门跑下，喊四凤。
周朴园	（至周萍前）萍儿，这是怎么回事？
周　萍	（突然）爸，您不该生我！（跑，由饭厅下）
	〔远处听见四凤的惨叫声，周冲狂呼四凤，过后周冲也发出惨叫。
鲁侍萍	（同时叫）四凤，你怎么啦！
周蘩漪	我的孩子，我的冲儿！
	〔二人同由中门跑出。
周朴园	（急走至窗前拉开窗幕，颤声）怎么？怎么？
	〔仆人由中门跑上。
仆　人	（喘）老爷！
周朴园	快说，怎么啦？

仆　人	（急不成声）四凤……死了……
周朴园	（急）二少爷呢？
仆　人	也……也死了。
周朴园	（颤声）不，不，怎……么？
仆　人	四凤碰着那条走电的电线。二少爷不知道，赶紧拉了一把，两个人一块儿中电死了。
周朴园	（几晕）这不会。这，这——这不能够，不能够！

　　〔朴园与仆人跑下。

　　〔周萍由饭厅出，颜色惨白，但是神气沉静地。他走到那张放大海的手枪的桌前，抽开抽屉，取出手枪，手微颤，慢慢走进右边书房。

　　〔外面人声嘈乱，哭声，叫声，吵声，混成一片。鲁妈由中门上，脸更呆滞，如石膏人像。老年仆人跟在后面，拿着电筒。

　　〔鲁妈一声不响地立在台中。

老　仆	（安慰地）老太太，您别发呆！这不成，您得哭，您得好好哭一场。
鲁侍萍	（无神地）我哭不出来！
老　仆	这是天意，没有法子。——可是您自己得哭。
鲁侍萍	不，我想静一静。（呆立）

　　〔中门大开，许多仆人围着蘩漪，蘩漪不知是在哭在笑。

仆　人	（在外面）进去吧，太太，别看哪。
周蘩漪	（为人拥至中门，倚门怪笑）冲儿，你这么张着嘴？你的样子怎么直对我笑？——冲儿，你这个糊涂孩子。
周朴园	（走在中门中，眼泪在面上）蘩漪，进来！我的手发木，你也别看了。
老　仆	太太，进来吧。人已经叫电火烧焦了，没有法子办了。
周蘩漪	（进来，干哭）冲儿，我的好孩子。刚才还是好好的，你怎么会死，你怎么会死得这样惨？（呆立）
周朴园	（已进来）你要静一静。（擦眼泪）
周蘩漪	（狂笑）冲儿，你该死，该死！你有了这样的母亲，你该死。

　　〔外面仆人与大海打架声。

周朴园	这是谁？谁在这时候打架？

　　〔老仆下问，立时另一仆人上。

周朴园	外面是怎么回事？
仆　人	今天早上那个鲁大海，他这时又来了，跟我们打架。
周朴园	叫他进来！

仆　人　老爷，他连踢带打地伤了我们好几个，他已经从小门跑了。

周朴园　跑了？

仆　人　是，老爷。

周朴园　（略顿，忽然）追他去，给我追他去。

仆　人　是，老爷。

　　　　〔仆人一齐下。屋中只有朴园、鲁妈、蘩漪三人。

周朴园　（哀伤地）我丢了一个儿子，不能再丢第二个了。

　　　　〔三人都坐下来。

鲁侍萍　都去吧！让他去了也好，我知道这孩子。他恨你，我知道他不
　　　　会回来见你的。

周朴园　（寂静，自己觉得奇怪）年轻的反而走我们前头了，现在就剩下我们
　　　　这些老——（忽然）萍儿呢？大少爷呢？萍儿，萍儿！（无人应）
　　　　来人呀！来人！（无人应）你们给我找呀，我的大儿子呢？

　　　　〔书房枪声，屋内死一般的静默。

周蘩漪　（忽然）啊！（跑下书房，朴园呆立不动，立时蘩漪狂喊跑出）他……
　　　　他……

周朴园　他……他……

　　　　〔朴园与蘩漪一同跑下，进书房。

　　　　〔鲁妈立起，向书房颠踬了两步，至台中，渐向下倒，跪在地上，
　　　　如序幕结尾老妇人倒下的样子。

　　　　〔舞台渐暗，奏序幕之音乐（High Mass – Bach），若在远处奏起，
　　　　至完全黑暗时最响，与序幕末尾音乐声同。幕落，即开，接尾声。

尾　声

〔开幕时舞台黑暗。只听见远处教堂合唱弥撒声同大风琴声，序幕
姊弟的声音：

〔弟弟声：姐姐，你去问她。

〔姊姊声：（低声）不，弟弟你问她，你问她。

〔舞台渐明，景同序幕，又回到十年后腊月三十日的下午。老妇
（鲁妈）还在台中歪倒着，姊弟在旁。

姊　姊　你问她，她知道。

弟　弟　我不，我怕，你，你去。（推姊姊，外面合唱声止）

〔姑乙由中门进，见老妇倒在地上，大惊愕，忙扶起她。

姑　乙　（扶她）起来吧，鲁奶奶！起来吧！（扶她至右边火炉旁坐，忙走至姊
弟前，安慰地）弟弟，你没有吓着吧！快去吧，妈就在外边等着你
们。姐姐，你领弟弟去吧。

姊　姊　谢谢您，姑奶奶。（替弟弟穿衣服）

姑　乙　外面冷得很，你们都把衣服穿好。

姊　姊　嗯，再见！

姑　乙　再见。

〔姊领弟弟出中门。

〔姑乙忙走到壁炉前，照护老妇人。

〔姑甲由右门饭厅进。

姑　乙　嘘，（指鲁妈）她出来了。

姑　甲　（低声）周先生就下来看她，你照护照护。我要出去。

姑　乙　好，你等一等，（从墙角拿一把雨伞）外头怕要下雪，你要这一把
伞吧。

姑　甲　（和蔼地）谢谢你。（拿着雨伞由中门出去）

〔老人由左边厅出，立门口，望着。

姑　乙　（指鲁妈，向老爷）她在这儿！

老　人　哦！

〔半晌。

老　人　（关心地，向姑乙）她现在怎么样？

姑　乙　（轻叹）还是那样！

老　人　吃饭还好么？

姑　乙　不多。

老　人　（指头）她这儿？

姑　乙　（摇头）不，还是不认识人。

〔半晌。

姑　乙　楼上您的太太，看见了？

老　人　（呆滞地）嗯。

姑　乙　（鼓励地）这两人，她倒好。

老　人　是的。——（指鲁妈）这些天没有人看她么？

姑　乙　您说她的儿子，是么？

老　人　嗯。一个姓鲁叫大海的。

姑　乙　（同情地）没有。可怜，她就是想着儿子。每到节期总在窗前望一晚上。

老　人　（叹气，绝望地，自语）我怕，我怕他是死了。

姑　乙　（希望地）不会吧？

老　人　（摇头）我找了十年了，——没有一点影子。

姑　乙　唉，我想她的儿子回家，她一定会明白的。

老　人　（走到炉前，低头）侍萍！

〔老妇回头，呆呆地望着他，若不认识，起来，面上无一丝表情，一时，她走向窗前。

老　人　（低声）侍萍！侍——

姑　乙　（向老人摆手，低声）让她走，不要叫她！

〔老妇至窗前，慢吞吞地拉开帷幔，痴呆地望着窗外。

〔老人绝望地转过头，望着炉中的火光，外面忽而闹着小孩们的欢笑声，同足步声。中门大开，姊弟进。

姊　姊　（向弟）在这儿？一定在这儿？

弟　弟　（落泪，点着头）嗯！嗯！

姑　乙　（喜欢他们来打破这沉静）弟弟，你怎么哭了？

弟　弟　（抽咽）我的手套丢了！外面下雪，我的手套，我的新手套丢了。

姑　乙　不要嚷，弟弟，我给你找。

姊　姊　弟弟，我们找。

〔三个人在左角找手套。

姑　乙　（向姊）有么？

姊　姊　没有！

弟　弟　（钻到沙发背后，忽然跳出来）在这儿，在这儿！（舞着手套）
　　　　妈，在这儿！（跑出去）

姑　乙　（羡慕地）好了，去吧。

姊　姊　谢谢，姑奶奶！

〔姊由中门下，姑乙关上门。

〔半晌。

老　人　（抬头）什么？外头又下雪了？

姑　乙　（沉静地点头）嗯。

〔老人又望一望立在窗前的老妇，转身坐在炉旁的圈椅上，呆呆地
望着火，这时姑乙在左边长沙发上坐下，拿了一本《圣经》读着。

〔舞台渐暗。

———幕落

日出

（四幕话剧）

天之道其犹张弓与？高者抑之，下者举之，有余者损之，不足者补之。天之道损有余而补不足，人之道则不然——损不足以奉有余。

　　　　　　　　——老子《道德经》七十七章

上帝就任凭他们存邪僻之心，行那些不合理的事。装满了各样不义、邪恶、贪婪、恶毒。满心是嫉妒、凶杀、争竞、诡诈、毒恨。……行这样事的人是当死的。然而他们不但自己去行，还喜欢别人去行。

　　　　　　　　——《新约·罗马书》第一章

　　……我的肺腑啊，我的肺腑啊！我心疼痛！我心在我里面烦躁不安，我不能静默不言，因为我已经听见角声和打仗的喊声。毁坏的信息连络不绝。因为全地荒废。……我观看地，不料，地是空虚混沌；我观看天，天也无光；我观看大山，不料，尽都震动，小山也都摇来摇去；我观看，不料，无人；空中的飞鸟也都躲避。我观看，不料，肥田变为荒地。一切城邑……都被拆毁。
　　——《旧约·耶利米书》第四章

弟兄们……凡有弟兄不按规矩而行，不遵守从我们所受的教训，就当远离他。……我们在你们中间，未尝不按规矩而行，也未尝白吃人的饭。倒是辛苦劳碌，昼夜工作。……我们在你们那里的时候，曾吩咐你们说，若有人不肯作工，就不可吃饭。

——《新约·帖撒罗尼迦后书》第三章

……弟兄们，我……劝你们都说一样的话，你们中间也不可分党。是要一心一意，彼此相合……

——《新约·哥林多前书》第一章

……我是世界的光，跟从我的，就不在黑暗里走，必要得着生命的光。……

——《新约·约翰福音》第八章

……复活在我，生命也在我，信我的人虽然死了，也必复活。……

——《新约·约翰福音》第十一章

…………
…………
…………

我又看见一个新天新地，因为先前的天地已经过去了！

——《启示录》第二十一章

人　物

陈白露——在××旅馆住着的一个女人，二十三岁。

方达生——陈白露从前的"朋友"，二十五岁。

张乔治——留学生，三十一岁。

王福升——旅馆的茶房。

潘月亭——××银行经理，五十四岁。

顾八奶奶——一个有钱的孀妇，四十四岁。

李石清——××银行的秘书，四十二岁。

李太太——其妻，三十四岁。

黄省三——××银行的小书记。

黑三（即男甲）——一个地痞。

胡四——一个游手好闲的"面首"，二十七岁。

小东西——一个刚到城里不久的女孩子，十五六岁。

（第三幕登场人物另见该幕人物表内）

时　间　早　春

第一幕　在××旅馆的一间华丽的休息室内。

　　　　——某日早五点。

第二幕　景同第一幕。

　　　　——当日晚五点。

第三幕　在三等妓院内。

　　　　——一星期后晚十一时半。

第四幕　景同第一幕。

　　　　——时间紧接第三幕，翌日晨四时许。

第 一 幕

    是××大旅馆一间华丽的休息室，正中门通甬道，右——左右以台上演员为准，与观众左右相反——通寝室，左通客厅，靠后偏右角划开一片长方形的圆线状窗户。为着窗外紧紧地压贴着一所所的大楼，所以虽在白昼，有着宽阔的窗，屋里也嫌过于阴暗。除了在早上斜射过来的朝日使这间屋有些光明之外，整天是见不着一线自然的光亮的。

    屋内一切陈设俱是畸形的，现代式的，生硬而肤浅，刺激人的好奇心，但并不给人舒适之感。正中立着烟几，围着它横地竖地摆着方的、圆的、立体的、圆锥形的小凳和沙发。上面凌乱地放些颜色杂乱的座垫。沿着那不见棱角的窗户是一条水浪纹的沙发。在左边有立柜，食物柜，和一张小几，上面放着些女人临时用的化妆品。墙上挂着几张很荒唐的裸体画片，月份牌和旅馆章程。地下零零散散的是报纸，画报，酒瓶和烟蒂头。在沙发上，立柜上搁放许多女人的衣帽，围巾，手套等物。间或也许有一两件男人的衣服在里面。食柜上杂乱地陈列着许多酒瓶，玻璃杯，暖壶，茶碗。右角立一架阅读灯，灯旁有一张圆形小几，嵌着一层一层的玻璃，放些烟具和女人爱的零碎东西，如西洋人形，米老鼠之类。

〔正中悬一架银熠熠的钟，指着五点半，是夜色将尽的时候。幕开时，室内只有沙发旁的阅读灯射出一圈光明。窗前的黄幔幕垂下来，屋内的陈设看不十分清晰，一切丑恶和凌乱还藏在黑暗里。

〔缓慢的脚步声由甬道传进来。正中的门呀地开了一半。一只秀美的手伸进来拧开中间的灯，室内豁然明亮。陈白露走进来。她穿着极薄的晚礼服，颜色鲜艳刺激，多褶的裙裾和上面两条粉飘带，拖在地面如一片云彩。她发际插一朵红花，乌黑的头发烫成小姑娘似的鬏髻，垂在耳际。她的眼明媚动人，举动机警，一种嘲讽的笑总挂在嘴角。神色不时地露出倦怠和厌恶；这种生活的倦怠是她那种漂泊人特有的性质。她爱生活，她也厌恶生活。生活对于她是一串习惯的桎梏，她不再想真实的感情的慰藉。这些年的漂泊教聪明了她，世上并没有她在女孩儿时代所幻梦的爱情。生活是铁一般的真实，有它自来的残忍！习惯，自己所习惯的种种生活的方式，是最狠心的桎梏，使你即使怎样羡慕着自由，怎样憧憬着在情爱里伟大的牺牲（如小说电影中时常夸张地来叙述的），也难以飞出自己的生活的狭之笼。因为她试验过，她曾经如一个未经世故的傻女孩子，带着如望万花筒那样的惊奇，和一个画儿似的男人飞出这笼；终于，像寓言中那习惯于金丝笼的鸟，已失掉在自由的树林里盘旋的能力和兴趣，又回到自己的丑恶的生活圈子里。当然她并不甘心这样生活下去，她很骄傲，她生怕旁人刺痛她的自尊心。但她只有等待，等待着有一天幸运会来叩她的门，她能意外地得一笔财富，使她能独立地生活着。然而也许有一天她所等待的叩门声突然在深夜响了，她走去打开门，发现那来客，是那穿着黑衣服的，不作一声地走进来。她也会毫无留恋地和他同去，为着她知道生活中意外的幸福或快乐毕竟总是意外，而平庸，痛苦，死亡永不会放开人的。〔她现在拖着疲乏的步向台中走。右手的食指和中指盖着嘴，打了个呵欠。

陈白露　（走了两步，回过头）进来吧！（掷下皮包，一手倚着当中沙发的靠背。蹙着眉，脱下银色的高跟鞋，一面提住气息，一面快意地揉抚着自己尖瘦的脚。真的，好容易到了家，索性靠在柔软的沙发上舒展一下。"咦！"忽然她发现背后的那个人并没有跟进来。她套上鞋，倏地站起，转过身，一只腿还跪在沙发上，笑着向着房门）咦！你怎么还不进来呀？（果然，有个人进来了。约莫有二十七八岁的光景，脸色不好看，皱着眉，穿一身半旧的西服。不知是疲倦，还是厌恶，他望着房内乱糟糟的陈设，就一言不发地立在房门口。但是女人误会了意思，她眼盯住他，看出他是一副惊疑的神色）走进来点！怕什么呀！

方达生　（冷冷地）不怕什么！（忽然不安地）你这屋子没有人吧？

陈白露　（看看四周，故意地）谁知道？（望着他）大概是没有人吧！

方达生　（厌恶地）真讨厌。这个地方到处都是人。

陈白露　（有心来难为他，自然也因为他的态度使她不愉快）有人又怎样？住在这个地方还怕人？

方达生　（望望女人，又周围地嗅嗅）这几年，你原来住在这么个地方！

陈白露　（挑衅地）怎么，这个地方不好么？

方达生　（慢声）嗯——（不得已地）好！好！

陈白露　（笑着看男人那样呆呆地失了神）你怎么不脱衣服？

方达生　（突然收敛起来）哦，哦，哦，——衣服？（想不起话来）是的，我没
　　　　有脱，脱衣服。

陈白露　（笑出声，看他怪好玩的）我知道你没有脱。我问你为什么这样客
　　　　气，不肯自己脱大衣？

方达生　（找不出理由，有点窘迫）也许，也许是因为不大习惯进门就脱大
　　　　衣。（忽然）嗯——是不是这屋子有点冷？

陈白露　冷？——冷么？我觉得热得很呢。

方达生　（想法躲开她的注意）你看，你大概是没有关好窗户吧？

陈白露　（摇头）不会。（走到窗前，拉开幔子，露出那流线状的窗户）你看，
　　　　关得好好的。（望着窗外，忽然惊喜地）喂，你看！你快来看！

方达生　（不知为什么，慌忙跑到她面前）什么？

陈白露　（用手在窗上的玻璃划一下）你看，霜！霜！

方达生　（扫了兴会）你说的是霜啊！你呀，真——（底下的话自然是脱不
　　　　了嫌她有点心浮气躁，但他没有说，只摇摇头）

陈白露　（动了好奇心）怎么，春天来了，还有霜呢。

方达生　（对她没有办法，对小孩似的）嗯，奇怪吧！

陈白露　（兴高采烈地）我顶喜欢霜啦！你记得我小的时候就喜欢霜。你
　　　　看霜多美，多好看！（孩子似的，忽然指着窗）你看，你看，这个
　　　　像我么？

方达生　什么？（伸头过去）哪个？

陈白露　（急切地指指点点）我说的是这窗户上的霜，这一块，（男人偏看
　　　　错了地方）不，这一块，你看，这不是一对眼睛！这高的是鼻子，
　　　　凹的是嘴，这一片是头发。（拍着手）你看，这头发，这头发简直
　　　　就是我！

方达生　（着意地比较，寻找那相似之点，但是——）我看，嗯——（很老
　　　　实地）并不大像。

陈白露　（没想到）谁说不像？（孩子似的执拗着，撒着娇）像！像！
　　　　像！我说像！它就像！

方达生　（逆来顺受）好，像，像，像得很。

陈白露　（得意）啊。你说像呢！（又发现了新大陆）喂，你看，你看，
　　　　这个人头像你，这个像你。

方达生　（指自己）像我？

陈白露　（奇怪他会这样地问）嗯，自然啦，就是这个。

方达生　（如同一个瞎子）哪儿？

陈白露　这块！这块！就是这一块。

方达生　（看了一会儿，摸了自己的脸，实在觉不出一点相似处，简单地）我，我看不大出来。

陈白露　（败兴地）你这个人！还是跟从前一样的别扭，简直是没有办法。

方达生　是么？（忽然微笑）今天我看了你一夜晚，就刚才这一点还像从前的你。

陈白露　怎么？

方达生　（露出愉快的颜色）还有从前那点孩子气。

陈白露　你……你说从前？（低声地）还有从前那点孩子气？（她仿佛回忆着，蹙起眉头，她打一个寒战，现实又像一只铁掌把她抓回来）

方达生　嗯，怎么？你怎么？

陈白露　（方才那一阵的兴奋如一阵风吹过去，她突然地显着老了许多。我们看见她额上隐隐有些皱纹，看不见几秒钟前那种娇痴可喜的神态，叹一口气，很苍老地）达生，我从前有过这么一个时期，是一个孩子么？

方达生　（明白她的心情，鼓励地）只要你肯跟我走，你现在还是孩子，过真正的自由的生活。

陈白露　（摇头，久经世故地）哼，哪儿有自由？

方达生　什么，你——（他住了嘴，知道这不是劝告的事。他拿出一条手帕，仿佛擦鼻涕那样动作一下，他望到别处。四面看看屋子）

陈白露　（又恢复平日所习惯那种漠然的态度）你看什么？

方达生　（笑了笑，放下帽子）不看什么，你住的地方，很，很——（指指周围，又说不出什么来，忽然找出一句不关轻重而又能掩饰自己情绪的称誉）很讲究。

陈白露　（明白男人的话并不是诚意的）嗯，讲究么？（顺手把脚下一个靠枕拿起来，放在沙发上，把一个酒瓶轻轻踢进沙发底下，不在意地）住得过去就是了。（瞌睡虫似乎钻进女人的鼻孔里，不自主地来一个呵欠。传染病似的接着男人也打一个呵欠。女人向男人笑笑。男人像个刚哭完的小孩，用手背揉着眼睛）你累了么？

方达生　还好。

陈白露　想睡觉么？

方达生　还好。——方才是你一个人同他们那些人在跳，我一起首就坐着。

陈白露 你为什么不一起玩玩?

方达生 (冷冷地)我告诉过你,我不会跳舞,并且我也不愿意那么发疯似的乱蹦跶。

陈白露 (笑得有些不自然)发疯,对了!我天天过的是这样发疯的生活。(远远鸡喔喔地叫了一声)你听!鸡叫了。

方达生 奇怪,怎么这个地方会有鸡叫?

陈白露 附近就是一个市场。(看表,忽然抬起头)你猜,现在是几点钟了?

方达生 (扬颈想想)大概有五点半,就要天亮了。我在那舞场里,五分钟总看一次表。

陈白露 (奚落地)就那么着急么?

方达生 (爽直地)你知道我现在在乡下住久了;在那种热闹地方总有点不耐烦。

陈白露 (理着自己的头发)现在呢?

方达生 (吐出一口气)自然比较安心一点。我想这里既然没有人,我可以跟你说几句话。

陈白露 可是(手掩着口,又欠伸着)现在就要天亮了。(忽然)咦,为什么你不坐下?

方达生 (拘谨地)你——你并没有坐。

陈白露 (笑起来,露出一半齐整洁白的牙齿)你真是书呆子,乡下人,到我这里来的朋友没有等我让座的。(走到他面前,轻轻地推他坐在一张沙发上)坐下。(回头,走到墙边小柜前)渴得很,让我先喝一口水再陪着你,好么?(倒水,拿起烟盒)抽烟么?

方达生 (瞪她一眼)方才告诉过你,我不会抽烟。

陈白露 (善意地讥讽着他)可怜——你真是个好人!(自己很熟练地燃上香烟,悠悠然呼出淡蓝色的氤氲)

方达生 (望着女人巧妙地吐出烟圈,忽然,忍不住地叹一声,同情而忧伤地)真的我想不到,竹均,你居然会变——

陈白露 (放下烟)等一等,你叫我什么?

方达生 (吃了一惊)你的名字,你不愿意听么?

陈白露 (回忆地)竹均,竹均,仿佛有多少年没有人这么叫我了。达生,你再叫我一遍。

方达生 (受感动地)怎么,竹均——

陈白露 (回味男人叫的情调)甜得很,也苦得很。你再这样叫我一声。

方达生　（莫明其妙女人的意思）哦，竹均，你不知道我心里头——（忽然）这里真没有人么？

陈白露　没有人，当然没有人。

方达生　（难过地）我看你现在这个样子。你不知道我的心，我的心里头是多么——

〔——但是由右面寝室里蹒跚出来一个人，穿着礼服，硬领散开翘起来，领花拖在前面。他摇摇荡荡的，一只袖管没有穿，在它前后摆动着。他们一同回过头，那客人毫不以为意地立在门前，一手高高扶着门框，头歪得像架上熟透了的金瓜，脸通红，一绺一绺的头发搭下来。一副白金眼镜挂在鼻尖上，他翻着白眼由镜子上面望过去，牛吼似的打着噎。

张乔治　（神秘地，低声）嘘！（放正眼镜，摇摇晃晃地指点着）

陈白露　（大吃一惊倒吸一口气）Georgy！

张乔治　（更神秘地，摆手）嘘！（他们当然不说话了，于是他飘飘然地走到方达生面前，低声）什么，心里？（指着他）啊！你说你心里头是多么——怎么？（亲昵地对着女人）白露，这个人是谁呀？

方达生　（不愉快而又不知应该怎么样）竹均，他是谁？这个人是谁？

张乔治　（仿佛是问他自己）竹均？（向男人）你弄错了，她叫白露。她是这儿顶红，顶红的人，她是我的，嗯，是我所最崇拜的——

陈白露　（没有办法）怎么，你喝醉了！

张乔治　（指自己）我？（摇头）我没有喝醉！（摇摇摆摆地指着女人）是你喝醉了！（又指着那男人）是你喝醉了！（男人望望白露的脸，回过头，脸上更不好看，但进来的客人偏指着男人说）你看你，你看你那眼直瞪瞪的，喝得糊里糊涂的样子！Pah（轻慢似的把雪白的手掌翻过来向外一甩，这是他最得意的姿势，接着又是一个噎）我，我真有点看不下去。

陈白露　（这次是她真看不下去了）你到这里来干什么？

方达生　（大了胆）对了，你到这里来干什么？（两只质问的眼睛盯着他）

张乔治　（还是醉醺醺地）嗯，我累了，我要睡觉，（闪电似的来了一个理由）咦！你们不是也到这儿来的么？

陈白露　（直瞪瞪地看着他，急了）这是我的家，我自然要回来。

张乔治　（不大肯相信）你的家？（小孩子不信人的顽皮腔调，先高后低的）嗯？

陈白露　（更急了）你刚从我的卧室出来，你这是什么意思？

张乔治　什么？（更不相信地）我刚才是从你的卧室出来？这不对，——不对，我没有，（摇头）没有。（摸索自己的前额）可是你们先让我想想，……（望着天仿佛在想）

陈白露　（哭不得，笑不得，望着男人）他还要想想！

张乔治　（摆着手，仿佛是叫他们先沉沉气）慢慢地，你们等等，不要着急。让我慢慢，慢慢地想想。（于是他模糊地追忆着他怎样走进旅馆，迈进她的门，瞥见了那舒适的床，怎样转东转西，脱下衣服，一跤跌倒在一团柔软的巢窠里。他的唇上下颤动，仿佛念念有词；做出种种手势来追忆方才的情况。这样想了一刻，才低声地）于是我就喝了，我就转，转了我又喝，我就转，转呀转，转呀转的，……后来——（停顿了，想不起来）后来？哦，于是我就上了电梯，——哦，对了，对了，（很高兴地，敲着前额）我就进了这间屋子，……不，不对，我还更进一层，走到里面。于是我就脱了衣服，倒在床上。于是我就这么躺着，背向着天，脑袋朝下。于是我就觉得恶心，于是我就哇啦哇啦地——（拍脑袋，放开平常的声音说）对了，那就对了。我可不是从你的卧室走出来？

陈白露　（严厉地）Georgy，你今天晚上简直是发疯了。

张乔治　（食指抵住嘴唇，好莱坞明星的样子）嘘！（耳语）我告诉你，你放心。我并没有发疯。我先是在你床上睡着了，并且我喝得有点多，我似乎在你床上——（高声）糟了，我又要吐。（堵住嘴）哦，Pardon me, Mademoiselle, 对不起，小姐。（走一步，又回转身）哦，先生，请你原谅。Pardon, Monsieur（狼狈地跳了两步，回过头，举起两手，如同自己是个闻名的演员对许多热烈的观众，做最后下台的姿势，那样一次再次地摇着手，鞠着躬）再见吧，二位。Good night！Good night！My lady and gentleman！Oh, good-bye, au revoir, Madame；et monsieur, I—I—I shall—I shall —（哇的一声，再也忍不住了，他堵住嘴，忙跑出门。门关上，就听见他呕吐的声音；似乎有人扶着他，他哼哼叽叽地走远了）

〔白露望望男人，没有办法地坐下。

方达生　（说不出的厌恶）这个东西是谁？

陈白露　（嘘出一口气）这是此地的高等出产，你看他好玩不？

方达生　好玩！这简直是鬼！我不明白你为什么跟这样的东西来往？他是谁？他怎么会跟你这么亲近？

陈白露　（夹起烟，坐下来）你要知道么？这是此地最优秀的产品，一个外国留学生，他说他得过什么博士硕士一类的东西，洋名 Georgy，在外国他叫乔治张，在中国他叫张乔治。回国来听说当过几任科长，现在口袋里很有几个钱。

方达生　（走近她）可是你为什么跟这么个东西认识，难道你觉不出这是个讨厌的废物？

陈白露　（掸了掸烟灰）我没有告诉你么？他口袋里有几个钱。

方达生　有钱你就要……

陈白露　（爽性替他说出来）有钱自然可以认识我，从前我在舞场做事的时候，他很追过我一阵。

方达生　（明白站在他面前的女人已经不是他从前所想的）那就怪不得他对你那样了。（低下头）

陈白露　你真是个乡下人，太认真，在此地多住几天你就明白活着就是那么一回事。每个人都这样，你为什么这样小气？好了，现在好了，没有人啦，你跟我谈你要谈的话吧。

方达生　（从深思醒过来）我刚才对你说什么？

陈白露　你真有点记性坏。（明快地）你刚才说心里头怎么啦！这位张乔治先生就来了。

方达生　（沉吟，叹一口气）对了，"心里头"，"心里头"，我就是这么一个人，永远在心里头活着。可是竹均，（诚恳地）我看你是这个样子，你真不知道我心里头是多么——（门呀地开了，他停住了嘴）大概是张先生又来了。

　　〔进来是旅馆的茶役，一副狡猾的面孔，带着谄媚卑屈的神气。

王福升　不是张先生，是我。（赔着笑脸）陈小姐，您早回来了。

陈白露　你有什么事？

王福升　方才张先生您看见了。

陈白露　嗯，怎么样？

王福升　我扶他另外开一间房子睡了。

陈白露　（不愉快）他爱上哪里，就上哪里，你告诉我做什么！

王福升　说的是呀。张先生说十分对不起您，喝醉了，跑到您房里来，把您的床吐，吐，——

陈白露　啊，他吐了我一床？

王福升　是，陈小姐您别着急，我这就给您收拾。（白露起来，他拦住她）您也别进去，省得看着别扭。

陈白露　这个东西，简直——也好，你去吧。

王福升	是。（又回转来）今天您一晚上不在家，来的客人可真不少。李五爷，方科长，刘四爷都来过。潘经理看了您三趟。还有顾家八奶奶来了电话说请您明天——嗯，今天晚上到她公馆去玩玩。
陈白露	我知道。回头你打个电话，请她下午到这儿来玩玩。
王福升	胡四爷还说，过一会儿要到这儿来看看您。
陈白露	他愿意来就叫他来。我这里，哪一类的人都欢迎。
王福升	还有报馆的，张总编辑——
陈白露	知道。今天他有空也请他过来玩玩。
王福升	对了，潘经理今天晚上找了您三趟。现在他——
陈白露	（不耐烦）知道，知道，你刚才说过了。
王福升	可是，陈小姐，这位先生今天就——
陈白露	你不用管。这位先生是我的表哥。
方达生	（莫明其妙）表哥？
陈白露	（对着福升）他一会儿就睡在这儿。
方达生	不，竹均，我不，我是一会儿就要走的。
陈白露	好吧，（没想到他这样不懂事，不高兴地）随你的便。（对福升）你不用管了，走吧，你先把我的床收拾干净。
	〔福升由卧室下。
方达生	竹均，怎么你现在会变成这样——
陈白露	（口快地）这样什么？
方达生	（叫她吓回去）呃，呃，这样地好客，——呃，我说，这样地爽快。
陈白露	我原来不是很爽快么？
方达生	（不肯直接道破）哦，我不是，我不是这个意思。……我说，你好像比以前大方得——
陈白露	（来得快）我从前也并不小气呀！哦，得了，你不要拿这样好听的话跟我说。我知道你心里是不是说我有点太随便，太不在乎。你大概有点疑心我很放荡，是不是？
方达生	（想掩饰）我……我……自然……我……
陈白露	（追一步）你说老实话，是不是？
方达生	（忽然来了勇气）嗯——对了。你是比以前改变多了。你简直不是我以前想的那个人。你说话，走路，态度，行为，都，都变了。我一夜晚坐在舞场来观察你。你已经不是从前那样天真的女孩子，你变了。你现在简直叫我失望，失望极了。
陈白露	（故作惊异）失望？

方达生	（痛苦）失望，嗯，失望，我没有想到我跑到这里，你已经变成这么随便的女人。
陈白露	（警告他）你是要教训我么？你知道，我是不喜欢听教训的。
方达生	我不是教训你。我是看不下去你这种样子。我在几千里外听见关于你种种的事情，我不相信。我不相信我从前最喜欢的人会叫人说得一个钱也不值。我来看你，我发现你在这么一个地方住着；一个单身的女人，自己住在旅馆里，交些个不三不四的朋友，这种行为简直是，放荡，堕落，——你要我怎么说呢？
陈白露	（立起，故意冒了火）你怎么敢当着面说我堕落！在我的屋子里，你怎么敢说对我失望！你跟我有什么关系，你敢这么教训我？
方达生	（觉得已得罪了她）自然现在我跟你没有什么关系。
陈白露	（不放松）难道从前我们有什么关系？
方达生	（嗫嚅）呃，呃，自然也不能说有。（低头）不过你应该记得你是很爱过我。并且你也知道我这一次到这里来是为什么。
陈白露	（如一块石头）为什么？我不知道！
方达生	（恳求地）我不喜欢看你这样，跟我这样装糊涂！你自然明白，我要你跟我回去。
陈白露	（睁着大眼睛）回去？回到哪儿去？你当然晓得我家里现在没有人。
方达生	不，不，我说你回到我那里，我要你，我要你嫁给我。
陈白露	（恍然大悟的样子）哦，你昨天找我原来是要给我说媒，要我嫁人啊？（方才明白的语调）嗯！——（拉长声）
方达生	（还是那个别扭劲儿）我不是给你说媒，我要你嫁给我，那就是说，我做你的丈夫，你做我的——
陈白露	得了，得了，你不用解释。"嫁人"这两个字我们女人还明白怎么讲。可是，我的老朋友，就这么爽快么？
方达生	（取出车票）车票就在这里。要走天亮以后，坐早十点的车我们就可以离开这儿。
陈白露	我瞧瞧。（拿过车票）你真买了两张，一张来回，一张单程，——哦，连卧铺都有了。（笑）你真周到。
方达生	（急煎煎地）那么你是答应了，没有问题了。（拿起帽子）
陈白露	不，等等，我只问你一句话——
方达生	什么？
陈白露	（很大方地）你有多少钱？
方达生	（没想到）我不懂你的意思。

陈白露	不懂？我问你养得活我么？（男人的字典没有这样的字，于是惊吓得说不出话来）咦？你不要这样看我！你说我不应该这么说话么？咦，我要人养活我，你难道不明白？我要舒服，你不明么？我出门要坐汽车，应酬要穿些好衣服，我要玩，我要跳舞，你难道听不明白？
方达生	（冷酷地）竹均，你听着，你已经忘了你自己是谁了。
陈白露	你要问我自己是谁么？你听着：出身，书香门第，陈小姐；教育，爱华女校的高材生；履历，一阵子的社交明星，几个大慈善游艺会的主办委员；……父亲死了，家里更穷了，做过电影明星，当过红舞女。怎么这么一套好身世，难道我不知道自己是谁？
方达生	（不屑地）你好像很自负似的。
陈白露	嗯，我为什么不呢？我一个人闯出来，自从离开了家乡，不用亲戚朋友一点帮忙，走了就走，走不了就死去。到了现在，你看我不是好好活着，我为什么不自负？
方达生	可是你以为你这样弄来的钱是名誉的么？
陈白露	可怜，达生，你真是个书呆子。你以为这些名誉的人物弄来的钱就名誉么？我这里很有几个场面上的人物，你可以瞧瞧，种种色色：银行家，实业家，做小官的都有。假若你认为他们的职业是名誉的，那我这样弄来的钱要比他们还名誉得多。
方达生	我不明白你究竟是什么意思，也许名誉的看法——
陈白露	嗯，也许名誉的看法，你跟我有些不同。我没故意害过人，我没有把人家吃的饭硬抢到自己的碗里。我同他们一样爱钱，想法子弄钱，但我弄来的钱是我牺牲过我最宝贵的东西换来的。我没有费着脑子骗过人，我没有用着方法抢过人，我的生活是别人甘心愿意来维持，因为我牺牲过我自己。我对男人尽过女子最可怜的义务，我享着女人应该享的权利！
方达生	（望着女人明灼灼的眼睛）可怕，可怕——哦，你怎么现在会一点顾忌也没有，一点羞耻的心也没有。你难道不知道金钱一迷了心，人生最可宝贵的爱情，就会像鸟儿似的从窗户飞了么？
陈白露	（略带酸辛）爱情？（停顿，掸掸烟灰，悠长地）什么是爱情？（手一挥，一口烟袅袅地把这两个字吹得无影无踪）你是个小孩子！我不跟你谈了。
方达生	（不死心）好，竹均，我看你这两年的生活已经叫你死了一半。不过我来了，我看见你这样，我不能看你这样下去。我一定要感化你，

　　　　　　我要——

陈白露　（忍不住笑）什么，你要感化我？

方达生　好吧，你笑吧，我现在也不愿意跟你多辩了。我知道你以为我是个傻子，从那么远的路走到这里来找你，说出这一大堆傻话。不过我还愿意做一次傻请求，我想再把这件事跟你说一遍。我希望你还嫁给我，请你慎重地考虑一下，二十四小时内，希望你给我一个满意的答复。

陈白露　（故作惊吓状）二十四小时，可吓死我了。不过，如若到了你的期限，我的答复是不满意的，那么，你是否就要下动员令，逼着我嫁你么？

方达生　那，呃，那，——

陈白露　那你怎么样？

方达生　如果你不嫁给我——

陈白露　你怎么样？

方达生　（苦闷地）那——那我也许自杀。

陈白露　什么？（不高兴地）你怎么也学会这一套？

方达生　不，（觉得自己有点太时髦了）不，我不自杀。你放心，我不会为一个女人自杀的，我自己会走，我要走得远远的。

陈白露　（放下烟）对呀，这还像一个大人说的话。（立起）好了，我的傻孩子，那么你用不着再等二十四小时啦！

方达生　（立起以后）什么？

陈白露　（微笑）我现在就可以答复你。

方达生　（更慌了）现在？——不，你先等一等。我心里有点慌。你先不要说，我要把心稳一稳。

陈白露　（很冷静地）我先给你倒一杯凉茶，你定定心好不好？

方达生　不，用不着。

陈白露　抽一支烟。

方达生　（不高兴）我告诉过你三遍，我不会抽烟。（摸着心）得了，过去了，你说吧。

陈白露　你心稳了？

方达生　（颤声）嗯！

陈白露　那么，（替他拿帽子）你就可以走了。

方达生　什么？

陈白露　在任何情形之下，我都不会嫁给你的。

方达生	为，为什么？
陈白露	不为什么！你真傻！这类的事情说不出个什么道理来的。你难道不明白？
方达生	那么，你对我没有什么感情？
陈白露	也可以这么说吧。（达生想拉住她的手，但她飘然走到墙边）
方达生	你干什么？
陈白露	我想按电铃。
方达生	做什么？
陈白露	你真的要自杀，我好叫证人哪。
方达生	（望着白露，颓然跌在沙发里）方才的话是你真心说的话，没有一点意气作用么？
陈白露	你看我现在还像个再有意气的人？
方达生	（立起）竹均！（拿起帽子）
陈白露	你这是做什么？
方达生	我们再见了。
陈白露	哦，再见了。（夸张的悲戚，拉住他的手）那么，我们永别了。
方达生	（几乎要流眼泪）嗯，永别了。
陈白露	（看他到门口）你真预备要走么？
方达生	（孩子似的）嗯。
陈白露	那么，你大概忘了你的来回车票。
方达生	哦！（走回来）
陈白露	（举着车票）你真要走么？
方达生	嗯，竹均！（回头，用手帕揩去忍不住的眼泪）
陈白露	（两手抓着他的肩膊）你怎么啦？傻孩子，觉得眼睛都挂了灯笼了么？你真不害羞，眼泪是我们女人的事！好了，（如哄小兄弟一样）我的可怜虫，叫我气哭了，嗯？我跟你擦擦，你看，那么大的人，多笑话！不哭了，不哭了！是吧？（男人经过了这一番抚慰，心中更委屈起来，反加抽噎出了声音。白露大笑，推着他坐下）达生，你看你让我跟你说一句实在话。你先不要这样孩子气，你想，你要走，你就能随便走么？
方达生	（抬起头）怎么？
陈白露	（举车票）这是不是你的车票？
方达生	嗯，怎么？
陈白露	你看，这一下（把车票撕成两片）好不好？这又一下（把车票撕成

四片）好不好？（扔在痰盂里）我替你保存在这里头。好不好？

方达生　你，你怎么——

陈白露　你不懂？

方达生　（眉梢挂着欢喜）怎么，竹均，你又答应我了么？

陈白露　不，不，你误会我的意思，我没有答应你，我方才是撕你的车票，我不是撕我的卖身契。我是一辈子卖给这个地方的。

方达生　那你为什么不让我走？

陈白露　（诚恳地）你以为世界上就是你一个人这样多情么？我不能嫁给你，难道就是我恨了你？你连跟我玩一两天，谈谈从前的事的情分都没有了么？你有点太古板，不结婚就不能做一个好朋友？难道想想我们以往的情感不能叫我们也留恋一点么？你一进门就斜眼看着我，东不是，西不是的。你说我这个不对，那个不对。你说了我，骂了我，你简直是瞧不起我，你还要我立刻嫁给你。还要我二十四小时内答复你，哦，还要我立刻跟你走。你想一个女子就是顺从得该像一只羊，也不至于可怜到这步田地啊。

方达生　（憨直地）我向来是这个样子，我不会表示爱情，你叫我跪着，说些好听的话，我是不会的。

陈白露　是啊，所以无妨你先在我这里多学学，过两天，你就会了的。好了，你愿意不愿意跟我再谈一两天？

方达生　（爽直地）可是谈些什么呢？

陈白露　话自然多得很，我可以介绍你看看这个地方，好好地招待你一下，你可以看看这里的人怎样过日子。

方达生　不，用不着，这里的人都是鬼。我不用看。并且我的行李昨天已经送到车站了。

陈白露　真送到车站么？

方达生　自然我从来不，——从来不说谎话的。

陈白露　福升。

〔茶房由卧室出。

王福升　陈小姐，您别忙，您的床就收拾好。

陈白露　不是这个，我问你，我走的时候，我叫你从东方饭店——嗯！从车站取来的行李，你拿回来了么？

王福升　您说方先生的是不是，拿回来了。我从饭店里拿回来了。

方达生　竹均，我的行李你怎么敢从我的旅馆取出来了？

陈白露　嗯，——我从你的旅馆居然就敢取出来了。你这不会说谎的笨东西。

（对福升）你现在搁在哪个房间里？

王福升　东边二十四号。

陈白露　是顶好的房子么？

王福升　除了您这四间房，二十四号是这旅馆顶好的。

陈白露　好，你领着方先生去睡吧。要是方先生看着不合适，告诉我，我把我的屋子让给他。

王福升　是，陈小姐。（下）

方达生　（红了脸）可是竹均，这不像话——

陈白露　这个地方不像话的事情多得很。这一次，我要请你多瞧瞧，把你这副古板眼镜打破了，多看看就像话了。

方达生　不，竹均，这总应该斟酌一下。

陈白露　不要废话，出去！（推他）福升，福升，福升！

　　〔福升上。

方达生　在这样的旅馆里，我一定睡不着的。

陈白露　睡不着，我这里有安眠药，多吃两片，你就怎么也不嫌吵得慌了。你要么？

方达生　你不要开玩笑，我告诉你，我不愿看这个地方。

陈白露　不，你得看看，我要你看看。（对福升）你领着他去看房子。（一面推达生，一面说）赶快洗个澡，睡个好觉。起来，换一身干净衣服，我带你出去玩玩。走，乖乖的，不要不听话，听见了没有？Good night——（远远一声鸡鸣）你听，真不早了。快点，睡去吧。

　　〔男人自然还是噘着嘴，倔强，但是经不得女人的手同眼睛，于是被她哄着骗着推下去。

　　〔她关上门。过度兴奋使她无力地倚在门框上。同时疲乏仿佛也在袭击着她，她是真有些倦意了。一夜晚的烟酒和激动吸去了她大半的精力。她打一个呵欠，手背揉着青晕更深了的眼睛。她走到桌前，燃着一支香烟。外面遥遥又一声鸡鸣。她回过头，凝望窗外漫漫浩浩一片墨影渐渐透出深蓝的颜色。如一只鸟，她轻快地飞到窗前。她悄悄地在窗上的霜屑划着痕路。丢下烟，她又笑又怕地想把脸猫似的偎在上面，"啊！"的一声，她登时又缩回去。她不甘心，她偏把手平排地都放在霜上面。冷得那样清爽！她快意地叫出来。她笑了。她索性擦掉窗上叶子大的一块霜迹，眯着一只眼由那隙缝窥出。但她想起来了，她为什么不开了窗子看天明？她正要拧转窗上铁链，忽然想着她应该关上灯，于是敏捷地跑到屋子那端灭了

亮。房屋顿时黑暗下来，只有窗子渗进一片宝蓝的光彩。望见一个
女人的黑影推开了窗户。

〔外面：在阴暗的天空里，稀微的光明以无声的足步蹑着脚四处爬
上来。窗外起初是乌漆一团黑，现在由深化浅。微暗天空上面很朦
胧地映入对面一片楼顶棱棱角角的轮廓，上面仿佛晾着裤褂床单一
类的东西，掩映出重重叠叠的黑影。她立在窗口，斜望出去，深深
吸进一口凉气，不自主地打一个寒战。远处传来低沉的工厂的汽笛
声，哀悼似的长号着。

〔屋内光影暧昧，不见轮廓。这时由屋的左面食物柜后悄悄爬出一
个人形，倚着柜子立起，颤抖着，一面蹑足向门口走，预备乘机偷
逃。白露这时觉得背后塞塞窣窣有人行走。她蓦然回转头，看过去。
那人仿佛钉在那里，不能动转。

陈白露　（低声，叫不出来）有贼。

那　人　（先听见气进出的字音）别叫，别叫！

陈白露　谁？（慌张）你是谁？

那　人　（缩做一团，喘气和抖的声音）小……姐！小……姐！

陈白露　（胆子大了点）你是干什么的？

那　人　我……我……（抽噎）

〔白露赶紧跑到墙边开灯，室内大放光明。在她面前立着一个瘦弱
胆怯的小女孩子，约莫有十五六岁的样子，两根小辫垂在乳前，头
发乱蓬蓬的，惊惶地睁着两个大眼睛望着白露，两行眼泪在睫毛下
挂着。她穿一件满染油渍，肥大绝伦的蓝绸褂子，衣裾同袖管几乎
拖曳地面。下面的裤也硕大无比，裤管总在地上摩擦着。这一身衣
服使她显得异样怯弱渺小，如一个婴儿裹在巨人的袍褂里。因为寒
冷和恐惧，她抖得可怜，在她亮晶晶的双眼里流露出天真和哀求。
她低下头，一寸一寸地向后蹒跚，手里提着裤子，提心吊胆，怕一
不谨慎，跌在地上。

陈白露　（望着这可笑又可怜的动物）哦，可怜，原来是这么一个小东西。

小东西　（惶恐而忸怩地）是，是，小姐。（小东西一跛一跛地向后退，一不
小心踏在自己的裤管上，几乎跌倒）

陈白露　（忍不住笑——但是故意地绷起脸）啊，你怎么会想到我这里，偷东
西？啊！（佯为怒态）小东西，你说！

小东西　（手弄着衣裾）我……我没有偷东西。

陈白露　（指着）那么，你这衣服偷的是谁的？

小东西　（低头估量自己的衣服）我，我偷的是我妈妈的。
陈白露　谁是你妈妈？
小东西　（望白露一眼，呆呆地撩开眼前的短发）我妈妈！——我不知道我妈妈是谁。
陈白露　（笑了——依然忖度她）你这个糊涂孩子，你怎么连你妈妈都不知道。你妈妈住在什么地方？
小东西　（指屋顶）在楼上。
陈白露　在楼上。（她恍然明白了）哦，你在楼上，可怜，谁叫你跑出来的？
小东西　（声音细得快听不见）我，我自己。
陈白露　为什么？
小东西　（胆怯）因为……他们……（低下头去）
陈白露　怎么？
小东西　（悠然）他们前天晚上——（惧怕使她说不下去）
陈白露　你说，这儿不要紧的。
小东西　他们前天晚上要我跟一个黑胖子睡在一起，我怕极了，我不肯，他们就——（抽咽）
陈白露　哦，他们打你了。
小东西　（点头）嗯，拿皮鞭子抽。昨天晚上他们又把我带到这儿来，那黑胖子又来了。我实在是怕他，我吓得叫起来，那黑胖子气走了，他们……（抽咽）
陈白露　（泫然）他们又打你了。
小东西　（摇头，眼泪流下来）没有，隔壁有人，他们怕人听见。堵住我的嘴，掐我，拿（哭起来）……拿……拿烟扦子扎我。（忍住泪）您看，您看！（伸出臂膊，白露执着她的手。太虚弱了，小东西不自主地跪下去，但膝甫触地，"啊"的一声，她立刻又起来）
陈白露　（抱住她）你怎么啦？
小东西　（痛楚地）腿上扎的也是，小姐。
陈白露　天！（不敢看她的臂膊）你这只胳膊怎么会这样……（用手帕揩去自己的眼泪）
小东西　不要紧的，小姐，您不要哭。（盖上自己的臂膊）他们怕我跑，不给我衣服，叫我睡在床上。
陈白露　你跑出去的时候，他们干什么？
小东西　在隔壁抽烟打牌。我才偷偷地起来，把妈妈的衣服穿上。
陈白露　你怎么不一直跑出去？

小东西	（仿佛很懂事的）我上哪儿去？我不认识人，我没有钱。
陈白露	不过你的妈妈呢？
小东西	（傻气地）在楼上。
陈白露	不是，我说你的亲妈妈，生你的妈妈。
小东西	她？（眼眶含满了泪）她早死了。
陈白露	父亲呢？
小东西	前个月死的。
陈白露	哦！（她回过身去）——可是你怎么跑到我这里来？他们很容易找着你的。
小东西	（恐惧到了极点）不，不，不！（跪下）小姐，您修个好吧，千万不要叫他们找着我，那他们会打死我的。（拉着小姐的手）小姐，小姐，您修个好吧！（叩头）
陈白露	你起来，（把她拉起来）我没有说把你送回去，你先坐着，让我们想个法子。
小东西	谢谢您，谢谢您，小姐。（她忽然跑到门前，把门关好）
陈白露	你干什么？
小东西	我把门关严，人好进不来。
陈白露	哦——不要紧的。你先不要怕。（停）可是你方才不是想出去吗？
小东西	（点首）嗯。
陈白露	你预备上哪儿去？
小东西	（低声）我原先想回去。
陈白露	（奇怪）回去？还回到他们那里去？
小东西	（低头）嗯。
陈白露	为什么？
小东西	饿——我实在饿得很。我想也许他们还不知道我跑出来。我知道天亮以后他们还得打我一顿，可是过一会儿他们会给我一顿稀饭吃的。旁的地方连这点东西也不会给我。
陈白露	你还没有吃东西？
小东西	（天真的样子）肚子再没有东西，就会饿死的，他们不愿意我死，我知道。
陈白露	你多少时没有吃东西？（她到食物柜前）
小东西	有一天多了。他们说是要等那黑胖子喜欢之后才许我吃呢。
陈白露	好，你先吃一点饼干。
小东西	（接过来）谢谢您，小姐。（她背过脸贪婪地吃）

陈白露	你慢慢吃，不要噎着。
小东西	（忽然）就这么一点么？
陈白露	（怜悯地看着她）不要紧！你吃完了还有。——（哀矜地）饿逼得人会到这步田地么？
	〔中门呀地开了。
小东西	（赶紧放下食物，在墙角躲起来）啊，小姐。
陈白露	谁？
	〔福升上。
王福升	是我，福升。
小东西	小姐，（惊惧）他……他……
陈白露	不要怕，小东西，他是侍候人的茶房。
王福升	小姐，大丰银行的潘经理，昨天晚上来了三遍。
陈白露	知道，知道。
王福升	他还没有走。
陈白露	没有走？为什么不走？
王福升	这旅馆旁边不是要盖一座大楼么？潘经理这也许跟他那位秘书谈这件事呢。可是他说了，小姐回来，就请他去。他要见您。
陈白露	真奇怪，他们盖房子就得了，偏要半夜到这个地方来谈。
王福升	说的是呢。
陈白露	那么刚才你为什么不说？
王福升	刚才，不是那位方先生还在——
陈白露	哦，那你不要叫他来，你跟潘经理说，我要睡了。
王福升	怎么，您为什么不见见他呢，您想，人家潘经理，大银行开着——
陈白露	（讨厌这个人的啰唆）你不要管，我不愿意见他，我不愿意见他，你听见了没有？
王福升	（卑屈的神色，谄笑着）可是，小姐，您千万别上火。（由他袋里摸出一大把账单来）您听着，您别着急！这是美丰金店六百五十四块四，永昌绸缎公司三百五十五元五毛五，旅馆二百二十九块七毛六，洪生照相馆一百一十七块零七毛，久华昌鞋店九十一块三，这一星期的汽车七十六元五——还有——
陈白露	（忍不住）不要念，不要念，我不要听啊。
王福升	可是，小姐，不是我不侍候您老人家，您叫我每天这样搪账，说好说歹，今天再没有现钱，实在下不去了。
陈白露	（叹了一口气）钱，钱，永远是钱！（哀痛地）为什么你老是用这

（接上页）句话来吓唬我呢！

王福升	我不敢，小姐，可是，这年头不济，市面紧，今天过了，就不知道明天还过不过——
陈白露	我从来没有跟旁人伸手要过钱，总是旁人看着过不去，自己把钱送来。
王福升	小姐身份固然要紧。可是——
陈白露	好吧，我回头就想法子吧，叫他们放心得了。
王福升	（正要出门）咦，小姐。哪里来的这么个丫头？
	〔小东西乞怜地望着白露。
陈白露	（走到小东西旁边）你不用管。
王福升	（上下打量小东西）这孩子我好像认得。小姐，我劝您少管闲事。
陈白露	怎么？
王福升	外面有人找她。
陈白露	谁？
王福升	楼上的一帮地痞们，穿黑衣服，歪戴着毡帽，尽是打手。
小东西	（吓出声音）啊，小姐，（走到福升前面，抓住他）啊，老爷。您得救救我！（正要跪下，福升闪开）
王福升	（对小东西）你别找我。
陈白露	（向福升）把门关上！锁住。
王福升	可是，小姐——
陈白露	锁上门。
王福升	（锁门）小姐，这藏不住，她妈妈跟她爸爸在这楼里到处找她呢。
陈白露	给他们一点钱，难道不成？
王福升	您又大方起来了。给他们钱？您有几万？
陈白露	怎么讲？
王福升	您这时出钱，那他们不敲个够。
陈白露	那我们就——
	〔外面足步与说话声。
王福升	别作声！外面有人。（听一会儿）他们来了。
小东西	（失声）啊，小姐！
陈白露	（紧紧握着她的手）你要再叫，管不住自己，我就把你推出去。
小东西	（喑哑）小，小姐，不，不！
陈白露	（低声）不要说话，听着。
	〔外面男甲的声音：（暴躁地）这个死丫头，一点造化也没有，放着

福不享，偏要跑，真他妈的是乡下人，到底不是人揍的。

〔外面女人的声音：（尖锐的喉咙）你看金八爷叫这孩子气跑了。

〔外面男乙的声音：（迟缓低哑的）什么，金八看上了她？

〔外面女人的声音：你看这不是活财神来了。可是这没有人心的孩子，偏跑了，你看这怎么交代？这可怎么交代——

〔外面男甲的声音：（不耐烦地对着妇人咆哮）去你妈的一边去吧。孩子跑了，你不早看着，还叨叨叨，叨叨叨，到这时候，说他妈的一大堆废话。（女人不作声）喂，老三，你看，她不会跑出去吧？

〔外面男乙的声音：（老三，地痞里面的智多星，迟缓而自负地）不会的，不会的，她是穿着大妈的衣服走的，一件单褂子，这么冷的天，她上哪儿去？

〔外面女人的声音：（想得男甲的欢心。故意插进嘴）可不是，她穿我的衣服跑的。那会跑哪儿去？可是二楼一楼都说没看见，老三，你想，她会——

〔外面男丙的声音：（一个凶悍而没有一点虑谋的人）大妈，这楼的茶房说刚才见过她，那她还会跑到哪儿去？

〔外面男甲粗暴的声音：（首领的口气）那么一定就在这一层楼里，下工夫找吧。

〔外面女人声：（猖獗然）哼，反正跑不了，这个死丫头。

〔外面数男人声：
｛别着急！大妈！
｛一定找得着。
｛就在这儿，让我们分着找。

〔屋内三人屏息谛听，男女足步声渐远。

陈白露　走了么？

王福升　（啊出一口气）走了，大概是到那边去了。

陈白露　（忽然打开门）那么，让我看看。（正要探出头去，小东西拉着她的手，死命地拉她回来）

小东西　（摇头，哀求）小姐！小姐！

王福升　（推着她，关好门，摇头，警告地）不要跟他们打交道。

陈白露　（向小东西）不要怕，不要紧的。（向福升）怎么回事，难道——

王福升　别惹他们。这一帮人不好惹，好汉不吃眼前亏。

陈白露　怎么？

王福升　他们成群结党，手里都有家伙，都是吃卖命饭的。

陈白露　咦，可是他们总不能不讲理呀！把这孩子打成这样，你看，（拿起小东西臂膊）拿烟扦子扎的，流了多少血。闹急了，我就可以告他们。

王福升　（鄙夷地）告他们？告谁呀？他们都跟地面上的人有来往，怎么告？就是这官司打赢了，这点仇您可跟他们结的了？

陈白露　那么——难道我把这个孩子送给他们去？

小东西　（恐惧已极，喑哑声）不，小姐。（眼泪暗暗流下来，她用大袖子来揩抹）

王福升　（摇头）这个事难，我看您乖乖地把这孩子送回去。我听说这孩子打了金八爷一巴掌，金八爷火了。您不知道？

陈白露　金八爷！谁是金八爷？

小东西　（抬起头）就是那黑胖子。

王福升　（想不到白露会这样孤陋寡闻）金八爷！金八爷！这个地方的大财神，又是钱，又是势，这一帮地痞都是他手下的，您难道没听见说过？

陈白露　（慢慢倒吸一口气，惊愕地）什么，金八？是他？他怎么会跑到这旅馆来？

王福升　家里不开心，到这儿来玩玩，有了钱做什么不成？

陈白露　（低声）金八，金八。（向小东西）你的命真苦，你怎么碰上这么个阎王。——小东西，你是打了他一巴掌？

小东西　（憨态地）你说那黑胖子？——嗯。他拼命抱着我，我躲不开，我就把他打了，（仿佛这回忆是很愉快的）狠狠地在他那肥脸上打了一巴掌！

陈白露　（自语，严肃地）你把金八打了！

小东西　（看神气不对，求饶）可是，小姐，我以后再也不打他了，再也不了。

陈白露　（自语）打得好！打得好！打得痛快！

王福升　（怯惧）小姐，这件事我可先说下，没有我在内。您要大发慈悲，管这个孩子，这可是您一个人的事，可没有我。过一会儿，他们要问到我——

陈白露　（毅然）好，你说你没看见！

王福升　（望着小东西）没看见？

陈白露　（命令）我要你说没看见。

王福升　（不安状）可是——

陈白露　出了事由我担待。

王福升	（正希望白露说出这句话）好，好，好，由您担待。（油嘴滑舌）上有电灯，下有地板，这可是您自己说的。
陈白露	（点头）嗯，自然，我说一句算一句。现在你把潘经理请进来吧。
王福升	可是您刚才不是不要他老人家来么？
陈白露	我叫你去，你就去，少说废话——
王福升	（一字比一字声拖得长）是，——是，——是，——

〔福升不以为然地走出去。

陈白露	（向小东西）吃好了没有？
小东西	才吃了两块。
陈白露	怎么？
小东西	我……我……没有吃饱。
陈白露	你尽量地吃吧。
小东西	不，我不吃了。
陈白露	怎么？
小东西	我怕，我实在是怕得慌。（忍不住哭出声来）
陈白露	（过来安慰她）不要哭！不要哭！
小东西	小姐，你不会送我到他们那儿去吧？
陈白露	不，不会的。你别哭了，别哭了，你听，外边有人！

〔小东西立刻止住哭声。屏息凝视房门。

〔潘经理进。潘经理——一块庞然大物，短发已经斑白，行动很迟缓，然而见着白露，他的年纪，举动态度就突然来得如他自己的儿子一般年轻，而他的最小的少爷已经二十出头了。他的秃顶油亮亮的，眼睛矗矗的，鼻子像个狮子狗；有两撇胡子，一张大嘴，金质的牙时常在呵呵大笑的时刻，夸耀地闪烁着。他穿一件古铜色的獬羢皮袍。上面套着是缎坎肩。那上面挂着金表链和翠坠儿。他仿佛将穿好衣服，领扣还未系好，上一边的领子还折在里面，一只手拿着雪茄，皱着眉却又忍不住笑。那样尴尬的神气迎着白露。

潘月亭	白露，我知道你会找我来的！我等了你一夜晚，幸亏李石清来了，跟我谈谈银行的事，不然真不知道怎么过，我叫人看看你，没回来；叫人看看你，没回来。你看我请你吃饭，你不去；我请你跳舞，你不去；我请你——可是（非常得意）我知道你早晚会找我的。
陈白露	（睨视）你这么相信你的魔力么？
潘月亭	（自负地）可惜，你没有瞧见我年轻的时候，那时——（忽然向福升）你没有事，在这儿干什么，出去！

王福升	是，潘经理。
	〔福升下。
潘月亭	（低声）我知道你想我，（自作多情）是不是？你想我。你说，你想我， 是不是？（呵呵大笑）
陈白露	嗯！我想你——
潘月亭	是的，我知道，（指点着）你良心好。
陈白露	嗯，我想你给我办一件事。
潘月亭	（故意皱起眉头）又是办事，又是办事。——你见着我，没有别的， 你专门好管这些闲事。
陈白露	你怎么知道的？
潘月亭	福升全告诉我了。
陈白露	你管不管？
潘月亭	（走近小东西）原来是这么个小东西。
小东西	是，老爷。
陈白露	你看她多么可怜。——她——
潘月亭	得了，我都知道，反正总是那么一套。
陈白露	（要挟地）月亭，你管不管？
潘月亭	我管！我管！
陈白露	小东西，你还不谢谢潘经理？
	〔小东西正要跪下。
潘月亭	（拦住她）得了，得了。白露，你真会跟我找麻烦。
陈白露	你听！（外面人声）他们好像就在门口。小东西你到（指右面） 那屋去。
	〔小东西进右屋。
	〔门外男甲声：是这个门口么？
	〔门外男乙声：是！
陈白露	（向潘）他们大概指着我的这个门。
潘月亭	嗯！
	〔门外男甲声：别含糊，你是看见她进了这个门？
	〔门外男乙声：嗯。
	〔门外男甲声：没有出来？
	〔门外女人声：你看你，走到门口又犹疑什么？
	〔门外男丙声：不，弄清楚，别走错了门。
	〔男人说话混杂声。

陈白露	月亭，你不能等他们进来，你打开门出去，叫他们滚蛋。
潘月亭	这帮人他们大概都认识我，叫他们走还容易。
陈白露	好，月亭，谢谢你，谢谢你，你真是个好人。
潘月亭	（傻笑）自从我认识你，你第一次说谢谢我。
陈白露	（挪揄地）因为你第一次当好人。
潘月亭	怎么你又挖苦我，白露，你——
陈白露	不要吵了，你打发他们走吧。
潘月亭	好。（转门钮正要开门）
陈白露	可是月亭，你当然知道这个小东西是金八看上的。
潘月亭	金八。什么？（手拿回来）
陈白露	她把金八得罪了。
潘月亭	什么，这是金八看上的人？
陈白露	福升没有告诉你？
潘月亭	没有，没有，你看你，险点做个错事。（逡巡退回）
陈白露	怎么，月亭，你改主意了？
潘月亭	白露，你不知道，金八这个家伙不大讲面子，这个东西有点太霸道。
陈白露	那么，你不管了？
潘月亭	不是我不管，是我不能管，并且这么一个乡下孩子，你又何必——
陈白露	月亭，你不要拦我，你不管就不管，不要拦我。
潘月亭	你看，你看。
	〔门外男丙声：（粗暴地）敲门，她一定在这儿，一定在这儿。
	〔门外男甲声：怎么？
	〔门外男丙声：你看，这不是大妈的手绢？那孩子不是穿着大妈衣服跑的么？
	〔门外女人声：可不是，就是我的手绢。
	〔门外男甲声：那一定是这个门，她一定在这里。开门，开门。
陈白露	（挪揄）你不要怕啊！（正要开门迎出）
潘月亭	（拉住白露的手）你别理他们。
	〔门外人声：开门，开门，我们找人。
陈白露	月亭，你先进到那屋去，省得你为难，我要开门。
潘月亭	别，白露。
陈白露	你进去。（指左边）你进去，——我生气了。
潘月亭	好，我进去。
陈白露	快快。

〔潘进左门，白露立刻大开中门。

陈白露　（对门外）你们进来吧！你们找谁？

门外男甲　（穿着黑衣服，戴着黑帽子的）你管我找谁呢！（气汹汹地，对着后边的党羽）进来，你们都进来，搜搜吧。

陈白露　（忽然声色俱厉地）站住，都进来？谁叫你们都进来？你们吃些什么长大的？你们要是横不讲理，这个码头横不讲理的祖宗在这儿呢！（笑）你们是搜私货么？我这儿搜烟土有烟土，搜手枪有手枪，（挺起胸）不含糊你们！（指左屋）我这间屋里有五百两烟土，（指右屋）那间屋里有八十杆手枪，你们说，要什么吧？这点东西总够你们大家玩的。（门口的人一时吓住了。向门口）进来呀！诸位！（很客气地）你们怎么不进来呀？怎么那么大的人，怕什么呀！

男　丙　（懵懵地）进来就进来！这算个什么！

男　甲　混蛋！谁叫你进来的？滚出去！

男　丙　（颠顶地）滚就滚，这又算什么！

男　甲　（笑）您别，别多心。您这生的是哪一家子气！我们没有事也不会到这儿来打搅。我们跑丢了一个小孩子，一个刚混事由的。我们到这儿来也是看看，怕她藏在什么地方，回头吓着您。

陈白露　哦，（恍然）你们这一大帮人赶到我这儿来，是为找一个小姑娘呀！

男　甲　（非常关心）那么您大概一定是看见她进来了。

陈白露　对不起，我没有看见。

男　甲　可是在您门口我们找着她丢的一个手绢。

陈白露　那她要丢，我有什么法子？

男　甲　您不知道，刚才还有人看见她进到您门里来。

陈白露　到我的屋子来，那我可说在头里，她要偷了我的东西，你们可得赔。

男　甲　您别打哈哈。我们说不定都是一家子的人。您也帮个忙，我看得出来，您跟金八爷一定也是——

陈白露　金八爷？哦，你们也是八爷的朋友？

男　甲　（笑）够不上朋友，常给他老人家办点小事。

陈白露　那么，好极了，金八爷方才叫我告诉门口的人，叫你们滚开。

男　甲　怎么？金八爷跟您会说——

陈白露　（索性做到底）八爷就在这儿。

男　甲　（疑惑）在这儿！我们刚送八爷出旅馆。

陈白露　可是你们没看见，他又进来了。

男　甲　又进来了？（停顿，看出她的谎）那我们得见见，我们得把这件事告诉他。（回向门口）你们说，对不对？

〔门口人声：对，对，我们得见见。

陈白露　（镇静）不成！八爷说不愿见人。

男　甲　他不会不见我。我要见他，我要见。

陈白露　不成，你不能见。

男　甲　不能见，我也得见。（看见白露向着右边小东西藏的屋子走）八爷大概就在这个屋子。

陈白露　（忽然跑到左边潘藏匿的房屋门口。故意用两手抵着门框）好，你进到那屋子去吧，只要你不进这屋子来。

男　甲　哦，——八奶奶又要跟我们打哈哈，是不是？（向白露走来狞笑。凶恶地）躲开！躲开！

陈白露　你大概要做死！（回头向左门）八爷，八爷，你先出来教训教训他们这帮混账东西。

〔门开，潘披着一个睡衣出。

潘月亭　（低声指着门内）白露，吵什么，八爷睡觉了。（望着男甲）咦，黑三？是你，你这是干什么？

男　甲　哦，（想不到）潘四爷，您老人家也在这儿。

潘月亭　我刚跟八爷进来，到这儿来歇歇腿，抽口烟，你们在这儿是要造反，怎么啦？

男　甲　（嗫嚅）怎么，八爷是在这儿，（笑）——呃呃，是在这儿睡觉了？

潘月亭　怎么，你要进来谈谈么？那么，请进来坐坐吧！（大开门）我烧一口烟，叫金八起来陪陪你好么？

男　甲　（赔着笑）潘四爷跟我们开什么心？

潘月亭　不坐坐么？门口那几位不进来歇歇？不么？

男　甲　不，不，您看我们也是有公事——

潘月亭　好极了。你们要有事，那就请你们给我滚蛋，少在这里废话！

男　甲　（服从地）是，潘四爷您别生这么大的气！我们得罪的地方您可得多担待着点。（忽然回头向门口的人们）你们看什么，你们这些混蛋还不滚？他妈的这些死人！（又转过笑脸）没有法子！这一群人！回头，潘四爷，八爷醒了之后您可千万别说我们到这儿胡闹来啦。小姐，您得多替我们美言两句。刚才的事您千万一字不提。方才我对您算开的玩笑，是我该死！（自己打自己的嘴巴）该死！该死！

陈白露　好好，快滚吧。

男　甲　（诌媚）您出气了吧？好，我们走了。

〔男甲下。

陈白露　（关上门）完了，（自语）我第一次做这么一件痛快事。

潘月亭　完了，我第一次做这么一件荒唐事。

陈白露　好啦，走啦，请金八爷归位吧。

潘月亭　哼！"请神容易送神难"。用这个招牌把他们赶走了倒容易，回头见着金八，我们说不定就有乱子，出麻烦。

陈白露　今天不管明天事。反正这事好玩得很。

潘月亭　好玩？

陈白露　我看什么事都"好玩"，你说是不是？（呵欠）我真有点累了，（忽然瞥见地上的日影）喂！你看，你看！

潘月亭　什么？什么？

陈白露　太阳，太阳，——太阳都出来了。（跑到窗前）

潘月亭　（干涩地）太阳出来就出来得了，这有什么喊头。

陈白露　（对着日光，外面隐隐有雀噪声）你看，满天的云彩，满天的亮——喂，你听，麻雀！（窗外吱吱雀噪声）春天来了。（满心欢悦，手舞足蹈地）哦！我喜欢太阳，我喜欢春天，我喜欢年轻，我喜欢我自己。哦，我喜欢！（长长吸一口冷气）

潘月亭　（不感觉兴趣地）喜欢就喜欢得了，说什么！（忽然地）白露，这屋子太冷了，你要冻着，我给你关上窗户。

陈白露　（执拗地）不，我不关！我不关！

潘月亭　好，好，好，不关就不关吧。你这孩子，我真没有办法，我对我的亲生女儿也没有这么体贴过。

陈白露　（回过头来）这有什么稀奇，我要是你的亲生女儿，你还会这么体贴我？你说是不是？

潘月亭　说得好，说得透彻。（恳求）可是你关上窗户吧，我要着……着……（张嘴翕鼻，要打喷嚏的样子）着……着……阿嚏！（大声一个喷嚏）你，看，我已经着凉了。

陈白露　（忽从窗户回来）这个傻孩子，你怎么早不说？

潘月亭　（得意地）那么你可以关上窗户吧。

陈白露　（摇头）不，不，我给你多加衣服。来，你先坐下，你披上我的大衣，围上我的围巾，脚上盖着皮袍子，你再拿着我这个热水袋，你看，这不好了么？（弄得老头奇形怪状地堆在沙发上）我真喜欢你，你真像我的父亲，哦，我可怜的老爸爸！你尽在我这儿受委屈了。

潘月亭 （推开她）白露，（要立起来）我不要你叫我老爸爸。

陈白露 （推他跌在沙发里）我喜欢叫你是我的老爸爸，我要叫你是我的老爸爸。

潘月亭 （抗议地）我不老，你为什么叫我老爸爸？

陈白露 （一面笑，一面把头猫似的偎过来擦过去）我要叫，我偏要叫，老爸爸！老爸爸！

潘月亭 （反而高兴起来）你要叫，就随你叫吧，也好，叫吧！叫得好，叫得好。（眉开眼笑地）

陈白露 （忽然）月亭，你好好地坐着。（把他身上一堆衣服拢好，又塞一塞）你这样就像我的小 baby，我给你唱个摇篮歌吧。

潘月亭 （莫明其妙）摇篮歌？（摸着自己的斑白胡子）不，不好。

陈白露 那我给你念一段小说听，你听着。（拿起一本很精致的书）

潘月亭 （读着白露手里的书的名字）《日出》，不好，不好，这个名字第一个就不好。

陈白露 （撒娇）不好你也得听。

潘月亭 我不听，我不爱听。

陈白露 （又执拗起来）我要听，我偏要你听！

潘月亭 （望着白露，满肚子委屈，叹一口气）唉，你念吧！我听，我听。

陈白露 （翻阅书本，念）"……太阳升起来了，黑暗留在后面。"

潘月亭 （欠伸）不通，不通，没有一点道理。

陈白露 （不理他，念下去）"……但是太阳不是我们的，我们要睡了。"

潘月亭 （深深一个呵欠）也不通，不过后头这一句话还有点意思。

陈白露 （不耐烦地关上书）你真讨厌。你再这样多嘴，我就拿书……（正要举书打下去）

〔右边卧室内有个小巴儿狗汪汪着，夹杂着小东西惊号的声音。

潘月亭 你听，这是什么？

〔白露立起。

〔忽然小东西由卧室拖着裤，提着鞋跑出来，巴儿狗仿佛就在她身后追赶。她惊慌地关上门，巴儿狗在门缝儿里吠着。

小东西 （喘着气，非常狼狈的样子。几乎跌倒）小姐……小姐！

陈白露 怎么？

小东西 它。……它在后面跟着我。它……它醒了。

陈白露 （失色）什么？谁？谁？

小东西　（惊喘）您的巴儿狗，您的巴儿狗醒了。（回头望）它咬我，它不叫
　　　　我在屋里待着。

陈白露　（定下心）你这孩子！我真怕他们从卧室进来啦！

潘月亭　你看多麻烦！

　　　〔外面有敲门的声音。

小东西　小姐，有人敲门。

潘月亭　别是他们又回来了？

陈白露　（走近门）谁？

　　　〔方达生推门进。

方达生　（穿着睡衣，拖着鞋）是我，竹均。

陈白露　（惊愕）你怎么不睡，又回来了？

方达生　这个地方太吵，睡不着。方才福升告诉我，说你刚认一个干女儿。

陈白露　干女儿？

方达生　嗯。

陈白露　（明白了）哦，（指小东西）在这儿！你看，好么？这就是我的干女儿。

方达生　（有兴味地）原来是这么一个小东西。

潘月亭　（从衣服堆里立起来，红红绿绿的围巾，大氅披满一身）喂，喂，
　　　　白露，你们不要谈得这么高兴，这位先生是谁呀？

陈白露　（故做惊惶状）你不知道？让我介绍介绍，这是我的表哥。

潘月亭　（惊讶）表哥？

方达生　（这才发现还有一个男人在屋子里）怎么，竹均，这一会儿这屋子
　　　　怎么又——

陈白露　（一本正经地）咦，你不认识，这是我的爸爸。

潘月亭　（愉快地）爸爸！

方达生　（惊愕地）爸爸？

潘月亭　（对白露，玩笑地）哦，是一家人！（忽然，指着窗户）可是快关……
　　　　关……（张口翕鼻，手指指点点地）关……阿嚏！（喷嚏）你看这一
　　　　次我真着凉了。

　　　〔三人对视小东西，傻傻地立在那里。

　　　　　　　　　　　　　　　　　　　　　　　　——幕急落

第 二 幕

〔景同第一幕，还是××旅馆那间华丽的休息室。

〔天快黑了，由窗户望出，外面反映着一片夕阳；屋内暗淡，几乎需要燃起灯才看得清楚。窗外很整齐地传进来小工们打地基的桩歌，由近渐远，掺杂着渐移渐远多少人的步伐和沉重的石块落地的闷塞声音。这些工人们在此处一共唱着两种打桩的歌：（他们的专门名词是"叫号"）一是"小海号"，一是"轴号"。现在他们正沉重地呼着"小海号"，一个高亢兴奋的声音领唱，二三十人以低重而悲哀的腔调接和着。中间夹杂，当着唱声停顿时候，两三排"木夯"（木夯也是一种砸地的工具，木做的，两个人握着柄，一步一移向前砸。一排多半是四个夯，八个人）哼哼唷，哼哼唷，砸地的工作声。这种声音几乎一直在这一幕从头到尾，如一群含着愤怒的冤魂，抑郁暗塞地哼着，充满了警戒和恐吓。他们用一种原始的语言来唱出他们的忧郁，痛苦，悲哀和奋斗中的严肃，所以在下面这段夯歌——《小海号》——里找不着一个字，因为用字来表达他们的思想和情感是笨拙而不可能的事。他们每句结尾的音梢带着北方的粗悍。而他们是这样唱的：

小 海 号

上列谱中，每小节打二拍，第一拍表示重碱，第二拍表示轻碱。

雷雨·日出
曹禺作品菁华集

〔唱了一半，停顿时又听见砸木夯的小工们哼唷哼唷哼唷地走过去。直到一点也听不见的时候又走回来。这时福升一个人在房里收拾桌上的烟具，非常不耐烦的样子，频频向外望出，一面流着眼泪打着呵欠。但是外面的木夯声益发有力地工作着，Heng-Heng-Hei.Heng-Hei，一排一排的木夯落在湿松的土壤上发出严肃而沉闷的声音，仿佛是一队木偶兵机械似的迈着不可思议的整齐的步伐。

王福升　（捺不住了，忽然对着窗口，一连吐了三口唾沫）呸！呸！呸！Hei-Hei！总他妈的 Hei-Hei！这楼要是盖好，还不把人吵死。（窗外又听是远远举着"石硪"打地基的工人们很沉重地唱着《小海号》，他伸长耳朵对着窗外厌恶地听一会儿）听！听！没完了！就靠白天睡会儿觉，这帮死不了的唱起来没完啦！眼看着就要煞黑，还是干了唱，唱了干，真他妈的不嫌麻烦，天生吃窝窝头就咸菜的脑袋。哼，我有儿子，饿死也不干这个！呸！（又吐一口唾沫）

〔然而"叫号"的小工们越唱越响了，并且也改了调门，这次他们高亢而兴奋地唱和着《轴号》，用乐谱下一行的词，即"老阳西落，砸得好心焦，不卖点命，谁也不饶"。

轴 号

嗨来罢了咱们 又 来　　　嗨

嗨呀哈哈 嗨 呀嗨　　啊嗨呀哈哈嗨呀嗨

来罢了又 来　　日出 哦嗬 东来 哟／老阳 哦嗬 西落 哟

呀哈 嗨嗨呀哈哈嗨 嗨嗨　　啊／啊

啲满 天的大 红来 吧／啲碾 得好 心焦 哇　　嗨嗨

嗨呀哈哈 嗨呀嗨／嗨呀哈哈 嗨呀嗨　　啊嗨呀哈哈嗨呀嗨

（来一）要一得吃啊饭／（来一）不卖一点啊命　　嗨可 得做 工／嗨谁 也不 饶

啊嗨 呀哈哈 嗨呀嗨／啊嗨 呀哈哈 嗨呀嗨　　呀哈／呀哈

嗨嗨 呀哈哈 嗨 嗨嗨／嗨嗨 呀哈哈 嗨 嗨嗨

上列谱中，每小节打二拍，每拍表示一轻硪

王福升　（听了一半，他忽然坐下，把两只耳朵里塞好了的纸团取出来，挖挖耳朵，挑战地坐下来）来吧！唱吧！你 hei-hei 吧！你放开嗓子唱吧！我跟你算泡上啦，我听，你唱，他妈看谁耗过谁！（爽性闭着眼，静听起来）看谁耗过谁！

　　　　〔当然外边的人们越唱越有劲。

　　　　〔方达生进。唱声又渐远。

王福升　（觉得背后有人，立起，回过头）哦，方先生，您早起来了？

方达生　（不明白他问的意思）自然——天快黑了。

王福升　（难得有一个人在面前让他发发牢骚）不起？人怎么睡得着！就凭这帮混账，欠挨刀的小工子们——

方达生　（指窗外，叫他不要说话）嘘，你听！

王福升　（误会了意思）不要紧，我才不怕他们呢，夜晚熬一宿，我就靠白天睡会儿觉，他们嚷嚷嚷，嚷嚷嚷，吵了一整天，这帮饿不死的东西——

方达生　（又指指窗外，非常感觉兴趣，低声）你听，听他们唱，不要说话。

王福升　（嘿然）哦，您叫我听他们唱啊！

方达生　（不客气地）对了。

　　　　〔外面正唱着。"老阳西落……砸得好心焦……不卖点命……谁也不饶。"唱完最后一句，不知为什么窗外哄然一阵笑声，但立刻又听见那木偶似的步伐 heng-heng-hei 地远去。

方达生　（扶窗，高兴地往下望）唱得真好听！

王福升　（莫明其妙）好听？

方达生　（叹一口气，但是愉快地）他们真快活！你看他们满脸的汗，唱得那么高兴！

王福升　（讪笑）天生的那份穷骨头噻①。要不，一辈子就会跟人打夯，卖苦力，盖起洋楼给人家住噻？

方达生　这楼是谁盖的？

王福升　谁盖的，反正有钱的人盖的吧。大丰银行盖的，潘四爷盖的，大概连（指左边屋内）在屋里的顾八奶奶也有份，（无聊地）有钱噻！您看，（随手一指）就盖大洋楼。（阿Q式地感慨系之）越有钱的越有钱噻！

方达生　顾八奶奶？你说的是不是满脸擦着胭脂粉的老东西？

----

① 同"嘛"。

王福升 对了，就是她！老来俏，人老心不老，人家有钱，您看，哪个不说她年轻，好看？不说旁的，连潘四爷还恭维着她呢。您看刚才潘四爷不是陪着小姐，顾八奶奶一同到屋里（指左边）打麻将去啦么？顾八奶奶阔着得呢！

方达生 怎么？我出去一会子啦，（厌恶）这帮人现在还在这屋子里打牌，没有走？

王福升 走？上哪儿去？天快黑了，客来多了，更不走了。

方达生 （来回走了两趟）这地方真是闷气得使人讨厌，连屋子也这么黑。

王福升 哼，这屋子除了早上见点日头，整天见不着阳光，怎么不黑？

方达生 （点头）没有太阳，对了，这块地方太阳是不常照着的。

王福升 反正就是那么一回子事，有老阳儿又怎么样，白天还是照样得睡觉，到晚上才活动起来。白天死睡，晚上才飕飕地跑，我们是小鬼，我们用不着太阳。

方达生 对了，太阳不是我们的，（沉吟）那么，太阳是谁的呢？

王福升 （不懂）谁的？（傻笑）管它是谁的呢？

方达生 （替他接下）反正是这么一回子事，是不是？

王福升 对了，就那么一回子事，哈哈。

〔敲门声。

方达生 有人敲门。

王福升 谁？（敲门声，福升正要开门）

方达生 你等等，我不大愿意见这些人，我先到那屋去。（进右边睡房）

〔福升开门。黄省三进。他很畏缩地走进，带着惭愧和惶恐的神气。惨白的脸没有一丝血色，嘴唇冻得发紫。他只穿了一件鹅黄色旧棉袍，上面染满油污；底下只是一条黑夹裤，绑着腿带，手里拿着一团绒线黑围巾，一对乞怜的眼睛不安地四面张望着。人瘦如柴，额上的青筋像两条小蛇似的隐隐地跳动着，是一个非常神经质而胆小的人。他笑得那样凄惨，有时令人疑惑究竟他是在笑还是在哭。他每说一句话前总要鼓起很多的气力，才敢说出来，说完了，就不自主地咳嗽两声，但声音很低。他这样谦卑，不自信，他甚至于疑心自己的声音都是为人所不耐的。其实，他的年纪不算大，然而这些年的忧虑，劳碌，失眠和营养缺乏使他衰弱有如一个老人。纵使还留着一些中年的模样，但我们会惊讶一个将近四十的人，他的背怎么会拱成一道桥，受点刺激，手便如风里的枯叶不停地颤抖起来，而鬓角堆起那样多白发了。

〔他怯畏地立在房门口，四面望着。

王福升　是你呀，你又来了！（见黄并不认识他，忽然板起脸来）你是干什么的？

黄省三　（不自信的样子，颤声）对不起！（很谦虚地笑出声来）对……对不起！（吃力地鞠着躬）我……我大概是走错门了。（咳嗽，他转过身要出去）

王福升　（一把拉住他）回来！回来！你上哪儿去？

黄省三　（被福升强迫回来，红了脸，额上青筋暴起来，自解地）先生我是走错门了，您看，我，我不是……

王福升　你走错了门你也得回来。好，这门是你随便走错的么？

黄省三　可是，可是，先生，我已经走错了，并且我，我已经道歉了。

王福升　你不知道，旅馆里面什么样的人都有。你为什么不敲门，一直就闯进来啦？

黄省三　（神经质地笑着）我，我敲了门了，先生。……

王福升　（强词夺理地）我怎么没听见哪？

黄省三　（实在为难）先生，你要不听见，你叫我怎么办？（可怜地）要不，我给您再敲几下子门。

王福升　你浑人！你究竟找谁？

黄省三　（不安地揉弄着黑围巾）我，我找李先生。

王福升　（欺凌地）姓李的多得很，谁是李先生？

黄省三　不，（忙自解释）不，我找的是五十二号。

王福升　这房子就是五十二号。

黄省三　（禁不住露出喜色）那，那我还是对了。（又向着福升，有礼貌地）我找李石清李先生。

王福升　没有来。

黄省三　（犹豫半天，才挣出这一句话）要是潘经理有工夫的话，我倒想见见潘经理。先生，请你说一声。

王福升　（估量他）潘经理，倒是有一位，可是（酸溜溜地）你？你想见潘经理？（大笑）

黄省三　（无可奈何地）我，是大丰银行的书记。

王福升　（冷淡地）书记？你祖宗也是白搭。潘四爷在这儿是串门，玩来的，向来是不见客。

黄省三　可是，（乞怜地）先生，您千万去请他老人家一趟好吧？

王福升　不在这儿！（不耐烦）告诉你潘四爷不在这儿呢！去，去，去！别讨厌，不知哪家哪院的，开了门就找人，谁知道你是干什么的？

黄省三　（一再解白）先生，我，我是大丰银行的书记，我姓黄——

王福升　（忽然对黄，指自己）你认识我不认识我？

黄省三　（看了半天）不，不敢说认识。

王福升　那，你就给我"开路"！（推他）请走！

黄省三　可是先生，我姓黄……

王福升　（打开门，向外推黄）去！去！去！少给我添麻烦。你要再来，我就——

黄省三　（一面被他推着，一面回头）先生，我姓黄，我叫黄省三，我从前是大丰银行的——

王福升　（得意地）我知道，你从前是书记，你姓黄，你叫黄省三，你找李先生，潘经理，大丰银行的人你都找。你到处装孙子，要找事。你当我不知道，不认识你？

黄省三　（气得手发抖）先生，你认识我，（赔着笑容）那就更好了。

王福升　（愉快地骂着他）我在这儿旅馆看见你三次，你都不认识我，就凭你这点王八记性，你还找事呢！（拉着黄，不由分说，用力向外一推）去你个蛋吧！

黄省三　（跟跄摔在门框，几乎瘫在那儿，干咳）你为什么骂人？我，我知道我穷，可是你不能骂我是王八，我不是王八，我跟你讲，我不是。你，你为什么——

王福升　（恶意地玩笑）那你问你家里去，我哪儿知道？（拍着他的肩，狞笑）好，好，你不是王八，你儿子是王八的蛋，好吧？

黄省三　（突然好像疯狂起来，他立起来，仿佛要以全身的重量压死前面这个禽兽，举起手）你这个，你这个东西，我要……

王福升　（活脱脱一个流氓，竖起眉毛，挺起胸脯，抓着黄胸前的衣服，低沉而威吓的声音）你要敢骂我一句，敢动一下子手，我就打死你！
〔半晌。

黄省三　（疯人似的眼睛，惧怕而愤怒地盯着他，他的颈子被衣服勒住挤成一道一道的青筋，手不自主地颤抖着。半天——低声，无力地）让——我——走——！让——我——走！
〔福升放开手，黄垂头走出门。外面的打夯声又"哼哼唷""哼哼唷"抑郁暗塞地哼着，充满了愤怨和不平。
〔福升施施地正向左面走，不知由哪里传来一阵急迫的铃声，他回过头，走到沙发旁，由靠近一只小桌几里取出电话机，攀着耳机，先是暴躁地问答着。

王福升	喂，你哪儿？你哪儿？你管我哪儿？……我问你哪儿？你要哪儿？你管我哪儿？……你哪儿？你说你哪儿！我不是哪儿！……怎么，你出口伤人……你怎么骂人混蛋？……啊，你骂我王八蛋？你，你才……什么？你姓金？啊，……哪，……您老人家是金八爷！……是……是……是……我就是五十二号……您别着急，我实在看不见，我不知道是您老人家。……（赔着笑）您尽管骂吧！（当然耳机里面没有客气，福升听一句点一次头，仿佛很光荣地听着对面刺耳的诟骂）是……是……您骂的对！您骂的对！

〔潘月亭由左边门进。

潘月亭	（向福升）谁？谁来电话？是李石清先生么？
王福升	（狼狈地拿着耳机，不知应付哪一面好，一面媚笑对着耳机）……是，我不敢。……是，下次我再不敢。……是（一面摇头摆手，指着不是李石清的电话，分明越骂越不成话了，他有些皱眉，但是——）唏……唏……我就是福升！我就是那王八蛋的福升，……您千万别生气，别气病您老人家。……（似乎对　面气消了些）是我混蛋，……是……是，您找潘经理？（望着潘）您等一下，他老人家来了。（向潘）您的电话。（把耳机递　过去，但里面又补上一句，他急忙又拿起来）是，您骂得一点　也不错，……是，是，是，我是王八蛋。不是人揍的。（叹一口气，再把耳机递给潘）
潘月亭	（手按着耳机上的喇叭口，低声）你这个糊涂蛋！是谁打来的？
王福升	（气得忘了是谁在骂他）谁？谁？……哦，是金八，金八爷。
潘月亭	（向福升）李石清，李先生还没有来么？
王福升	没有来。李先生没有来。
潘月亭	那么，你进去问问李太太，她先生说什么时候到这儿来。
王福升	是。（福升下）
潘月亭	（咳嗽两声）是金八爷么？……我是月亭。……是……是，你的存款不会有错的。你先维持三天，三天之后，你来提，我一定拨过去。……是……是……现在大丰银行营业还不错，我做的公债盐税，裁兵，都赚了点，你放心，三天，你在大丰存的款项一定完全归清。……什么？……笑话！……没有的事，银行并没有人大宗提款！……谁说的？……呃，呃，这都是谣言，不要信他们，你看，八爷，银行现在不是在旅馆旁边又盖大丰大楼么？……为什么盖？……自然，也是繁荣市面，叫钱多活动活动的意思。你放心！现在银行的准备是巩固的，……三天，看多少年的交情，你只维持三天，一切还

清。……对了，（笑）八爷……公债有什么特别的消息么？……哦，哦，是，……

也这么听说，看涨。看涨……你没有买点么？……是，是……

王福升 （由左门进）李太太说李先生就来。（回头看）顾八奶奶，四爷在这儿。

〔顾八奶奶进——一个俗不可耐的肥胖女人。穿一件花旗袍镶着灿烂的金边，颜色鲜艳夺目，紧紧地箍在她的身上。走起路来，小鲸鱼似的；肥硕的臀峰，一起一伏，惹得人眼花缭乱，叫人想起有这一层衣服所包裹的除了肉和粗恶以外，不知还有些什么。她脸上的皱纹很多，但是她将脂粉砌成一道墙，把这些许多深深的纹路遮藏着。她总是兴高采烈地笑。笑有种种好处，一则显得年轻些，二则自己以为笑的时候仿佛很美，三则那耀眼的金牙只有在笑的当儿才完全地显露出来。于是嘴，眼睛，鼻子挤在一起，笑，笑，以致于笑得令人想哭，想呕吐，想去自杀。她的眉毛是一条线，耳垂叮当地悬着珠光宝气的钻石耳环，说起话来总是指手画脚，摇头摆尾，于是小棒槌似的指头上的宝石以及耳环，光彩四射，惹得人心发慌。由上量到下，她着实是心广体胖，结实得像一条小牛，却不知为什么，她的病很多，动不动便晕的，吐的，痛的，闹个不休。但有时也仿佛"憨态可掬"，自己以为不减旧日的风韵，那种活泼，"娇小可喜"之态委实令人佩服胡四，她的新"面首"的耐性——有时甚至于胡四也要厌恶地掉转头去，在墙角里装疯弄傻。然而顾八奶奶是超然的，她永远分不清白人家对她的讪笑。她活着，她永远那么快乐地，那么年轻地活着，因为前年据她自己说她才三十，而今年忽然地二十八了，——然而她还有一个大学毕业的女儿。胡四高兴起来，也很捧场，总说她还看不到有那样大的年纪，于是，她在男人面前益发地"天真"起来。

〔门内有一阵说笑声，顾八奶奶推开左面的门，麻雀牌和吵闹的声音更响。她仿佛由里面逃出来，步伐极力地故作轻盈，笑着，喘着。

顾八奶奶 （对着里面）不，可累死我了，我说什么也不打了。（回过头，似乎才看见潘，妖媚地）四爷呀！怎么你一个人在这儿？

潘月亭 （鞠躬）顾八奶奶。（指着电话，表示就说完的意思。福升由中门下）

顾八奶奶 （点点头，又转向门内）不，不，王科长，我累了。不，白露，我心里真不好受，再打，我的老病就要犯了。（又回转身，一阵风似的来到潘的面前，向门内）你们让我歇歇，我心痛。

潘月亭 ……好，好，再见吧，再见。（放下电话）顾八奶奶，……

顾八奶奶 （滔滔地）四爷，你呀，真不是个规矩人，放着牌不打，烟不抽，一个人在这里打电话！（低声，故意地大惊小怪，做出极端关心的机密的样子指着左边）你小心点，白露就在那边陪朋友打牌呢。（点点潘的头）你呀，又偷偷地找谁啦？你好好地告诉我，这个女人是谁？她为什么找到这里给你打电话？你们男人什么都好，又能赚钱，又能花钱的，可是就是一样，不懂得爱情，爱情的伟大，伟大的爱情，——

潘月亭 顾八奶奶是天下最多情的女人！

顾八奶奶 （很自负地）所以我顶悲观，顶痛苦，顶热烈，顶没有法子办。

潘月亭 咦，你怎么打着打着不打啦？打牌就有法子办了。

顾八奶奶 （提醒了她）哎呀，对不起，四爷，你给我倒一杯水。我得吃药。（坐下，由手提包取药）

潘月亭 （倒着水）你怎么啦？你要别的药不要？

顾八奶奶 你先别问我。快，快，给我水，等我喝完药再说。（摸着心，自己捶自己）

潘月亭 （递给她水）怎么样？白露这儿什么样的药都有。

顾八奶奶 （喝下去药）好一点！

潘月亭 （站在她旁边）要不，你吃一点白露的安眠药，你睡睡觉好不好？

顾八奶奶 （像煞有介事）不，用不着，我心痛！我刚才不打牌，就因为我忽然想起胡四这个没良心的东西，我的心又痛起来。你不信，你摸摸我的心！

潘月亭 （怕动她）我信，我信。

顾八奶奶 （坚执）你摸摸呢！

潘月亭 （不得已地把手伸出去）是，是。（应卯的样子）还好，还好。

顾八奶奶 （不高兴的神气）还好？我都快死了，我的心都要跳出来了。我找过多少医生，都说我没有病，我就不相信！我花二百块钱叫法国的杜大夫检查一下，他立刻说我有心脏病，我才觉我的心常痛，我有心病。你不相信，你再摸摸我的心，你听，它跳得扑腾扑腾的。（拉着潘的手）

潘月亭 （只好把头也伸过去听）是，是，是，（几乎倒在顾的怀里，频频点头）是扑腾扑腾的。

〔陈白露由左门进，兴致勃勃地。

陈白露　（不意地见着他们，不知说什么好）咦！月亭，你也在这儿？

　　　　〔潘立起来，走到桌前点烟卷。

顾八奶奶　（搭讪着）你看！四爷给我治病呢！

陈白露　治的是你的心病么？（回过头向着敞开的门；门内依然是说话声与麻将声）刘先生，三番让你和吧。李太太，我少陪了。要什么东西，尽管跟他们要，千万不要客气，我得陪陪我的新朋友了。

潘月亭　新朋友？

顾八奶奶　哪儿来的新朋友？

陈白露　我以为达生在这儿。

潘月亭　你说你那位姓方的表哥，

陈白露　嗯，刚才我还看见他在这儿。

顾八奶奶　白露，不就是那位一见人先直皱眉头的那位先生么？决不要再请他来！我怕他。（向窗走）

陈白露　他就住在这儿。

顾八奶奶　就在这儿？

陈白露　嗯，——达生！达生！

　　　　〔方达生由右门进。

方达生　（立门口）哦，你！你叫我干什么？

陈白露　你在干什么？你出来跟大家玩玩好不好？

方达生　我正跟小东西——你的干女儿谈话呢。（很愉快地）这个小孩很有点意思。

陈白露　你到这里来跟我们谈谈，好吧。（走近达生）你来一起玩玩，不要这样不近人情。

方达生　（故意地向潘和顾左右打量，仿佛与自己说话）哦，这儿有你的爸爸，（停，又看看顾）仿佛还有你的妈妈！（忽然对白露）不，不，还是让我跟你的干女儿谈谈吧。

　　　　〔达生回转身，把门关上。

陈白露　这个人简直是没有一点办法。

潘月亭　顾太太，你看胡四这两天又不到银行办事来了。

顾八奶奶　我说过了，他就生气。四爷，您千万别放在心上，他，他呀——

潘月亭　好，我们不要提他吧。（与顾共立在窗前）你看，大丰大楼已经动了工，砸地基之后，眼看着就可以盖起来。地势好，房子只要租出去，最低总可以打一分五的利息。市面要略微好一点，两分多三分利也说不定。

顾八奶奶　白露，你听，四爷想得多有道理。四爷，你怎么说来着？市面
　　　　一不怎么样，经济一怎么样，就应该怎么样？

潘月亭　我说市面一恐慌，经济一不巩固，就应该买房产。

顾八奶奶　对呀，白露，你看，我现在要不出钱盖大楼，我的市面不就不
　　　　巩固了么？所以，四爷，你这次想法子盖大丰大楼是一点也不错
　　　　的。有二分利，每月有三两千块钱进款，为着贴补点零用就差不
　　　　多了。

　　〔福升上。

王福升　四爷，报馆的张先生来了。

陈白露　他忽然来找你干什么？

潘月亭　我约他来的，我想问问这两天的消息。

王福升　就请进来吧？

潘月亭　不，你请他到三十四号，先不要请他到这儿来。

王福升　小姐，董太太来了，刘小姐也来了。

陈白露　都请到那边去。她们是打牌来的，说我一会儿就过来。

王福升　是。

　　〔福升下。

潘月亭　顾八奶奶，好，就这么说定了，在银行那笔款子我就替你调派了。

顾八奶奶　我完全放心，交给你是不会有错的。

潘月亭　好，回来谈。

陈白露　月亭，你回来，你记得我说的事？

潘月亭　什么？

陈白露　那个小东西，我要把她当我的干女儿看。请你跟金八说说，给我们
　　　　一点面子。

潘月亭　好，好，我想是可以的。

陈白露　谢谢你。

潘月亭　不用谢谢，少叫我几声"爸爸"，我就很满意了。（由中门下）

顾八奶奶　（望着潘施施走出，回过头。又滔滔地）白露，我真佩服你！我
　　　　真不知道怎么夸你好。你真是个杰作，又香艳，又美丽，又浪漫，
　　　　又肉感。一个人在这么个地方，到处都是朋友。就说潘四爷吧，
　　　　他谁都不赞成，他说他就赞成你，潘四爷是个顶能干的好人，
　　　　用个文明的词，那简直是空前绝后的头等出品：地产，股票，公
　　　　债，哪一样不数他第一？我的钱就交他调派。可是你看，你一眼
　　　　就看中了他，抓着他，你说个"是"，他不敢说"不"字，所以我

说你是中国顶有希望的女人。

陈白露　（燃烟）我并没有抓潘四，是他自己愿意来，我有什么法子？

顾八奶奶　（想逢迎她）反正是一句话："王八看绿豆……"哦，不，这点意思不大对，……（而又很骄傲地极力掩饰）你不知道这半年我很交些新派朋友，有时新名词肚子放得多一点，常常不知道先说哪一句话好，……我刚才呀是说，你们一个仿佛是薛发黎，一个就是麦唐纳，真是半斤八两，没有比你们再合适的。

陈白露　（故意地）你现在真是一天比一天会说话，我一见你就不知话该打哪头儿说，因为好听的话都叫你说尽了。

顾八奶奶　（飘飘然）真的吗？（不自主地把腿跷起来，一荡一荡地）

陈白露　可不是。

顾八奶奶　是，我自己也这么觉得。自从我的丈夫死了之后，我的话匣子就像打开了一样，忽然地我就聪明起来，什么话都能讲了。（自负而又自怜地）可是会说话又有什么用，反正也管不住男人的心。现在，白露，我才知道，男人是真没有良心。你待他怎么好也是枉然的。

陈白露　（很幽默地望着她）怎么，胡四又跟你怎么样了？

顾八奶奶　（多情地叹一口长气）谁知他怎么样了！这两天就一直看不见他的影子。我叫他来，打电话，寄信，我亲自去找他，他都是不在家。你说这个人，我为他用了这么多的钱，我待他的情分也不算薄，你看，他一不高兴，就几天不管我。

陈白露　那你当然不必再管他，这不是省你许多事？

顾八奶奶　可是……可是这也不能这么说。我觉得一个女人尽管维新，这"三从四德"的意思也应该讲究着点。所以胡四尽管待我不好，我对他总得有相当的情分。

陈白露　恭喜，恭喜！八姐。

顾八奶奶　（愕然）怎么？

陈白露　恭喜你一天比一天地活得有道理，现在你跟胡四居然要讲起"三从四德"了！

顾八奶奶　（翻着眼）咦，你当我是那不三不四，不规矩的坏女人？

陈白露　可是，我的顾八奶奶，谈"三从四德"你总得再坐一次花轿，跟胡四龙呀凤呀地规规矩矩地再配配才成呀！

顾八奶奶　（不大明白）你是说我跟胡四结婚？（大摇头）啊呀，快别提结婚吧！结婚以前他待我都这样，结婚以后那我不是破鞋，更提不上了么？现在这文明结婚压根儿就没有什么用，他要变心，他就会找律师不要我。不像以前我嫁我那死了的老东西的时候，说什么我也是他的太太！花轿娶来的太太，他就得乖乖地高高在上养着我，供着我，你说离婚，不要自己花轿娶来的老婆？那是白天做大梦！哼，美得你！可是，现在……（感慨系之）咳，……白露，你是个聪明人，你想想结婚有什么意思？有什么意思？

陈白露　（叹一口气）结婚不结婚都没有什么意思。（思虑地）不过我常常是这么想，好好地把一个情人逼成了自己的丈夫，总觉得怪可惜似的。

顾八奶奶　（固然不大懂白露的话，但猜得出大概是那样的意思，于是——）说的也就是这个意思啊！你想吃吃饭，跳跳舞，两个人只要不结婚总是亲亲热热的，一结了婚，哼——（仿佛看见了胡四做没有良心的丈夫的神气，而不由自主地——）说到大天！这件事办不到，胡四说什么都可以，所以，他跟我求婚，我总是不依的。再，我也怕他，结了婚，现原形，而且我那位大女儿你也是知道的——

陈白露　你说你那位大学毕业的小姐吗？

顾八奶奶　就是她！

陈白露　她怎么？

顾八奶奶　（又有了道理）你不知道我这个人顶爽快，我顶不像我的女儿。我的女儿好咬文嚼字，信耶稣，好办个慈善事业，有点假门假事的。我就不然，我从前看上老邱，我满心眼里尽是老邱；现在我看中了胡四，我一肚子尽是胡四。你看，我的女儿那样，我偏偏儿这样，你看这不是有点遗传？（很得意自己又用了一个新名词，不自主地咳嗽起来）

陈白露　可是，八姐，你那位大学小姐跟你结婚又有什么关系呀？

顾八奶奶　哦，说着说着我忘了。（忽然非常机密样子，低声对着白露的耳朵，指手画脚地）我告诉你，我的女儿顶反对胡四，——其实我也明白，自然是因为怕胡四花完了我的钱，你想我嫁给胡四，我那女儿的年纪跟他，……跟他，……呃，呃，看着差不多少。你说将来叫我的女儿怎么称呼他，这不有点叫做妈的难以为情。

陈白露　（打着呵欠，自然听得有点厌烦了）然而胡四这样成天地对不起你，你何必永远忘不了他。

顾八奶奶　（很自负地）那就是爱情啰！其实我也知道他懒，死不长进，我好说歹说托潘四爷给他找事。潘四爷说市面紧，可是为着我在银行裁去十五个人——不对，大概是二十个人，不，十五个？二十个？

咳，反正是十来个人吧——你看裁了那么些个人才给他挤出一个事。你看，他不是嫌钱少，就是说没意思，去了两天，现在又不常去了。懒，没出息，没有办法，——唉，天生是这么一个可怜的人！我不管他，谁管他？（发现了宇宙真理一般）哼，爱情！从前我不懂，现在我才真明白了。

陈白露 （讽刺地）哦，你明白了爱情，就无怪你这么聪明了。

顾八奶奶 我告诉你，爱情是你甘心情愿地拿出钱来叫他花，他怎么胡花你也不必心痛，——那就是爱情！——爱情！

陈白露 怪不得人家老跟我说爱情是要有代价的，现在我才完全明白这句话的意思。

顾八奶奶 是啊，所以我想还跟胡四再加点"代价"。我想找潘四爷替他在电影公司找个事。白露，我们是好姊妹，你在四爷面前替我跟他说说，我真有点不好意思再多麻烦他啦。

陈白露 哦，你说你要他当电影明星？

顾八奶奶 （热烈地）嗯，他当明星，准红！你看他哪一点不像个电影明星？身材，相貌，鼻子，眼睛，我看都不错。

陈白露 可是，你不怕旁的女人追他么？

顾八奶奶 不，这一点我最放心他。他什么都不好，就是对我死心眼，总像个小狗似的跟着我。（忽然觉得有点不大符事实）呃，……呃，……自然这两天他没有见我，可是这也难怪他，他要用三百块钱，我没有给他，他劝我换一辆小雪佛兰的汽车，我一时没有那么多的钱，也没买。后来，他就跟我求婚，——我告诉你，这是第十二遍了——我又没有答应他，难怪他气了。

陈白露 所以你想，你要给他做个好事，叫他平平气。

顾八奶奶 我这次可许了他了，只要他当了电影明星，我就想法子嫁给他。我跟你痛痛快快地说吧，我都想过，画报上一定登那么老大的照片，我的，胡四的，我们两个的，报纸每天登着我们蜜月的新闻。并且——

陈白露 恭喜，恭喜，恭喜你现在又觉得结婚有意思了，我得好好吃你一杯喜酒。不过，你的大学小姐呢？你怎么办？

顾八奶奶 （不以为然的口气）嗯，胡四当了电影明星就大不同了。我叫胡四在她的什么慈善游艺会，以电影明星的资格，唱个浪漫歌，（手势）跳个胡拉舞，你看，她不乐得飞飞的。

陈白露 八姐，我一定替你办，你真聪明，想得真周到，我答应你，我一定找潘四爷，明天就设法叫他入电影公司，好吧？

顾八奶奶　（感激莫名）谢谢你！谢谢你！你看，我说过你是个"空前绝后"
　　　　　的杰作，那是一点也不错的。

〔福升由中门上，拿着许多账单。

王福升　哦，八奶奶在这儿？

顾八奶奶　你干什么？

王福升　我找小姐。

陈白露　是为你手里拿来那些账条么？

王福升　是，小姐。潘四爷已经把昨天那些应该付的钱都替你付了，他叫
　　　　　我把这些账条交给您。

陈白露　你把它烧了吧。

王福升　是……是！可是这里（正要由口袋取出）还有一把——

陈白露　还有？

王福升　要不，您听着——（正要念下去）

陈白露　你没有看见这儿有客么？

王福升　是，是。

〔张乔治由左门上，他穿一身大礼服，持着礼帽，白手套，象牙手
　杖，还带着一束花，得意扬扬地走进来。

张乔治　（满腔热诚）Hello！ Hello！我一猜你们就在这间屋子！（拉手）
　　　　　Hello！ Hello！（那样紧紧地握着两个女人的手）

顾八奶奶　哦，博士来了！

张乔治　顾太太！（打量上下）你真是越过越漂亮了。

顾八奶奶　（眉飞色舞）真的么？博士？

张乔治　（望着白露）Oh，my！我的小露露，你今天这身衣服——

陈白露　（效他那神经的样子，替他说）Simply Beautiful！

张乔治　一点也不错！还是你聪明，你总知道我要说什么。（转过身，向着福
　　　　　升）By the way，哦，Boy！

王福升　也斯（Yes），死阿（sir）！

张乔治　你跟里面的人说，说我不去陪他们打牌了。

王福升　也斯，死阿！

〔福升由左门下。

陈白露　你不要这么猴儿似的，你坐下，好吧。

张乔治　哦，Please，Please，excuse me，my dear Lulu。

顾八奶奶　喂，你们两个不要这么叽里呱啦地翻洋话好不好？

张乔治　Oh, I'm sorry, I'm exceedingly sorry！我是真对不起你，说外国话总好像方便一点，你不知道我现在的中国话忘了多少。现在还好呢，总算记起来了，我刚回来的时候，我几乎连一句完全中国话都说不出来，你看外国话多么厉害。

顾八奶奶　博士，还是你真有福气，到过外国，唉，外国话再怎么王道，可怜我这中国话一辈子也忘不了啦。

陈白露　Georgy，今天你为什么穿得这么整齐？

张乔治　你不知道，在衙门里做事是真麻烦。今天要参加什么典礼，明天要当什么证婚。今天部里刘司长结婚，我给他当伴郎，忽然我想到你，我简直等不了换衣服，我就要来。哦，这一束花是我送给你的，我祝你永远像今天这么美，并且也让它代表我的歉意。昨天晚上，我原来的意思，跑到你房里是——

顾八奶奶　昨天晚上你们怎么了？

陈白露　（以目示意）没有什么。

张乔治　没有什么！那好极了，我知道你向来是大量的。

顾八奶奶　博士，你这两天没跟胡四一起玩么？

张乔治　胡四？前两天我在俱乐部看见他很亲热地跟一个——

顾八奶奶　（急躁地）一个什么？

张乔治　跟一个狗一块走进来走进去。

顾八奶奶　这个没有良心的东西，他情愿跟一条狗走，不跟我在一起。

张乔治　怎么，你们又闹翻了么？咦，那他在门口坐在汽车里做什么？

顾八奶奶　什么！他在楼底下？门口？

张乔治　奇怪！你不知道？

顾八奶奶　博士，你真不像念书的人，你怎么早不告诉我？

张乔治　念了书不见得一定算得出来顾八奶奶想见胡四呀。

顾八奶奶　好了，我不跟你说了。我要走了。（匆匆忙忙地走到中门，回身）可是白露，你得记住我刚才托你的事。见着四爷，别忘了替我说一声。

陈白露　好吧。

顾八奶奶　博士，"古得拜！""拜——拜！"（顾下）

张乔治　（嘘出一口气）好容易这个宝贝走了。（很热烈地转向白露）白露，我告诉你一件好消息。

陈白露　什么好消息？是你太太又替你生了少爷了？

张乔治　（又是他那最得意的一甩手）Pah！岂有此理。

陈白露　那么你一定又是升了官了。

张乔治　这个喜信跟升了官也差不多少。我告诉你（拉着白露的手，亲密而愉快地）昨天下午我跟我太太离婚了，正式离婚了！

陈白露　离婚？怎么，你太太替你生了三个小孩，你忽然不要了？她辛辛苦苦替你扶养着孩子叫你好上学，你回了国几年就跟她离婚？

张乔治　咦，我给她钱；我有钱，我给她钱啦。你这个人，我没想到你这样不通人情。

陈白露　是啊，所以我现在要跟你学学，"人情"这两个字究竟怎么讲。

张乔治　不，露露，我们不谈她，忘了她。让我跟你谈谈第二个好消息。

陈白露　Georgy，今天你的好消息真多呀！

张乔治　（忽然非常温存地盯着她）露露，你知道昨天晚上我为什么到你这里来？

陈白露　（讪笑着他）难道你也是要跟我求婚来的？

张乔治　（惊愕）Oh，my！My good gracious！你简直是上帝，你怎么把我心里的事都猜透了？

陈白露　（惊怪）什么？你——

张乔治　不，露露，你应该可怜可怜一个刚离过婚，没有人疼的男人，你必须答应我。

陈白露　怎么，你昨天晚上，闹成那个样子，（非常厌恶地）吐了我一床，你原来是要我嫁给你？

张乔治　那是因为我喝醉了。

陈白露　我当然知道你是喝醉了。

张乔治　那是因为我太喜欢了。我，我一刻也忘不了我就要成世界上最幸福的人，我知道你一定会嫁给我。

陈白露　奇怪，为什么你们男人自信心都那么强？

张乔治　露露，我现在在广东路有一所房子，大兴煤矿公司我也有些股票，在大丰银行还存着几万块钱现款，自然你知道我现在还在衙门做事。将来只要我聪明一点，三四千块钱一月的收入是一点也不费事的，并且，我在外国也很不坏，我是哲学博士，经济学士，政治硕士，还有……

陈白露　（喊起来）达生，达生，你快出来。

〔方达生由右面寝室走出。

方达生　（看见他们两个坐在一起）哦，你们两个在这儿，对不起，我大概听错了。（回身）

陈白露	我是叫你，你来！你赶快把窗户打开。
张乔治	干什么？
陈白露	我要吸一点新鲜空气。这屋子忽然酸得厉害。
方达生	酸？
陈白露	可不是，你闻不出来？（转过话头）小东西呢？
方达生	在屋子里。这孩子很有意思，我非常喜欢她。
陈白露	你带她走，好吧？
方达生	自然好，我正少这么一个小妹妹。
陈白露	那我把她送给你了。
方达生	谢谢你！就这么定规了。
张乔治	喂，白露，你……你！请你也给我介绍介绍，不要这样不客气。
陈白露	咦，你们不认识？
张乔治	（看了看）很面熟，仿佛在哪儿见过似的。
方达生	可是张先生，我可认识你，你洋名乔治张，中名张乔治，你曾经得过什么硕士博士一类的东西，你当过几任科长，……
张乔治	（愣住，忽然）哦，我想起来了。我们见过，我们是老朋友了！
陈白露	（忍住笑）真的？在哪儿？
张乔治	啊，我们是老朋友了。我想起来了，五年前，我们同船一块从欧洲回来。（忽然走到达生面前，用力地握着他的手，非常热烈地）啊，这多少年了，你看这多少年了。好极了，好极了，请坐，请坐。（回头取吕宋烟）
陈白露	（低声）这是怎么一回事？
方达生	（微笑）谁知道他是怎么回事！

〔李石清由左门上。他原来是大丰银行一个小职员，他的狡黠和逢迎的本领使他目前升为潘月亭的秘书。他很萎缩，极力地做出他心目中大人物的气魄，却始终掩饰不住自己的穷酸相，他永远偷偷望着人的颜色，顺从而谄媚地笑着。他嘴角的笑纹呆板板地如木刻上的线条，雕在那卑猥而又不甘于贫贱的面形上。当他正言厉色的时候，我们会发现他额上有许多经历的皱纹，一条一条的细沟，蓄满了他在人生所遭受的羞辱，穷困和酸辛。在这许多他所羡慕"既富且贵"的人物里，他是时有"自惭形秽"之感的，所以在人前，为怕人的藐视，他时而也扭捏作态无中生有地夸耀一下，然而一想起家里的老小便不由得低下头，忍气吞声受着屈辱。他恨那些在上的人，他又不得不逢迎他们。于是愤恨倒咽在肚里，只有在回家以后

一起发泄在自己可怜的妻儿身上。他是这么一个讨厌而又可悯的性格，——他有一对老鼠似的小眼睛；头发稀稀拉拉的，眉毛淡得看不出，嘴边如野地上的散兵似的只布着几根毛，扁鼻子，短下巴，张开嘴露着几颗黑牙齿，声音总是很尖锐的。他很瘦，很小，穿一件褪了颜色的碎花黄缎袍，外面套上一件崭新的黑缎子马褂。他咯噔噔地走进来，脚下的漆皮鞋，是不用鞋带的那一种，虽然旧破，也刷得很亮，腿上绑着腿带。

|---|---|
李石清	陈小姐！（向着张乔治）博士！（鞠躬）
张乔治	你来得正好！李先生，我得给你介绍介绍我的一个老朋友。
李石清	是，是，是。
张乔治	（向着达生）这是李石清，李先生，大丰银行的秘书，潘四爷面前顶红的人。
李石清	不敢，不敢。这位贵姓是——
张乔治	这是我从欧洲一块回来的老同学，他姓这个，姓这个——
方达生	我姓方。
张乔治	（打着脑袋）对了，你看我这个记性，姓方，方先生！
李石清	久仰！久仰！
陈白露	李先生，你小心点，李太太正找着你，说有话跟你讲。
李石清	是吗？（笑）她哪有工夫跟我说话，她正打着牌呢。
陈白露	还在打么？她早就说不肯打了。怎么？输了赢了？
李石清	我的内人打得不好，自然是输的。不过输得很有限，只三四百块钱，不——
陈白露	（替李说出）不算多。
李石清	陈小姐顶聪明了，专门会学人的口头语。（不自然地笑）其实，到陈小姐这儿打牌，输了也是快活的。
陈白露	谢谢，谢谢，不要恭维了，我担不起。
张乔治	没有见着潘经理么？
李石清	我正是找他来的。
陈白露	他大概在三十四号，你问福升就知道了。
李石清	是。陈小姐，那么我先跟您告一会儿假。失陪，失陪，博士。失陪，方先生。

〔李鞠躬点头地正要走出，顾八奶奶推着胡四由中门上。胡四毕竟是胡四。苍白的脸，高高的鼻梁，削薄的嘴唇，一口整齐的白牙齿，头发梳得光光的，嘴边上有两条极细的小胡子，偶尔笑起来那样地

诱惑，尤其他那一对永远在做着"黯然销魂"之态的眼睛，看你又不看你，瞟人一眼又似乎怕人瞧见，那态度无论谁都要称为妩媚的。他不大爱笑，仿佛是很忧戚的，话也不多，但偶尔冒出一两句，便可吓得举座失色，因为人再也想不出在这样一副美丽的面形下面会藏蓄这么许多丑陋粗恶的思想和情感。但他并不掩饰自己，因为他不觉得自己是丑陋的，反之他很自负地以为自己——如许多人那样当面地称赞他——是"中国第一美男子"。他时常照镜子，理头发，整整衣服；衣服是他的第二个生命，那是神圣不可侵犯的宝物。现在他穿着西服，黑衬衫，白丝领带，藕荷色带着杂色斑点的衣服，裁得奇形怪样的时髦。手里持着一只很短很精致的小藤杖和银亮亮的链子。

〔他带着一副从容不迫的神气，脸上向来没有一丝表情，不惊愕，不客气，见人也并不招呼，那样"神秘"——这是顾八奶奶对他的评语——地走进来。

李石清　顾八奶奶，（很熟稔地）胡四爷。

顾八奶奶　（对李）你给我拉他进来。

李石清　又怎么了？

胡　四　（看了顾一会儿，回过头对李说，若无其事的样子）别管她。

李石清　对不起，我要见潘经理，失陪，失陪。

〔李下。

顾八奶奶　（一个天真未凿的女孩子似的，撒着娇。当然看得出来她在模仿着白露）你跟我来！我不让你看，我不让你看嘤！（一手推进胡四，骄傲地立在自己的俘虏和朋友前面，一半对着胡四，一半对着其余的人，胜利地）我不许你看，你就不能看！你听着不听着？

胡　四　（厌恶而又毫无办法）好！好！好！我听着。可是你瞧你！（皱起眉甩开她的手，指着袖管，已经被顾八奶奶馒头似的手握成许多皱纹。她放下手，故意做不在意的笑）好好的衣服！（用手掸了掸衣服，整理自己的领带）

顾八奶奶　（似笑非笑。急于把这点难堪掩饰过，但在人面前又不得不生着气）你瞧你！

陈白露　你们这是怎么回事？

胡　四　没什么。（乖觉地觉出事态可以闹得很无趣，便一手拉起顾的手，嫣然地笑出来）你瞧你！（下面的话自然是"你急什么？"但他没有说，却一手理起油亮亮的头发。两个人不得已地互相笑了，

顾当时平了气）

顾八奶奶 （又和好地，对白露）你看我们成天打架，我们好玩不？

陈白露 当着人就这么闹，你们简直成了小孩子了。

顾八奶奶 我们本来就是一对小孩子嘞！（向胡四）你说是不是？我问你，你刚才为什么偏要看那个女人？有什么美？又粗，又胖，又俗气，又没有一点教育，又没有一点聪明伶俐劲儿，又没有……

胡　四 得了，得了，你老说什么？（自己先坐下，取出手帕擦擦脸，又拿出一面小镜子照照）你看，我不是听你的话进来了么？（忽然看见张乔治，欠欠身）咦，博士，你早来了。

张乔治 胡四，好久没见，你这两天滚到什么地方玩去了？

胡　四 没有什么新鲜玩意。到俱乐部泡泡，舞场里"蹭蹭"（跟女人混混的意思），没有意思，没劲儿。

顾八奶奶 哼，你多半又叫什么坏女人把你迷住了。

胡　四 你瞧你！（毫不在意，慢吞吞地）你要说有就有。

顾八奶奶 （急了）我可并没说你一定有。

胡　四 （还是那副不在乎的表情）那不就得了。

〔福升由左门上。

王福升 小姐，点心预备好了，摆在五十一号，您先看看，好么？

陈白露 （正和方达生谈话，转身）好，我就去。

王福升 是。（复由左门下）

陈白露 胡四，你见过我的新客人么？（胡四懒懒地探起身）方先生，新到这儿来，我的表哥。（向达生）这是胡四，中国第一美男子。

顾八奶奶 （正和张乔治谈话，回过头，非常高兴地）你不要这么夸他，他更要跟我耍脾气了。

陈白露 好，你们好好地谈吧，我要到那屋子去看看就回来。（由左下）

胡　四 （不知不觉地又理理头发，回头向穿衣镜照照，对着方达生半天，忽然冒出一句）久仰，久仰，您多照应着点。

方达生 （不知答些什么好）哦，哦。

胡　四 您很面熟。

方达生 是么？

胡　四 您多大？

方达生 （没想到）什么？

胡　四 你很漂亮，很拿得出去，在这个地方一定行得通。博士，你看，方二爷像不像我那位朋友黄韵秋？（上下打量方达生）

张乔治　黄韵秋？

胡　四　大舞台唱青衣的。

方达生　（厌恶）我看你大概是个唱花旦的。

胡　四　好眼力，不敢，会一点。顾八奶奶就是我的徒弟，白露也跟我学过。

方达生　（自语）这个东西！

〔半晌。

胡　四　（莫明其妙，忽然很正经地）博士，你饿不饿？

张乔治　（愕然）我？——不饿！

顾八奶奶　（也奇怪胡四为什么忽然冒出这一句）你——饿了？

胡　四　我？（看看达生）不，（摇头）——也不饿。

〔半晌。

方达生　（望望这三个人，叹气）对不起，我想在外边走走。

张乔治　不过，方先生，你——

方达生　我不陪了。

（达生由中门下。三人望他下场，三个人互递眼色。

胡　四　这个家伙怎么一脑门子的官司？

顾八奶奶　白露大概是玩腻了，所以不知在哪儿叫来这么一个小疯子来开开
　　　　　心。

张乔治　奇怪，这个人我又好像不大认识似的。

胡　四　（燃纸烟）博士，我现在会开汽车了。

顾八奶奶　对了，博士，你没有看见他开汽车，开得快着得呢。

胡　四　博士，现在有人邀我进电影公司，要我当小生。你看我现在骑马，游
　　　　　水，跳舞，穿洋服，一点一点地学起来，博士，你看我这一身的洋
　　　　　服穿得怎么样，很有点意思啦吧？

张乔治　还将就，还将就。不过洋服最低限度要在香港做，价钱至少也要
　　　　　一百七十元一套。

胡　四　（望着顾）你听见没有？你要我到大丰银行做事，干一个月还不够
　　　　　我一套西服钱呢！

顾八奶奶　你不要不知足，李石清一天忙到黑，一个月才二百块，那还是
　　　　　白露的情分，跟潘四爷说好了才成的。

胡　四　那是他贱骨头，谁也不能卖得这么贱。

〔白露由左上。

陈白露　（立在门口）点心预备好了。来吧！你们都进来吃吧。今天都是熟
　　　　　朋友。（回头看）刘小姐，你看 Georgy 来了。

张乔治　（远远望见左门里面的刘小姐，老远就伸出手，一边走着，高声嚷着）Bonjour，Bonjour，Mademoiselle（摇着手）——哦，我的刘小姐。你不必起来。我来就你！……我来就你！（嚷喝着走进去，里面欢呼声）

胡　四　（慢吞吞地，提一下裤带，摸摸衣服，又是他那满不在乎，无精打采的样子，对着顾）起来吧！我进门就饿了。

顾八奶奶　（瞪他一眼）饿了不早说！还不快点走！（噔噔地走上前）

胡　四　（瞟她一眼，更慢了）你瞧你！

顾八奶奶　（已走到左门口，回头看胡四还立在那里，于是伸出手招他，笑着）快点来，胡四。

胡　四　（翻翻白眼，胜利似的）嗻！

〔胡四稳稳当当地走入左门，对白露很妩媚地笑了笑。

陈白露　（四面望望）咦，达生呢？（回头，忽然见李太太在背后）哦，李太太，您不吃点东西么？……哦，那么，您请进来吧。

〔李太太上，一个十分瘦弱的女人，举止端重，衣服不甚华丽。神色温良，但罩满了忧戚，她薄薄敷一层粉，几乎没有怎么修饰，仿佛很勉强地来到这里，客气而很不自在地和白露说话。

陈白露　（和蔼地）是您要找李先生说话？

李太太　是，陈小姐。

陈白露　（按电铃）你们夫妇两人感情真好，这一会儿都离不开。我真羡慕你们。

〔福升上。

陈白露　福升，你去请李先生来！说李太太等他有话说。

王福升　是。

陈白露　喂！方先生在外头么？

王福升　没有，没有看见。

陈白露　你去吧！（福升下）

陈白露　李太太，请您等一下，我有一点事。（向右门走）达生，达生！

〔小东西由白露的卧室走出来。她已和十二小时前的模样大改了，她穿着白露的玫瑰紫的旧旗袍，还是肥大，一望而知不是她自己的衣服。乌黑的头发垂下来，白净的脸抹上两块喜饼大的红胭脂，眼睛凸成金鱼的那样大。一半因为这几天哭多了，一半因为四周的新奇使她有些迷惑。她望着白露和李太太一声也不响，如同涂彩的泥娃娃立在那里。

陈白露	方先生在屋里么？
小东西	方先生？
陈白露	就是方才跟你说话的那位先生。
小东西	他呀！他不在屋。
陈白露	他又跑了。（忽然对小东西）咦，谁叫你跑出来的？
小东西	（惶恐地）我！我听见您叫唤我就出来了。
陈白露	（笑问她）那么，你忘记昨天晚上那些人啦？
小东西	（立刻往里跑）是，小姐。
陈白露	回来，（小东西退回来）屋里有一个通过道的窗户，你记得关好，听见了没有？
小东西	嗯嗯。（又跑回）

〔李石清由中门进。

陈白露	站住！走过来点！（小东西就走过来。她用手帕把她的胭脂涂匀，揸去她的泪痕，仁慈地笑着）去吧！（小东西又回到右屋。白露回头）哦，李先生，你可来了！你看你太太非要找你不可，你们真亲热。
李石清	（笑）您不知道，陈小姐，我们也是一对老情人，我的太太要是一点钟不跟我说一次情话是过不得的。
陈白露	真的么？那你们尽管在这儿谈吧。我不打搅了。

〔白露由左门下。

李石清	（鞠躬，望着白露出了门，半晌，四面看看，放下心，拉下脸，严重地）打得怎么样？输了？赢了？
李太太	（哀声地）石清，你让我回去吧。
李石清	（疑惧地）你输了？
李太太	（低头）嗯。
李石清	（有些慌）我给你一百五十块钱都输了？
李太太	（低声）还没有都输——也差不多。
李石清	（半天，想不出办法）可是怎么能输这么些！
李太太	我心里着急，我怕输，牌更打不好了。
李石清	（不觉地气起来）着急？都是一样地打牌，你着什么急？你真，你真不见世面。
李太太	（受不了这样的委屈，落下眼泪）我不去打牌，你偏要我打牌。我不愿意来，你偏逼我到这儿来。我听你的话，我来了，陪着这帮有钱的人打大牌——输了钱，你又——（泣出声）
李石清	（看着她，反而更气起来）哭！哭！哭！你就会哭！这个地方是你

	哭的么？这成什么样子？不用哭了。（不耐烦地）我这儿有的是钱，得了，得了。
李太太	我不要钱。
李石清	你要什么？
李太太	（怯弱地）我要回家。
李石清	少说废话，这儿有钱。（取出皮夹来安慰她）你看，我这儿有一百块钱，你看。先分给你八十，好不好？
李太太	你在哪儿弄来的钱？
李石清	你不用管。
李太太	（忽然）你的皮大氅呢？
李石清	在家里，没有穿来。
李太太	（瞥见李手内一卷钞票内夹着的一张纸）石清，你这是什么？
李石清	（抢说）这是……（但已被李太太抢去）
李太太	（望望那张纸，又交还李）你又把你的皮大衣当——
李石清	你不要这么大声嚷嚷！
李太太	唉，石清，你这是何苦！
李石清	（不高兴）你不用管，我跟你说，你不用管。
李太太	石清，我实在受不了啦。石清，你叫我回家去吧，好不好？这不是我们玩的地方，没有一个正经人，没有一句正经话——
李石清	谁说没有正经人，潘经理不就是个正经人么！你看他办学校，盖济贫院，开工厂，这还不是好人做的事？
李太太	可是你没有看见他跟这位陈小姐——
李石清	我怎么没看见？那是经理喜欢她，他有的是钞票，他爱花这样的钱，这有什么正经不正经？
李太太	好了，这都不是我们的事。（哀求地）你难道不明白，我们的进款这样少，我们不配到这个地方来陪着这位陈小姐，陪着这些有钱的人们玩么？
李石清	我跟你说过多少遍，这样的话你要说，在家里说。不要在这儿讲。省得人家听见笑话你。
李太太	（委屈地）石清，真的，我的确觉得他们都有点笑话我们。
李石清	（愤恨地）谁敢笑话我们？我们一样有钱，一样地打着牌，不是百儿八十地应酬着么？
李太太	可是这是做什么呀！我们家里有一大堆孩子！小英儿正在上学，芳儿都要说人家，小五儿又在不舒服。妈妈连一件像样过冬的衣服

都没有。放着这许多事情都不做，拿着我们这样造孽的钱陪他们打牌，百儿八十地应酬，你……你叫我怎么打得下去？

李石清　（低头）不用提了，不用提了。

李太太　你想，在银行当个小职员，一天累到死，月底领了薪水还是不够家用，也就够苦了。完了事还得陪着这些上司们玩，打牌，应酬；孩子没有上学的钱，也得应酬；到月底没有房租的钱，还得应酬；孩子生了病，没有钱找好医生治，还是得应酬；——

李石清　（爆发）你不要说了！你不要再说下去了！（沉痛地）你难道看不出来我心里整天难过？你看不出我自己总觉得我是个穷汉子吗？我恨，我恨我自己为什么没有一个好父亲，生来就有钱，叫我少低头，少受气吗？我不比他们坏，这帮东西，你是知道的，并不比我好，没有脑筋，没有胆量，没有一点心肝。他们跟我不同的地方是他们生来有钱，有地位，我生来没钱没地位就是了。我告诉你，这个社会没有公理，没有平等。什么道德，服务，那是他们骗人。你按部就班地干，做到老也是穷死。只有大胆地破釜沉舟地跟他们拼，还许有翻身的那一天！

李太太　石清，你只顾拼，你怎么不想想我们自己的儿子，他们将来怎么了？

李石清　（叹一口气）孩子！哼，要不是为我们这几个可怜的孩子，我肯这么厚着脸皮拉着你，跑到这个地方来？陈白露是个什么东西？舞女不是舞女，娼妓不是娼妓，姨太太又不是姨太太，这么一个贱货！这个老混蛋看上了她，老混蛋有钱，我就得叫她小姐；她说什么，我也说什么；可是你只看见我把他们当作我的祖宗来奉承。素贞，你没有觉出有时我是怎么讨厌我自己，我这么不要脸来巴结他们，我什么人格都不要来巴结他们。我这么四十多的人，我要天天鞠着躬跟这帮王八蛋，以至于贱种像胡四这个东西混，我一个一个地都要奉承，联络。我，李石清，一个男子汉，我——（低头不语）

李太太　石清，你不要难过，不要丧气，我明白你，你在外面受了许多委屈。

李石清　不，我决不难过。（忽然慢慢抬起头来，愤恨地）哼，我要起来，我要翻过身来。我要硬得成一块石头，我要不讲一点人情。我以后不可怜人，不同情人；我只要自私，我要报仇。

李太太　报仇？谁欺负了你，你恨谁？

李石清　谁都欺负我，谁我都恨，我在这儿二十年，干到现在，受了多少肮脏气？我早晚要起来的，我要狠狠地出口气，你看，我就要起来了。

〔潘月亭由中门进。

潘月亭　石清！你回来了。

李石清　（恭谨地）早来了。我听说您正跟报馆的人谈天，所以没敢叫人请您去。

潘月亭　李太太有事么？

李石清　没有事，没有事，（对李太太）你还是进去打牌去吧。

〔李太太由左门下。

李石清　报馆有什么特别关于时局的消息么？

潘月亭　你不用管，叫你买的公债都买好了么？

李石清　买了，一共二百万，本月份。

潘月亭　成交是怎么个行市？

李石清　七七五。

潘月亭　买了之后，情形怎么样？

李石清　我怕不大好。外面有谣言，市面很紧，行市只往下落，有公债的都抛出，可是您反而——

潘月亭　我反而买进。

李石清　您自然是看涨。

潘月亭　我买进，难道我会看落？

李石清　（表示殷勤）经理，平常做存货没什么大危险，再没办法，我们收现，买回来就得了。可现在情形特别，行市一个劲儿往下跌。要是平定一点，行市还有翻回来的那一天，那您就大赚了。不过这可是由不得我们的事。

潘月亭　（拿吕宋烟）你怎么知道谣言一定可靠？

李石清　（卑屈地笑）是，是，您说这是空气？这是空户们要买进，故意造出的空气？

潘月亭　空气不空气？我想我干公债这些年，总可以知道一点真消息。

李石清　（讨好地）不过金八的消息最灵通，我听说他老人家一点也没有买，并且——

潘月亭　（不愉快）石清先生，一个人顶好自己管自己的事，在行里，叫你做的你做，不叫你做的就少多事，少问。这是行里做事的规矩。

李石清　（被这样顶撞，自然不悦，但极力压制着自己）是，经理，我不过是说说，给您提个醒。

潘月亭　银行里面的事情，不是说说讲讲的事，并且我用不着你提醒。

李石清	是，经理。
潘月亭	你到金八爷那儿去了么？
李石清	去过了。我跟他提过这回盖大丰大楼的事情。他说银行现在怎么会有钱盖房子？后来他又讲市面太坏，地价落，他说这楼既然刚盖，最好立刻停工。
潘月亭	你没有说这房子已经订了合同，定款已经付了么？
李石清	我自然说了，我说包给一个外国公司，钱决不能退，所以金八爷在银行的存款一时实在周转不过来，请缓一两天提。
潘月亭	他怎么样？
李石清	他想了想，他说"再看吧"，看神气仿佛还免不了有变故。
潘月亭	这个流氓！一点交情也不讲！
李石清	（偷看他）哦，他还问我现在银行所有的房地产是不是已经都抵押出去了。
潘月亭	怎么，他会问你这些事情？
李石清	是，我也奇怪呢，可是我也没怎么说。
潘月亭	你对他说什么？
李石清	我说银行的房地产并没有抵押出去。（停一下。又偷看潘的脸，胆子大起来）固然我知道银行的产业早已全部押给人了。
潘月亭	（愣住）你——谁跟你说押给人了？
李石清	（抬起头）经理，您不是在前几个月把最后的一片房产由长兴里到黄仁里都给押出去了么？
潘月亭	笑话。这是谁说的？
李石清	经理，您不是全部都押给友华公司了么？
潘月亭	哦，哦，（走了两步）哦，石清，你从哪儿得来这个消息？（坐下）怎么，这件事会有人知道么？
李石清	（明白自己抓住了潘的短处）您放心放心，没有人知道。就是我自己看见您签字的合同。
潘月亭	你在哪儿看见这个合同？
李石清	在您的抽屉里。
潘月亭	你怎么敢——
李石清	不瞒您说，（狞笑）因为我在行里觉得很奇怪，经理忽而又是盖大楼，又是买公债的，我就有一天趁您见客的那一会儿工夫，开了您的抽屉看看。（笑）可是，我知道我这一举是有点多事。
潘月亭	（呆了半天）石清，不不——这不算什么。不算多事。（不安地笑着）

互相监督也是好的。你请坐，你请坐，我们可以谈谈。

李石清 经理，您何必这么客气？

潘月亭 不，你坐坐，不要再拘束了。（坐下）你既然知道了这件事，你自然明白这件事的秘密性，这是决不可泄露出去，弄得银行本身有些不便当。

李石清 是，我知道最近银行大宗提款的不算少。

潘月亭 好了，我们是一个船上的人啦。我们应该互相帮助，团结起来。这些日子关于银行的谣言很多，他们都疑惑行里准备金是不够的。

李石清 （故意再顶一句）的的确确行里不但准备金不足，而且有点周转不灵。金八爷这次提款不就是个例子么？

潘月亭 （不安地）可是，石清——

李石清 （抢一句）可是，经理，自从您宣布银行赚了钱，把银行又要盖大丰大楼的计划宣布出去，大家提款的又平稳了些。

潘月亭 你很聪明，你明白我的用意。所以现在的大楼必须盖。哪一天盖齐不管他，这一期的建筑费拿得出去，那就是银行准备金充足，是巩固的。

李石清 然而不赚钱，行里的人是知道的。

潘月亭 所以抵押房产，同金八提款这两个消息千万不要叫人知道。这个时候，随便一个消息可以造成风波，你要小心。

李石清 我自然会小心，伺候经理我一向是谨慎，这件事我不会做错的。

潘月亭 我现在正想旁的方法。这一次公债只要买得顺当，目前我们就可以平平安安地渡过去。这关渡过去，你这点功劳我要充分酬报的。

李石清 我总是为经理服务的。呃，呃，最近我听说襄理张先生要调到旁的地方去？

潘月亭 （沉吟）是，襄理，——是啊，只要你不嫌地位小，那件事我总可以帮忙。

李石清 谢谢，谢谢，经理，您放心，我总是尽我的全力为您做事。

潘月亭 好，好。——哦，那张裁员单子你带来了么？

李石清 带来了。

潘月亭 人裁了之后，大概可以省出多少钱？

李石清 一个月只省出五百块钱左右。

潘月亭 省一点是一点。上次修理房子的工钱，你扣下了么？

李石清 扣下了，二百块钱，就在身上。

潘月亭 怎么会这么多？

李石清	多并不算多，扣到每个小工也不过才一毛钱。
潘月亭	好的，再谈吧。（向左门走了两步，忽然回过头来）哦，我想起来了，你见着金八，提到昨天晚上那个小东西的事么？
李石清	我说了，我说陈小姐很喜欢那孩子，请他讲讲面子给我们。
潘月亭	他怎么样？
李石清	他摇摇头，说根本不知道有这么一件事。
潘月亭	这个混蛋，他装不知道，简直一点交情也不讲。……好，让他去吧，反正不过是个乡下孩子。
李石清	是，经理。
	〔潘下。
李石清	（走了两步，听着外面工人哼哼唷哼哼唷工作声，忽然愤愤地）你们哼哼吧，你们哼哼吧，你们就这样干一辈子吧，你们这一群傻王八蛋们。我恨，你们怎么这么老实！
	〔忽然电话铃响。
李石清	（拿起耳机）喂，你哪儿？哦！你是报馆张先生。你找潘四爷，他不在这儿，……我是石清。跟我说，一样的。是什么？金八也买了这门公债了？多少？三百万！奇怪，哦，……哦，怪不得我们经理也买了呢！……是，是，本来公债等于金八自己家里的东西，操纵完全在他手里……是，是，那么要看涨了……好……我就告诉经理去，再见，张先生！再见！
	〔放下耳机。沉吟一下，正预备向左门走。
	〔黄省三由中门进。
黄省三	（胆小地）李……李先生。
李石清	怎么？（吃了一惊）是你！
黄省三	是，是，李先生。
李石清	又是你，谁叫你到这儿来找我的？
黄省三	（无力地）饿，家里的孩子大人没有饭吃。
李石清	（冷冷地）你到这儿就有饭吃么？这是旅馆，不是粥厂。
黄省三	李，李先生，可当的都当干净了。我实在没有法子，不然，我决不敢再找到这儿来麻烦您。
李石清	（烦恶地）咻，我跟你是亲戚？是老朋友？或者我欠你的，我从前占过你的便宜？你这一趟一趟地，我走哪儿你跟哪儿，你这算怎么回事？
黄省三	（苦笑，很凄凉地）您说哪儿的话，我都配不上。李先生，我在银

行里一个月才用您十三块来钱，我这儿实在是无亲无故，您辞了我之后，我在哪儿找事去？银行现在不要我等于不叫我活着。

李石清　（烦厌地）照你这么说，银行就不能辞人啦。银行用了你，就算给你保了险，你一辈子就可以吃上银行啦，嗯？

黄省三　（又卷弄他的围巾）不，不，不是，李先生，我……我，我知道银行待我不错，我不是不领情。可是……您是没有瞅见我家里那一堆孩子，活蹦乱跳的孩子，我得每天找东西给他们吃。银行辞了我，没有进款，没有米，他们都饿得直叫。并且房钱有一个半月没有付，眼看着就没有房子住。（嗳嚅地）李先生，您没有瞅见我那一堆孩子，我实在没有路走，我只好对他们——哭。

李石清　可是谁叫你们一大堆一大堆养呢？

黄省三　李先生，我在银行没做过一件错事。我总天亮就去上班，夜晚才回来，我一天干到晚，李先生——

李石清　（不耐烦）得了，得了，我知道你是个好人，你是安分守己的。可是难道不知道现在市面萧条，经济恐慌？我跟你说过多少遍，银行要裁员减薪，我并不是没有预先警告你！

黄省三　（踌躇地）李先生，银行现在不是还盖着大楼，银行里面还添人，添了新人。

李石清　那你管不着！那是银行的政策，要繁荣市面。至于裁了你，又添了新人，我想你做了这些年的事，你难道这点世故还不明白？

黄省三　我……我明白，李先生。（很凄楚地）我知道我身后面没有人挺住腰。

李石清　那就得了。

黄省三　不过我当初想，上天不负苦心人，苦干也许能补救我这个缺点。

李石清　所以银行才留你四五年，不然你会等到现在？

黄省三　（乞求）可是，李先生，我求求您，您行行好。我求您跟潘经理说说，只求他老人家再让我回去。就是再累一点，再加点工作，就是累死我，我也心甘情愿的。

李石清　你这个人真麻烦。经理会管你这样的事？你们这样的人，就是这点毛病。总把自己看得太重，换句话，就是太自私。你想潘经理这样忙，会管你这样小的事，不过，奇怪，你干了三四年，就一点存蓄也没有？

黄省三　（苦笑）存蓄？一个月十三块来钱，养一大家子人？存蓄？

李石清　我不是说你的薪水。从薪水里，自然是挤不出油水来。可是——

在别的地方，你难道没有得到一点的好处？

黄省三　没有，我做事凭心，李先生。

李石清　我说——你没有从笔墨纸张里找出点好处？

黄省三　天地良心，我没有，您可以问庶务刘去。

李石清　哼，你这个傻子，这时候你还讲良心！怪不得你现在这么可怜了。好吧，你走吧。

黄省三　（着慌）可是，李先生——

李石清　有机会，再说吧。（挥挥手）现在是毫无办法。你走吧。

黄省三　李先生，您不能——

李石清　并且，我告诉你，你以后再要狗似的老跟着我，我到哪儿，你到哪儿，我就不跟你这么客气了。

黄省三　李先生，那么，事还是一点办法也没有？

李石清　快走吧！回头，一大堆太太小姐们进来，看到你跑到这儿找我，这算是怎么回事？

黄省三　好啦！（泪汪汪的，低下头）李先生，真对不起您老人家。（苦笑）一趟一趟地来麻烦您，我走啦。

李石清　你看你这个麻烦劲儿，走就走得啦。

黄省三　（长长地叹一口气，走了两步，忽然跑回来，沉痛地）可是，您叫我到哪儿去？您叫我到哪儿去？我没有家，我拉下脸跟你说吧，我的女人都跟我散了，没有饭吃，她一个人受不了这样的苦，她跟人跑了。家里有三个孩子，等着我要饭吃。我现在口袋里只有两毛钱，我身上又有病，（咳嗽）我整天地咳嗽！李先生，您叫我回到哪儿去？您叫我回到哪儿去？

李石清　（可怜他，但又厌恶他的软弱）你愿意上哪儿去，就上哪儿去吧。我跟你讲，我不是不想周济你，但是这个善门不能开，我不能为你先开了例。

黄省三　我没有求您周济我，我只求您赏给我点事情做。我为着我这群孩子，我得活着！

李石清　（想了想，翻着白眼）其实，事情很多，就看你愿意不愿意做。

黄省三　（燃着了一线希望）真的？

李石清　第一，你可以出去拉洋车去。

黄省三　（失望）我……我拉不动，（咳嗽）您知道我有病。医生说我这边的肺已经（咳）——靠不住了。

李石清　哦，那你还可以到街上要——

黄省三　（脸红，不安）李先生，我也是个念过书的人，我实在有点——

李石清　你还有点叫不出口，是么？那么你还有一条路走，这条路最容易，最痛快，——你可以到人家家里去（看见黄的嘴喃喃着）——对，你猜得对。

黄省三　哦，您说，（嘴唇颤动）您说，要我去——（只见唇动，听不见声音）

李石清　你大声说出来，这怕什么？"偷！""偷！"这有什么做不得，有钱的人的钱可以从人家手里大把地抢，你没有胆子，你怎么不能偷？

黄省三　李先生，真的，我急的时候也这么想过。

李石清　哦，你也想过去偷？

黄省三　（惧怕地）可是，我怕，我怕，我下不了手。

李石清　（愤慨地）怎么你连偷的胆量都没有，那你叫我怎么办？你既没有好亲戚，又没有好朋友，又没有了不得的本领。好啦，叫你要饭，你要顾脸，你不肯做；叫你拉洋车，你没有力气，你不能做；叫你偷，你又胆小，你不敢做。你满肚子的天地良心，仁义道德，你只想凭着老实安分，养活你的妻儿老小，可是你连自己一个老婆都养不住，你简直就是个大废物，你还配养一大堆孩子！我告诉你，这个世界不是替你这样的人预备的。（指窗外）你看见窗户外面那所高楼么？那是新华百货公司，十三层高楼，我看你走这一条路是最稳当的。

黄省三　（不明白）怎么走，李先生？

李石清　（走到黄面前）怎么走？（魔鬼般地狞笑着）我告诉你，你一层一层地爬上去。到了顶高的一层，你可以迈过栏杆，站在边上。你只再向空，向外多走一步，那时候你也许有点心跳，但是你只要过一秒钟，就一秒钟，你就再也不可怜了，你再也不愁吃，不愁穿了。——

黄省三　（呆若木鸡，低得几乎听不见的声音）李先生，您说顶好我"自——"（忽然爆发地悲声）不，不，我不能死，李先生，我要活着！我为着我的孩子们，为我那没了妈的孩子们我得活着！我的望望，我的小云，我的——哦，这些事，我想过。可是，李先生，您得叫我活着！（拉着李的手）您得帮帮我，帮我一下！我不能死，活着再苦我也死不得，拼命我也得活下去啊！（咳嗽）

　　〔左门大开。里面有顾八奶奶、胡四、张乔治等的笑声。潘月亭露出半身，面向里面，说："你们先打着。我就来。"

李石清	（甩开黄的手）你放开我。有人进来，不要这样没规矩。

〔黄只得立起，倚着墙，潘进。

潘月亭	啊？
黄省三	经理！
潘月亭	石清，这是谁？他是干什么的？
黄省三	经理，我姓黄，我是大丰的书记。
李石清	他是这次被裁的书记。
潘月亭	你怎么跑到这里来，（对李）谁叫他进来的？
李石清	不知道他怎么找进来的。
黄省三	（走到潘面前，哀痛地）经理，您行行好，您要裁人也不能裁我，我有三个小孩子，我不能没有事。经理，我给您跪下，您得叫我活下去。
潘月亭	岂有此理！这个家伙，怎么能跑到这儿来找我求事。（厉声）滚开！
黄省三	可是，经理，——
李石清	起来！起来！走！走！走！（把他一推倒在地上）你要再这样麻烦，我就叫人把你打出去。

〔黄望望李，又望望潘。

潘月亭	滚，滚，快滚！真岂有此理！
黄省三	好，我起来，我起来，你们不用打我！（慢慢立起来）那么，你们不让我再活下去了！你！（指潘）你！（指李）你们两个说什么也不叫我再活下去了。（疯狂似的又哭又笑地抽咽起来）哦，我太冤了。你们好狠的心哪！你们给我一个月不过 十三块来钱，可是你们左扣右扣的，一个月我实在领下的才十块二毛五。我为着这辛辛苦苦的十块二毛五，我整天地写，整天给你们伏在书桌上写；我抬不起头，喘不出一口气地写；我从早到晚地写；我背上出着冷汗，眼睛发着花，还在写；刮风下雨，我跑到银行也来写！（作势）五年哪！我的潘经理！五年的工夫，你看看，这是我！（两手捶着胸）几根骨头，一个快死的人！我告诉你们，我的左肺已经坏了，哦，医生说都烂了！（尖锐的声音，不顾一切地）我跟你说，我是快死的人，我为着我的可怜的孩子，跪着来求你们。叫我还能够给你们写，写，写，——再给我一碗饭吃。把我这个不值钱的命再换几个十块二毛五。可是你们不答应我！你们不答应我！你们自己要弄钱，你们要裁员，你们一定要裁我！（更沉痛

地）可是你们要这十块二毛五干什么呀！我不是白拿你们的钱，我是拿命跟你们换哪！（苦笑）并且我也拿不了你们几个十块二毛五，我就会死的。（愤恨地）你们真是没有良心哪，你们这样对待我，——是贼，是强盗，是鬼呀！你们的心简 直比禽兽还不如——

潘月亭 你这个混蛋，还不给我滚出去！

黄省三 （哭着）我现在不怕你们啦！我不怕你们啦！（抓着潘经理的衣服）我太冤了，我非要杀了——

潘月亭 （很敏捷地对着黄的胸口一拳）什么！（黄立刻倒在地下）
〔半晌。

李石清 经理，他是说他要杀他自己——他这样的人是不会动手害人的。

潘月亭 （擦擦手）没有关系，他这是晕过去了。福升！福升！
〔福升上。

潘月亭 把他拉下去。放在别的屋子里面，叫金八爷的人跟他拍拍捏捏，等他缓过来，拿三块钱给他，叫他滚蛋！

王福升 是！
〔福升把黄拖下去。

李石清 张先生来电话了。

潘月亭 说什么？

李石清 您买的公债金八买了三百万。

潘月亭 （喜形于色）我早就知道，那么，一定看涨了。

李石清 只要这个消息是确实，金八真买了，那自然是看涨。

潘月亭 （来回走）不会不确实的，不会的。
〔左门大开，张乔治、胡四、顾八奶奶、白露上，在门口立 着，其他的女客在谈笑着。

张乔治 （兴高采烈，捏着雪茄）——所以我说在中国活着不容易，到处没有一块舒服的地方，不必说别的，连我的Jacky（对胡四）就是我从美国带来的那条猎狗，它吃的牛肉都成了我每天的大问题。脏，不干净，没有养分，五毛钱一磅的牛肉简直是不能吃。你看，每天四磅生牛肉搁在它面前，（伸出鼻子嗅嗅）它闻闻，连看都不看，夹着尾巴就走了。你们想，连禽兽在中国都这样感受着痛苦，又何况乎人！又何况乎像我们这样的人！（摇头摆尾，大家哄笑起来）
〔外面方达生在喊："小东西！""小东西！"

陈白露　咦，你们听，达生在喊什么？

〔方达生慌忙进来。

方达生　小东西！竹均，你瞧见小东西了吗？

陈白露　咦，在屋子里。

方达生　（不信地）在屋子里？（跑进右屋，喊）小东西！小东西！

顾八奶奶·　这个小疯子！

〔达生跑出。

方达生　没有，她不见了。我刚才在楼梯上走，我就看见她跟着两三个男
人一起坐电梯下去，在我眼前一晃，就不见了。我不相信，你看，
跑到这儿，她果然叫人弄走了。（拿起帽子）再见！我要找她去。
（达生跑下）

陈白露　（走至潘面前）月亭，这是我求你办一点事！（忽然）达生，
你等等我！我跟你一同去！

〔白露披起大氅就走。

潘月亭　白露！

〔白露不顾，跑下。

张乔治　（揶揄地）哼！又是一个——

胡　四　（同时）疯子！
顾八奶奶

〔大家哄然笑。

——幕急落

第 三 幕

登 场 人 物

翠　喜——一个三十左右的老妓女。

小顺子——宝和下处的伙计。

小东西——小翠，一个才混事三天的女孩子。

卖报的——一个哑巴。

王福升——××旅馆的侍役。

胡　四——游手好闲的面首。

黑　三——小东西的养父。

方达生——一个青年。

后台的人们：

胖子和胖子的朋友们。

租唱话匣子的。

卖报的。

卖水果的，卖其他各种食物的。

婴儿的哭声。

卖唱的，拉丝弦的。

报花名的伙计。

唱"数来宝"的乞丐二人。

唱二黄的漂泊汉。

敲梆子的。

各种男女欢笑声……

卖硬面饽饽的。

闭幕前唱"叫声小亲亲"的嫖客。

低声隐泣的女人。

这是在一星期后的夜晚，约莫有十二点钟的光景，在各种叫卖、喧嚣、诟骂女人、打情卖笑的声浪沸油似的煮成一锅地狱的宝和下处。

那大门口常贴着什么"南国生就美佳人，北地天然红胭脂"一类的春联，中门框总是"情郎艳乡"或"桃源佳境"的横幅。门前两三个玉美人指点点挤弄眉眼，轻薄的男人们走过时常故意望着墙上的乌光红油纸（上面歪歪涂了四行字："赶早×角，住客×元×，大铺×角，随便×角"），对着那些厚施脂粉的女人们乱耍个贫嘴，待到女人以为是生意经向前拉去，又一哄而散。这一条胡同蚂蚁窝似的住满了所谓"人类的渣滓"，她们都在饥饿线上奋斗着，与其他瘪着肚皮的人们不同的地方是别的可以苦眉愁眼地空着肚子，她们却必须笑着的。

进到院内，是一排一排的鸽笼似的小屋子，在生意好的时光，从这个洞到那个洞川流不息来往着各色各样的人：小商人，电机匠，小职员，轮船茶房，洋行侍役，和一些短打扮敞开胸前一条密密的纽襻，大模大样的大汉子。院子里可以随随便便走来走去，进了大门，一个跛了腿的男人喊："前边！""来客！"用绳子拉的铜铃也响起来，从各个小鸽笼走出来一个一个没有一丝血色的动物，机械般地立刻簇聚起来，有时也笑着，嚷着，骚动着。"客人"们自然早已让到房子里。眼珠子东溜溜，西看看。于是由伙计用尖锐得刺痛人的耳鼓的声音喊："见客啦！见客！"那些肥的，瘦的，依次走上前去，随着伙计叫出她的花名的声音，在"客人"面前睬睬眼笑着闪过去。站在后面的便交头接耳地吱吱喳喳起来，直到有一个动物似乎很欢喜地被某一个客人挑中了，其余的才各归各的地方。

很令人惊奇的是尽管小鸽笼里面讲情话或者做出各种丑恶的勾当，院子外面始终在叫嚣着：唱曲的姑娘，沿门唱"数来宝"的乞丐，或者哼一两段二黄的漂泊汉，租唱话匣子的，卖水果花生栗子的，抽着签子赌赢东西的，哑着声音嘶喊的卖报的，拉着丝弦逗人来唱的，卖热茶鸡蛋的……各式各色最低的卖艺人，小买卖都兜揽生意，每个人都放开喉咙沿着每个小窗户喊，有时甚至于掀开帘子进去，硬要"客人"们替他们做点生意。

但是观众只能看见一个小鸽笼——一间长临黑秽的小房子。

屋子正面有两个门，一左一右，都通外院，各有一蓝布帘子来遮风，破敝不堪。两门之中是个幔帐，挂在与墙成直角的铁丝上；拉起来，可以把一间屋子隔成两间。客人多了，不相识的便各据一面，一样能喝茶说话，各不相扰，于是一个可怜的动物可以同时招待两帮客人，这样经济地方，又省得走路，也省电灯同炉火。现在那布幔子——上面黄斑点点，并且下面裂成犬牙状，——只堆在墙边，没有拉起。屋子里当然没有多少客人。

屋子右面放一张木床，铺着单薄的旧床单，堆叠着棉被。靠床的右中墙贴满"猪八戒招亲"，"大过年"，"胖娃娃采莲花"，和一些烟卷公司的美人画，依门倒贴一个红"福"字，说是"福倒（到）了"的意思。近床有一张破旧梳妆台，上面放一只破脸盆，一两个花碗，床下横七竖八有几双花鞋，床前搁几把椅子。

左面墙边立一张方桌，一边一把椅子，上面排置着不全的茶具和一个装烟卷的破铁筒。右面还悬着一副满染黑污的对联，左联——"貌比西施重出世"，右联——"容似貂蝉又临凡"，两条对子正嵌住一个照得人凹鼻子凸眼的穿衣镜，上面横挂着四个字"千金一笑"。还有一两张帆布躺椅歪歪地睡在那里。

靠左右都有窗户，用个小红布幔遮着，左窗下有一个铁炉子，燃着就要熄灭的火。靠桌立一张煤球炉子，那煤就堆在方桌下面。在左边小门上悬一个镜框，嵌着"花翠喜"三个字，那大概是这个屋子的姑娘的花名。

〔开幕时，翠喜立在左门口，背向观众，掀起门帘向外望。——翠喜大约有三十岁左右，一个已经为人欺凌蹂躏到几乎完全麻木的动物。她并不好看，人有些胖，满脸涂着粉，一双眼皮晕晕地扑一层红胭脂，头发披在肩上，前额一块块地故意掐成的紫痕，排列整齐如一串花瓣，两个太阳穴，更红紫得吓人。她穿一件绛红色的棉袍，套上一件绒坎肩；棉鞋棉裤，黑缎带扎住腿。她右手里一只烟蒂头，时而吹一下灰放在口边，时而就用那手指搔弄自己的头发。

〔她仿佛在招呼谁，笑着，叫着。

〔外面的声音揉成一团嘈杂。

〔甲声：（尖锐地）橘子大香蕉啊！人果栗子啊！

〔乙声：（有气无力地）唱话匣子！

〔丙声：（一个小姑娘，随着抑扬顿挫的丝弦）唱个小曲儿吧！

〔男女的笑声打骂声……

翠　喜　（向门外招手）明儿见，胖子！明儿见，张二爷！明儿见，陈二爷！

〔胖子和他的朋友的声音：（不清楚地）明儿见，翠喜。

翠　喜　（蓦地跷起脚，高起声音）胖子，大冷天，穿好衣裳，别冻着。

〔胖子的声音：（仿佛他又走回来，拉着翠喜的手，亲亲热热而又嘻嘻哈哈地）我的喜儿，哎哟，你比我的媳妇还疼我，来，我的喜儿！（随着语气似乎把翠喜蓦地一拉）

翠　喜　（几乎倒在帘子外那胖子的怀里，扶着门框直立起来，推开那胖子的手，又笑又喘地）缺了德的，胖子，你放开手。你回家找你媳妇吃"喳儿"①去吧，少跟我起腻！

〔胖子的一个朋友：（连连咂着嘴，故意地做出羡慕的声调）哟……哟……哟，这两小口子看劲头儿吧。胖子，你看，娘儿们直跟你上劲，你住在这儿吧。

〔胖子的声音：（故意稀里糊涂地）嗯，我的喜儿，我不走了。

翠　喜　（知道他们是拿她打趣。推着他们）去！去！去！别打哈哈。胖子，你明儿来"回头"，准来呀！两位二爷一起陪来玩呀！

〔男人们含含糊糊的声音：好，好，喜儿。

〔一个卖报的低哑的声音：看报，看晚报！看一家子喝鸦片烟的新闻，看报，看晚报，看小书记跳大河的新闻。

翠　喜　（望着卖报的，转过眼来才知道胖子一帮人已经快走出门外。忽然嚷起来）胖子，你明儿准来！你明儿要不来，你养出孩子可没有屁眼儿，你听见了没有？（笑着，翠喜一扭身，扔下烟卷头，唾一口痰，走至左面方桌前，拿起胖子放下的角票，数一数，叹口气，又放在桌子上）

翠　喜　（坐在方桌旁的椅子上）妈（语助词），一天不如一天，这事由简直混不下去了。（由桌上拾起一根烟头，点上。外面吆唤各种叫卖声，她回头向左面那间小屋子）小翠！小翠！（她走到左门口，掀起帘子）小翠，你还不起来？你再不听话——（忽然）这死心眼的孩子，我没有那么大工夫理你。

〔进来一个小矮子，短打扮，提着水壶，厚嘴唇向上翻，两个大门牙支出来，说话有些关不住风，还有点结巴。他走到方桌面前，放下水壶，数数角票，翻着白眼望翠喜。

翠　喜　你看嘛②？小顺子？

小顺子　这是那胖……胖……胖……胖子二爷给的？

翠　喜　你嫌少？人家留着洋钱置（买）坟地呢。

---

① 喳儿，"奶头"的意思。
② 嘛，"什么"的意思。

小顺子　（摇摇头）都……都交柜么？

翠　喜　不都交柜，掌班的印子钱一天就一块，你给？

小顺子　可你……你，……你吃嘛？

翠　喜　还用着吃？天天喝西北风就饱了。（走到煤球炉子前烤火）

小顺子　（回转身子，仿佛不大肯说）你的老……老……老头子又……又……
　　　　又来了。

翠　喜　来了也不是白搭，打死我我也没有钱给他。我要是事由混得好，谁
　　　　不愿意往家里捎个块儿八角，三块两块的？家里孩子大人，都喜
　　　　欢！要他一趟一趟地来找我？（低头沉思，忽然）妈的，我刚在
　　　　班子混事的时候，事由儿"多火棒"①，一天二十几帮客，小顺子，
　　　　连你不一天也从我的屋里拿个块儿八角的？哼，（摇摇头）不成了，
　　　　人过时了。

　　　　〔在窗下有一个唱"数来宝"的乞丐，打着"七块板"，右手是"五
　　　　甩子"，左手甩起两块大竹板，（提提哒，提提哒，提提哒，提提
　　　　哒，提提哒）用很轻快的声音唱起来。

　　　　〔乞丐：（咳一声）"嘿，紧板打，慢板量，眼前来到美人堂。美人
　　　　堂前一副对，能人提笔写的详。上写白天推杯来换盏，天天晚上换
　　　　新郎。（提提哒，提提哒，提提哒提提哒提哒）一步两步连三步，多
　　　　要卖茶少卖铺，黑脸的喝茶白脸的住；老板陪客也在行，又有瓜子
　　　　又有糖，小白脸，小宝贝，搂在怀里上洋劲儿。"（用原来那样苍老
　　　　的腔调）掌班的，老板们，可怜可怜我瞎子吧。

翠　喜　去，去去。别在这门口吵秧子，没有钱！（把嘴上的烟蒂头扔到门
　　　　外）去，赏你一个烟卷头抽。（看见乞丐拿起烟头）咦，你看年头改
　　　　良啦，瞎子看见烟卷头就伸手啦。

　　　　〔乞丐：（笑嘻嘻地）我一个眼儿瞎。回见，大老板。

小顺子　你爷……爷儿们要你带着孩子回家住。

翠　喜　（啐一口痰）回家？这大冷天回家找冻死去？孩子搁在这儿死不了。
　　　　你跟瘸子说我这儿有客，回头我就出去。瘸子在门口站着不是么？

小顺子　让他进来，他不进来，瘸子说，他，他……嫌寒碜。

翠　喜　哼，自己养不起自己的娘儿们，活王八也当那么些年了，脸上
　　　　还有什么挂不住的！

小顺子　（擦桌子）新搬来的那孩子呢？

翠　喜　你说小翠？在屋里。

---

① 火棒，"热闹"的意思。

小顺子	（低声）我看一会儿黑三又要来。
翠　喜	（叹一口气）你看吧！这一晚上她一个盘儿也没有卖，你看黑三来了，还不把她揍死。

〔由左面慢慢走出来小翠。

小东西	（与从前大不相同，狠了心，慢慢地，不哼一声地）揍死就揍死，反正是一条命。
翠　喜	（惊异地）哟，小翠，怎么啦？
小顺子	小翠改……改……改了词了。不怕黑三了？
小东西	（擦擦眼泪）这三天我也受够了，怕有什么用！

〔小东西神气改了，她穿着蓝布夹上衫，黑裤子，前三天的旧旗袍不知被人剥到哪儿去了。从前她脸上一团孩子气为一层严肃沉郁的神色遮盖着，她现在像一个成年的妇人。

小顺子	你这孩子也"格涩"①，放着生意不做，一天就懂得哭。娘儿们不擦个粉，不抹个胭脂，你……你想，你怎么挂得上客？

〔小东西坐在方桌旁，低头摩弄自己的衣裾，不理他。

翠　喜	（对小顺子）你别理她，这孩子天生"刺儿头"；你跟她说一百句，她是土地庙里泥胎，是个死哑巴。

〔小顺子提水壶由正左门下，半晌。

小东西	黑三就快来了吧？
翠　喜	还怕他不来？我跟你说，你到这儿三天啦，一天也没挂上个客人，可哪一天黑三又让你好好地过啦？你别想你是从大旅馆搬来，看过好客人。到这儿来，就得说这儿的规矩，你今天一天又没有好生意，你看黑三那个狗杂种会饶过你？
小东西	罪也有受够的时候。
翠　喜	受够？这个罪没个够。我跟你说，咱们姐妹不是什么亲的热的，东来西往的，你在老姐姐我的屋子搭住这三天也是咱们姐儿们的缘分。我不是跟你小妹妹瞎"白货"②，我从前在班子的时候也是数一数二的红唱手③，白花花的千儿八百的洋钱也见过。可是人老珠黄不值钱，岁数大了点，熬不出来，落到这个地方，不耐心烦受着，有什么法子？我告诉你，亲妹子，你到了这个地方来了，你就不用打算再讲脸。妈那个 ✕，四面叫人搂着三面，无论谁来，管他生的

---

① 格涩，"与人不同"的意思。

② 白货，"夸口"的意思。

③ 唱手，妓女。

熟的，说拉铺就拉铺，就得把裤子拉下来，人家爱怎么样就怎么样；叫他妈的哪儿讲脸去？

小东西 （又想哭）可……可是——

翠　喜 可是什么？男人没有一个是好东西。到这儿来的，哪个不是色催的？打打闹闹说说笑笑，有钱的大爷们玩够了，取了乐了，走了，可是谁心里委屈谁知道，半夜里想想：哪个不是父母养活的？哪个小的时候不是亲的热的妈妈的小宝贝？哪个大了不是也得生儿育女，在家里当老的？哼，都是人，谁生下就这么贱骨肉，愿意吃这碗老虎嘴里的饭？（低头，似乎要落泪）

小东西 （拿出手帕，给她）你……你擦擦眼泪。

翠　喜 我没有哭。（嘘出一口气）我好些年没有眼泪了。我跟你说，人心都是肉长的，我这是老了，早晚替家里大的小的累死了，用芦席一卷，往野地一埋就完事。你年轻，你还有的是指望。熬几年，看上个本分人，从了良，养个大小子就快活一辈子。你现在跟黑三用不着别扭，顺着他点，少受多少眼前的罪。咱们到这儿来，出不去，顶不济是死，还说到哪儿去？凭什么受这兔崽子一顿一顿的打？咱们娘儿们"恼在心里，喜在面上"，心里分就得了。他说得好听的，听着；说得不好听的，就给他一个"实棒槌灌米汤"，来个寸水不进，我算是满没有听提，这才能过日子。

小东西 我……我实在过不去了。

翠　喜 这叫什么话，有什么过不去的。太阳今儿个西边落了，明儿个东边还是出来。没出息的人才嚷嚷过不去呢。妈的，（叹气）人是贱骨头，什么苦都怕挨，到了还是得过，你能说一天不过么？

　　〔卖报的声音：看报，看晚报，看看小书记跳大河的新闻。看报来，看小晚报，看看全家子喝鸦片烟的新闻。

小东西 你听！

　　〔卖报的声音：（渐远）看报，看看小书记跳大河的新闻。

翠　喜 别听这个："尽听蝲蝲蛄叫，别种庄稼了。"打扮打扮回头好见客。

　　〔左边小门传出小孩子哭醒了的声音。

小东西 你的孩子醒了。你过去喂喂他吧。

翠　喜 嗯。

　　〔外面叫卖声，在门内小儿的哭声和翠喜唔唔地拍着孩子睡觉的声音。

　　〔小东西一声不响地坐在床上。

〔隔壁散出一个女人淫荡地随着四胡唱小曲的声。

叫声小亲亲

1 = D(或C) 4/4

```
6 6 6  6 2  1 6 5 | 6 1 1  1 5 6  1 — | 1  1 2 3·2  3
叫声 小亲亲 哪眼 眯着 到五 更    五更 打     过
小妹妹坐房中 呀越坐 越冷 清    思 想起哥    哥
```

```
1 3  2 1  6·5 | 6 6 5  3 0 | 1 1 2  6  5  6 6 5  3
哥哥 就起 身 哪亲人  啊  小妹妹 舍 不 得      呀
热上旁的人儿啊亲人  啊  小妹妹 舍 不 得      呀
```

```
3 2  3 6  5·3  2 | 5 5  5 2  3·2  1
一夜呀 夫妻 呀百  日的 恩  哪
狠心 的 哥哥 呀太无   情  啊
```

〔唱了几句，忽然停住，男女欢笑声喧然。

〔小东西扑在床上抽咽起来。小顺子由正左门走进来，走到小东西面前。

小顺子 （望着小东西）我……我说，小翠……你这样……是自己……

小东西 （望了他一眼）……

小顺子 （叹一口气）小翠，你……打算怎么样？

小东西 我，没有打算。

小顺子 （厚嘴唇翻上翻下地）你怎么这么个死心眼呢？这儿不是咱们庄稼地，卖点苦力就一样吃窝窝头过好日子。到了这个地方，你还有……有个什么讲究。你看，你看这三天叫……叫黑三打……打……打成什么样？

小东西 （忽然）为什么我爸爸就会叫铁桩子砸死呢？

小顺子 你爸爸活着，不也是臭屎壳郎，没人理；一个破砸夯的，他能怎么样？

小东西　（追思地）我也许不会苦到这一步。他比黑三有劲多了，又高又大，他要看见黑三把我下了窑子，他一拳就会把黑三打死。我爸爸是个规矩人。

小顺子　（往左右棱一棱眼）可是……这不是已就已就……他不是也死了。

小东西　（低沉地）嗯，他死了。我眼瞅着一个大铁桩子把他……把他砸死的。（忽然扑在床上）哦，爸爸！（抽咽起来）爸爸呀！

小顺子　你这孩子，你有叫爸爸的工夫，你为什么不想法挂个客？

小东西　（哭着）谁说我不想去挂……挂客？可我去见客，客……客们都……都……都嫌我小，嫌我小，挑不上我，我有什么法子？

　　　　〔小顺子坐方桌旁。在窗外有一个人敲着破碗片按板，很有韵味地唱《秦琼发配》："（流水）将身儿，来至在大街口，尊一声列位听从头。一非是响马并贼寇，二非是强盗把城偷。杨林他道我私通贼寇，因此上发配到登州。舍不得大老爷待我的恩情厚，舍不得衙门众班头，舍不得街坊四邻好朋友，实难舍老母白了头。儿是娘身一块肉，儿行千里母担忧。眼望着红日坠落在西山后，尊一声公差把店投。"

　　　　〔那声音：（唱完重重地将碗片铿然一击，又恢复本有的凄凉的嗓音）有钱的老爷们，可怜可怜吧。我是出门在外，困在这个地方了。大冷天的，赏个店钱吧，有钱的老爷们！

小东西　几点了？

小顺子　十二点多了。

小东西　快完事了吧？

小顺子　倒也该落灯了。可也说不定，客人也许这时候哄哄地来一大帮子。

小东西　（看了看小顺子叹一口气）熬吧，再熬一会儿就完了。

小顺子　（不懂）哼，不熬得客人都走了，你能睡觉？可也说不定，说不定一会儿来个住客，看上你，住这儿，你不就可以早点睡了么？

　　　　〔外面尖锐的声音：前边！请这边走，腾屋子。

小顺子　有客。（向里面）三姑娘，有客来了。

　　　　〔小顺子提着水壶走出去，翠喜由左屋出来。

翠　喜　你一个坐着发愣干嘛？

小东西　没有什么。你孩子睡着了？

翠　喜　睡着了。

　　　　〔外面尖锐的声音：见客啦！

| 翠　喜 | （对小东西）去吧，看看去吧。挂上一个好住客，你也省得今天再受罪。 |
| 小东西 | （机械地立起来）去吧。 |

〔外面尖锐的声音：见客啦，前院后院的都出来呀！见客啦！

〔小东西被翠喜推出去。

〔外面尖锐的声音：（每一个花名都停顿一下）宝兰，金桂，翠玉，海棠，黛玉……

〔铃声响。

〔另一个声音：让屋子，让屋子。二爷这边坐。请这边坐。

〔小顺子掀开帘子，让进来福升和胡四。胡四穿着皮大衣，琵琶襟紫呢坎肩，高领碎花灰缎夹袍，花丝袜子，黑缎鞋，歪戴着西瓜帽，白衬衫袖子有寸来长甩在外边，风流潇洒地走进来。福升也是兴高采烈的，油光满面，他穿一件旧羊皮袍子，里面看得见他的号衣底襟，猜得出他是很忙地抄上衣服就跑出旅馆来的。进门来，胡四四面望望，拿出手帕掩住鼻子。

王福升	怎么？
胡　四	这屋子好大味。（一壁倚着桌角斜坐下去）
王福升	（用手在桌上一抹）瞧衣服。
胡　四	（忙站起，掸大氅）他妈的，这缺德地方。
王福升	（油嘴滑舌地）四爷，我可把您送到这个地方来了。我得回旅馆去了。
胡　四	（一把拉住他）不，不成。你得陪着我，你不能走。
王福升	我的爷爷，旅馆正忙，潘经理正请客，我得回去照应。
胡　四	你不是托别的伙友照应了么？
王福升	您叫我陪您到这儿来，这可是谁都不知道。回头叫顾八奶奶知道了，我可把话描在头里，这可是您一个人来的。
胡　四	我哪一次玩的时候连累过你？
王福升	好，那我待一会儿，一会儿我就回去。
胡　四	我一会儿也回去。
小顺子	（对福升）二爷，您好久没来了。您招呼那五姑娘都挪了地方了。您另招呼个人吧。
王福升	不，不是我，是四爷。（指胡四）我们胡四爷要到这儿来开开眼，玩玩。
小顺子	那么，叫几个您看看，
胡　四	（非常在行地）嗯，见见，先叫几个来见见。
小顺子	是，四爷。（出去）见客来，见客啦！

王福升	那么，您费半天的劲叫我陪您看看这小东西，到这儿您不要了。
胡　四	（翻翻白眼）为什么不？大爷花了钱，不多看几个不有点冤得慌，傻子，反正回头我们挑那孩了玩玩就得了。

〔小顺子撩开正右门的帘子，自己立在外边。

小顺子	（对着那些生物们）向里边站。

〔胡四和福升立在门口向外看。

〔另一个声音：见客啦！前院后院都来见客啦，玉兰！

〔便有个小生物在他们眼前晃晃。

胡　四	（吐舌头）老倭瓜啦。

〔另一个声音：（很快地接下去）翠玉！金桂！海棠！黛玉！

〔随着名字一个个的小生物在门口晃一下，各种各样的笑声。

胡　四	（仿佛检查牲畜一般，随着每个生物的出进作各种姿态的评断）不好，简直地不好，这个不错，可惜瘦点！（向福升丢眼色）好肥母猪！越看越不济！——这个名字倒不错，哼，可惜模样有点看不下去。

〔福升也在随和着。

〔另一个声音：翠喜！

胡　四	（望见翠喜）劲头不小。

〔另一个声音：小翠。

王福升	（低声对胡四）就是她，就是这孩子。

〔另一个声音：凤娥！小小！月卿！

小顺子	（对胡四）都齐了，四爷。有告假的，有病的，都齐了。
胡　四	（对小顺子）翠喜，小翠，这是姐儿俩？
小顺子	嗯，都是一屋子的姐妹。
胡　四	招呼这姐儿俩！
小顺子	三姑娘，八姑娘。

〔翠喜和小东西进了门。小顺子出去。

翠　喜	（非常老练地）侍候哪位？
胡　四	（指自己）我。
翠　喜	我这妹子呢？（指小东西）
胡　四	（指自己）也是我。
翠　喜	（笑嘻嘻地）这合适么？
王福升	这有什么不合适的。

〔小东西认出××旅馆的福升。

翠　喜	（对胡四）二爷贵姓？
胡　四	胡，胡四。
翠　喜	（朝胡四）胡四爷。（指福升）四爷，您引见引见。
胡　四	这是王八爷。
王福升	王倒姓王，可还没有八。

〔小顺子提茶壶进。由口袋拿出一包瓜子，打开放在方桌上一个铁盘里。等一个伙计奉手巾。

翠　喜	（奉瓜子）四爷，八爷。四爷您不宽宽大衣？
胡　四	不，我有点怕冷。（用手帕大掸床上的被单才坐下）
翠　喜	（向小东西）你这么愣着干嘛，（对着胡四）四爷，您得多包涵着点，这孩子是个"雏"，刚混事没有几天。
王福升	（替胡四说）没有说的。
胡　四	（拉着小东西的手）我得瞧瞧你。这孩子倒是不错，难怪金八看上她啦。
王福升	（指自己）你认识我不认识我？
小东西	（低而慢地）你磨成灰我也认识你。
王福升	（高了兴）喝，这小丫头在这儿三天，嘴头子就学这么硬了。
胡　四	（赏鉴）这孩子真是头是头，脑是脑。穿几件好衣服，不用旁人，叫我胡四给她出个衣服样子，我带她到马场俱乐部走走，这码头不出三天她准行开了。
王福升	那赶子好。可是您问她有这么大福气么？
胡　四	可是……（忽然对小东西）是你把金八爷打了么？

〔小东西狠狠地向福升身上投一眼，又低下头，一语不发。

| 翠　喜 | 四爷跟你说话啦，傻丫头。 |

〔小东西石头似的站在那儿。

王福升	瞧瞧，这块木头。
胡　四	（点着烟卷）奇怪，这么一点小东西怎么敢把金八打了？
王福升	要不庄稼人一辈子没出息呢？天生的那么一股子邪行劲儿。你想，金八爷看上她，这不是运气来了？吃，喝，玩，穿，乐，哪一样不是要什么有什么。他妈的，（回过头对小东西）这孩子偏偏一心要守着黄花闺女，贵贱她算是不卖了。（指着小东西）可你爸爸是银行大经理？还是开个大金矿？大洋钱来了，她向外推，你说（对翠喜）这不是庄稼人的邪行劲儿？
翠　喜	咳，"是儿不死，是财不散"。这都是罡着，该她没有那份财喜。
王福升	（对小东西越看越有气）妈的，这一下子玩完了，这码头你以

后还想待得住？他妈的，我要有这么一个女儿，她也跟我装这份儿蒜，把这么一个活财神爷都打走了，我就 kill[1] 了她，宰了她，活吃了她。（指指小东西）真他妈的"点煤油的副路"[2]。（非常得意地说出这句洋文）

胡　四　福升，你这是干什么？

王福升　我……（笑）我这是越说越有气，替这浑孩子别扭得慌。

小东西　（走到那一头对福升）你到这边来。

王福升　怎么啦？（望望胡四，丢个眼色，自得地走过去）你说什么？

小东西　（硬冷地）那天在旅馆里，你把我骗出来。

王福升　怎么？

小东西　现在黑三死看着我，我一辈子回不去啦。

王福升　人家旅馆陈小姐也没有要你回去呀。

小东西　（浑身发抖）我好容易逃出来。你把我又扔在黑三手里。

王福升　小东西，妈的，我们送你到这儿来，给你找婆家，你他妈的还不知情，还埋怨人？

翠　喜　（对小东西）你这孩子又犯了病了？

小东西　（不理她）我，我恨死你。

胡　四　（走到小东西面前，故意打趣）别恨啦，疼还疼不过来呢。
　　　　〔又拉小东西的手，叫她坐在他的膝上。

小东西　（甩开胡四的手跑到福升面前）我要……（连着打他两个嘴巴，揪着福升拼命）

王福升　这东西。（想法脱开她的手）

翠　喜　（拉着小东西）你发疯了。
　　　　〔小顺子进来。

小顺子　怎么啦？
　　　　〔正在开门，黑三——翻穿皮袍，满面胡髭，凶恶的眼睛——进。

翠　喜　（对小东西）黑三来了！

小东西　（立刻放下手，老鼠见了猫，她仿佛瘫在那里）啊！

黑　三　（狞笑，很客气地向小东西招手）过来！
　　　　〔小东西望着房里每个人的脸，不敢走到黑三面前。寂静。

王福升　去吧！孩子！（把小东西一推）

黑　三　（更和气地）过来呀！

① 英语，意思是"杀死"。
②"Dammed-fool"音译，意思是"傻子"。

〔小东西慢慢走过去。

黑　三　（一把抓住小东西的小手，对胡四）您受惊。四爷！这孩子有点不
　　　　大懂规矩。（对翠喜）三姑娘，你先好好陪陪四爷，跟他老人家多
　　　　多上点劲。八兄弟，今天可委屈你了。

〔小东西出来。

〔狼咬着小鸡子似的黑三把小东西拉出房门。门一关上就听见：

〔黑三的声音：（狠狠地）妈的！（在小东西脸上一巴掌）妈的！（又
　一巴掌，小东西倒吸口气迎着他的粗重的手，"啊！""啊！"叫出来。
　以后听不见什么，只有——）

〔黑三的声音：（对小东西）到那屋去！走！走！

〔外面仿佛小东西又哭又不敢哭地跟着他走。

翠　喜　这是怎么说的？这孩子的脾气也是太"格涩"；八爷，您刚才没有
　　　　撞破哪儿？这真怪过意不去的。

王福升　没有说的，没有说的。

小顺子　（笑）可不是，孩子小，小孩子脾气，二位多包涵着点。

胡　四　去你的，谁问你啦？

小顺子　是，没问我，就算我没说。（搭讪着出去）

胡　四　福升，怎么样，刚才那两下痛不痛？

王福升　没什么！这孩子连金八爷都噼啪两耳刮子，我王八爷挨这两
　　　　下子打，算什么委屈。

〔外面铃声。

〔外面的声音：让屋子，来客啦。

胡　四　人就是那么一回子事，活着不玩玩就是个大混蛋，挨两下子
　　　　打算个什么？

王福升　走吧，四爷。我看您也该回旅馆了。

翠　喜　谁说的？（对福升）去！去！去！你看你这个忙劲儿。

王福升　挨了打，还在这儿死赖皮做什么？

翠　喜　八爷，混事由的，都不易，得原谅着点，就原谅着点。

〔小顺子进屋。

小顺子　二爷，迁就迁就，拉拉帐子。

〔他把左边方桌的东西移到右边，将中间的帐子拉起，于是一间屋
　子隔成两间。小顺子走到左边打开门，让进来方达生。方达生穿一
　件毛蓝布大褂，很疲乏地走进。

小顺子　（对方达生）二爷，请您这边落落。

方达生	嗯。
小顺子	您有熟人提一声。

〔达生四面望望，忍不住，用手帕掩住鼻子，摇头。

小顺子	（不信地）二爷，有熟人提一声吧。
方达生	没，没有。（咳嗽）
小顺子	这屋子冷点，二爷！

〔同时：在屋子的右边，胡四把翠喜拉在一旁。

胡　四	（低头）我跟你说一句话。
翠　喜	（笑着）干嘛呀！
胡　四	（拉住她的手）你过来呢！（低语）
翠　喜	（咯咯地笑）去你的吧。
胡　四	真的？（又低语）
翠　喜	（拧了胡四一把，胡四哎哟叫一声）看你馋不馋？
胡　四	（对翠喜挤眼）馋！（又低语）
翠　喜	（故作怒状）去你的！喜欢浪，坐飞艇去。
胡　四	怎么？
翠　喜	美得你好上天哪！

〔胡四大笑，又拧了翠喜一下，翠喜叫一声，两个人对笑起来。这
时福升渐渐注意到左面的客人。

〔在左面呢，戏还同时继续着的。达生傻傻地立在那里，很窘迫的
样子。最后——

小顺子	我给您叫来见见。
方达生	我走了好些家了。
小顺子	（搭讪着）二爷，闲着没事逛逛玩。
方达生	（自语的样子）我没有找着。
小顺子	您是——
方达生	我要找一个人。
小顺子	（莫明其妙）找人？
方达生	嗯，一个刚到这一带来不久的姑娘。
小顺子	这一带百十来家娼户……可您说出个名儿。
方达生	（为难）她，她叫，呃，呃，——这个，她没有名字。
小顺子	那可就难了。那么，多大岁数？
方达生	十五六岁。
小顺子	那倒有几个，我叫几个给你瞅瞅。

〔同时在右面，福升偷偷拉开缝由布幔帐向左一望，——

王福升 （低声）四爷，四爷！方，方先生来了。

胡　四 （离开那女人）谁？

王福升 方达生。

胡　四 什么？（他跑去偷看）可不是小疯子？小疯子也会跑到这儿来啦！

〔福升忽然由右正门跑出去。胡四便立在幔帐右边偷看，翠喜走到胡四面前，仿佛问他那是谁……一些事，但他只笑着摇摇手，好奇地在那里等待左面的人说话。翠喜看见不得要领，便废然地走到镜台旁，点起一支烟，踱到正右门，斜倚着门框闲着。

〔在左边，外面是黑三的声音叫：小顺子！小顺子！

小顺子 （答声，向达生）二爷，我跟您找找去。（下）

方达生 嗯。（很疲倦地坐在方桌旁）

〔一会儿，小顺子回来。

小顺子 二爷，这儿大概没有您找的人。

方达生 我没有看见，你怎么说没有？

小顺子 要不，我叫几个岁数相仿的您瞧瞧，好不好？

方达生 你去吧。

〔小顺子又出去，半晌。

〔这时在右边，由正右门又传进一个乞丐的声音，打着带铃的牛胯骨唱"数来宝"。

〔乞丐：（提提哒，提提哒，提提哒提哒提哒）"喂，毛竹打，响连声，看见头子站在门口拉走铃。拉上走铃更不错，未曾来人好见客：有翠喜，和小达，和宝兰，各的各的个赛貂蝉，拉一个铺开一个盘，拉铺还得一块钱？"（又恢复原来的苍老的声调）有钱的老爷们，老板们，赏一个子，凑个店钱吧。

翠　喜 （立在门口）讨厌，又是你。

〔乞丐：老板，可怜可怜吧，您行好，明天就从良，养个胖小子。

翠　喜 去你的，今天晚上就冻死你兔崽子。

〔在左面，黑三进来了。

黑　三 二爷！找着两个，您瞅瞅。（揪起门帘，达生立起向外望）对不对？

方达生 （看了一时）不对，不是她们，这个小孩岁数不大，圆圆的脸，大眼睛，说话愣里愣气的。

黑　三 哦，您是说刚来不几天那个？

方达生 对了，不几天，才我想也就四五天吧。

黑　三　（手势）这么高，这么瘦，圆脸盘，大脚板鸭子，小圆眼，剪发。

方达生　对了，对了。

黑　三　我给您找找去，您候候。

　　　　〔黑三出去。

　　　　〔在右边，继续着：

　　　　〔乞丐：（打着牛胯骨：提提哒，提提哒，提提哒提哒提哒）"毛竹打，更不离儿，老板本是个大美人儿！黢青头发大辫子儿，尖尖下颏红嘴唇儿，未曾说话爱死人儿。（提提哒，提提哒，提提哒提哒提哒）毛竹打，更不错，老板身穿华丝葛，人才好，穿得阔，未曾说话抿嘴乐，哪天都有回头客！"——老板，可怜一个子吧。

翠　喜　（故意地）我还是不给你！

　　　　〔乞丐：（嬉皮笑脸地）您不给，我还唱。

翠　喜　唱吧，谁拦你啦？

　　　　〔乞丐：（提提哒，提提哒，提哒提哒，提哒）……

　　　　〔同时在左边屋子，门开了，进来一个卖报的，单裤子，上面穿一件破棉袄，一脸胡子，规规矩矩地抽出一份报，放在方桌上，打手势要钱，行外国礼，立正，打恭，口里"呀呀"地叫着。

方达生　我，我没有零钱。

　　　　〔哑巴卖报的指指报里的文章，用手势告诉那里面有最新鲜的新闻，于是他用另外一种语言指手画脚地道出一个书记怎么没有饭吃，怎样走投无路，只得买鸦片烟，把一家的小孩子自己亲手毒死。小孩子不肯吃，怎样买红糖搅在一起，逼小孩子喝下去。全家都死了，但是鸦片烟没有了，他自己就跑出去跳大河，但是不幸被警察捉住，把他带到局子里去，说他有罪，谋杀罪，不知是死是活。同时方达生——

方达生　我看过，我看过。（但是哑巴把报塞在他手里，他只好拿起看，望着他做手势）你说一个书记……哦，你说没有饭吃，（哑巴点头）什么？哦，你说他家里还有一大堆孩子，（哑巴点头）什么？什么？（不明白，哑巴指报，叫他看他所指的字）哦，这个书记"失业"了。（哑巴点头）哦……哦，（一面看报，一面看他的手势）他就买了鸦片烟……嗯，小孩子不肯喝，……什么？（看看报）哦，他掺进红糖把鸦片烟灌给他们吃了。（叹一口气）嗯，孩子都死了。……哦，鸦片烟没有了。……（哑巴点头）哦，他自己就跑出跳大河。什么……（看报）哦，正在跳河的时候，就叫警察抓住了，（忙着

雷雨·日出
曹禺作品菁华集

看完报，对哑巴）你不要讲了，我已经读完了，警察把他带到局子里，说他有罪，有谋杀直系亲属罪，要把他监禁起来。

哑　巴　（大点头，伸出手）啊……呵……

方达生　（喃喃地）大丰的书记，潘经理的书记，——这太不公平了。

　　　　（起来）

哑　巴　（伸手要钱）啊……啊……

　　　　〔达生给他一张角票，不让他找，哑巴又作揖，又行礼，他千恩万谢地走出去。

方达生　（拿起报读，扔在桌上，靠在椅背，望着天，叹出一口闷气）啊！

　　　　〔同时在右边：

胡　四　（一个独语）小疯子的精神病真不轻。

　　　　〔乞丐：（还是提提哒，提提哒，提提哒提哒提哒）"喂，好话说了老半天，还是老板不给咱。别瞧要饭低了头，要饭不在下九流，将门底子佛门后，圣人门口把你求。念过诗书开过讲，懂得三纲并五常，念过书识过字儿，懂得仁义礼智信儿。"——怎么着，老板。还不赏一个子么？

翠　喜　大冷天，挺难的，有钱也不给你！

　　　　〔乞丐：（接得快）"要说难，尽说难，你难我难不一般。老板难的事由儿小，我难没有路盘缠，傻子要有二百钱，不在这儿告艰难。"（提提哒，提提哒，提提哒提哒提哒）喂，——

胡　四　去，去，去！（扔出一个铜元）少在这儿麻烦。

　　　　〔乞丐：费心，老爷。（脚步声，又在旁边打着牛胯骨，唱起来）

　　　　〔福升走进来。

胡　四　（指左边）怎么样啦？

王福升　（狞笑）您看哪。（二人立帐幔旁偷看）

　　　　〔在左边：黑三同小顺子走进来。

黑　三　您看，二爷，这一定就是您的相好的。

方达生　（到门口看，大失所望）不，不是，不是她。

小顺子　可您总得说出个名字啊。

方达生　（突然）你们这儿有个叫小东西的么？

小顺子　小东西？

方达生　嗯。

小顺子　没有。

黑　三　（狞笑）这名字就"格涩"。

方达生　（拿起帽子）对不起，打搅你们了。（低头正要出门）

黑　三　（拦住他的去路伸出手）

方达生　你这是干什么？

黑　三　您叫我们跑了半天，您不赏点嘛么？

方达生　（惊愕）这也要钱？

黑　三　您瞅瞅来的是什么地方，我们是喝西北风长大的？

方达生　（看看他那亡命的样子，可怜地笑笑，拿出钱来）你拿去吧！

小顺子　（忙着伸手）谢谢。

黑　三　（打开小顺子的手）您这是打哈哈，您这一点是给要饭的？

〔左面小屋内孩子哭起来，翠喜拉开中间的幔帐，走到左面，她看见达生，停下来眼盯着他。达生厌恶地回过头去，咳嗽起来，一只手掩住鼻子，一只手扔在桌上一些钱，他立刻跑出来。

〔翠喜莫明其妙地跑进左面的小屋子，又唔唔地哄着小孩睡觉。

〔黑三魔鬼般地大笑起来。

〔小顺子拉开幔帐。

黑　三　四爷！您先歇着，我给您叫小翠来陪您。

王福升　不用啦，黑三，我们该走啦。

胡　四　我们待的时候不少了。

黑　三　别价，您先玩会儿。

〔黑三忙走出去，叫：小翠！

王福升　快回去吧，您这身新衣服也该在八奶奶面前显派显派。

胡　四　（又想起他的"第一美男子"的诨号，很高兴地）你说，这身衣服我穿着不错吧？

王福升　"赶子"，我看您这身比哪一身都好。

胡　四　（不自主地又开始搔首弄姿，掸掸衣服，自满地）我看也不大离。

〔黑三进，后随小东西。

黑　三　好好地侍候四爷一会儿。四爷好多照应你。叫声四爷。

小东西　（一字一抽噎）四……四……四爷。

黑　三　跟王八爷赔个罪。

小东西　（望着福升）——

黑　三　说，说，下次不敢了，王八爷。

小东西　（一字一抽噎地）下……下……下次不敢。王……王……王八爷。

王福升　没有说的。没有说的。

黑　三　（得意扬扬）给四爷倒杯茶，求八爷明儿陪着四爷来回头来。

胡　四	明儿见。（起身）得了，别客气啦，没有什么说的。

〔翠喜由屋内出来。

翠　喜	谁说走？谁也不许走，四爷，您刚才怎么说的？（耳语）
胡　四	（频频点头）对，对，——（坏笑）可我实在有事。今儿个不成，明儿见。
王福升	（笑）有事，明儿见吧！
黑　三	别，小孩子也得学点规矩。这是碰着四爷，好说话的，好，要碰着个刺儿头，这不连窑子都砸了。
翠　喜	（拉着胡四）那明儿你一定来？

〔胡四嘻嘻哈哈地点头。

〔这时小东西已斟好茶，正向胡四送过去。

王福升	（开玩笑）小心点，别烫着手，小姐。
小东西	（低头，走到胡四面前，眼泪汪汪地）
王福升	四爷，你瞧，小翠跟你飞眼呢。

〔小东西气得回首向福升望一眼。

胡　四	（高兴）是么？（想拧小东西的脸蛋）小东西看上了我么？
小东西	（蓦地回过头来，没想到胡四这样近靠着她，茶碗碰着胡四的手，茶水溅湿他的衣服）啊！
胡　四	你看！
黑　三	（大吼）妈的，你看你！
小东西	（吓破了胆，失手，一碗茶整个地倒在胡四的新衣服上）啊！
胡　四	（急青了脸）这个不是人揍的孩子！（连忙用手帕揩）
黑　三	（跳到小东西面前，举手就要打）你他妈的——

〔小东西躲在翠喜背后。

翠　喜	（拦住黑三）你先别打！
王福升	（也拦住黑三）黑三，先别急，人家衣服要紧。
黑　三	（忙）小顺子，赶快拿手巾来。

〔小顺子拿手巾跳进。大家一起擦衣服。只有小东西吓得立在一旁。

胡　四	（恼怒）去，去，去，别擦了！（将衣服拿在灯下看看）哼，这一身新衣服算毁了。妈的。（对福升）走！走！走！（忽然跑到小东西面前）你这贱骨头，我——（仿佛就要动手，小东西后退，他一扭身）死货！（忽然从袋里，取出一束钞票，对小东西）你瞧见这个么？大爷有的是洋钱。可就凭你这孩子，（向黑三）一个子也不值！（对小顺子）把这个拿给三姑娘盘子！（一张钞票给小顺子）

这个给外边。（又一张钞票）

小顺子　谢谢。

胡　四　（点点头）走！（对福升）回旅馆。（扬长走出。福升后面跟着，小顺子也随出去）

翠　喜　（送到门外）明儿来呀，四爷！明儿来呀！（忙回屋内）

黑　三　（野兽似的盯着小东西，低低地）过来。你跟我到这屋子来！（指左面小屋）

小东西　（走了一半，两腿无力，扑腾跪下）

黑　三　（走到小东西面前，拉她）走！

翠　喜　（抱住小东西）黑三，你别打她！（哀求）这不怨她，你别打她！

〔黑三在方桌下面，抽出一条鞭子〕

黑　三　你别管！

翠　喜　黑三，这孩子再挨不得打了。

黑　三　（一手推倒她）你他妈的，去你个妹子的吧。（翠喜叫一声，摸着她受了伤的手）走！（拉着小东西进屋，把门关上）

翠　喜　（忽然想起自己的孩子，跑在左小门前，敲门）开门，黑三，我的孩子在里面。开门，开门。

〔里面不应。黑三诅咒着，鞭子抽在小东西的身上，小东西仿佛咬紧了牙挨着一下一下的鞭打。

翠　喜　（慌急，乱打着门）开门，开门！你要吓着我的孩子。我的儿！

〔孩子开始哭起来。

翠　喜　（不顾一切地喊着）开门，开门，黑三，我的宝贝，你别怕！妈就来！

〔小东西忍不住痛，开始号叫，和小儿哭声闹成一片，外面有许多人看热闹，小顺子跑进来。

翠　喜　（疯狂的样子）你开门！（乱打着门）你开门！黑三！你再不开，我就要喊巡警了。

小顺子　黑三，外边有人找你。

〔黑三开了门提着鞭子出来，一脸的汗。

黑　三　（回头向左小门）这次先便宜你小杂种。

〔翠喜立刻跑进房里，屋里一片啼声和抽噎声。

黑　三　（向小顺子）谁，谁来找我？

小顺子　旅馆来的人。

〔外边有小铃声，半晌。

黑　三　　干么？

小顺子　　说金八爷有事找您。

　　　　　〔另一个声音：见住客！没有住客的见住客！

黑　三　　走！（向左旁小门）你出来！出来！

　　　　　〔小东西很艰难地走出来。

黑　三　　（用鞭子指）这一次先饶了你，外面有住客，你去见客去。他妈的，
　　　　　你今天晚上要是再没有客，你明日早上甭见我。听见了没有？

小东西　　（抽噎着）嗯。

黑　三　　去！把眼泪擦擦，见客去。

　　　　　〔小东西低头出了门。

黑　三　　小顺子，我去了。明儿见。

小顺子　　您走吧，明儿见。

　　　　　〔黑三走出去。

小顺子　　三姑娘，出来吧，瘸子可等急了。你快出去见见他吧。

翠　喜　　（由左小门走出）唉！这是什么日子！

　　　　　〔翠喜和小顺子一同出门，屋内无人。

　　　　　〔外面伙计的声音：落灯啦！落灯啦！

　　　　　〔外面叫卖的声音：（寂寞地）硬面饽饽！硬面饽饽！

　　　　　〔木梆一声一声地响过去。

　　　　　〔另一个声音：（低声地叫出花名，因为客人们都睡了）宝兰，翠玉，
　　　　　海棠，小翠。

　　　　　〔小顺子进来把灯熄灭，由抽屉拿出洋烛头点上，屋子暗下来。

　　　　　〔小顺子正要出去，小东西缓缓地走进来。

　　　　　〔隔壁和对面有低低的男女笑语声。

小顺子　　怎么样，挂上了么？

小东西　　（摇头）没有。

小顺子　　怎么？

小东西　　（抽噎）那个人嫌我太小。

小顺子　　（叹一口气）那你一个人先睡吧。

小东西　　嗯。

小顺子　　（安慰她）去他的！明天是明天的，先别想它。

　　　　　〔老远翠喜哭着嚷着。

　　　　　〔一个男人的声音：你走不走？你走不走？

　　　　　〔翠喜的声音：你打吧！你打吧！你今天要不打死我，你不是你爸

爸揍的。

小东西　（立起来）这是谁？

小顺子　三姑娘——翠喜。她男人打她呢。（由窗户望外看）可怜！这个人也是苦命，丈夫娶了她就招上了脏病瘸了，儿子两个生下来就瞎了眼，还有个老婆婆，瘫在床上，就靠着这儿弄来几个钱养一大家子人。

小东西　（又坐在那里发呆）嗯，嗯，嗯。

小顺子　她来了，（往外叫）三姑娘。

　　　　〔翠喜哭哭啼啼地走进门。

小顺子　怎么啦？

翠　喜　（自言自语）妈的，我跟你回去！今天我就跟你回去！回去咱们就散，这日子还有什么过头？（叨叨地进了左小门）

小顺子　（望她进门）唉。

　　　　〔翠喜抱着孩子由左小门走进来。

小东西　孩子睡着了？

翠　喜　（抽噎地）嗯，妹……妹……妹子，（一字一噎地）刚才，刚才，那个住客……你，……你，你挂上了么？

小东西　（低头）——

小顺子　（摇头）没有。

翠　喜　怎……怎么？

小顺子　又是那句话，还是嫌她人小。

翠　喜　（一手摸着小东西的脸）苦……苦命的孩子。也……也好，你今天一个人在我这个床睡吧。省得我在这儿挤。……半……半……半夜里冷，多……多……多盖着点被。别……别冻着。明天再说明天的……你……你……你自己先别病了。……落在这个地方，……病，……病，……病了更没有人疼，……疼，……疼了。

小东西　（忍不住，忽然抱着翠喜大哭起来）我……我的……

翠　喜　（也忍不住抱着她）妹……妹子，你，……你别哭。我……我走了。我明天……一大清早，我……我就来看你。

小东西　嗯。

翠　喜　我……我走了。

小东西　你走吧。

小顺子　你睡吧。

小东西　嗯。

〔翠喜和小顺子同下。

〔外面一个人：落灯啦！落灯啦！

（木梆声，舞台更暗。

〔外面叫卖声：（凄凉地）硬面饽饽！硬面饽饽！

〔小东西忽然立起，很沉静地走进左面小屋内。

〔屋内无人。

〔对面屋子里男女笑声。

〔女人声：去，去，去，——七十多里地多的是小媳妇，你找我干嘛？

〔男人含糊的声音：——我……

〔女人声：去，去，去，（笑）头上磨下的，好意思的么？

〔男人含糊的声音：……嗯，……

〔小东西由左屋靸着鞋出来，手里拿着一根麻绳，她仿佛瞧见什么似的在方桌前睁着大眼，点点头。她失了魂一般走到两个门的前面，一一关好，锁上。她抖擞起来，鼓起勇气到了左边小门停住。她移一把椅子，站在上面，将麻绳拴在门框上，成一个小套。又走下来。呆呆地走，……走，走了两步。忽然她停住。

小东西　（低声，咽出两个字）唉，爸爸！

〔她向那麻绳套跪下，深深地磕了三个头，立起。叹一口气，爬上椅子，将头颈伸进套里，把椅子踢倒——那样小，那样柔弱一个可怜的小生命便悬在那门框下面。

〔外面叫卖声：（荒凉地）硬面饽饽！硬面饽饽！

〔同时外面听见木梆声之外还有：

〔一个男人淫荡地唱：（曲调见前）"叫声小亲亲，眼瞅着到五更，五更打过哥哥就起身。亲人啊，小妹妹舍不得呀，一夜呀夫妻呀百日的恩。"

〔一个女人隐泣的声音：（如在远处）呜……呜……

〔小东西挂在那里，烛影晃晃照着她的脚，靸着的鞋悄然落下一只，屋里没有一个人。

〔舞台渐暗。

——幕落

附　记

　　也许末尾的刺激太重了些，我为着上演的方便，曾经把收场这样
改过，现在一并记在下面——

……

……

〔小东西由左屋靸着鞋出来，手里拿一根麻绳，她仿佛瞧见什么似
的在方桌前睁着大眼，点点头。她失了魂一般走到两个门的前面。
——关好，锁上。她的全身发抖，噙住眼泪，惊恐地走到左边小门
停住。

〔外面叫卖声：（荒凉地）硬面饽饽！硬面饽饽！

〔远远的木梆声。

〔她将一把椅子移在门下，站在上面，把麻绳拴在门框上，成一个
小套，她稳一稳心，正要——但一个恐怖的寒战，她又走下来，呆
呆地立在那里。

〔一个男人淫荡地唱：（低声——曲调见前）"叫声小亲亲，眼瞅着
到五更，五更打过哥哥就起身。亲人啊，小妹妹舍不得呀，一夜呀
夫妻呀百日的恩。"

〔一个女人隐泣的声音：（如在远处）呜……呜……

〔恍恍惚惚地小东西随着那哭声，跟跄了两步，她实在忍待不下去
了，忽然扑在地上，哀哀地哭泣起来。

〔外面叫卖声：（荒凉地）硬面饽饽！硬面饽饽！

〔远远的木梆声。

〔舞台渐暗。

——幕落

第 四 幕

与第三幕在同一个夜晚。

半夜后，大约有四点钟的光景，在××大旅馆那间华丽的休息室内。

屋内帘幕都深深垂下来，在强烈的灯光下，那些奇形怪状的陈设刺激人的眼发昏。满屋笼漫着浓厚的烟氲和恶劣的香粉气，酒瓶歪在地上，和金子一般贵重的流质任意地倒湿了地毯，染黄了沙发的丝绒，流满了大理石的茶几。在中间，一张小沙发的脚下，香槟酒杯的碎玻璃堆在那里。墙上的银熠熠的钟正指着四时许。

左面的屋子里面还是稀里哗啦地打着牌，有时静下来，只听见一两下清脆的牌声，有时说话的，笑的，骂的，叫的，愤愤然击着牌桌的，冷笑的……和洗牌的声音搅成一片。

〔开幕时，白露一个人站在窗前，背向观众，正撩开帷幕向下望。她穿着黑丝绒的旗袍，周围沿镶洒满小黑点的深黄花边，态度严肃，通身都是黑色。

〔她独自立在窗前，屋内没有一丝动静。

〔半响。

〔左面的门大开，立刻传出人们打牌喧笑的声音。

〔里面的男女声音：露露！露露！

〔白露没有理他们，还是那样子孤独着。

〔张乔治的声音：露露！露露！（他的背影露出来，臂膊靠着门钮，对里面的人们说话）不，不，我就来。（自负地）你看我叫她，我来！

〔张乔治走出来，穿着最讲究的西服，然而领带散着，背心的纽子没有扣好。他一手抓住香槟酒瓶，一手是酒杯，兴高采烈地向白露走过来。

张乔治 （一步三摇地走近白露，灵感忽然附了体）哦，我的小露露。（看上看下，指手画脚，仿佛吟诗一样）So Beautiful！ So charming and so melancholic！（于是翻江倒海，更来得凶猛）So beautifully bewitching and so bewitchingly beautiful !

陈白露　（依然看着窗外，不动，仿佛没有听见他的话）嗯，你说的是什么？

张乔治　（走到她又一边）我说你真美，你今天晚上简直是美！（摇尾，闭
　　　　起眼说）美！美极了！你真会穿衣服，你穿得这么忧郁，穿得这
　　　　么诱惑！并且你真会用香水，闻起来（用他的敏锐的鼻子连连嗅
　　　　着，赞美地由鼻孔冲出一声长长的由高而低的"嗯！"）这么清淡，
　　　　而又这么幽远！（活灵活现演做他的戏；感动地长长吐出一口气）
　　　　啊！我一闻着那香水的香味，Oh no，你的美丽的身体所发出的那种
　　　　清香，就叫我想到当初我在巴黎的时候，（飘飘然神往）哦，那巴
　　　　黎的夜晚！那夜晚的巴黎！（又赞美地由鼻孔冲出那一声"嗯！"）
　　　　嗯！ Simply beautiful !

陈白露　（依然没有回头）你喝醉了吧。

张乔治　喝醉了？今天我太高兴了！你刚才瞧见刘小姐么？她说她要嫁给
　　　　我，她一定要嫁给我，可是我跟她说了，（趾高气扬的样子）我说：
　　　　"你！（藐视）你要嫁给我！你居然想嫁给我！你？"她低着头，
　　　　挺可怜的样子，说：（哭声）"Georgy！只要你愿意，我这方面总
　　　　是没有问题的。"说着，说着，眼泪就要掉下来。可是（拉一下白
　　　　露，但她并没有转过身来）你看我，我就这么看着她。（斜着眼睛
　　　　昂着头向下望）我说："你？你居然想嫁给 George Chang！ Pah！
　　　　（又是他的一甩手）这世界上只有陈白露才配嫁给 George Chang
　　　　呢！"（他等白露的笑，但是——）咦，露露，你为什么不笑？

陈白露　（态度依然）这有什么可笑的？（低沉地）你还有酒么？

张乔治　（奇怪）你还想喝？

陈白露　嗯。

张乔治　你看我多么会伺候你，这儿早就预备好了。（他倒酒的时候，由右
　　　　屋听见顾八奶奶叫白露的声音。他把酒倒好，递给白露，她一口
　　　　灌下，看也不看就把酒杯交给乔治）
　　　　〔顾八奶奶由右门出，她穿戴仍然鲜艳夺目，气势汹汹地走进来。

顾八奶奶　（在门口）白露，究竟你的安眠药在哪儿？（忽然看见张乔治）
　　　　哟！博士，原来是你们俩偷偷地躲在这屋子说话呢。

张乔治　两个人？那我大概是喝醉了。

顾八奶奶　怎么？

张乔治　奇怪，我怎么刚才只觉得我是一个人在这屋子发疯呢？

顾八奶奶　得了，我不懂你这一套博士话。白露，快点，你的安眠药在

哪儿?

陈白露 在我床边那个小柜子里。

张乔治 怎么啦,八奶奶?

顾八奶奶 (摸心)我心痛,我难过。

张乔治 又为什么?

顾八奶奶 还不是那个没良心的东西气的我。我这个人顶娇嫩了,你看这一气,三天我也睡不着。我非得拿点安眠药回家吃不可。得了,你们两个好好谈话吧。(翻身就要进门)

张乔治 别,别走。你先坐一坐跟我们谈谈。

顾八奶奶 不,不,不,我心痛得厉害,我先得吃点杜大夫的药。

张乔治 你看,你在这里吃不一样?

顾八奶奶 可是你听听我的心,又是扑腾腾扑腾腾的,(捧着自己的心,痛苦的样子)哟!我得进去躺躺。

〔忽然左门大开,又传进种种喧笑声。

〔刘小姐的声音:Georgy——

顾八奶奶 (望着立在左门口的刘小姐。眉开眼笑地)刘小姐,你还没有走,还在打着牌么?(对张乔治)好啦,刘小姐来了,你们三个人玩吧。

〔顾由右门下。

〔刘小姐:Georgy!

张乔治 (以手抵唇)嘘!(指白露,作势叫刘小姐进来,来一同谈淡。不过——)

〔刘小姐的声音:(严厉地)Georgy!!

张乔治 (作势叫她不要喊,仿佛说白露大概心里不知为什么不痛快,并且像是一个人在流眼泪,劝她还是进来一起玩玩。但是——)

〔刘小姐的声音:(毫不是他所说的那副可怜的样子)我不进去,我偏不进去。

张乔治 (耸耸肩表示没有办法,却还在作势劝她进来。然而——)

〔刘小姐的声音:(更严厉地)Georgy!!!你进来不进来?你来不来?

张乔治 (大概门里面的人下了很严重的哀的美顿书,里面不知做些什么表示,但是他已经诚惶诚恐地——)No, please don't! I'm coming!我来,我来,我就来。(慌慌张张地笑着走进左门)

〔刘小姐的声音:(很低而急促的声音)我要走了,你一个人在这儿,少跟她们胡扯,听见了没有?

〔张乔治的声音：可我没有怎么跟谁胡扯呀。

〔半晌。

〔白露缓缓回过身来。神色是忧伤的，酒喝多了。晕红泛满了脸。不自主地她的头倒在深蓝色的幕帷里，她轻轻捶着胸，然而捶了两下，仿佛绝了望似的把手又甩下来。静静地泪珠由眼边流出来，她取出手帕，却又不肯擦掉，只呆呆地凝视自己的手帕。

陈白露　（深长而低微叹一口气）嗯!（她仰起头，泪水由眼角流下来，她把手帕铺在眼上）

〔外面敲门声。

陈白露　（把手帕忙取下来擦擦眼睛）谁?

〔福升声：我，小姐。

陈白露　进来。

〔福升进。他早已回到旅馆，现在又穿起他的号衣施施地走进来。

王福升　小姐。

陈白露　你来干什么?

王福升　（看见白露哭了）哦，您没有叫我?

陈白露　没有。

王福升　哦，是，是，……（望着白露）小姐，您今天晚上喝多了。

陈白露　嗯，我今天想喝酒。

王福升　（四面望望）方先生不在这儿?

陈白露　他还没有回来。有事么?

王福升　没有什么要紧的事。刚才又来了一个电报。是给方先生的。

陈白露　跟早上打来的是一个地方么?

王福升　嗯。

陈白露　在哪儿?

王福升　（由口袋取出来）您要么?

陈白露　回头我自己交给他吧。（福升把电报交给白露）反正还早。

王福升　（看看自己的手表）早? 已经四点来钟了。

陈白露　（失神地）那些人们没有走。

王福升　（望左面的房门）客人们在这儿又是吃，又是喝，有的是玩的，谁肯走?

陈白露　（悲戚地点头）哦，我这儿是他们玩的地方。

王福升　（不懂）怎么?

陈白露　可是他们玩够了呢?

王福升	呃！……呃！……自然是回家去。各人有各人的家，谁还能一辈子住旅馆？
陈白露	那他们为什么不走？
王福升	小姐，您说……呃……呃……那自然是因为他们没有玩够。
陈白露	（还是不动声色地）那么他们为什么没有玩够？
王福升	（莫明其妙，不得已地笑）那……那……那他们是没有玩够嚎，没有玩够嚎。
陈白露	（忽然走到福升面前迸发）我问你，他们为什么没有玩够？（高声）他们为什么不玩够？（更高声）他们为什么不玩够了走，回自己的家里去？滚！滚！滚！（愤怨）他们为什么不——（忽然她觉出自己失了常态，她被自己吓住了，说不完，便断在那里，低下头）〔福升望望白露的脸，仿佛很了解的样子。他倒了一杯白水端到白露面前。
王福升	小姐。
陈白露	（看看他手里的杯子）干什么？
王福升	您大概是真喝多了。
陈白露	（接下杯子）不，不。（摇摇头低声）我大概是真玩够了。（坐下）玩够了！（沉思）我想回家去，回到我的老家去。
王福升	（惊奇）小姐，您这儿也有家？
陈白露	嗯，你的话对的。（叹一口气）各人有各人的家，谁还一辈子住旅馆？
王福升	小姐，您真有这个意思？
陈白露	嗯，我常常这么想。
王福升	（赶紧）小姐，您要是真想回老家，那您在这儿欠的那些账，那您——
陈白露	对了，我还欠了许多债。（有意义地）不过这些年难道我还没有还清？
王福升	（很事实地）小姐，您刚还了八百，您又欠了两千，您这样花法，一辈子也是还不清的。今天下午他们又来了，您看，这些账单（又从自己口袋往外拿）这一共是——
陈白露	不，不用拿，我不要看，我不要看。
王福升	可是他们说您明天下午是非还清不可的，我跟他们说好话，叫他们——
陈白露	谁叫你跟他们说好话？冤有头，债有主，我自己没求过他们，要你

去求？

王福升　可是小姐，——

陈白露　我知道，我知道了。你不要再提了，钱！钱！钱！为什么你老这样子来逼我？

〔电话铃响。

王福升　（拿起耳机）喂，……你哪儿？哦……我这儿是五十二号陈小姐的房间。

陈白露　谁？

王福升　（掩住喇叭）李太太，（又对耳机）哦，是是。李先生他不在这儿。他今天下午来过，可是早走了。……是……是……不过李先生刚才跟这儿潘四爷打过电话，说请他老人家候候，说一会儿还要来这儿的。要不，您一会儿再来个电话吧。再见。（放下耳机）

陈白露　什么事？

王福升　李先生的少爷病得很重，李太太催李先生赶快回去。

陈白露　嗯。好，你去吧！

〔潘月亭由中门走进来，油光满面，心里充满了喜信，眯着一对小眼睛，一张大嘴呵呵地简直拢不住，一只手举着雪茄，那一只手不住地搓弄两撇小胡子。福升让进潘月亭，由中门下。

潘月亭　露露，露露，客没有走吧？

陈白露　没有。

潘月亭　好极了。来，大家都玩一会儿，今天让大家玩个痛快。

陈白露　怎么？

潘月亭　我现在大概才真正走了好运，我得着喜信了。

陈白露　什么？喜信？是金八答应你提款缓一星期了？

潘月亭　不，不是，这个金八前两天就答应我了。我告诉你，公债到底还要涨，涨，大涨特涨。这一下子真把我救了！你知道，我今天早上忽然听说公债涨是金八在市面故意放空气，闹玄虚，故意造出谣言说他买了不少，叫大家也好买，其实他是自己在向外抛，造出好行市向外甩。那时候我真急了！我眼看我上了他的当，我买的公债眼看着要大落特落，我整个的钱都叫他这一下子弄得简直没有法子周转，你看我这一大堆事业，我一大家子的人，你看我这么大年纪，我要破产，我怎么不急？我告诉你，露露，我连手枪都预备好了，我放在身上，我——（咳嗽）

陈白露　（给他手帕）哦，可怜！可怜的老爸爸。

潘月亭　（高起兴）你现在真不应该再叫我老爸爸了。我现在一点不老，我听见这个消息，我年轻了二十年，我跟你说人不能没有钱，没有钱就不要活着，穷了就是犯罪，不如死。可是，露露，我现在真真有钱了，我过两天要有很多很多的钱，再过些天，说不定我还要有更多更多的钱。（忽然慷慨地）哦，我从此以后要做点慈善事业，积积德，弥补弥补。——

陈白露　不过，你们轻轻把小东西又送回到金八手里，这件事是很难弥补的。

潘月亭　（忽然想起来）哦，小东西怎么样了？你难道还没有把她找回来？

陈白露　找回来？她等于掉在海里了，我找，达生找，都没有一点影子。

潘月亭　不要紧，有钱，我有钱。我一定可以把小东西还是活蹦乱跳地找回来，叫你高兴高兴。

陈白露　（绝望地）好，好吧！哦，你知道李石清要这时候来见你么？

潘月亭　知道。他说他有好消息告诉我。可是这个东西太混账，他以为我好惹，这次我要好好地给他一点厉害看。

陈白露　怎么？

　　　　〔顾八奶奶由右门上。

顾八奶奶　露露！露露！——哟，潘四爷，这一晚上你上哪儿去了？（撒娇地）真是的，把我们甩在这儿，不理我们，你们男人们，真是的！——对了，四爷，您看胡四进了电影公司正经干多了吧。还是四爷对，四爷出了主意，荐的事总是没有错儿的。（不等潘回答，就跑到左面立柜穿衣镜前照自己，忽转向白露）露露，你看我现在气色怎么样，不难看吧？

潘月亭　（没有办法）露露，你陪八奶奶谈吧，我去到那屋看看客人去。

　　　　〔潘由左门下。

顾八奶奶　四爷，您走了。（又忙忙地）白露，我睡不着。（自怜）我越躺越难过。

陈白露　你怎么啦？

顾八奶奶　（贸然）你说他还来不来？这个没有良心的东西，他叫我在你这儿等着他，他要跟我说戏，说《坐楼杀惜》，你看快天亮了，他的魂也没有见一个。唉，（指她的红鼻头）你看两条手绢都哭湿了，（其实她在干嚎）我真，我……我，我真想叫福升问问他……

陈白露　（厌烦，不等她说完便叫）福升！福升！

　　　　〔福升由中门进。

陈白露　你知道胡四爷上哪儿去了？

王福升　不，不知道。

顾八奶奶　（噘着嘴气冲冲地）他就会说不知道。

王福升　实……（诏笑）实在是不知道。不过仿佛胡四爷说他先去——

顾八奶奶　（暴躁地）　　　　　（同时说）换衣服去了。
王福升　（假笑地）

顾八奶奶　（急躁）换衣服！换衣服！你就会说换衣服。

陈白露　怎么？（对顾）你知道胡四干什么去了？

王福升　（谦逊地）顾八奶奶刚才问了我四五遍，怪不得她老人家听腻
　　　　了，您想，她老人家脾气也是躁一点，再者她老人家……

顾八奶奶　（忽然变色）福升，我不喜欢你这么胡说乱道的什么"老人家"
　　　　"她老人家"的。我不愿意人家这么称呼我，我不爱听。

王福升　是，顾八奶奶。

顾八奶奶　去！去！去！我瞅你就生气，谁叫你进来给我添病的。

王福升　是，是。（福升由中门下）

顾八奶奶　（捶自己的心）你看我的心又痛起来了，胡四进了电影公司两
　　　　天，越学越不正经干。我非死不可！露露！你的安眠药我都拿去了。

陈白露　（吃惊）怎么，你要吃安眠药？

顾八奶奶　嗯，我非吃了不可。

陈白露　（劝她）那你又何必呢？你还给我。（伸手）

顾八奶奶　（不明白）不，我非吃了不可，我得回家睡觉去。我睡一场好觉，
　　　　气就消了。杜大夫说睡一点钟好觉，就像多吃两碗饭。多吃两碗饭，
　　　　气气他。

陈白露　哦！（放下心）不过我先警告你，这个安眠药是很厉害的。你要吃
　　　　了十片，第二天就会回老家的，你要小心点。

顾八奶奶　（拿着安眠药看）哦！吃十片就会死。

陈白露　十片就成了。

顾八奶奶　那，……那，我就……我就吃一片；不，半片；不好，三分之
　　　　一，我看，对我就很可以了。

陈白露　那才好，我刚才听你的话，我以为——

顾八奶奶　哦，（忽然明白）你说我吃安眠药寻死？我才不呢。我不傻，
　　　　我还得乐两年呢！哼，我刚刚懂一点事，我为他……哼，胡四有一
　　　　天要跟我散了，我们就散。我再找一个，我……我非气死他不可！
　　　　（太费力气，颤巍巍地摇着头）

陈白露　（冷冷地望着她）你说得不累么？

顾八奶奶　可不是，我是有点累了。我得打几副牌休息休息我的脑筋。你跟我一块来吧。

陈白露　不，你先去吧！我想一个人坐一坐。

〔顾由左门下。

〔中门敲门声。

陈白露　谁？

方达生　我。（推开门进来，他还穿着他的毛蓝布大褂，神色沉郁，见着白露，微现喜色）

陈白露　你刚回来？

方达生　我回来一会儿，我走到你门口，我听见顾太太在里面，我就没进来。

陈白露　（望着他）怎么样？小东西找着了么？

方达生　（摇头）没有。那种地方我都一个一个去看了。但是，没有她。

陈白露　（失望）这是我早料到的。（半晌，扶他坐下）你累了么？

方达生　有一点，不过我很兴奋，我很兴奋。我在想，这两天我不断地想着个问题。

陈白露　（笑）怎么，你又想，想起来了？

方达生　嗯。没有办法，我是这么一个人，我又想起来了。尤其是今天一夜晚，叫我觉得——（忽然）我问你，人与人之间为什么要这么残忍呢？

陈白露　（笑）这就是你所想的问题么？

方达生　不，不尽然。我想的比这个问题要大，要实际得多。我奇怪，为什么你们允许金八这么一个禽兽活着？

陈白露　你这傻孩子，你还没有看清楚，现在，我告诉你，不是我们允许不允许金八活着的问题，而是金八允许我们活着不允许我们活着的问题。

方达生　我不相信金八有这么大的势力。他不过是一个人。

陈白露　你怎么知道他是一个人？

方达生　（沉思）嗯……（忽然）你见过金八么？

陈白露　我没有那么大福气。你想见他么？

方达生　（有意义地）嗯，我想见见他。

陈白露　那还不容易，金八多得很，大的，小的，不大不小的，在这个地方有时像臭虫一样，到处都是。

方达生　（沉思）对了，臭虫！金八！这两个东西都是一样的，不过臭虫的可厌，外面看得见，而金八的可怕外面是看不见的，所以他更凶更狠。

陈白露　（眼盯着达生）你仿佛有点变了。

方达生　嗯，我似乎也这么觉得。不过我应该感谢你。

陈白露　（不懂）为什么？

方达生　（严重地）是你给我这么一个机会。

陈白露　我不大明白你的话，你的口气似乎有点后悔。

方达生　（肯定地）不！我不后悔，我毫不后悔多在这里住几天。你的话是对的。我应该多观察观察这一帮东西。现在我看清楚他们了，不过我还没有看清楚你，我不明白你为什么要跟他们混？你难道看不出他们是鬼，是一群禽兽。竹均，我看你的眼，我就知道你厌恶他们，而你故意天天装出满不在意的样子，天天自己骗着自己。

陈白露　（深邃地望着他）你——

方达生　你这样看我做什么？

陈白露　（忽然——倔强地嘲讽着）你很相信你自己的聪明。

方达生　竹均，你又来了。不，我不聪明。但是我相信你的聪明。你不要瞒我，你心里痛苦，请你看在老朋友的份上，我求你不要再跟我倔强，我知道你嘴头上硬，故意说着谎，叫人相信你快乐，可是你眼神儿软，你的眼瞒不住你的恐慌，你的犹疑，不满。竹均，一个人可以欺骗别人，但欺骗不了自己，你这样会把你闷死的。

陈白露　（叹一口气）不过你叫我干什么好呢？

方达生　很简单，你跟我走，先离开这儿。

陈白露　离开这儿？

方达生　嗯，远远地离开他们。

陈白露　（仰头想）可……可……可是上哪里去呢？我这个人在热闹的时候总想着寂寞，寂寞了又常想起热闹。整天不知道自己怎么样才好。你叫我到哪里去呢？

方达生　那有一个办法：你应该结婚！你需要嫁人！你该跟我走。

陈白露　（忽然笑起来）你的拿手好戏又来了。

方达生　不，不，你不要误会，我不是跟你求婚。我并没有说我要娶你。我说我带你走，这一次我要替你找个丈夫。

陈白露　你替我找丈夫？

方达生　嗯，我替你找。你们女人只懂得嫁人，可是总不懂得嫁哪一类人。这一次，我带你去找，我要替你找一个真正的男人。你跟我走。

陈白露　（笑着）你是说一手拉着我，一手敲着锣，到处去找我的男人么？

方达生　那怕什么？竹均，你应该嫁一个真正的男人。他一定很结实，很傻气，整天地苦干，像这两天那些打夯的人一样。

陈白露　哦，你说要我嫁给一个打夯的？

方达生　那不也很好。你看他们哪一点不像个男人？竹均，你应该结婚。你应该立刻离开这儿。

陈白露　（思虑地）离开——是的。不过，结婚？（嘘出一口气）

方达生　竹均，你正年轻，为什么不试试呢？活着原来就是不断地冒险，结婚是里面最险的一段。

陈白露　（顿，忽然，把头转过去，缓缓一字一字地）可是这个险我冒过了。

方达生　（吃了一惊）什么？你试过？

陈白露　（乏味地）嗯，我试过。但是（叹一口气）一点也不险。——平淡无聊，并且想起来很可笑。

方达生　竹均，……你……你已经结过婚？

陈白露　咦，你为什么这么惊讶？难道必须等你替我去找，我才可以冒这个险么？

方达生　（低声）这个人是谁？

陈白露　（神秘地）这个人有点像你。

方达生　（起了兴趣）像我？

陈白露　嗯，像——他是个傻子。

方达生　（失望）哦。

陈白露　因为他是个诗人。（追想）这个人哪，……这个人思想起来很聪明，做起事就很糊涂。让他一个人说话他最可爱，多一个人谈天他简直别扭得叫人头痛。他是个最忠心的朋友，可是个最不体贴的情人。他骂过我，而且他还打过我。

方达生　但是（怕说的样子）你爱他？

陈白露　（肯定）嗯，我爱他！他叫我离开这儿跟他结婚，我就离开这儿跟他结婚。他要我到乡下去，我就陪他到乡下去。他说："你应该生个小孩！"我就为他生个小孩。结婚以后几个月，我们过的是天堂似的日子。他最喜欢看日出，每天早上他一天亮就爬起来，叫我陪他看太阳。他真像个小孩子，那么天真！那么高兴！有时候乐得在我面前直翻跟头，他总是说："太阳出来了，黑暗就会过去的。"他永远是那么乐观，他写一本小说也叫《日出》，因为他相信一切是有希望的。

方达生　不过——以后呢？

陈白露　以后？——（低头）这有什么提头！

方达生	为什么不叫我也分一点他的希望呢？
陈白露	（望着前面）以后他就一个人追他的希望去了。
方达生	怎么讲？
陈白露	你不懂？后来，新鲜的渐渐不新鲜了，两个人处久了渐渐就觉得平淡了，无聊了，但是都还忍着；不过有一天……他忽然说我是他的累赘，我也忍不住说他简直是讨厌！从那天以后我们渐渐就不打架了，不吵嘴了，他也不骂我，也不打我了。
方达生	那不是很好么？
陈白露	不，不，你不懂。我告诉你结婚后最可怕的事情不是穷，不是嫉妒，不是打架，而是平淡，无聊，厌烦。两个人互相觉得是个累赘，懒得再吵嘴打架，直盼望哪一天天塌了，等死。于是我们先只见面拉长脸，皱眉头，不说话。最后他怎么想法子叫我头痛，我也怎么想法子叫他头痛。他要走一步，我不让他走；我要动一动，他也不许我动。两个人仿佛捆在一起扔到水里，向下沉，……沉，……沉，……
方达生	不过你们逃出来了。
陈白露	那是因为那根绳子断了。
方达生	什么？
陈白露	孩子死了。
方达生	你们就分开了？
陈白露	嗯，他也去追他的希望去了。
方达生	那么，他在哪里？
陈白露	不知道。
方达生	那他有一天也许回来看你。
陈白露	不，他决不会回来的。他现在一定工作得高兴。（低头）他会认为我现在简直已经堕落到没有法子挽救的地步。（悲痛地）哼！他早把我忘记了。
方达生	（忽然）你似乎还没有忘记他？
陈白露	嗯，我忘不了他。我到死也忘不了他。喂，你喜欢这两句话么？"太阳升起来了，黑暗留在后面；但是太阳不是我们的，我们要睡了。"你喜欢么？
方达生	我不大懂。
陈白露	这是他的小说里一个快死的老人说的。
方达生	你为什么忽然要提起这一句？

陈白露	因为我……我……我时常想着这样的人。
方达生	（忽然）我看你现在还爱他。
陈白露	（低头）嗯。
方达生	你很爱他。
陈白露	（望）嗯。——但是你为什么这么问我？
方达生	没有什么，也许我问清楚了，可以放下心。这样，我可以不必时常惦念着你了。谢谢你，竹均，你真是个爽快人。（立起来）竹均，我要去收拾东西去了。
陈白露	你就要走？这里还有你一封电报。（拿出来交给他）
方达生	（拆开看）嗯。（把电报揉成一团）
陈白露	是催你回去么？
方达生	嗯，是的。（停顿）再见吧！竹均！（伸出手）
陈白露	为什么这么忙？难道你天亮就走么？
方达生	我想天亮就离开旅馆。
陈白露	你坐哪一趟车？
方达生	不，不，我不回去。我只是想搬开。
陈白露	你不走？
方达生	不，我不回去。不过我也许不能常来看你了。
陈白露	（奇怪）为什么？这句话很神秘。
方达生	我在这里要多住些天，也许我在这里要做一点事情。
陈白露	你在这里找事做？
方达生	事情自然很多，我也许要跟金八打打交道，也许要为着小东西跑跑，也许为小书记那一类人做点事，都难说。我只是想有许多事可做的。
陈白露	这么说，你跟他要走一条路了。
方达生	谁？
陈白露	他，——我那个诗人。
方达生	不，我不会成诗人。但是我也许真会变成一个傻子。
陈白露	（叹一口气）去吧！你们去吧！我知道我会被你们都忘记的。
方达生	（忽然）不过，竹均，你为什么不跟我走？（拉起她的手，热烈地）你跟我走！还是跟我走吧。
陈白露	可是——（空虚地望着前面）上哪儿去呢？我告诉过你，我是卖给这个地方的。
方达生	（放下手，怜恤地望着她）好吧。你，——唉，……你……你这个人

太骄傲，太倔强。

〔敲门声。

陈白露　谁？

（李石清推中门进。李忽然气派不同了，挺着胸脯走进来，马褂换了坎肩，前额的头发也贼亮贼亮地梳成了好几绺，眼神固然依旧那样东张西望地提防着，却来得气势汹汹，见着人客气里含着敌视，他不像以前那样对白露低声下气，他有些故为傲慢。）

陈白露　哦，李先生。

〔福升随进。

李石清　（看看方达生和白露）陈小姐，（回头对门前的福升）福升，你下去叫我的汽车等着我，我也许一会儿跟潘经理谈完话就回公馆的。

王福升　是，李先——（忽然）是，襄理。不过您太太方才打电话，说——

李石清　（厌烦地）我知道了。你下去吧。

陈白露　李先生，你的少爷好一点了么？

李石清　好，好，还好。月亭在屋里么？

陈白露　月亭大概在吧。

李石清　我要跟他谈一点机密的事。

陈白露　（不愉快）是要我们出去躲躲么？

李石清　（知道自己有点过分）不，不，那倒不必。我进去找他谈也是可以的。少陪！少陪！

〔李扬长地走入左门。

陈白露　（看他走进去，嗤笑）唉！

方达生　这个人忽然——是怎么回事？

陈白露　你不知道，他当了襄理了。

方达生　（恍然）哦！（笑了笑）可怜！

陈白露　嗯，好玩得很。

〔胡四由中门进。他又换了一套衣服，更"标致"了，他一边拿着大衣，一边夹着烟卷，嘴里哼着流行调，开了中门。

胡　四　（仿佛到了自己的家，把帽子扔在沙发上，大氅也搁在那里，口里不住地吹着哨，他似乎一个人也没有看见，稳稳当当地放好衣服，走到左面立柜穿衣镜前照照自己，打着呵欠对白露说话）白露，她呢？

陈白露　谁？

胡　四　（还是那一副不动情感的嘴脸）老妖精！

陈白露　不知道。

胡　四　（又打了一个呵欠）困么？

方达生　（嫌恶）你问谁？

胡　四　哦，方——方先生。您刚回来？我们总算投缘。今天晚上见了两面。

方达生　（不理他）白露，你愿意到我屋里坐一下么？

陈白露　嗯，好。

〔两个人由中门下。

胡　四　（望着他们走出去）妈的加料货！"刺儿头"带半疯！

〔整理自己的衣服，又向那穿衣镜回回头，理两下鬓角，正预备进
左门，左门开了，由里走出潘月亭和李石清。

李石清　（对潘）里面人太多，还是在这儿谈方便些。

潘月亭　好，也好。

胡　四　（很熟稔地）石清，你怎么现在还在这儿？还不回家去？

李石清　嗯，嗯。

胡　四　潘经理。

潘月亭　胡四，你快进去吧。八奶奶还等着你说戏呢！

胡　四　是，我就去。石清，你过来，我跟你先说一句话。

李石清　什么？

胡　四　（笑嘻嘻地）我昨儿个在马路上又瞧见你的媳妇了，（低声对着他的
耳朵）你的媳妇长得真不错。

李石清　（一向与胡四这样惯了的，现在无法和他正颜厉色，只好半气半恼，
似笑非笑地）唏！唏！岂有此理！岂有此理。

胡　四　没有什么说的，石清，回头见。

〔胡四很伶俐地由左门下。

潘月亭　请坐吧。有什么事么？

李石清　（坐下很得意地）自然有。

潘月亭　你说是什么？

李石清　月——（仿佛不大顺口）经理知道了市面上怎么回事么？

潘月亭　（故意地）不大清楚，你说说看。

李石清　（低声秘语）我这是从一个极秘密的地方打听出来的。我们这一次买
的公债算买对了，您放心吧！金八这次真是向里收，谣言说他故意
造空气，他好向外甩，完全是神经过敏，假的。这一次我们算拿准
了，我刚才一算，我们现在一共是四百五十万，这一"倒腾"①说

_____

① 倒腾，"掉换"的意思。

不定有三十万的赚头。

潘月亭　（唯唯否否地）是……是……是。（但是没有等李说完，他忽然插嘴）哦，我听福升说你太太——

李石清　（不屑于听这些琐碎的事）那我知道，我知道。——我跟您说，我们说不定有三十万的赚头。这还是说行市就照这样涨。要是一两天这个看涨的消息越看越真，空户们再忍痛补进，跟着一抢，凑个热闹，我跟您说，不出十天，再多赚个十万二十万，随随便便地就是一说。

潘月亭　（阻止他）是你的太太催你回去么？

李石清　不要管她，先不管她。我提议，月亭，这次行里这点公债现在我们是绝对不卖了。我告诉你，这个行市还要大涨特涨，不会涨到这一点就完事。并且（非常兴奋地）我现在劝你，月亭，我们最好明天看情形再买进，明天的行市还可以买，还是吃不了亏。

潘月亭　石清，你知道你的儿子病了么？

李石清　不要紧，不要紧。——（更紧张）我看我们还是买。对！我们就这么决定了。月亭，这是千载一时的好机会。这一次买成功了，我主张，以后行里再也不冒这样的险。说什么我们也不必拆这个烂污，以后留点信用吧。不过，这一次我们破釜沉舟干一次，明天，一大清早，我们看看行市，还是买进。

潘月亭　不过——

李石清　我们再加上五十万，凑上一个整数。我想这决不会有错的。我计算着我们应该先把行里的信用整顿一下，第一，行里的存款要——

潘月亭　石清！石清！你知道你的儿子病得很重么？

李石清　为什么你老提这些不高兴的话？

潘月亭　因为我看你太高兴了。

李石清　怎么，为什么不高兴呢？这次事我帮您做得不算不漂亮。我为什么不高兴呢？

潘月亭　哦，我忘了你这两天做了襄理了。

李石清　经理，您这句话是什么意思？

潘月亭　也没有什么意思。你知道我现在手下这点公债已经是钱了么？

李石清　自然。

潘月亭　你知道就这么一点赚头已经足足能还金八的款么？

李石清　我计算着还有富余。

潘月亭　哦，那好极了。有这点富余再加我潘四这点活动劲儿，你想想我还怕不怕人跟我捣乱？

李石清 我不大明白经理的话。

潘月亭 譬如有人说不定要宣传我银行的准备金不够？

李石清 哦？

潘月亭 或者说我把银行房产都抵押出去？

李石清 哦，……

潘月亭 再不然，说我的银行这一年简直没有赚钱，眼看着要关门？

李石清 （谄笑）不过，经理，何必提这个？这不——

潘月亭 我自己自然不愿意提这个。不过说不定有人偏要提，提这个，你说这怎么办？

李石清 这话不太远了点么？

潘月亭 （冷冷地看着他）话倒是不十分远。也不过是六七天的工夫，我仿佛听见有人跟我当面说过。

李石清 经理，您这是何苦呢？圣人说过："小不忍则乱大谋"。一个做大事的人多忍似乎总比不忍强。

潘月亭 （棱他一眼）我想我这两天很忍了一会儿。不过，我要跟你说一句实在话：我很讨厌一个自作聪明的人在我的面前多插嘴，我也不大愿意叫旁人看我好欺负，天生的狗食，以为我心甘情愿地叫人要挟。但是我最厌恶行里的同人背后骂我是个老混蛋，瞎了眼，昏了头，叫一个不学无术的三等货来做我的襄理。

李石清 （极力压制自己）我希望经理说话无妨客气一点。字眼上可以略微斟酌斟酌再用。

潘月亭 我很斟酌，很留神，我这一句一句都是不可再斟酌的客气话。

李石清 （狞笑）好了，这些名词字眼都可说无关紧要，头等货，三等货，都是这么一说，差别倒是很有限。不过，经理，我们都是多半在外做事的人，我想，大事小事，人最低应该讲点信用。

潘月亭 （看李）信用？（大笑）你要谈信用？信用我不是不讲，可是要看谁！我想我活了这么大年纪，我该明白跟哪一类人才可以讲信用，跟哪一类人就根本用不着讲信用的。

李石清 那么，经理仿佛是不预备跟我讲信用了。

潘月亭 （尖酸地）这句话真不像你这么聪明的人说的。

李石清 经理自然是比我们聪明的。

潘月亭 那倒也不见得。不过我也许明白一个很要紧的小道理，就是对那种太自作聪明的坏蛋，我有时可以绝对不讲信用的。（忽然）你知道你的太太跟你打电话了么?

李石清 （眩惑地）我知道，我知道。

潘月亭 你的少爷病得快要死了，李太太催你快回家。

李石清 （瞪眼望着潘，低声）我是要回家的。

潘月亭 那好极了。我听说你还有汽车在门口等着你。（刻薄地）坐汽车回家是很快的，回家之后，你无妨在家里多多练习自己的聪明，你这样精明强干的人不会没有事的。有了事，我看你还可以常常开开人家的抽屉，譬如说看看人家的房产是不是已经抵押出去了，调查调查人家的存款究竟有多少。……不过我可以顺便声明一下，省得你替我再多操心，我那抽屉里的文件现在都存在保险库去了。

李石清 （愤怒叫他说不出一个字）嗯!

潘月亭 （由身上取出一个信封）李先生，这是你的薪水清单。我跟你算一算。襄理的薪水一月一共是二百七十五元。你做了三天，会计告诉我你已经预支了二百五十元，不过我想我们还是客气点好，我支给你一个月的全薪。现在剩下的二十五块钱，请你收下，不过你今天坐的汽车账行里是不能再替你付的。

李石清 可是，潘经理——（忽然他不再多说了，狠狠地盯了潘一眼，伸出手）好，你拿来吧。（接下钱）

潘月亭 （走了两步，回过头）好，我走了，你以后没事可以常到这儿来玩玩，以后你爱称呼我什么就称呼我什么，就像方才，你叫我"月亭"，也可以；称兄道弟，跟我"你呀我呀"地说话也可以；现在我们是平等了! 再见。

〔潘由左门下。

李石清 （一个人愣了半天，才由鼻里嗤出一两声冷笑）好! 好! （拿起钞票，紧紧地握着恨恨地低声）二十五块! （更低声）二十五块钱。（咬牙切齿）我要宰了你呀! （电话铃响一下，他不理）我为着你这点公债，我连家都忘了，孩子的病我都没有理，我花费自己的薪水来做排场，打听消息。现在你成了功赚了钱，忽然地，不要我了。（狞笑）不要我了。你把我当成贼看，你骂了我，当面骂我，侮辱我，瞧不起我! （刺着他的痛处，高声）啊，你瞧不起我! （打着自己的胸）你瞧不起我李石清，你这一招简直把我当作浑蛋耍了。哦，（电话铃又响了响。嘲弄自己，尖锐地笑起来）你真会挖苦我呀! 哦，我是"自作聪明"! 我是"不学无术"! 哦，我原是个"坏蛋"! 哼，叫我坏蛋你都是抬高了我，我原来是个"三等货"，（怪笑，电话铃又响了一阵）可是你以为我就这样跟你了啦？你以为我怕你，——哼，（眼睛闪出愤恨的火）今天我要宰了你，宰了你们这帮东西，我一个也不饶，一个也不饶你们的。

　　〔忽然中门急急敲门声。

李石清　　谁？

　　〔李太太慌张走进，颜色更憔悴，衣服满是皱纹，泪水含在眼边。

李太太　　石清！你怎么啦？你出去一天为什么现在还不回家？

李石清　　（眼直瞪瞪地）我不回家！

李太太　　（哭出声音）小五儿快不成了，舌头都凉了，石清。我现在同妈叫了个车送他到医院，走了三个医院，三个医院都不肯收。

李石清　　不收？是治不了啦？

李太太　　医院要钱。（忽然四面望望）他们要现款，都要现钱。最低的都要五十块押款。现在家里只有十五块钱，我都拿出来也不够。（抽噎）石清，你得想法子救救我们的孩子。

李石清　　（摸摸自己的身上，掏出几张零碎票子）都拿去吧。

李太太　　（忙数）这……这只有十七块多钱。

李石清　　那……那……那有什么法子。

李太太　　（擦眼泪）不过石清，（望着他）小五这孩子——

李石清　　（悲愤）为什么我们要生这么一大堆孩子呢?!（然而不由己地他拿起方才的钞票，紧紧握着，咽下愤恨交给李太太，辛酸地）拿去！拿去，这是二十五块"卖脸钱"。

　　〔李太太收下。

李太太　　（急切地）不过石清，你不一块去么？

李石清　　你先去，我一会儿来。

李太太　　可是，石清——

李石清　　（咆哮起来）叫你先走，你就先走。你还吵什么！快走！快走！你不要惹我！

　　〔叩门声。

李太太　　（恳求）不过，石清——（叩门声仍响）有人来！

李石清　　谁？（不答，叩门声仍响）进来！谁？（叩门声仍响）谁？（他走至中门，猛然开了门。他吃了一惊。黄省三像一架骷髅立在门口，目光灼灼地望着他）

李石清　　（低声）你！（冷笑）你来得真巧。

　　〔他幽然地进来，如同吹来了一阵阴风。他叫人想起鬼，想起从坟墓里夜半爬出来的僵尸。他的长袍早不见了。上身只是一件藏青破棉袄，领扣敞着，露出棱棱几根颈骨，底襟看得见里面污旧的棉絮，袖口很长，拖在下面。底下只穿一件单裤，两条腿在里面撑起来细得如一对黍棒。他头发非常散乱，人也更佝偻了，但他不像以前那样畏怯，他的神色阴惨，没有表情，不会笑，仿佛也不大会哭，他呆滞地望着李石清，如同中了邪魔一样。

李石清　（对李太太）你走吧。有人来了。

李太太　石清……（她向他投一道怨望的眼光，嘤嘤地哭泣走出中门）

李石清　（望她出了门，愤怒地）哼，我不走的，我不走的，我想不出办法，我死了也不走的。（来回走，忘记黄省三在他面前）

黄省三　经理！

李石清　（忽然立住）哦，你——你这流氓，你为什么又缠上我了？

黄省三　嗯。经理！

李石清　（疑惑地）什么，经理？谁叫你叫我经理？谁叫你叫我经理？

黄省三　（依然呆板地，背书一样）经理，我是银行的小书记。我姓黄，我叫黄省三，我一个月赚十块二毛五。我有三个孩子，经理，我有三个孩子……我一个月赚十块二毛五！我姓黄，我叫黄省三，……

李石清　（看着他，忽然明白）你！你是——（然而急躁地）真！你为什么又找上我了？你知道我是谁？我是谁？你找我做什么？

黄省三　潘经理！我求你，我求你！

李石清　我不是潘经理，我不姓潘，我姓李！（指自己）你难道不认识我？不认识我这个人？

黄省三　（点头）我认识你。

李石清　谁？

黄省三　你是潘经理。

李石清　真！你这是来做什么？你为什么单拣这个时候找我来跟我开心。你找上我是做什么？

黄省三　（还是呆板地）他们不叫我死！他们不答应叫我死。

李石清　（急得失了同情）你死就死了，他们为什么不让你死？

黄省三　那些人，那些官儿们，老爷们，他们偏要放我。

李石清　哦，他们把你放出来了。

黄省三　他们偏说我那个时候神经失常，犯神经病，他们偏把我放出来，硬说我没有罪。（诚恳地）我求您，我求您，您行行好，您再重重地给我一拳，（指着自己的肺部）就在这儿，一下就成了，您行行好，潘经理。

李石清　真！我不是潘经理，你看清楚一点，我不姓潘，我姓李，我叫李石清，你难道不认识？

〔半晌。

黄省三　（忽然嘤嘤地像一个女人哭起来）我的孩子，我的可怜的孩子们，我把你们害死了，爹爹逼你们死了。

李石清　怎么，你的孩子都——

黄省三　都上了天了。（忽然）你们为什么不让我死？（神经错乱，以为仍在法庭）我没有犯神经病！我跟您说，庭长！那时，我实在没有犯神经病！我很清楚，我自己买的鸦片烟。庭长，那钱是潘经理给我的三块钱，两块钱还了房钱，我拿一块钱买的鸦片烟。庭长，我自己买的红糖跟烟掺好，叫孩子们喝的，我亲手把他们毒死的。可是你们为什么要救我？我没有钱再买烟，你们难道就不许我跳河？你们为什么不让我死？庭长，您不要信我这些邻居的话，他们是胡说八道，我那时候很明白，我没有犯神经病。国家有法律，你们不能放我。庭长！（抓住李的手）庭长，我亲手毒死了人，毒死我的儿子，我的望望，我的小云，我的……（抱着李）我的庭长，您得要杀死我呀！

李石清　（用力解开自己）躲开我，你放下手。你这个混账东西！你看看，你到了哪儿？（用力摇撼他）你看看我是谁？

黄省三　（看李，四面望，半晌，忽然）潘……潘……经理，我这是到了哪儿了？

李石清　真！死鬼，你跟我缠些什么？走，走，滚，滚，你再不滚开，我就要叫警察抓你了。

〔要按电铃。

黄省三　你别，你别叫他们。（拉着李的手）你别，别叫他们。（沉痛辛酸地）潘，潘经理，人不能这么待人呀，人不能这么待人呀！前些日子我孩子们在，我要活着，我求你们叫我活着，可是你们偏不要我活着。现在（啼哭）他们死了，我要死了，我要死，我求你们叫我死，可是你们又偏不要我死。潘经理，我们都是人，人不能这么待人呀！（衰弱地哭了起来）

李石清　真！……你这个混蛋！你简直把我的心搅乱了。你快滚，快滚，我简直也要疯了。滚，你这个流氓，你给我滚哪。

黄省三　不，我求您，潘经理，您行行好吧。我再也活不下去了，我给您跪下，您可怜可怜我吧，您别再逼我了，（跪下）您让我走一条痛快的路吧。

李石清 （拉起他）好，我让你死，我让你死。不过你先起来，你得先认识我，我姓李，你再听一遍，我姓李，李，李，李。

黄省三 （记不起来）李？

李石清 你不记得那一天你到这儿找我？……我……我劝过你拉洋车？

黄省三 哦？

李石清 我还劝过你要饭？

黄省三 哦？

李石清 我还劝过你偷？

黄省三 哦，你还劝过我跳楼！（忽然疯狂一般欢喜，四面望，仿佛找窗户，立刻向窗户那面跑）

李石清 （一手拉住他）福升！福升！福升！

〔福升由中门进。

李石清 把他拉出去。这个人疯了。

王福升 你又来了！

〔福升抓住他向外拉，黄像小鸡一样地和他做徒然的挣扎。

黄省三 李先生，我没有疯！你得救救我，你得救救我！我没有疯啊！

〔黄被福升拉下去。

李石清 天啊！（急躁地）这个傻王八蛋，你为什么疯了？你为什么疯？你太便宜他了！

〔电话铃又急响。

李石清 （拿起耳机）喂，哪儿？报馆张先生么？哦，我是石清。什么？刚才你打电话来？没人接？哦……哦……你已经派人拿一封信送来了。哦！是的，你先别着急。……什么？消息不好？谁说的？……怎么，还是金八的人露出来的。不会吧！这两天，不是听说金八天天在收么？……什么？他一点也没有买！……怎么，这一星期看涨完全是他在造谣言！……啊？他从昨天起已经把早存的货向外甩了，……这句话是真的？（他喜欢得手都抖起来）什么？这个消息已经传出去了。……哦，哦，那么明天行市开盘就要大落。哦，你想可以落多少？……（拍着桌子）什么？第二盘就会停拍。（坐在桌子上）哦……哦……（拍着自己的屁股）你说……大丰这次公债简直叫金八坑了。……是……是，我也是这么想，我怕金八说不定就要提款。……好极了，哦，糟极了。好……好，你已经写过一封信，送

到这儿。好，回头见，回头见，我就交给四爷。（他放下耳机，走到门口）

李石清　福升，福升！

　　　　　〔福升上。

李石清　刚才报馆张先生派人给四爷送来一封信，你看见了没有？

王福升　早看见了。

李石清　在哪儿？

王福升　这儿。（由身上掏出来）

李石清　拿来！拿来！怎么早不说？

　　　　　〔李由福升手里抢来，连忙看。

王福升　（在旁边插嘴）我刚才倒是想给四爷的，可是我瞅见四爷正在打牌，手气好，连着"和"三番，我就没送上去。

李石清　去，去！出去。少在这儿多嘴。

王福升　是，襄理。

　　　　　〔福升下。

李石清　（看完信，长吸一口气，几乎是跳跃）你来得好！你来得好！你来得真是时候。

　　　　　〔白露由中门上。

李石清　（满面堆着笑容）陈小姐，客还没有走么？

陈白露　他们就要走了，我来送送他们。怎么，襄理，忽然这一会儿红光满面的？

李石清　哼，人逢喜事精神爽，也许现在——立刻我要有一件最开心的事。

陈白露　又要升副理了么？

李石清　（狞笑）这点快活跟升了副理也差不多少。小姐要是到屋里去的时候，我就请小姐把四爷赶快请出来一会儿，因为现在有人送来一封信，有一件很重要很重要的事情发生，请他老人家立刻到这屋里来吩咐吩咐该怎么办好。

陈白露　奇怪，您现在忽然又非常客气起来了。

李石清　当着小姐总是应该客气一点的。（鞠躬）

　　　　　〔白露由左门下。

李石清　（颤抖）哦……哦……我怎么反而稳不住了。（来回地走）

　　　　　〔潘月亭由左门进。

潘月亭　哦，你还没有回家？

李石清　是，经理，我因为心里老惦念您行里的公事，所以总是不想回去。

潘月亭	你找我做什么？
李石清	（低声下气）您的牌打得怎么样？
潘月亭	（看着他）还顺遂！
李石清	我听说您现在手气很好。
潘月亭	是不坏。
李石清	您"和"了几次三番？
潘月亭	（不屑）我料到你又会找我的，不过没想到你见了我，尽说这一类的话。
李石清	您想我还是要找您，求您赏碗饭吃，——是呀，我没有钱，我是靠着银行过日子。您想，您刚才——
潘月亭	（忽然）那封信呢？
李石清	哪封信？
潘月亭	白露说你有一封我的信在手里。
李石清	是，您想看么？
潘月亭	哪儿来的？
李石清	报馆张先生特派人送来的。
潘月亭	快点拿来。
李石清	不过我怕您看完之后太惊讶了，我没有敢就给您送去。
潘月亭	怎么，是公债又要大涨么？
李石清	自然是公债，我刚一看，我告诉您，我简直惊讶极了。
潘月亭	好极了，一提公债就准是喜信，我这一次算看对了。好，快拿出来吧。
李石清	不过，经理，我先拆开看了。
潘月亭	什么？你怎么敢拆开了？
李石清	不过，经理，我要是不拆开，我怎么能知道是个喜信，好给您报喜呢？
潘月亭	（急想看信）好，好，好，你快拿来吧。
李石清	（慢慢掏出信）您不会生气吧？您不会说我自作聪明，故意多事吧？（一面把信由信封抽出，慢慢把信纸铺在桌上）请您一张一张地看吧。
潘月亭	（奇怪他为什么这样做排，仿佛觉出来里面很蹊跷。他不信任地望着李石清，却又急忙地拿起信纸来读）好，好。
李石清	（在他旁边插嘴，慢吞吞地）这件事我简直是想不到的，不会这么巧，不会来得这么合适。我想这一定是谣言，天下哪会有这样快的事。您看，我有点好插嘴，好多说几句闲话，经理，您不嫌烦么？

| 潘月亭 | （看完了信，慌起来，再看几句）我……我不相信，这是假的。这个消息一定是不可靠的。（忙走到电话前面，拨号码）喂喂，喂，你是新报馆么？我姓潘，我是潘四爷呀！……我找总编辑张先生说话。快点！快点！……什么？出去了？不过他刚才……哦，他刚出去。……你知道他上哪儿去了么？……怎么，不知道？……混蛋！你怎么不问一声？……得，得了，不用了。（放下耳机，停一下，敲着信封，忽然想起一个人，又拨圆盘号码）喂，你是会贤俱乐部么？我找丁先生说话。……什么，就是金八爷的私人秘书，丁牧之，丁先生。……什么？他回家了！他怎么会这时候回家？现在不过（看自己的手表）才—— |

李石清　现在不过才五点多，快天亮了。

潘月亭　（望了李一眼，对着喇叭）那么他家里的电话号码呢？……哦，四三五四三，好……好……好。（放下耳机）这帮东西，求着他们，他们都不知跑到哪儿去了？（又拨圆盘号码）喂……喂……喂，你是丁宅么？（再转号码）喂……喂……喂。（再转，自语）怎么会没有人接？

李石清　自然是底下人都睡觉了。

潘月亭　（重重放下耳机）都睡死了！（颓然坐下）荒唐，荒唐！这消息一定是不可靠的。不会的，不会的。
　　　　〔李目光眈眈，不转眼地望着他。

潘月亭　露露！露露！
　　　　〔白露由左门进。

陈白露　干什么？月亭？

潘月亭　劳驾，你给我倒一杯开水。

陈白露　怎么啦？

潘月亭　我有点头痛。
　　　　〔她去倒水。

李石清　我也想这消息是不可靠的。（似乎很诚恳地）您早上不打听了许多人了么？

潘月亭　（自语）这有点开玩笑。这简直是开玩笑。
　　　　〔白露把水递给他。

陈白露　怎么，月亭？

潘月亭　（把信交给她）你看！（坐在那里发痴）

李石清　（走到潘的面前，低声）经理，其实这件事没有什么大不了的关系。

公债要是落一毛两毛的，也没有什么大损失。您忘了细看看，经理，那信上真提了要落多少？

潘月亭 （霍地立起来）哦，是的，是的。露露，把信给我。（一把抢过来，忙忙地看）

李石清 （在潘后面，指指点点）不，不，在这一张，在这一张，（二人低声读信）"……此消息已传布市面，明日行市定当一落千丈，决无疑义。……"

陈白露 他明明说行市一定要大落特落。

潘月亭 （颓然）嗯。他的意思是说明天开了盘就要停拍。

李石清 （辩驳的样子）可是方才张先生来了信以后，他又来了电话。

潘月亭 （燃着了希望挺起腰）他后来又来了电话，哦，什么，他说什么？

李石清 他说还是没有办法。金八在后面操纵，没有一点法子。

潘月亭 （又颓然靠椅背）这个混账东西！

〔福升推中门进。

陈白露 干什么？

王福升 报馆张先生来了。

陈白露 请他进来。

王福升 他说这边人太多，不便说话，他还在十号等您。

〔潘立刻向门走。

〔与福升进门差不多同时电话铃响。李接电话。

李石清 喂，你哪儿？……我是五十二号。哦……我是石清，哦……哦，您找潘四爷？他就在这儿。（拦住要出门的潘）金八的秘书丁先生要找你说话。

潘月亭 （接耳机）喂，我月亭啊……哦，丁先生。刚才我找了你许久，……是……是……是……不要紧！没什么。……什么？他要提（看着李，又止住话头）……什么，明天早上他就完全要提……喂，喂，不过我跟金八爷明明说好再缓一个星期……那他这……这简直故意地开玩笑！……（暴躁地）喂，丁先生。他不能这么不讲信用……信用！你告诉他。他说好了再缓一星期，他现在忽然……喂……喂……我要请金八爷谈一下，什么？他现在不见人？不过……喂，我问你，牧之，八爷这两天买什么公债没有？……什么……他卖都卖不完？……哦……（忽然）喂，喂……你听着！你听着！（乱敲半天，没有回应。放下耳机）这个狗食，他在姑娘家喝醉了，到了这么晚他才把这件事告诉我。（废然倒在椅上）

王福升	四爷，报馆张先生……
潘月亭	去，去，去！你们别再来搅我。
李石清	不过，经理，——
潘月亭	（咆哮）走！走！（对李）你走！（李走出中门。对白露）你先到那边去，让我歇歇。
陈白露	月亭，你——
潘月亭	（摇摇手）你先去看看他们，他们大概都要走了。

〔白露走入左门。

潘月亭	（来回徘徊，坐下立起，立起坐下）唉，没有办法，这是死路！金八简直是故意要收拾我。

〔中门呀然响。

潘月亭	（心惊肉跳）谁？谁？
李石清	还是我，经理。自作聪明的坏蛋又来了。
潘月亭	你来——你又来干什么？
李石清	我想我们两个人谈谈比三个人要痛快一点。
潘月亭	你还要谈什么？
李石清	不谈什么，三等货来看看头等货现在怎么样了。
潘月亭	（跳起来）混蛋！
李石清	（竖起眉）你混蛋！
潘月亭	给我滚！
李石清	（也厉声）你先给我滚！（半晌，冷笑）你忘了现在我们是平等了。
潘月亭	（按下气，坐下）你小心，你这样说话，你得小心。
李石清	我不用小心，我家没有一个大钱，我口袋里尽是当票，我用不着小心！
潘月亭	不过你应当小心有人请你吃官司，你这穷光蛋。
李石清	穷光蛋？对了。不过你先看看你自己吧！我的潘经理。我没有债，我没有成千成万的债。我没有人逼着我要钱，我没有眼看着钱到了手，又叫人家抢了走。潘经理，你可怜可怜你自己吧。你还不及一个穷光蛋呢，我叫一个流氓要了，我只是穷，你叫一个更大的流氓要了，他要你的命。（尖酸地）哦，你是不跟一个自作聪明的坏蛋讲信用的。可是人家愿意跟你讲信用？你不讲信用，人家比你还不讲信用，你以为你聪明，人家比你还要聪明。你骂了我，你挖苦我！你侮辱我，哦，你还瞧不起我！（大声）现在我快活极了！我高兴极了！明天早上我要亲眼看着你的行里要挤兑，我亲眼看着

付不出款来，我还亲眼看着那些十块八块的穷户头，（低声恶意地）也瞧不起你，侮辱你，挖苦你，骂你，咒你，——哦，他们要宰了你，吃了你呀！你害了他们！你害了他们！他们要剥你的皮，要挖你的眼睛！你现在只有死，只有死你才对得起他们，只有死，你才逃得了！

潘月亭　（暴躁地敲着桌子）不要说了！不要说了！

李石清　我要说，我要痛痛快快地说，——你这老混蛋，你这天生的狗食，你瞎了眼，昏了头，——

潘月亭　（跳了起来）我……我先宰了你再说。（要与李拼命，一把抓着李的头颈正要——）

〔白露跑出。

陈白露　月亭，月亭。你让他去吧！

李石清　（他的头颈为潘掐住，挣扎）你杀了我吧！你宰了我吧。可是金八不会饶了你，在门口，……在门口，……

潘月亭　（放下手）在门口，什么？

李石清　在门口黑三等着你。金八叫他来候着你。

潘月亭　为……为什么？

李石清　他怕你跑了，他叫黑三那一帮人跟着你。

〔半晌，潘垂首。

陈白露　（低声）金八，金八！怎么到处都是他？

潘月亭　（低头）他要逼死我！（忽然对李惨笑）你现在大概可以满意了吧！

李石清　（望望潘，没有说话）

〔电话铃急响。

潘月亭　白露，你先替我接一下：这多半是金八的电话。

李石清　让我接。

陈白露　不，不，我接。（已经拿起耳机，李与潘各据左右，二人都紧张地望着她）喂？谁？我是五十二号！我白露啊！哦，什么？李太太。……哦……哦……你找石清？石清就在这儿。（回首向李）李太太由医院打来的电话。

〔潘颓然坐沙发上。

李石清　（拿起耳机）我石清！你们到了医院了。哦，哦，……小五怎么？（焦急地，和方才不关心的心情恰恰相反）什么？你再说一遍，我听不清楚……什么？小五断……断……断了气了？那……（停，发一下愣）那你找医生啊！（痛苦地拍着桌子）找医生啊！不是已经带了钱么？给他们钱！你给他们钱哪！……什么？他……他在路上死……死的。……（眼泪流下来）哦，……哦，……他在路上叫着我，叫着爸爸……就……就没有气了。（他没有力量再听下去，扔下耳机，呜咽起来）哦，我的儿子啊！……哦……我的小五啊。（忽然又拿起耳机）我就来！我就来！

〔李一边抓起帽子，一边揩着眼泪望了潘一眼，潘也呆呆望着他一眼，李便由中门走出去。

陈白露　可怜！月亭，你们这是为什么？

〔远处鸡叫。

潘月亭　白露，客走了么？

陈白露　早走了，只有胡四、顾八他们还在这儿。

潘月亭　我难道会有这一天么？白露，你等等，我想跟报馆张先生再商量商量。

陈白露　月亭，你好一点了么？

潘月亭　还好，还好，我去一下，我回头就来看你。

陈白露　你就走了么？

潘月亭　不，我说回头就来的。

陈白露　好，你去吧！

〔潘由中门下。

〔远处鸡鸣声，白露走到窗前，缓缓拉开窗幔，天空微露淡蓝色。她望一望，嘘一口气又慢慢踱回来。远远鸡声又鸣，她立在台中望空冥想。

陈白露　（低声，忧郁地自己叫自己）白露，天又要亮了。

〔由左门走进了胡四和顾八奶奶。胡四烟容满面，一脸油光。他用手揩自己的脸，一面继续地说。顾八奶奶崇拜英雄一般头歪歪地望着他。

胡　四　（大概是刚推开烟盘子，香味还留连在口里，咂咂嘴，满意地嘘一口气）这一口烟还不离，真提神！（接说）底下紧接着鼓点。大锣，小锣，一块儿来：八拉达长，八拉达长，八拉达长，长长令长，八拉达，达，达，……（咳嗽，吐一口痰在地上）

顾八奶奶　好好地又吐痰，你倒好好地给我说啊。（完全不觉察到白露的心情，得意地）露露，你听，你听胡四给我说《坐楼杀惜》呢。（卖弄地）这家伙点叫"急急风"。

胡　四　（烟吸多了，嗓音闭塞发哑，但非常有兴味地翻着白眼）这怎么叫"急急风",你看你这记性这还学戏呢。

顾八奶奶　（掩饰地）哦，哦，这叫"慢长锤"。

胡　四　去，去，得了吧！这不叫"慢长锤"。算了，算了，你就听家伙点就成了：（重说）八拉达长，八拉达长，八拉达长，长长令长。八拉达！（突停，有声有色，右手向下敲了三下，当作鼓板）达！达！达！（手向下一敲锣）长！（满身做工，满脸的戏，说得飞快）你瞧着，随着家伙点，那"胡子"一甩"髯口"，一皱眉，一瞪眼，全身乱哆嗦。这时家伙点打"叫头"，那"胡子"咬住了银牙，一手指着叫！（手几乎指到顾的鼻端）"贱人哪！……"

顾八奶奶　什么"贱人贱人"的！我不爱听胡子，我学的是花旦。

胡　四　（藐视）你学花旦？（愣一下）可你也得告诉我是哪一段呀？

顾八奶奶　（仿佛在寻思）就是那一句"忽听得……"什么来着，前面是谁唱着来着："叫声大姐快开门"的。

胡　四　（卖弄）哦，那容易，那容易！

顾八奶奶　你给我连做派带唱先来一下。

胡　四　那还难？那还难？胡琴拉四平调：已格弄格里格弄格弄格弄，唱：（摇头摆尾）"叫声大姐快开门！"白口："大姐，开门来！"

顾八奶奶　我要花旦。

胡　四　别着急！紧接着，掀帘子，上花旦！（自己便扭扭捏捏地拿起手绢扮演起来）台步要轻俏，眼睛要灵活，出台口一亮相，吃的是劲儿足！就这样！（非常妖媚而诱惑的样子）已格弄格里格弄格弄格弄，（用逼尖了喉咙）"忽听得，（又用原来的声音）弄格里格弄格弄格弄格弄，（浑身做工）门外有人唤，弄格弄里格弄格个弄格……"

〔远处鸡叫。

陈白露　你们听，听。

胡　四　什么？

陈白露　鸡叫了！

〔远处鸡再鸣。

顾八奶奶　可不是鸡叫了！（忽然望到窗外）哟，天都快亮了。（对胡四）走吧！走吧！快回去睡吧。今天可在这儿玩晚了。

胡　四　（满不在乎的样子）不过我那五百块钱的账怎么办呢？

顾八奶奶　回家就给我开一张支票叫大丰银行给你。不过——

胡　四　（伶俐地）听你的话，下一次我再也不到那个坏女人那里去了。

顾八奶奶　好啦，别在露露面前现眼啦。你快穿衣服，走吧。你明天，哦，你今天不还要到电影厂拍戏去啦么？

胡　四　（应声虫，一嘴的谎）是，是啊，导演说今天我不来，片子就不能拍了。

顾八奶奶　那你就赶快穿衣服，回家睡吧。我今天也跟你一块去电影厂的。

胡　四　（吃了一惊）哦，你，你也……（但先不管这个，于是非常仔细，慢吞吞地穿衣服）

顾八奶奶　（一回转身，向白露，极自满地）露露，现在我告诉你，胡四要成大明星了。眼瞅着要红起来了，公司里说他是个空前绝后的大杰作，要他连演三套片子。过两天，电影杂志就都要登他的相片，大的，那么老大的。说不定也要登我的相片。

陈白露　你的？

顾八奶奶　嗯，我的，我跟胡四的；顾八奶奶的，顾八奶奶跟中国头等杰作大明星胡四的。因为（低声，女孩子似的羞怯，不好意思说话出来）我想……我想，我现在还是答应他好。我想……我想我们后天就……就结婚。你看，露露，那好不好？

陈白露　好，好得很。不过——

顾八奶奶　露露，你给我当伴娘，一定，一定。

陈白露　（更低）好，好，不过——

顾八奶奶　什么？

陈白露　我问你，你的钱是不是现在是存在大丰银行里？

顾八奶奶　自然是存在那里头。你问这个做什么？

陈白露　不做什么！随便问问。

顾八奶奶　（望着胡四，赞美地）啊！（她把自己的皮包打开，拿出粉盒，正预备擦粉，忽然看见那药瓶）露露，你看我，我现在还要这个东西干什么？（拿出药瓶）谢谢你，这安眠药还是还给你，我不用了。

陈白露　谢谢你，（接过来）我正想跟你要回来呢。

顾八奶奶　好极了，还是你拿去用吧。

胡　四　（穿好衣服）走吧，走吧！

顾八奶奶　不，我还得擦点粉呢。

胡　四　（一把拉住她）得了吧，天快亮了，谁还看你？走吧，走吧！
　　　　（拉着顾向中门走）

顾八奶奶　（得意地，对白露）你看我这个活祖宗！（被胡四拉了两步）再见啊！

胡　四　白露，再见。

〔胡四把帽子戴好，向下一捺，与顾一齐由中门走出。

〔白露一个人走到窗前，打开窗户，静默中望见对面房屋的轮廓逐渐由黑暗中爬出来，一切都和第一幕一般，外面的氛围很美，很幽静又很凄凉，老远隐隐又听得见工厂哀悼似的汽笛声，夹杂着自市场传来一两声辽远的鸡鸣，是太阳还未升出的黎明时光。

〔中门敲门声。

陈白露　（未回头）进来吧。

〔福升由中门进，微微打了一个呵欠。

陈白露　（没有转身）月亭，怎么样？有点办法没有？

王福升　小姐。

陈白露　（回转身）哦，是你。

王福升　四爷叫我过来说，他不来了。

陈白露　哦。

王福升　他说怕这一两天都不能来了。

陈白露　是，我知道。

王福升　他叫我跟您说，叫您好好保重，多多养自己的病，叫您以后凡事要小心点，爱护自己，他说……

陈白露　哦，我明白，他说不能再来看我了。

王福升　嗯，嗯，是的。不过，小姐，您为什么偏要得罪潘四爷这么有钱的人呢？……您得罪一个金八还不够，您还要——

陈白露　（摇头）你不明白，我没有得罪他。

王福升　那么，我刚才把您欠的账条顺手交给他老人家，四爷只是摇头，叹口气，一句话也没有说就走了。

陈白露　唉，你为什么又把账单给他看呢？

王福升　可是，小姐，今天的账是非还不可的，他们说闹到天也得还！一共两千五百元，少一个铜子也不行！您自己又好个面子，不愿跟人家吵啊闹啊地打官司上堂。您说这钱现在不从四爷身上想法子，难道会从天上掉下来？

陈白露　（冥想）也许会从天上掉下来的。

王福升　那就看您这几个钟头的本事吧。我福升实在不能再替您挡这门账了。

陈白露　（拿起安眠药瓶，紧紧地握着）好，你去吧。

〔福升正由中门下，左门有人乱敲门，嚷着"开门，快开门"。福升跑到左门，推开门，张乔治满脸的汗跑出来。

张乔治	（心神恍惚地）怎么，你们把门锁上做什么？
王福升	（笑）没有锁，谁锁了？
张乔治	（摸着心）白露，我做了一个梦，I dreamed a dream. 哦，可怕，可怕极了，啊，Terrible！ Terrible！啊，我梦见这一楼满是鬼，乱跳乱蹦，楼梯，饭厅，床，沙发底下，桌子上面，一个个啃着活人的脑袋，活人的胳臂，活人的大腿，又笑又闹，拿着人的脑袋壳丢过来，扔过去，嘎嘎地乱叫。忽然轰的一声，地下起了一个雷，这个大楼塌了，你压在底下，我压在底下，许多许多人都压在底下。……

〔福升由中门下。

陈白露	Georgy，你方才干什么去啦？
张乔治	我睡觉啦。
陈白露	你没有走？
张乔治	咦，我走了，你现在还看得见我？我喝得太多了，我在那屋墙犄角一个沙发睡着了，你们就没有瞧见我，我就做了这么一个梦。Oh, Terrible！ Terrible！简直地可怕极了。
陈白露	方才你喝了不少的酒。
张乔治	对了，一点也不错，我喝得太多了，神经乱了，我才做这么一个噩梦。（打了一个呵欠）我累了，我要回去了。哦,（忽然提起精神来）我告诉你一件事……
陈白露	不，我现在求求……求你一件事。
张乔治	你说吧。你说的话没有不成的。
陈白露	有一个人，……要……要跟我借三千块钱。
张乔治	哦，哦。
陈白露	我现在手下没有这些钱借给他。
张乔治	哦，哦。
陈白露	Georgy，你能不能设法代我弄三千块钱借给这个人？
张乔治	那……那……就当要……另作别论了。我这个人向来是大方的。不过也要看谁。你的朋友我不能借，因为……因为我心里忌妒他。不过要像你这样聪明的人要借这么有限几个钱花花，那自然是不成问题的。
陈白露	（勉强地）好！好！你就当作我亲自向你借的吧。
张乔治	你？露露要跟我借钱？跟张乔治借钱？
陈白露	嗯，为什么不呢？

| 张乔治 | 得了，这我绝对不相信的。露露会要这么几个钱用，No，No，I can never believe it！这我是绝不相信的。你这是故意跟我开玩笑了。（大笑）你真会开玩笑，露露会跟我借钱，而且跟我借这么一点点的钱。啊，小露露，你真聪明，真会说笑话，世界上没有再像你这么聪明的人。好了，再见了。（拿起帽子） |

陈白露　好，再见。（微笑）你倒是非常聪明的。

张乔治　谢谢！谢谢！（走到门口）哦，对了，我想起来了。我告诉你，到了后来，我实在缠不过她，我还是答应她了。我想，我们想明天就去结婚。不过，我说过，我是一定要你当伴娘的。

陈白露　要我当伴娘？

张乔治　自然是你，除了你找不着第二个合适的人。

陈白露　是的，我知道。好，再见。

张乔治　好，再见。就这么办。Good night！哦！Good morning！我的小露露。（挥挥手由中门走出）

〔晨光渐渐由窗户透进来，日影先只射在屋檐上。白露把门关好，走到中间的桌旁坐下，愣一下，她立起走了两步，怜惜地望望屋内的陈设。她又走到沙发的小几旁，拿起酒瓶，倒酒。尽量地喝了几口。她立在沙发前发愣。

〔中门呀地开了，福升进。

陈白露　（低哑的声音）你来干什么？

王福升　天亮了，老阳都出来了，您还不睡觉？

陈白露　是，我知道。

王福升　您不要打点豆浆喝了再睡么？

陈白露　不，我不要，你去吧。

王福升　（由身上取出一卷账条）小姐！这……这是今天要还的那些账条，我……我搁在这里，您先合计合计。（把账条放在中间的桌子上）

陈白露　好！你搁在那儿吧。

王福升　您不要什么东西啦？

陈白露　（摇摇头）

〔福升背着白露很疲倦地打了一个呵欠由中门走出。

〔白露把酒喝尽，放下酒杯。走到中桌前慢慢翻着账条，看完了一张就扔在地下，桌前满铺着是乱账条。

陈白露　（嘘出一口气）嗯。

〔她由桌上拿起安眠药瓶，走到窗前的沙发，拔开塞，一片两片地倒出来。她不自主地停住了，她颓然跌在沙发上，愣愣地坐着。她抬头。在沙发左边一个立柜的穿衣镜里发现了自己，立起来，走到镜子前。

陈白露 （左右前后看了看里面一个美丽的妇人，又慢慢正对着镜子，摇摇头，叹气，凄然地）生得不算太难看吧。（停一下）人不算得太老吧。可是……（很悠长地嘘出一口气。她不忍再看了，她慢慢又踱到中桌前，一片一片由药瓶数出来，脸上带着微笑，声音和态度仿佛自己是个失了父母的小女孩子，一个人在墙角落的小天井里，用几个小糖球自己哄着自己，极甜蜜地而又极凄楚地怜惜着自己）一片，两片，三片，四片，五片，六片，七片，八片，九片，十片。（她紧紧地握着那十片东西，剩下的空瓶当啷一声丢在痰盂里。她把胳膊平放桌面，长长伸出去，望着前面，微微点着头，哀伤地）这——么——年——轻，这——么——美，这——么——（眼泪悄然流下来。她振起精神，立起来，拿起茶杯，背过脸，一口，两口，把药很爽快地咽下去）

〔这时阳光渐渐射过来，照在什物狼藉的地板上。天空非常明亮，外面打地基的小工们早聚集在一起，迎着阳光由远处"哼哼唷，哼哼唷"地又以整齐严肃的步伐迈到楼前。木夯一排一排地砸在土里，沉重的石磙落下，发出闷塞的回声，随着深沉的"哼哼唷，哼哼唷"的呼声是做工的人们战士似的那样整齐的脚步。他们还没有开始"叫号"。

陈白露 （扔下杯子，凝听外面的木夯声，她挺起胸走到窗前，拉开帘幕，阳光照着她的脸。她望着外面，低声地）"太阳升起来了，黑暗留在后面。（她吸进一口凉气，打了个寒战，她回转头来）但是太阳不是我们的，我们要睡了。"

〔她忽然关上灯又把窗帘都拉拢，屋内陡然暗下来，只帘幕缝隙间透出一两道阳光颤动着。她捶着胸，仿佛胸际有些痛苦窒塞。她拿起沙发上那一本《日出》，躺在沙发上，正要安静地读下去——）

〔很远，很远小工们隐约唱起了夯歌——唱的是《轴号》。但听不清楚歌词。

〔外面方达生的声音：竹均！竹均！（声音走到门前）

〔她慌忙放下书本，立起来，走到门前，知道是他。四面望望，立刻把桌上的账条拾起，团在手里，又拿起那本《日出》，匆促地走进右面卧室，她的脚步已经显得一点迟钝，进了门就锁好。

〔外面方达生：（低声）竹均！竹均！你屋里没有人吧。竹均！竹

均！我要走啦！（没有人应）竹均，那我就进来啦。（外面有一两声麻雀）

〔方达生推门进。

方达生 （左右望）竹均！我告诉你——（忽察觉屋里很黑，他走到窗前把幕帷又拉开，阳光射满了一屋子。雀声吱吱地唱着）真奇怪，你为什么不让太阳进来。（他走到右面卧室门前）竹均，你听我一句，你这么下去，一定是一条死路，你听我一句，要你还是跟我走，不要再跟他们混，好不好？你看，（指窗外）外面是太阳，是春天。

〔这时小工们渐唱渐近，他们用下面的腔调在唱着"日出啊东来呀，满天（地）大红（来吧）……"

方达生 （敲门）你听！你听（狂喜地）太阳就在外面，太阳就在他们身上。你跟我来，我们要一齐做点事，跟金八拼一拼，我们还可以——（觉得里面不肯理他）竹均，你为什么不理我？（低低敲着门）你为什么不说话？你——（他回转身，叹一口气）你太聪明，你不肯做我这样的傻事。（陡然振作起来）好了，我只好先走了，竹均，我们再见。

〔里面还是不答应，他转过头去听窗外的夯歌，迎着阳光由中门昂首走出去。

〔由外面射进来满屋的太阳，窗外一切都亮得耀眼。

〔砸夯的工人们高亢而洪壮地合唱着《轴歌》，（即"日出东来，满天大红！要得吃饭，可得做工！"）沉重的石碌一下一下落在土里，那声音传到观众的耳里是一个大生命浩浩荡荡地向前推，向前进，洋洋溢溢地充塞了宇宙。

〔屋内渐渐暗淡，窗外更光明起来。

——幕徐落

附录：

胆剑篇

（五幕历史剧）

曹禺 梅阡 于是之 编剧

曹禺 执笔

人　物

（年岁以第一幕为准）

越王勾践——二十七八岁。

勾践夫人——二十五六岁。

公主季婴——四岁。

文　种——越国大夫，三十五六岁。

范　蠡——越国大夫，约三十岁。

泄　皋——越国大夫，勾践的师傅，约五十岁。

苦　成——庶民，五十五岁。

无　霸——苦成的次子，二十四岁。

黑　肩——苦成的三子，十七岁。

黑肩妻——二十五六岁（第三幕时）。

子　犁——无霸的孪生子。

子　剑——无霸的孪生子。

乌　雍——泄皋的家奴，三十岁。

太辛爹——越国百姓，六十岁上下。

防风婆婆——越国百姓，六十多岁。

防　风——越国百姓，三十五六岁（第三幕时）。

防风嫂——越国百姓，三十多岁。

匠　丽——越国百姓，二十岁。

匠丽妻——越国百姓，十八岁。

西村施姑娘——越国百姓，十五六岁，后为吴王夫差的王妃。

献稻穗的汉子和他的女儿。

越国文武官员、武士甲兵多人。

越国百姓、农民、渔民多人。

吴王夫差——三十二岁。

伍子胥——吴国相国大臣，五十五岁。

伯　嚭——吴国太宰，约四十岁。

王孙雄——吴国左军副将，三十五岁。

被　离——吴国右军牙将，二十七岁。

希　虎——吴国左军牙将，二十五岁。

盼　子——吴国宠妃的近侍，十七八岁（第二幕时）。

武士长。

吴国武士、甲兵多人。

第 一 幕

〔纪元前四百九十四年，吴王夫差侵伐越国，越国大败。

〔七月的黎明。在越国会稽郊外，乌云盖野，一线阳光照着江里停泊的吴国战舰船只。远处不时有杀声、哭声传来。火光烧红了半边天——吴国伍子胥的兵正在放火，把来不及掠去的稻子烧在田里。

〔江边，已经被俘的越王勾践正在大禹庙里辞别祖宗。沉重的钟声、磬声一阵阵响着。吴国甲士守在门前。他们是太宰伯嚭率领的左军，衣黑色，披玄甲，戴乌羽，操戈持盾，有的戴着兜鍪；杀气森森，一望如墨。

〔吴国军士正抢劫着越国的宝器，扛鼎抬钟，纷纷杂杂，从江边陆续走过。

〔逐渐沉静下来。

〔大禹庙外，跪着一群越国百姓，都是老弱妇孺。离他们不远的江岸上，站着防风婆媳。她们呆呆地望着对岸熊熊燃烧着的田里的稻子和村落。大家一丝不动。

防风婆婆 （低声，喃喃地）灭了，完了。抢光了，烧干净了。

防风嫂 （望着远处的火光）吃什么啊！吃什么啊！地都烧光了。

防风婆婆 天杀的吴国兵啊！

〔跪在大禹庙前面的人们，沉痛坚定，默然不语。这时，其中一个被风吹日晒，面目黧黑的老者，苦成，回过头来。

（苦成——姒姓，与勾践同宗，是一个庶民。

苦 成 （双目炯炯，望着她们）谁家也没留下一块地。不要再说了，过来吧！

〔防风婆媳走过来，跪在后面。

〔瘦高的乌雍带着三个光着腚的孩子，夹着个残破的陶甀，像是从很远的地方仓皇走来。

〔乌雍——是越国泄皋大夫采邑①的家奴。

乌 雍 （一眼望见苦成，急促地）苦成爹！

---

① 采邑，诸侯封赐卿、大夫作为俸禄的田地，也称采地或封地。

苦　成	鸟雍！你怎么来了？樵（音醉）李怎么样？
鸟　雍	完了。吴兵屠了城，一火烧光。我们这些家奴都叫吴兵抓去。就我一个逃出来。连夜赶了二百里，路上捡了这三个孩子。听说勾践大王叫吴国人俘虏了，这是真的么？
苦　成	（低下头）嗯，是真的。
鸟　雍	（愤慨）真叫人俘虏了，那还不如死了的好！
苦　成	大王正在大禹庙里向祖先告别呢！
太辛爹	我们还要见一见他。
鸟　雍	还见他做什么？
太辛爹	国破家亡，总得有个头领。不指望他，还能指望谁呢？鸟雍，跪下！
鸟　雍	我不！（走下）
太辛爹	（庄严地向鸟雍）跪下！
苦　成	鸟雍！

〔一个手执利剑短盾的吴军小校——希虎，头戴乌羽，身披黑色犀甲，傲慢地由禹庙走出来。

希　虎	（向跪在地上的越国百姓）天亮了。快散开吧！你们还等什么？
卫　士	真是杀不怕的越国人。他们倒是越跪越多了。
希　虎	（忽然瞋目大呼）勾践已经被我们俘虏了。（望着瞪着眼睛的苦成）知道吗，老东西？
卫　士	启禀小校，别招他们，他们都会咬人的。

〔被离——相国伍子胥的亲信部下，气昂昂地率着一群杀红了眼的吴兵冲上来。被离，负智好勇，精力过人，十分爱戴伍子胥，却常先心迎意，没有得到伍子胥的首肯，就把相国心里的事办下。以是，时而得到伍子胥的喜悦，也时而遭受伍子胥的责备。

〔被离和他率领的右军兵士，都着红色。他们披丹甲，戴朱羽，操戈持矛，杀气腾腾，一望如火。

〔被离指挥吴兵，如狼似虎，挥动戈矛，把跪在禹庙前的老弱妇孺赶了下去。

被　离	（指禹庙）杀进去！
希　虎	（忽然望见）站住！你们要做什么？
被　离	（报名）右军伍子胥相国部下牙将被离，我奉相国意旨前来禹庙搜杀！
希　虎	这是左军驻扎的地方。你们右军不得擅入！
被　离	（不服地）庙里是什么人？
希　虎	越王勾践。

被　离　（明知故问）越王勾践是什么人？

希　虎　大王的俘虏。

被　离　那就是了。发兵的时候，吴国三军立下誓言：攻下越国，要烧尽越国的田地，杀尽越国的人民，抓住越王勾践，定要割下他的头颅，快马轻车，带回姑苏，悬在宫前旗杆之上，让各国使臣看看咱们大王的威德。如今你不按照大王的命令行事，反要保护勾践。你们这不是违抗军令，背叛大王吗？

希　虎　你住嘴！太宰伯嚭亲笔军令，杀害勾践性命者，斩！劫夺越国宗庙者，斩！

被　离　你们伯嚭太宰收下勾践的赃物贿赂，你分了多少？兵士们，杀进去！
　　　　〔被离部下的士兵立刻冲上去。

希　虎　你怎敢违背左军军令？（望士兵）斩他们！
　　　　〔又从禹庙里跑出一些守卫的左军士兵，顿时与被离的右军士兵格杀起来。
　　　　〔这时，禹庙庙门大开。太宰伯嚭的副将王孙雄走出。他是伯嚭的亲信，矮而胖，有须，披甲，衣着华丽。

王孙雄　停住！这是成何体统？同是吴国的大军，自己却先私斗起来了！

被　离　牙将被离请告王孙大夫。大夫是伯嚭太宰的副将，请问，不许进庙搜杀勾践，难道这是太宰的主意吗？

王孙雄　军令保护越王勾践，正是我们大王的王命。谁敢不遵？相国伍子胥竟敢犯上吗？

被　离　（一愣）怎么，是大王的王命？！

王孙雄　你才晓得？

被　离　我们抓到勾践，呈献大王，大王还要斩首立威，怎么现在就——

王孙雄　就定然不杀了。

被　离　这是捣的什么鬼！（对其士兵）走！不恭了，王孙大夫！（气冲冲地率兵士下）

王孙雄　（自语）小小年纪就当上牙将，真是会爬。（向希虎）伍相国就是喜欢用这种好勇斗狠，不知进退的后生小子！（忽然神气活现地）越国大夫范蠡怎么还没来？
　　　　〔范蠡——越国上大夫，越王勾践的重臣，由禹庙大门走出。范蠡态度稳重，神情飒爽，强毅果敢，巧文辩慧，是一个有智有勇，善于应变的人。他穿着越国文官的朝服，戴冠佩剑。他在禹庙门内正向一个越国小臣吩咐什么。

范　蠡　（应声）越国上大夫范蠡在。

王孙雄　（骄傲地）你们君臣上下在庙里这半天，还没有辞完庙么？

范　蠡　（沉稳地）差不多了。

王孙雄　大王就要启行，我到大王中军帐前去一下就来。范大夫，催他
　　　　们快一点吧。（下）

范　蠡　（一躬）请，王孙大夫！

　　　　〔无霸——一个高大健壮的越国武士，持剑跑来，窥见王孙雄走了，
　　　　连忙上前。

无　霸　范大夫！小军无霸，偷下会稽山，请见大夫。（急迫地）大王
　　　　现在可是平安？

范　蠡　正在辞庙。（焦虑地）你们五千壮士怎么样了？

无　霸　能打的还有三千，都在会稽山上待命。

范　蠡　军情如何？

无　霸　山下全是伍子胥的兵，被他们团团围住。

范　蠡　军米还有多少？

无　霸　（停顿一下）全军只有五斗军米了。（愤激地）可是范大夫，大王被
　　　　俘，将军战死，我们滴水不进，一粒米也吃不下。大家夜夜朝朝，
　　　　戈矛在手，甲胄不脱。听说大王被俘，定要冲下来，同吴兵决一
　　　　死战。宁为玉碎，不为瓦全！

范　蠡　（感动地）有你们在，越国是不会亡的。

无　霸　（兴奋）我们可以即刻打下山来！

范　蠡　可是眼前大王还在吴王夫差的掌心里。

无　霸　大王万一有个长短，我们定要取下夫差的脑袋为大王报仇。

范　蠡　那么越国呢？大王真有不测，越国岂不是更难于再起了吗？

无　霸　哦。

范　蠡　（坚决地）我们要打，但不是现在；要动，还不是今天。你们五千壮
　　　　士要保住军力，吴国对我们才能有所顾忌，不敢危害大王。（掏出一
　　　　个竹简）今后如何安排，都在这军简上。你拿回去交给副将。快走
　　　　吧！

无　霸　（收下军简，走了两步，忽然）我只求见大王一面。

范　蠡　（沉痛地）大王在禹庙里，已经不能随意见我们了。

无　霸　好吧！

　　　　〔范蠡送无霸下。

　　　　〔右军大将伍子胥相国上。伍子胥，身材高大，巨额深目，双目炯

炯，威厉逼人。他为人精诚廉明，但又专横残暴；倔强忠直，却又骄傲自负，不能忘怀他为吴国立下的丰功伟业。他穿着鲜明的深红色甲胄，秉节仗钺，是运筹帷幄的上将风度。他后面跟随着一群雄赳赳的武士，被离正向他禀报什么。

伍子胥 （转过他满腮斑白胡须的脸，锐利地）被离牙将，你真是莽撞！没有向我禀告，就擅自强行进庙，受了伯嚭太宰部下的阻拦。没有斩去勾践，却损害了右军的威严。

被　离 被离知道相国的心中大事，冒万死之罪，想为老相国，为我们万世江山刀下立功，一刀就把此后吴国的大事办了。

伍子胥 （沉思）是啊，有时这一刀的力量，确是比千军万马十年辛苦的汗血功劳还重得多啊！

被　离 （夸傲地）当年老相国辅佐先王攻伐楚国，不是把楚国的宗庙社稷一天就灭了吗？

伍子胥 （怀念地）那是先王活着的时候啊！

被　离 但是现在鱼在网里，虎在笼里，难道不能给太宰伯嚭来个措手不及吗？

伍子胥 （嘘出一口心中的闷气）但是还有我们那位年轻不懂事的大王啊！

被　离 （激昂地）为人臣者，只要尽忠，什么事情只要有利于吴国的千秋霸业，就应该生死不顾，担当下来。

〔此时范蠡早已送了无霸回来，远远立在一旁。

伍子胥 （断然）拿我的军符来！（从神将手中取来军符，交与被离）去吧。

被　离 （严肃地）领上将军令。（立刻领着右军的士兵向禹庙冲去）

希　虎 （拦住）被离牙将，你要做什么？

被　离 （举起军符）奉伍相国军符，进庙搜杀！

希　虎 不成，告诉你，就是伍相国自己来了，也是不成的。

伍子胥 （瞋目）怎么讲？（奋步前进，后随执戈武士）

希　虎 （大惊恐）伍相国！

〔希虎拱手，伍子胥带着被离正要进禹庙。

范　蠡 （大喝一声）谁敢进去？（一手执剑，一手抓住伍子胥的衣袖）

〔被离和兵士们一时僵立在那里。

范　蠡 （挟着伍子胥）伍相国，你要怎样？

伍子胥 （措手不及，却不动声色）范大夫，你身为吴国的俘虏，吴国用厚礼相待，不解衣冠，不去佩剑，你不知感恩图报，难道你还敢对吴国的相国大臣动起刀剑吗？

范　蠡　（瞋目怒视，目眦尽裂）我敢！敢！敢！越国大夫并非犬羊，在这样的时候，他就会勇若虎豹，矫若猿猴，动若闪电的。

伍子胥　你要怎样？

范　蠡　伍相国，我当你是吴国的忠臣，天下的人杰。四海之内，哪一个不知道信义无双的伍相国？但是大王被俘之后，我们献出美玉良金和国家的宝器，为的是保下他的性命。贵国大王已经应允下来。当时并不见相国拔剑相待，今天却在我们背后出尔反尔，动起手来，难道吴国的相国可以这样对待四海的公论吗？伍相国如果以诺言为重，就不要再动这个念头，不然，五步之内，血溅越国土地。天下震惊，二人同尽！伍相国，到了今天，越国人是没有一个怕死的。

伍子胥　（被范蠡的忠义所打动）范大夫，你不愧是个真正的汉子。你是英雄，是圣贤之臣。但是这样死心塌地地辅佐勾践，对你未免太可惜了。

范　蠡　为了越国，为了大王，范蠡粉身碎骨都是不够的。

伍子胥　范大夫，我能亲眼看见越国人这样的气概，（严肃地）这才叫我睁开了眼睛：越国的事情比我方才想的（语重心长地）要严重得多了。（对禹庙门前举着剑的被离）被离，把剑放下！

〔被离收剑，范蠡也收起剑来。

伍子胥　（神色坦然）范大夫，你当然明白这不是为了个人的生死，而是敬重你的忠义正气。只有一件事，范大夫，（藏着傲慢）今后，你们要善事吴国，不能忘记今日的教训。

范　蠡　（含蓄地）敬谢伍相国的忠告，这一切，我们君臣永志不忘。

（施礼。走进禹庙）

〔这时伍子胥却忧思如潮，抑止不住地焦灼不安起来。他仰天长望。一旁的被离望着他，也若有所失。

伍子胥　（喟然）吉、凶、祸、福！吉常常是凶的开端，福常常是祸的根芽。如果不能及早消除这个致命的祸根，我怕今天吴国这场轰轰烈烈，未必不是来日一场凄凄惨惨的开头啊！（沉吟）

〔一个中年汉子抱着一捆烧焦了的稻穗，挣脱外面吴兵的阻拦，向禹庙奔来。后面跟着他的女儿，一个十一二岁的女孩。她拉着父亲的破烂衣襟，哭喊："爹爹！"

吴　兵　（追上来）站住！你要做什么？

中年汉子　我要把你们做的事情告诉大王！你们杀了我的老婆，抢了我的稻子。（抖动稻捆）抢不走的，还烧成了这个样子！

吴　兵　（持剑威吓）快下去！不要找死！（抓住他）

中年汉子　放开我，我要见我们大王。

〔小女孩拉着父亲喊："爹爹！"

中年汉子　我要把你们烧的稻子拿给大王看，叫他记住。我们要报仇。

被　离　（抢上去）你住嘴！

中年汉子　你们这些该杀的禽兽！

被　离　（怒斥）这个野人！（一刀砍倒中年汉子）

小女孩　（扑在父亲身上）爹爹！

中年汉子　（挣扎）女儿啊，别忘记这杀父杀母的仇恨！……把这（示意稻子）献给大王！（死去）

〔小女孩抚尸大哭。

〔哭声中，吴王夫差和太宰伯嚭上。

〔吴王夫差，即位不久，喜功贪杀，骄狂自是，自以为有富国强兵的本领，立下独霸中原的大志。他狡而贪，如他祖父阖闾说的，"愚而不仁"。但他却自认有权术，有机谋，而且容不得比他高明的臣下，听不进逆耳的忠言。他孔武有力，披甲带剑，鹰视虎步地走上来。后随甲士和太宰伯嚭。

〔太宰伯嚭，是个诡诈贪佞、顺君之过的大臣，他和伍子胥同是先王的老臣，但资望浅，立功不大。现在却是吴王夫差的亲信。他巧言利辞，眼光短小，智而愚，强而弱，是一个只知其前不知其后的"谋臣"。伯嚭美丰姿，衣饰丽都，有一种聪明自负、光彩外露的意态。他穿着武将的衣裳，服绿色，绚丽夺目。

〔夫差自领中军进场，中军皆白旗、白甲、白羽，一望如白茅吐秀。夫差亲自仗钺，立在当中。

〔小女孩哀痛死了的父亲，全未注意。

小女孩　（抱起父亲那捆烧焦了的稻子，望见站在她面前的吴王夫差，突然止住哭声，对死了的父亲说）爹爹，你闭上眼吧，女儿就是死了，也要变成厉鬼掐死他们（指着吴军）的！

夫差的武士长　（怒叱）放肆，砍了！

〔持刀的武士立刻上前。

〔这时一个生得美丽夺目的姑娘，从侍卫的后边蹿出来，奔向小女孩，迎着手持巨刀的武士。她是施姑娘①。

施姑娘　（挺身遮住小女孩，面对闪闪逼人的刀锋）你们杀我吧！

---

① 施姑娘，即传说中的美女西施，亦称先施或西子。春秋越苧萝（今浙江诸暨）人。当年，越国败于会稽，命范蠡求得美女西施进献吴王夫差，吴王许和。越王卧薪尝胆，终得灭吴，西施归蠡，偕游五湖而去。

持刀武士　（惊愕）你是什么人？

施姑娘　　（全无畏惧）她的邻居。

〔全场愣住。

〔夫差显然被这个绝色女子顿时吸引住了。伯嚭望着大王的神情。

武士长　　（忽然）把她办了。

〔持刀武士正举起刀来，夫差不觉地睃了武士长一眼。

武士长　　（对举刀的武士）放下！

伯　嚭　　（领会了夫差的沉默，向武士长不经意地）小的轰走，大的拉下去。

〔三四武士一拥而上，立刻照办。

夫　差　　（望得出了神）美——美丽的大火啊！（面对一片烧杀后的战场）半个月的工夫，吴国的兵车战马就踏遍了越国的疆土，我们一连杀光了几个城池，俘虏了越王勾践！这才是将士的忠奋，吴国的军威。寡人不德，前年用兵攻打鲁国，去年攻打陈国，今年打了楚国，又打越国。我们就好比那农夫的镰刀，把四海的蓬蒿杂草，割了个干干净净；教我们吴国的文化法度能够照遍九域四方，教越国这种只懂得跟鱼虾王八打交道的蛮野国家，也受到我们的开化！寡人岂敢归功于自己，这都是祖宗先王神灵的保佑，是伍老相国和伯嚭太宰的血汗功劳！

〔伍子胥一旁默默不语。

伯　嚭　　臣等不过是海里的鱼虾，地上的泥沙，怎么能分享大王万世不朽的功德。臣以为应该把大王的王道武功，尤其是赦免勾践的大仁大义的决断，全部刻在碑上，叫它与乾坤同存。

夫　差　　（得意）我看不必了。

伯　嚭　　（十分庄重）臣斗胆已经做主了，就在这越国的大禹庙前，立下大王的丰功之碑。

夫　差　　（骄傲地）在此地立碑，倒是很有意思。那么就依太宰的话办吧。伍老相国，你以为如何呢？

伍子胥　　老臣不愿意在碑上刻下自己的名字。

伯　嚭　　怎么？

伍子胥　　事没有成，先就夸功，这个碑早晚是要掘掉的。

夫　差　　（不悦）相国为什么这样讲话？

伍子胥　　大王，请听从老臣的忠告，斩了勾践，灭了越国，我们便永无后顾之忧。不斩勾践，保存了他们的社稷，便永远留下吴国的心腹之患。

伯　嚭　　臣启大王，臣以为老相国全没有为大王着想。大王的王道霸业是要攻服四海，如果听从老相国的话，到处灭国灭宗，杀尽百姓，那么中原诸侯，就会把吴国看成是灾星，把大王看成是仇敌。用兵之道，攻心为上，灭一个国，屠一个城是容易的。但是要摧毁敌国百姓的斗志，就要用一点心思了。

伍子胥　（不屑与辩，径问夫差）水跟火是不能够相容的，人跟虎是不能共枕的。老臣打进越国，才看出越国虽小，却民性强悍。越国虽败，他的君臣却都是沉着负重。这样的君臣百姓能够受我们的怀柔羁縻吗？（沉重地）大王，越国和我们的仇恨，很深了。

伯　嚭　（巧言利辞）那就是了。相国也知道，越国百姓是强悍好斗，难于驱使的。而勾践，在百姓当中，很有信望。如果草率从事，今天一刀结果了他的性命，恐怕也只能落个眼前痛快，反而使得他的百姓对他念念不忘，对我们记下刻骨的仇恨。所以，对吴国来说，用勾践作个幌子，叫他为吴国效力。他虽然活着，也就等于是死了。反之，如果杀死他，他的百姓却蛮性难服，弄得我们永无宁日。那么，他虽然死了，也还等于是活着的。因此，大王不杀勾践，正是杀了勾践；你要杀勾践，才是保护了勾践！——大王的圣明，就在这里！

伍子胥　（愤怒）真是一片胡言乱语，遁辞巧辩，吴国灭亡便灭亡在你这张奸佞的嘴上！

夫　差　（早积下满心的愠怒，悻悻然）伍相国，你为什么要把越国说成天那样高呢？（鄙视地）你是先王的老臣，立过战功，难道今天老了，连这点自信都没有了么？

伍子胥　（早已按捺不住）臣立过战功，而且不小，也见过强敌，那时大王还很年少。先王临终的时候，嘱托老臣，要把吴国放在永远不败之地。刀悬在头上，要知道危险；路走迷了，要知道回头。奸佞的言语不可信，误国的计谋不可听。话已说到尽头，老臣向大王告罪。（一怒而下）

伯　嚭　（险恶地）也难怪伍相国当着大王都发这样大的脾气。他常对人说，大王从前能够立为太子，完全是他伍子胥一个人的功劳。

夫　差　（忽然抑制不住，对伯嚭瞪起眼睛）是伍子胥立我做太子的！谁都知道，要你在此地啰唆什么！

伯　嚭　是，大王圣明。

〔被离急上。

被　离　（一眼看见大王）启禀大王，紧急军报。会稽山上五千越兵已经突围出去。

伯　嚭　伍相国的右军并不中用啊！

夫　差　（对伯嚭，冷笑）你去把这消息告诉他。

〔太宰伯嚭施礼下。

夫　差　（对被离）被离，宣越王勾践见我。

被　离　（想要说些什么）大王，勾践这个人，——

夫　差　你也要说什么？还不快去！

〔被离施礼，进禹庙。

夫　差　伍子胥的爪牙也是这种桀骜不驯的神气。伍——子——胥！（忽然切齿）你立我做太子，难道你的话我就不能更改吗？你是天神吗？为什么你要时时刻刻像一片乌云似的罩在我的头上？专横而昏聩的老东西啊！（禹庙里传来沉重的钟声，望着眼前一片大火）好一片大火啊！烧得多么畅快！就像我心中的大火一样！威武的大火啊！教四海沸腾的大火啊！我——夫差，不只是吴国的君王，夫差将是四海的霸主！一个四海的霸主，应该既有军威，也有仁义。我要天下人知道我能严能宽，能收能放，能擒能纵，能暴能忍。不杀勾践，却灭了越国，行了仁义。我的决策是不能更改的。伍子胥，你是多么愚而好自用啊！

〔王孙雄匆忙上。

王孙雄　（兴高采烈，施了一礼）恭喜大王，大王神机妙算。中军得报：果然五千越兵突围以后，正路过会稽河，大王前天派去的战马兵车恰恰把他们截住。

夫　差　战况如何？

王孙雄　（收敛了一些）激烈交锋，还没有结果。

夫　差　那就罢了。

〔这时禹庙内钟声逐渐停止。门开，走出吴国成队的武士。警备森严。移时，越王勾践、勾践夫人和四岁的公主季婴走上。

〔越王勾践，魁伟雄武，眉目轩昂，意志沉着。他依然穿戴君王的服饰。勾践夫人，高高的身材，相貌端丽，是一个通达谦逊、性格坚强的女子。她牵着四岁的女儿季婴。后面越国百官陆续从禹庙里走出，整齐肃穆。范蠡和文种都立在勾践一家的后面。

〔夫差坐在设好的王座上。

夫　差　寡人义师所至，凡有抗命的，都一概斩尽杀绝，你拒不顺降，到底被俘，早该斩首。连你的妻儿老小，全国上下，应该一并收为官奴。

然而寡人念你们越国地小民贫，确实可怜。寡人愿以仁义服天下，你们要知道寡人的恩德。——（忽然）文种在吗？

〔文种走出。文种是一个木讷寡言，身材不高的越国大夫。他像是久经风吹日晒，面色乌暗，粗眉大眼，貌不惊人，穿着一身似乎沾满灰尘的官袍，给人一种稳重、沉肃、靠得住的感觉。

文　种　（施礼）越国下大夫文种在。

夫　差　范蠡在吗？

范　蠡　（施礼）越国上大夫范蠡在。

夫　差　勾践君臣听着！寡人恩免越国，不灭宗庙，你们仍旧可以修祭祀，奉祖先，君臣一概不斩。勾践夫妇带回姑苏，再行发落。

王孙雄　（对勾践喊）向大王谢恩哪！

〔勾践不动。全体武士喊："谢恩！"勾践仍不动。

〔这时泄皋——勾践的师傅，越国先王的老臣，暗暗走在勾践的后面。泄皋，头发斑白，微胖，人生得白皙细致，长着稀稀的几根胡须和一双细小怯弱的眼睛，穿着一身相当讲究的朝服。

泄　皋　（低声、非常关切地）大王，你要谢恩哪，这种时候你可千万执拗不得啊！

〔勾践不动声色，太宰伯嚭悄上。

夫　差　（诧异）怎么，你还不知恩吗？

勾　践　（忽然目若耀火）大王兴兵侵伐越国的疆土，杀光了我们五城三镇，连黎民百姓一年辛苦种的稻子，也一火烧尽。这样的暴兵是千古少见的。勾践不知有什么恩！

夫　差　（勃然）勾践，你简直是不知死活！你是赫赫大禹的子孙，你不能守住祖宗的基业，弄得国破家亡，你有什么可讲的？刚愎自用，不自量力！（训斥的口气）你败就败在骄傲自是，不听谋臣的忠谏哪！（夸傲地大笑起来）

〔勾践低头不语。

夫　差　越国，不过巴掌大的地方，蛤蟆一样的几个人。你竟敢不听大国君王的号令，还不是罪有应得吗？

勾　践　（突然抬起头来，愤怒）国不分强弱，有义才能立；人不分智愚，有勇才能存。大王但靠国大兵强，欺凌弱小，这是不义；残害无辜，这是不勇。不义不勇的国家，可以出兵遍天下，杀人遍天下，但它是断难立足于天下的。

〔大家听了勾践的话，愕然失色。

夫　差　（愤怒地）拉下去，一起给我砍了！

〔登时许多持刀武士把勾践、勾践夫人、范蠡、文种一起架住。

〔石崖上，苦成和他的儿子黑肩与几个百姓突然探出头来，紧张地注视着。

范　蠡　（大喊）大王，你要示信天下！你的信义在哪里？

伯　嚭　（对武士长）等一下！（跪倒）大王，臣闻大人不因蚂蚁蚊虫的 伤害，就失去了威严。勾践这样狂妄无理，大王如果还是不忍杀他，那就更见大王仁德照天下，心广容万物，传布四海，天下会更快归心的。

夫　差　（果然觉得自己十分宏大）放了他们。

伯　嚭　（走近夫差，低声）启禀大王，那五千越兵并没有截住。他们又杀出重围，引兵南去了。勾践的性命还是保存下来好啊！

夫　差　（顿时心中恼怒起来，忽然立起，拔出了剑）现在我命王孙雄大夫坐镇越国。谁敢不听吴国号令的，就如同这顽石一样！（一剑刺进石崖里）

〔武士们相顾失色。

伯　嚭　大王真是神力惊人！

夫　差　留给你们做不臣服寡人的警戒吧。今后，谁敢碰一碰这"镇越神剑"的，王孙雄，——

王孙雄　（躬身）在。

夫　差　你就灭他的全家，夷他的九族，杀尽当地的老小。（转对希虎，指勾践，傲然）把这大禹的末代子孙送上船去。

〔夫差略一挥手，杀气森严的武士们和吴国官员一起簇拥着大王，威严地走下。

〔台上留下越国的君臣，大家沉默。

勾　践　（仰天痛呼）大禹的末代子孙！（一抬头，望见崖石上插着的"镇越神剑"，冲前欲拔）

〔范蠡、文种及群臣慌忙跪下谏阻——

范　蠡

文　种　（匍匐在地）大王！——

勾　践　（强自抑制）大禹的末代子孙！

文　种　（安慰地）大王珍重。百姓还要求见大王呢！

勾　践　我没有面目见百姓！（望见范蠡身上的佩剑，愤不欲生，上前拔剑）

〔范蠡按剑，跪阻——

范　蠡　大王！——

勾　践　（悔恨交集）范大夫，寡人悔恨当初没有听你的忠谏。你曾劝寡
人坚守不攻，待机迎击，寡人不听，才有今天这样的惨败！

勾践夫人　只要大王记住这会稽之耻，今后肯听逆耳之言，夫差的言语
又算得什么？

勾　践　（断然）往者已矣，来者可追！皇天后土，勾践定将不愧为大禹的
后代。

〔百姓已经一拥而上。

众百姓　（见着勾践，一齐停住，齐声）大王啊！

太辛爹　（激动）大王，可见着你了！

〔大家一齐跪下。

勾　践　起来吧，众位父老们，你们受苦了。（扶起太辛老爹）

〔大家都随着站起来。

〔苦成领着他的小儿子黑肩，举着酒盘上前。

苦　成　（举起酒杯）大王，我们只有这一杯水酒，为大王送行。（痛切地）
今天会稽家家都有战死的人。活着靠一口气！这气不伸，恨不消，
仇不报，我们是活不下去的。我们是越国人，越国人是压不倒，折
不断，杀不完的。大王，你要回来啊！

勾　践　（接酒，祭了天地，有力地）国家虽小，要有正义。百姓虽穷，要有
气节。我们遭受吴国不义的侵伐，是永远不能降服的。寡人已禀告
太庙祖宗：范蠡大夫陪寡人同去吴国；文种大夫留守国家，治理朝
政。

〔范蠡恭敬地呈上一个木匣，勾践接下来，交与文种。

勾　践　文种大夫，这是镇国之宝，请你为寡人收下。

文　种　（接下镇国之宝）谨领下。

勾　践　（转向勾践夫人）君夫人！

勾践夫人　（领着四岁的公主季婴，走向文种）文种大夫，公主季婴年
纪太小，不能和我们同行，请文大夫扶养。（对季婴，温柔地）
去吧，孩子！

文　种　（左手举着镇国之宝，右手领着季婴，朴实地）罪臣文种，奉命守
国，今后尽心尽力，抚民守土。众位大夫的职责，也安排停当。

众大夫　（齐声）臣等抚民守土，齐心为国。

文　种　（严肃地）只有一层，国不可长期无君。大王，越国上下，一心等待。
（语重心长）范蠡大夫，你的责任重大啊！（对范蠡跪下）

范　蠡　（也跪下）文种大夫，（望着文种）范蠡既随大王去，必保大王回来！

勾　践　（感动）我虽然心中悲愤，离开祖宗的故土，但是看见大家这样齐
　　　　心，我感到我的翅膀并没有折断，我再不忧虑你们，我放心了。

　　　　〔船上传来军鼓角号声，喊着："开船了！"

吴国武士　（向越国君臣）上船去吧。

　　　　〔群众骚动。

泄　皋　（涕泪纵横，抓住勾践）大王，老臣不放心你的脾气。（跪下）大王，
　　　　能忍耐就忍耐——

文　种　请大王上船吧。

勾践夫人　（扶起泄皋）泄皋师傅，珍重吧。

众百姓　（跪下，齐声）愿大王平安！

勾　践　（扶起太辛老爹）珍重吧，父老兄弟！

　　　　〔这时江中船只的帆樯逐次升起，勾践、勾践夫人和范蠡等转身向
　　　　船上走去。

　　　　〔百姓在岸上，有的喊着"大王"，有的泣不成声。远处，金鼓声夹
　　　　着凯歌，逐渐移近。一队吴兵威武地走过，押着一批越国俘虏。大
　　　　部分都是衣衫褴褛，有的甚至是光着身子。百姓从俘虏里发现了自
　　　　己的亲人，跑上去，呼儿唤夫，都被挥鞭的吴兵驱散。

　　　　〔忽然大家静了下来。在俘虏行列后面，四个吴兵举着一个姑娘。
　　　　她就是刚才被夫差看中的那个绝美的女子。她已经昏迷了，百姓中
　　　　似乎有许多人认识她。

匠丽妻　（低声对匠丽）这不是咱们西村的施姑娘吗？

　　　　〔惊愕中，那个父亲被吴兵杀死的小女孩抱着那捆烧焦了的稻子跑
　　　　来，直向船上奔去。

小女孩　（被吴兵挡住，举起稻子喊着）我要交给大王！

苦　成　（不顾一切追上来，抢过稻子）交给我吧，姑娘！

　　　　〔苦成径向勾践的船上跑去，上船时，一个吴兵一刀砍伤了苦成的
　　　　臂膀。他忍痛用另一只手，举着稻子奉与勾践。

苦　成　（满腔悲愤）大王，别忘了越国的土地和百姓啊！（一步跨回岸上）

勾　践　（接过稻子，仰首望天）皇天保佑越民！

　　　　〔战舰金鼓齐鸣，开始启行。越国百官黎民，随船下，只留下苦成
　　　　和扶着他的黑肩。

　　　　〔无霸跑上。

无　霸　（喊着）范大夫，范大夫！（望着船已驶去）

黑　肩　（对无霸）二哥，他们走了。

〔无霸才发现父亲和弟弟。

苦　成　（推开黑肩，对无霸）你为什么回来了？

无　霸　告诉范大夫，五千壮士突围成功，向南去了。爹爹（沉痛地）我大
哥战死了。

苦　成　（悲痛地）我的儿啊！（走到石崖，拔夫差的剑，忽然不支）

无　霸　黑肩，爹怎么啦？

黑　肩　叫敌人砍的。

苦　成　（奋力拔下剑来）夫差说这是"镇越神剑"。（昂起头）越国是镇不
住的！

〔苦成执剑和无霸、黑肩一起望着驶去的吴国战舰。

〔江对岸，远处，吴兵还在焚烧田野，火光一片。

——幕落

第 二 幕

〔过了三年，在吴宫。正是江南初春的破晓，烟笼春水，草木欣荣。馆娃宫①畔，遥遥望见雕栏玉砌的姑苏台，在纤云四卷，银河渐隐的时光，沉睡着。

〔宫外花园的石坡下，有三间矮矮的石室。远处是花道宫墙，高坡石路和守卫石室的岗位。近处是石礅马槽，小小的土坪。这里是囚禁勾践君臣三人的处所。

〔夜色未尽，勾践早已压不下心中的焦虑，独自悄悄步上高坡，时而遥望着南方的晓星，时而又注视着眼前的馆娃宫殿。

〔在朦胧晓色里，我们望见勾践的高大的身影，他迎着熹微的晨霭，低沉地独白。

勾　践　三年了！三个春夏秋冬，三个三百六十个痛心切骨的日子！越国啊！我什么时候才能回去？什么时候我才能扬眉吐气啊！

〔勾践夫人，从石室走出。她憔悴多了，披了一件单薄的衣服，四面张望，——

勾践夫人　（心悸不止，走向勾践）大王，大王，我做了一个又喜又怕的梦。我梦见大王骑着一匹高大的骏马飞奔。好像前面横着一条奔腾的大河，河那边一个小女孩在洗衣服。大王骑着马，一纵而过，正好踩在那孩子身上。那孩子回头大叫一声："爹！"原来就是季婴。我就哭醒了。

勾　践　（抚慰地）你太想念季婴了。（隔壁厩内马嘶声）哦！我也真想骑着一匹骏马回去啊！（惘然若失，从石礅旁拾起簸箕，撮起饲料，倒进槽里）

勾践夫人　大王让我来吧。这马越发吃得多了。（诧异地）范蠡大夫还没有回来吗？

勾　践　（放下簸箕）嗯。不知为什么，夫差半夜派人把他带走。到现在还没有回来。

---

① 馆娃宫，春秋吴国宫名，吴王夫差为西施建造，故址在今江苏苏州灵岩山上。吴人称美女为娃，故曰馆娃。

勾践夫人　　是啊。

勾　践　　我很焦虑。——君夫人，这一夜吴宫外面，马声不断，过了一夜的
　　　　　战车。

勾践夫人　　恐怕夫差又要征伐什么国家了。

勾　践　　（沉吟）每次出兵之前，夫差总要在我们君臣身上作一番文章。

勾践夫人　　（望见远处朦胧的影子，忽然欣喜）大王，你看是范大夫回
　　　　　来了。

　　　　　〔吴宫武士数人送范蠡上。范蠡穿着一件淡色的长袍，依然是三年
　　　　　前飒爽的风度，略带兴奋的神色，走向勾践。

范　蠡　　（施礼）大王，君夫人。

勾　践　　（欣慰地）你安然回来了。

勾践夫人　　快请坐下。

勾　践　　夫差找你去做什么？

范　蠡　　夫差不在。宫中只有伯嚭。他第一句话就说：夫差听了伍子胥的话，
　　　　　明天天亮就要把越国君臣绑出蛇门斩首。

勾　践　　哦！——范大夫怎样答复？

范　蠡　　（从容地）越国君臣随时准备就义。

勾　践　　以后呢？

范　蠡　　（微笑）他突然问臣和五千壮士有什么关系？臣说：（一字一字）"同
　　　　　是越国人！"他问臣："为什么用了大王勾践的名义招抚他们，他们
　　　　　还不放下戈矛，归顺吴国呢？为什么他们偏偏要说放了勾践，他们
　　　　　就可以不打了呢？"臣说："越国上下，不衣不食，尽其所有，贡献
　　　　　给大国，不过是希望一国有主，大王归来。如今已经三年过了，还
　　　　　是渺无归期。现在越国忠勇的兵士百姓，一不听文种大夫的号令，
　　　　　二不听盗用大王勾践名义发出的招抚。他们只有打、打，在一个弹
　　　　　丸之地和吴国死拼到底。这样对吴国有什么好处呢？为吴国想，与
　　　　　其说扣住了越国君臣，是表示吴国君王的'仁义'，那么，放了他
　　　　　们，岂不才真是收拾越国民心的道理吗？"

勾　践　　伯嚭怎样讲？

范　蠡　　（微笑）这时他忽然客气起来，满面春风，向臣让座，请臣饮酒，
　　　　　并且拉着臣的衣袖说："大王夫差就要出兵伐陈。如果放你们君臣回
　　　　　国，你们能否答应，命五千壮士，从此归顺吴国，解甲归田呢？"

勾　践　　你怎么回答？

范　蠡　　臣说："不敢答应。"臣说："那五千壮士只说大王回国以后，他们可

以不打；并没有讲大王回国之后，他们就从此归顺吴国。没有把握
的事，范蠡是不能随便答应的。"

勾　践　范大夫说的极是。伯嚭怎样？

范　蠡　他叫"撤座"！对臣说："我要杀你的头。"

勾践夫人　（着急）范大夫为什么不答应呢？

范　蠡　君夫人，答应了，我们就会上当的。伯嚭定然会把大王答应解散
五千壮士的诺言，在越国宣扬出去，那大王还没有回国，就已经大
失民心了。其次，现在就答应，那无异于说，大王在狱中还是暗通
着越国的五千壮士，伍子胥听了，岂不是更成了他杀大王的口实了
么？

勾　践　（得意地）君夫人，你没有想到范大夫这一着吧？（立起，有兴致
地）伯嚭以后又怎么样？

范　蠡　（微笑）他没有杀臣的头。停了半晌，他又吩咐"摆座"！仍然满面
春风，请臣喝酒，一直喝到现在。

勾　践　哦。

范　蠡　吴王夫差，狂傲自负，始终看不起越国。大王，我们就在夫差的骄
狂和轻视当中，也许可以释放回国的。

勾　践　（思索着）但是也许还会有其他的变化。

范　蠡　（点头）大王虑的甚是。臣离开伯嚭的时候，正遇见夫差和伍子胥。伍
子胥杀气腾腾，神色不对。他们君臣三人进了便殿，局势究竟如何，
还不能尽知。大王，君夫人，我们还应该准备万一。

〔天已大亮，晴光晓风中，远处轻烟柳影，湖光潋滟。这时楼台转
折处，奏起笙歌。一些简单的仪仗走出。

勾践夫人　（瞭望着）那不是王孙雄吗？

〔勾践与范蠡不觉注视。

范　蠡　他和文种大夫一块儿从越国来的。

勾践夫人　（远远望见了文种）文种大夫也进宫来了。

〔鼓乐声中，王孙雄陪着各国大夫走出。他们昂首阔步，意气自得，
走过高坡。文种随在后面。这时——

文　种　（蓦然看到勾践，不由快步上前，匍匐于地）罪臣文种，叩问大王
安好！叩问君夫人安好！

〔各国使臣望着他们。

勾　践　（半天——只说出）文大夫安好！

文　种　（立起，见范蠡）范大夫安好。

范　蠡　（深挚地）文大夫安好。

〔他们相对无言。

王孙雄　（傲然）文种大夫，大王正要召见，快去吧。

文　种　（俯首）罪臣文种辞别大王，大王珍重!

〔文种由几个吴国武士陪同下。

勾　践　他瘦多了。

王孙雄　（高声，倨傲地）你们看，这就叫作"咎由自取"，不臣服吴国，就是这样的下场。

〔众使臣应声笑了起来。

范　蠡　（勃然）越国虽弱，不畏强暴，这才是君子之国。这有什么可笑的!

王孙雄　（感到在各国使臣面前失了体面，咆哮起来）范蠡! 你一个阶下囚臣，竟敢这样放肆! 不知好歹! 走吧!

〔王孙雄在鼓乐声中，揖让着各国使臣，施施然下。

勾　践　（愤然）范大夫! （十分激动）我为什么受这样的屈辱啊? 难道我能长此忍受下去吗? 我被囚在石室，让这些鸡狗猴子观看赏玩，成为笑柄，这给祖宗添了多少耻辱啊! （压抑不住的躁怒，止不住地在石礅上猛抽着马鞭，高声疾呼）哦，我要回去! 摩顶放踵，粉身碎骨，我也要越国成为富强之邦，天下景仰; 不然，我是绝不甘心的!

范　蠡　（沉稳地）大王，请轻一些，免得叫吴宫的守卫听见。

勾　践　（怒气未息）你我君臣囚困三年，尝尽辛苦，难道到了今天，还不明了"知耻近乎勇"吗?

范　蠡　（长跽）大王! 臣以为，图大事的人，应该山崩于前不动色，海啸于后不变声。大王三年来很受了一些磨炼，但大王仍然有些浮躁不定，浅显易知。现在正是风云变化的时候，吉凶祸福，瞬息可定。大王要任重致远，就得虚心自愿，多隐藏一些才是。

勾　践　（半天——慢慢地）范大夫，你说得对，我还是气盛一时，又浮躁起来。

〔勾践夫人听见勾践发怒，早由石室走出，捧着一串皮绳穿着的木简，这时——

勾践夫人　（陈木简）大王，你还是服用一下这个药吧。

范　蠡　（诧异）怎么?

勾　践　（接下木简）范大夫，我每次想到会稽之耻，痛心疾首，愤不欲生的时候，夫人总是送来这几片木简。我边读边想，就觉得来日无穷，

心中豁然开朗。（把木简递给范蠡）

范　蠡　（接下，读木简）"十年生聚，十年教训。"

勾　践　（又兴奋起来）这几个字应该用黄金铸下，它给了我们多少自信，多么宽阔的前程啊。

范　蠡　大王，"十年生聚，十年教训"，这八个字里面有千头万绪。请大王不要再忧愁愤怒，就在这上面多想想吧。

勾　践　我是在想，时常在想，我昼夜地想！（忽然）范大夫，吴国现在很富啊，（从怀里掏出一个帛包，打开来，里面包着一穗烧焦了的稻子，沉吟）但是越国啊！——

范　蠡　大王，这里边是什么？

勾　践　烧焦了的稻子。范大夫，这是——离开会稽的那一天，一个老者拼了性命递给我的。（给范蠡看）越国的稻子，多瘦啊！

　　　　〔远处传来田野里布谷鸟的叫声。

勾践夫人　田里的布谷又叫了。

勾　践　（抚弄着手里的烧焦的稻子）不知道我们越国的田地已经播种了没有？（蓦然）范大夫，请随我来，我请你看一件东西。

　　　　〔范蠡随着勾践走上高坡，后随勾践夫人。

勾　践　范大夫看见田里那个农夫没有？他用什么耕地？

范　蠡　（瞭望着）犁呀。

勾　践　不是我们越国那种用木头做的犁，那是铁犁！

范　蠡　（迎着阳光）对，铁犁比木犁耕地深得多。

勾践夫人　铁犁。

勾　践　越国要使五谷丰登，就得要用这种东西。

范　蠡　（肯定地）用铁犁来代替木犁。

勾　践　我们一定要弄到一把，交给文种大夫带回国去。

　　　　〔这时，一个吴国的宫女名叫盼子的，带着无霸上。

　　　　〔盼子，机智伶俐，很有胆量，她是吴国王妃宠幸的近侍。她引着无霸走近石室，指点一下，对他笑了笑，就走了。无霸穿着文种大夫随从侍卫的衣服，佩剑。他四处寻找什么，忽然望见——

无　霸　（叫）范大夫，范大夫！

范　蠡　（回首，惊愕）怎么是你！

无　霸　小军无霸随文种大夫来的，叩见范大夫。（施礼）

　　　　〔这时，勾践和勾践夫人从高坡走下。

无　霸　（跪见勾践，激动地）小军无霸，叩请大王安好，君夫人安好。

范　蠡　大王，他便是臣向大王提起过的五千壮士里面的无霸。

勾　践　你辛苦了。

无　霸　（望着大王瘦削的面庞和周围的景象，愤慨地）大王怎么住在这种
　　　　地方！

勾　践　你们五千壮士怎么样了？

无　霸　（精神突然振作起来）自从接到范蠡大夫的密简以后，我们五千壮士
　　　　立刻又向王孙雄猛攻猛打，打得他们粮草断绝，死伤很大。听说王孙
　　　　雄这次又请救兵来了，文种大夫特命我来向大王禀告。

勾　践　这一年百姓过得怎样？

无　霸　（不觉低下头）连年饥荒，很苦。

勾　践　哦！

无　霸　这次文种大夫来朝，又进贡了大批珍奇宝物，都是为了打点伯嚭和
　　　　他们君臣上下的东西。

勾　践　（叹息）这都是我们的膏血啊！

无　霸　可是大王，再苦，越国人也要报仇雪耻！文种大夫说，我们定能转
　　　　弱为强，他叫我带来一样东西给大王看。看了，大王就会稍稍放心
　　　　的。

勾　践　什么？

无　霸　（打开带来的包裹，里面是一个崭新的铁犁）犁，铁犁。

勾　践　（连忙欣喜地摸着铁犁，转向范蠡）真是"二人同心，其利断金"了！
　　　　（望着无霸魁梧健壮的身材，十分欣悦地）你怎么能够进宫的？

无　霸　文大夫叫我找一个宫女，那个宫女把我带来的。她说君夫人认得
　　　　她。

勾践夫人　（惊讶）我？

无　霸　这个宫女说她常找君夫人。她的主子，君夫人也知道。

勾践夫人　（望着勾践微笑）哦，那就是那个不知名的贵夫人了。

勾　践　什么，又是她吗？

勾践夫人　这个贵夫人真是奇怪，从不露面，她的宫女也没说过她到底是个
　　　　什么人，可是总送来消息。

范　蠡　（沉思）可是她送来的消息，总跟文大夫托人透过来的，完全
　　　　一样，没有错过。这位夫人倒是一个靠得住的有心人啊。

勾践夫人　（寻思着）不过就是奇怪，她为什么冒这么大的危险呢？

　　　　〔盼子匆匆走上。

盼　子　（低声，急促地）夫人，夫人！

无　霸　（对勾践夫人）就是她把我带来的。

勾践夫人　（熟悉地）姑娘，你又来了。

盼　子　有要紧的事，我来通知你们。你们要等待着，我走了。

勾践夫人　什么事？

盼　子　你们就会知道的。（转身就走）

勾践夫人　（笑着）等一等，你叫什么名字？

盼　子　盼子。

勾践夫人　盼子？

盼　子　（伶俐地）对了，盼子，盼子！就是早早晚晚盼着你们的盼子啊。
　　　　　（笑着走下去）
　　　　　〔外面忽然高呼："王妃殿下到！""迎驾！"宫乐声中，吴宫王妃的
　　　　　仪仗排列走出，其中有持刀的宦竖①等等。

范　蠡　（对勾践）奇怪，这想必是夫差最宠的妃子到了。

勾　践　她忽然来这里做什么？

范　蠡　大王和君夫人先回石室去吧，免得对她也得行礼。让臣来见她。
　　　　　〔勾践与夫人进入石室，无霸随进。

一个佩剑的宦竖　王妃殿下到，见驾！
　　　　　〔吴国王妃走出。谁还能认识她呢？比起三年前，她又是一种不同的
　　　　　惊人的美丽了。谁还认得出这就是三年前越国的那个"西村的施姑娘"
　　　　　呢？在众人面前，她越发仪态万方，光彩四射。在她明媚的眼睛里，
　　　　　闪出聪慧和威严，她已经完全掌握了吴宫的规制，应对进退，游刃
　　　　　有余了。

范　蠡　（施礼）越国下臣上大夫范蠡，叩见王妃殿下。
　　　　　〔王妃雍容颔首，回头望仪仗挥一挥手。

一个佩剑的宦竖　王妃殿下传命，随身仪仗退下。
　　　　　〔佩剑宦竖和宫女、仪仗退下。

盼　子　（对范蠡）有急事，烦范大夫快请夫人出来。
　　　　　〔范蠡进石室。有顷，勾践夫人出，后随范蠡。

勾践夫人　（沉稳地走向王妃）臣妾勾践妻，叩见王妃殿下。

王　妃　（忙扶起勾践夫人，温和地）君夫人，请起。事情很急，恕我不向君
　　　　　夫人行大礼。这一年，盼子来往于君夫人和我之间。君夫人可能
　　　　　多少知道一点我的心意了。

勾践夫人　（恍然）感激王妃的盛情，使越国君臣得在吴宫武备森严当

———————————
①宦竖，宦官的鄙称。

中，知道怎样自处。

王　妃　（坦率地）下妾是一个越国女子。三年前就在大王与君夫人辞别禹庙的时候，被吴军劫虏到此。以后的情形，今天君夫人想必看明白了。

勾践夫人　王妃这样来看我们，恐怕于王妃不便吧。

王　妃　（衷诚地）今天我不得不出来与君夫人见面。也只有这样堂堂皇皇地出来，夫差大王才听不进去别人对我的猜疑。方才我在便殿听见伍子胥与夫差大王争辩激烈。后来大王点头称是。盼子说已经看见大王取出斩人的令符。（回头向盼子）你是看清楚了？

盼　子　看清楚了，王妃。

王　妃　顷刻之间，就会发出金符。他们会把大王和君夫人都送到蛇门去。君夫人，请赶快和大王一同走吧。

〔无霸突然从石室走出。

无　霸　（贸然）范大夫，就走吧。

王　妃　（惊问）这是谁？

盼　子　这是越国壮士无霸。

王　妃　（打量一下）你能卫护大王出宫吗？

〔范蠡进了石室。

无　霸　小军有快马三匹。凭着我这口利剑，我可以护送大王和君夫人出境。

王　妃　怎样出宫，我已经交代盼子了。

勾践夫人　（紧张地）不过，王妃，吴国关口重重，十分严紧。

盼　子　王妃已经冒死盗出大王夫差的验关金符。

王　妃　（捧出一只铜制物件，庄重地）君夫人，请收好。

勾践夫人　（接下，感动地）那么王妃殿下怎样自处呢？

王　妃　（温静地）君夫人放心，总该有办法的。

〔勾践由石室出，后随范蠡。

勾　践　（对王妃）王妃殿下。

王　妃　（一见勾践，热爱越国的乡土情感，顿时涌上心头。不由己地走上前去，匍匐跪拜）大王！下妾叩见大王，死罪，死罪！大王囚禁三年，下妾不能亲来问候。现在大事很急，请大王速速启行，离开此地吧！

勾践夫人　王妃把一切都准备十分停当，连验关的金符也有了。

无　霸　（催促）大王，赶紧走吧。

勾　践　（有所动）范大夫。

范　蠡　（沉吟不动）容臣再思索一下。

勾　践　范大夫以为如何呢？

范　蠡　大王，臣以为不可。今日的"生"、"死"都为了复兴越国。这样逃走，吴国君臣必不甘心，定会派遣大军追来。越国的处境必然就更加危险，大王的雄心说不定就从此落空。臣以为当今之计，只有取得吴国的释放，不生枝节，才能离开，那么，以后的"生"——

勾　践　（憬然）才能大有用于越国！不然，宁可死在此处，勾践君臣的"死"，也可以激扬越国军民的正气，让他们奋发图强，——

范　蠡　这"死"也大有用于越国啊！

王　妃　那么，大王，——

勾　践　（断然）我看就这样吧。

王　妃　（感动地）大王有这样的气概，我的盼望是不会落空的。让下妾留在此地，尽我的心意，为大王保驾。

　　〔勾践夫人把验关金符交还王妃。

　　〔说话间，四周渐渐岗哨密布，军士都换了人。盼子一望。

盼　子　（惊呼）王妃，坡上换了人，满是兵士了。

王　妃　（一惊）怎么，都变成伍子胥的人了！

范　蠡　（自语）他要做什么？（瞭望岗哨）

勾践夫人　我看事情不大好！

无　霸　（急切）大王——

　　〔勾践无语。

王　妃　（低声）只怕出不去了。（忽然）下妾请大王暂避一下。

　　〔无霸送勾践进入石室。

勾践夫人　（略显惊慌）这怎么办？

王　妃　（自语）难道伍子胥竟然要亲自动手吗？

勾践夫人　（瞭望）那不是被离吗？

范　蠡　（忽然）君夫人，我看事情有了转机了。情形显然：大约，吴国君臣的意见最后又起了变化。如果吴王夫差真是听从了伍子胥，下令处死越国君臣，那么，现在来的人，应该是吴王夫差的监斩官吏，而不是伍子胥的部下。这分明是吴王夫差最后还是不用他的意见，采取了太宰伯嚭的计谋。文种大夫送来的珍奇宝物，又教伯嚭在夫差面前作下了文章。这位堂堂的伍相国，才出此下策，铤而走险，要先斩后奏。（转向王妃，恳切地）王妃，现在就要靠殿下了。只要殿下在他们来的时候，挡过一阵，我看释放的好信就不远了。

王　妃　（称赞地）范大夫料事如神。（对盼子）急传侍卫。

盼　子　（喊）急传侍卫！

　　　　〔霎时，王妃的侍卫一拥而上。

　　　　〔被离领着甲兵持刀冲上。

被　离　杀进去！

王　妃　（凛然）被离！

被　离　（施礼）小将被离参见王妃殿下。

王　妃　你要做甚？

被　离　奉命提越国君臣，押送蛇门斩首。

王　妃　可有相国军令？

被　离　（支吾）还没有，就等送到执行。

王　妃　可有大王的金符？

被　离　这个——臣料想伍相国会亲自送来的。

王　妃　（勃然变色）你们也做得太荒唐了。一无相国军令，二无大王的金符，你们就敢私自来提越国君臣，押送蛇门，你们心中还有国法吗？这个地方是吴宫禁地，大王的起居安息之所，你们未得大王宣召，就带兵进宫，难道你们要图谋不轨吗？

被　离　（有些惶惧，但还倔强）臣被离忠心耿耿，誓无他意。越国君臣，关系吴国的千秋霸业，这个——

王　妃　（对待卫们）叱出去！

被　离　可是，王妃殿下——

　　　　〔这时，一个伍子胥的军士匆匆跑上。

军　士　（对被离）相国传令，急速退出宫门！

被　离　哦！（令随来的军士退下）

王　妃　（对被离）转来！你们带兵进宫，这件事伍相国做得太颠倒！我定要禀报大王，你去告诉他！

　　　　〔被离率军士仓皇下。

　　　　〔太宰伯嚭持诏书上，后随卫士，十分轻松愉快地走上来。

伯　嚭　（忽然看见王妃，吃了一惊，却异常恭顺地）参见王妃殿下！大王正在四处寻找，想不到殿下却在此地。

王　妃　知道了。伯嚭太宰来此做甚？

伯　嚭　（得意）奉旨释放越国君臣。

王　妃　哦——（对盼子）回宫。

伯　嚭　（一揖到地）臣伯嚭恭送王妃殿下。

　　　　〔王妃和她的宫女、仪仗齐下。

伯　嚭　（对范蠡）宣越王勾践君臣听旨！

〔范蠡请勾践从石室出来，伯嚭宣读"王命"，勾践、勾践夫人和范蠡恭立一旁。

伯　嚭　（朗朗宣读）"越臣勾践等，在吴宫养马三年，兢兢业业，始终臣顺。越国君臣上下已能仰体寡人仁义之怀，朝贡春秋不断。寡人念其忠德可许，立义四方，诏令越国君臣释放回国。尔等善仰圣德，永保厥土，永示忠顺，永受万福！猗欤休哉！谢恩！"（读毕对勾践等拱手施礼）恭喜，恭喜。大王移时就要召请各国使臣一同打猎，着令越王勾践前去谢恩，并作前马。

范　蠡　（吃惊）什么！

伯　嚭　（轻描淡写）前马，在前面骑马领路就是了。恭喜恭喜。（匆匆下）

无　霸　（从石室中冲出，大怒）范大夫，真气死了，我们大王怎能做夫差的前马呢？就是杀了我，也不能叫大王受这样的屈辱啊！

〔勾践默然。

范　蠡　（走向勾践）大王！

勾　践　（忽然）无霸，你去告诉文种大夫，不久我们就要回国了。无霸，你把铁犁带回去，立刻随文大夫返国，寻找良工巧匠，铸造铁犁！

无　霸　小军回国造犁？

〔鼓乐声中，冠盖如云，羽扇旌旗，布满高坡。吴王夫差穿着彩色的王服，携着王妃的手，像虹霓一般，从高坡上走过。

〔同时，伯嚭捧着王服和马鞭匆匆上。

伯　嚭　（对勾践）快点，大王已经启行了。快穿上，走吧。

〔伯嚭给勾践披上王服，范蠡把马鞭献与勾践。勾践迟疑了一下，庄严地接着马鞭走下。

〔远处，群臣山呼，鼓乐奏鸣。

无　霸　（望着远处的情景，愤怒地）这样的屈辱，靠什么才能洗清啊！

——幕落

第 三 幕

〔距前一幕六个月，在越国会稽郊外荒村里。远处崇山峻岭，莽莽苍苍，还是一种没有经过人怎样开辟的所在。左面是一片青郁的空林，掩映着丛生枯草的峭壁。峭壁巅峰，上接云霄，横生一些枯木苍藤。右面，由深谷里流下来一道浅浅的小河，早已听不见潺湲的水声，只看见一道细如银线的沟水，在河床当中的碎石衰草中蜿蜒流过去。

〔日轮当午，火旗焰焰，地上的生物仿佛放在洪炉中炙烤。人们望着眼前几亩龟裂的田里稀疏的枯茎在热风里摇摆，一声不吭。更远的地里，已经生满蒺藜了。烈日杲杲，只听见荒坡断堑中不知名的夏虫单调地叫着。

〔台前是一个矮矮的茅棚。茅棚前放着简陋的杂物，其中有渔猎用的东西。

〔台上，比较触目的地方是一口残圮的井台。

〔黑肩，苦成的小儿子，坐在一棵榆树下，呆望那一片龟裂的田土。他抱着一根三尺长的竹管——一种越国的乐器，有时呜呜吹起来，声音沉郁感人。稍顷又停下来，默默望着他舍不得离开的土地，悲哀地唱起他自己编的歌子。黑肩已经二十岁了，结了婚。他中等身材，面色被阳光晒得黑黑的，轮廓十分俏美，有一双明亮乌黑的大眼睛。他沉默寡言，细致敏感，坐在那里总像在沉思着什么。他穿得破烂，露出宽宽的胸膛。

〔离黑肩不远，在井台旁，蹲跪着黑肩妻。她比黑肩大五六岁，长长脸，高高的身材，面色憔悴，看得出从前是一个好看的姑娘。这时，她正用一条长绳汲着快要枯竭了的井水。

〔黑肩低声唱着歌……

黑肩妻　（拿着竹桶走到黑肩身边）黑肩，你喝口吧？（把水送到黑肩面前，黑肩摇摇头）老天爷一个雨点都不下，热得冒青烟。这口井，就这么点水，吴国兵还说填就填。成天受气，只有逃到东海边去，是条活路。（黑肩不答话。继续唱歌）黑肩，我知道你心里难过，热土难离，可这又有什么法子啊！

黑　肩　（悲哀地唱着）

　　　　鸱鸮啊，鸱鸮！
　　　　你已经抓去我的小鸟啊，
　　　　就别再毁我的窠巢！
　　　　啊——噢——，啊——噢——
　　　　搭起这窠巢啊，用了多少辛劳，
　　　　叼来芦苇啊，又垫上了茅草。
　　　　我们一家啊，是多么恩爱和好！
　　　　生下一堆孩子啊，都在这窠巢。

　　　　鸱鸮啊，鸱鸮！
　　　　你已经抓去我的小鸟啊，
　　　　就别再毁我的窠巢！
　　　　啊——噢——，啊——噢——

黑肩妻　（烦怨地）你就会成天唱！黑肩，你要拿主意啊！你要拿主意啊！

黑　肩　你这碎嘴子婆娘！我是要走啊！
　　　　〔防风捧着一碗米上。防风，饥愁交并，骨瘦如柴，他突然昏眩倒
　　　　地。黑肩、黑肩妻忙上前去搀扶。

黑　肩　防风！防风！

黑肩妻　（向田坎上喊）防风婆婆，防风嫂快来啊！
　　　　〔防风慢慢醒转，防风婆媳背着装了野菜的竹篮子上。

防风婆婆　我的儿，你可回来了。防风媳妇，你快扶着他！

防风嫂　防风，怎么啦？

防　风　（捧起洒在地上的米）这些畜生抓我去给王孙雄盖歌台，干了一个
　　　　多月，只给了这一点米，还是霉的，臭的。（敲着胸）我的血都叫
　　　　他们挤干了！

防风嫂　叫你躲起来，你不躲。

防　风　不成了，我要死了。

防风婆婆　我的儿啊！
　　　　〔防风婆媳扶防风跟跄走下。
　　　　〔黑肩妻快步走入草棚，提着一个竹篮和一个小包袱，慢慢地走出，
　　　　对黑肩低声。

黑肩妻　你还想什么呢，走吧！

〔黑肩正要走，苦成和乌雍上。

〔苦成挑着一担野菜。他一身铁硬的筋骨，须发灰白，目光炯炯。

〔乌雍，带着一种不可抑止的生气，像一棵砍不倒的大树。

苦　成　（大喝）站住！黑肩，你还是要走吗？

黑　肩　爹爹！

苦　成　你这没有志气的畜生！你受不得苦了吗？想离开此地吗？

黑肩妻　爹爹！

苦　成　你这个懒婆娘，怕受苦，没见识。大家都在忍饥受寒，要跟吴兵周旋到底，可是你们两个却想逃掉。（愈说愈气，没头没脑地痛打黑肩）我打你，打你这个没有骨头，没有一点出息的畜生。

黑肩妻　（恳求乌雍）乌雍叔，你拉一把啊！

〔乌雍冷冷望着。

黑　肩　（抱着头让父亲打。等父亲住手，才哭声说）爹爹，你屈了我了，你打屈了我了！我不是受不得苦，也不是不想争口气。我只是看到这里没有指望，没有盼头。现在大王回来了，我们还不是受吴国兵的气吗？爹爹，你不是也说心里闷得很吗？

苦　成　这里的山河知道我们的闷气，这里的土地见过我们的仇恨，你们要往哪里去啊？

乌　雍　（大喝）你们要往哪里去啊？

〔太辛爹，精神旺健，他领着一些百姓走来。他们纷纷敲打着乐器，低声诵读着求雨的祷文，手里举着树枝和祭旗。

〔太辛爹披散着头发，身上束着白茅，打着旗幡。彩衣斑斓的男巫数人和童子们，跳着祈神的舞蹈，随鼓应声，左右盘旋，高亢地唱着走过。

太辛爹　（对众人喊）邻里们，求雨啊，大家求雨啊。一同到江边上去求雨吧！

〔苦成领着众人下。

〔远处祈雨的祷文和敲打乐器的声音。烈日照着河边，空无一人。

〔勾践和文种沉默地走上来。勾践穿着越王的服饰，但简单朴素。他的形容比在石室中显得更憔悴了，面色黑了一些，锁着眉头，仿佛焦思着什么。文种还是那副稳重沉肃的神色，简直是不作声，走在勾践后面。两个佩剑卫士随着他们。

勾　践　（用手遮着阳光，瞭望着）那是什么？

卫　士　求雨，大王。

文　种　（不觉——）百姓在祈雨了。（跪下）

勾　践　（也不觉跪下，卫士随跪）上天福佑越国。请降雨吧。（立起）
　　　　〔文种与卫士站起，勾践四面望着这烈日下沉寂闷热的大地。
勾　践　（独语）好热的夏阳啊。晒裂了我们的土地，晒死了田里的稻苗，
　　　　晒干了人们的眼泪，真是晒尽了我们的心血啊。回来巡视三个月了，
　　　　到处是十室九空，一片荒凉，这景象真是触目惊心。（向文种，痛
　　　　苦地）文大夫，怎么越国竟会落到这般田地呢？
文　种　（沉静地）越国原是地少民贫。（静默）
勾　践　（文种的静默使得他有些烦躁起来）我在吴国囚禁三年，从早到晚，
　　　　望着一寸一寸的光阴过去，朝朝夕夕盼望奔回越国，重整江山，而
　　　　如今，眼前的事情千头万绪，纷乱如麻。文大夫，这"十年生聚，
　　　　十年教训"怎么这样难呢？
文　种　（意味深长地）难也不难。"十年生聚，十年教训"，是十年又一
　　　　个十年哪。
勾　践　（很是不满，但仍婉转地）文大夫，我在范大夫面前，就觉得像龙
　　　　飞在天上，鱼游在海里。真是天马行空，什么事都不难而自在。如
　　　　今，文大夫，你仿佛把我赶回到地上来。像老牛一样，一步一步地
　　　　行走。
文　种　（不觉微笑）是啊，大王。到了地上，是要一步一步地走的。
　　　　〔卫士上，他举着一把华丽的官伞。
卫　士　请大王御伞，泄皋大夫送来的。
勾　践　范大夫呢？
文　种　在船上，还在跟泄皋大夫谈话呢。
勾　践　（向文种）大概还在争议定都的事情呢。
文　种　定都是件大事。泄皋大夫迁都的主张，臣不敢苟同。
卫　士　请大王御伞。泄皋大夫怕大王中暑。
勾　践　（不悦）把伞拿回去！百姓光着身子在太阳下面求雨，寡人怎能忍
　　　　心用伞呢？
　　　　〔卫士持伞下。
　　　　〔远处求雨的百姓已经听见勾践来到，纷纷走上，喊着："大王来
　　　　了！大王来了！"苦成、太辛爹跟在后面。
苦　成　（不由得露出快乐的笑容）大王！
太辛爹　（拜见）大王！
勾　践　（扶起他们，感动地）父老们，你们吃了苦了。三年来文种大夫代
　　　　寡人守国。文大夫说，"今日上下同心，民气不屈"，寡人十分欣

慰。然而今年又遭荒年，寡人为此心中愁苦，带来一些白米，为父老兄弟暂度饥荒。

〔大家没有料到，愣住。

匠丽妻　（几乎是不相信的口气）米？白米？

百姓甲　大王送米来了。

太辛爹　仁慈的大王，你送米来了!

匠丽妻　（感激地）大王，你送的多是时候啊!

众百姓　（激动地喊）大王!

〔另一个卫士上。

另一卫士　大王，米已运到岸上，就在前边。

文　种　父老们，你们领米去吧。

〔众人纷纷走下，卫士领着他们。

勾　践　文大夫，我们到前面看看去吧!　（下）

〔文种和卫士随在后面，同下。

〔希虎带着几个吴兵上场。

希　虎　把这水井填死!

吴兵甲　是。

〔希虎下。

吴兵乙　他们的勾践大王就在前边。

吴兵甲　怕他做什么？我们大王放他回来，留下他的脑袋。他还敢怎样？填!

吴兵乙　是。（与吴兵甲动起手来）

匠丽妻　（提着一袋米跑上）你们干什么？

吴兵甲　填井!

匠丽妻　（高呼）苦成爹，快来啊! 吴兵又来填井了!

〔苦成、鸟雍、匠丽和几个百姓上，有的百姓还捧着筐箩，里边装满刚刚领来的白米。

鸟　雍　又来填井？

吴兵甲　你们这群刁民，该出的丁夫徭役，你们抗拒不出，这就是给你们的惩治! （转向吴兵乙）填! 填得严严实实，渴死他们!

〔鸟雍、匠丽正要上前阻拦，吴兵轰隆一声把井台推倒，填死了水井。

众百姓　啊!

吴兵甲　哼! 吃着我们夫差大王的白米，还不知感恩的奴才!

鸟　雍　哪个吃你们夫差大王的米？

吴兵甲　（指着百姓手中的米箩）那不是？

匠　丽　这是勾践大王发的！

吴兵甲　可那就是夫差大王的米。

苦　成　（惊诧）什么，这是夫差的米！

吴兵甲　连田都不懂得种的东西！只靠我们大王的米养活你们。（与吴兵乙
　　　　扬长而去）

苦　成　（审视箩中的米）夫差的米！

鸟　雍　仇人的米！（坐下）

匠　丽　（抓一把米看）哼，等了这许久，大王给我们送夫差的米来了。

匠丽妻　（愤愤地）难道没有夫差的米，我们就活不下去了吗？

苦　成　大王真是不知百姓的心肠啊！

鸟　雍　（猛地站起来，把陶罐扔在地上）脏了我的罐子！（拔出短剑来）
　　　　夫差的米，我们不吃。越国的水是不能不喝的。（要走）

匠丽妻　你干什么？

鸟　雍　去找那填井的畜生！（下）
　　　　〔黑肩妻兴冲冲地从草棚钻出来，拿着一个破口袋，急匆匆地要走。

苦　成　做什么？

黑肩妻　领米。
　　　　〔这时勾践和文种走来，一边望着。

苦　成　（拦住）不许去！不吃这米也饿不倒的。
　　　　〔黑肩妻吓得放下口袋。

苦　成　（自语）大王啊，你真是没有骨气啊！（抬头忽然看见勾践，向他
　　　　施了一礼，沉默地走下）

勾　践　（愠怒）卫士，抓他来见我！

文　种　（耿直地）不可以，大王。
　　　　〔卫士望着文种没有去抓。

勾　践　（很不高兴）这是为什么？文大夫，百姓可以这样侮骂我吗？寡人
　　　　怜恤百姓困苦，用宫中珍宝籴来白米，怎么，这些人竟然不领寡人
　　　　的恩惠，不知君王的深情？

文　种　（沉静地）大王，动怒了吗？大王应该高兴才是。

勾　践　怎么？

文　种　臣说过，越国无以为宝，惟有民气是宝。

勾　践　（不能释然）这就是文大夫说的民气吗？

文　种　（和悦地）是的，是民之正气。大王回国以后，忙于收拾民心的念

头多，谋国治本的念头少。民心是不能用财物要（读如"夭"）买的。大王虽然巡视全国，安抚百姓，但是百姓的下情，大王还是听不见看不清。大王应该多想一想"天高听卑"这四个字啊！（肃然）君有错，臣应该谏；君圣明，臣才能够直言。

勾　践　（半晌）"天高听卑"？寡人还不甚解。

文　种　（老实地）天是有耳朵的，天虽然高，地上的话都应该听得见。方才那个老人，正是此地的乡贤，他通习六艺，是个有学问的庶民。大王何不请来见一见呢？

勾　践　（半晌，对卫士）你把他叫来。

文　种　（执着地）这不可以，待臣去请。（下）

勾　践　（独白，有些懊恼）文种的话说得太重了。"要买民心"？他的话是很不入耳的。（沉吟）人真是难用啊！正直能干的往往不驯顺，（皱着眉头）不驯顺！可是在患难中要有容人之量啊！（思索着，尽力说服自己，抬起头来）对，他还是对的，他的忠谏还是有道理的。我应该听取他的话，我应该耐心听取百姓的直言。（徘徊几步，忽然）但是一个百姓竟然说我没有骨气，这真是难以耐下啊！

〔文种偕苦成上。后随匠丽。以后陆陆续续走来众多的百姓。

苦　成　（恭敬地）拜见大王。

勾　践　老人的姓名？

苦　成　苦成。

勾　践　（望着他，半晌）你为何不领寡人发的赈米？

苦　成　（质朴地）大王，米有可吃，有不可吃。这样的米是不可吃的。

勾　践　（对老人刚强爽朗的气质有些惊异）为什么？

苦　成　（理直气正地）那是夫差的米。

勾　践　（望着苦成炯炯有神的目光，开始察觉这是一个不寻常的老人）但这是寡人的恩惠，是寡人费尽心机弄来的东西。

苦　成　（侃侃而谈）大王在吴三年，百姓忍饥耐寒，伐木织布，勤勤苦苦，日夜不息，为的是赎大王早日归国，立志雪耻。如今盼得大王回来，满想大王能有富国谋强的办法，哪知却是赈发夫差的米。（越说越振奋）我们一见这米就满心气愤，这无异是用毒药解渴啊！（停一下）小民责怪大王，请大王降罪。（跪下）

〔大家静默，望着勾践。天边云动风来，大家微露喜色。

匠丽妻　（低声）起风了！

太辛爹　（低声）云来了！

勾　践　（不觉叹息）请起，这是寡人的不是了。（兴奋地）是啊，没有米不
　　　　算穷，没有志才是真穷。（关心地）苦成老人，那么现在你们吃
　　　　什么？

苦　成　野果苦菜。

勾　践　以后怎么办？

苦　成　（指着河边的土地）辟荒开田。

匠　丽　（向勾践）我们的沟渠被吴兵填毁了。

苦　成　我们要通沟洫！

匠　丽　我们没有牛——

苦　成　用人拉！

勾　践　用人拉。

匠　丽　我们没有犁。

苦　成　用手刨！（伸出双手）大王请看。匠丽，黑肩，你们都过来给大王看。

　　　　〔许多人都向勾践伸出手来。

勾　践　（吃惊）怎么都是伤痕斑斑？

苦　成　我们就是这样耕种的。非自耕者不食。

勾　践　（兴奋地）非自耕者不食。

苦　成　这样才是靠自己。

文　种　这样才能图自强。

勾　践　（脱口而出）君子自强不息！

　　　　〔说话中阴云四布，这时一声震天动地的响雷——

勾　践　（欢喜地高呼）自强不息！这四个字真像天上的响雷一样，可以震
　　　　撼天地，叫万物都随着它的声音生长起来。（振奋地）对，靠自己，
　　　　图自强，自强不息，非自耕者不食。真是有志气的百姓啊！有这样
　　　　的百姓，我还有什么忧虑，有什么畏惧。

　　　　〔鸟雍手中提着一个吴兵的帽盔走上。

鸟　雍　苦成，你看！（朝远处一指）

苦　成　什么？

鸟　雍　你看那树梢上挂的什么？

众　人　（一惊）人头？

鸟　雍　就是那个填井的畜生！

太辛爹　你又闯祸了。

勾　践　好！叫那欺压人的也受点警戒吧。

　　　　〔泄皋拉着范蠡上。他们都显得比以前苍老一些，泄皋还是胖胖的。

泄　皋　（气吁吁地）大王，迁都之举，是万全之策，老臣和范大夫争论不下。老臣受先王重托，（一句赶一句）为了国家的万世基业，断然主张必须南迁义乌，这样，吴国再来攻打，就一不会危及宗庙社稷，二不会危及大王的安全，而且——

勾　践　好了，泄老大夫。（对范蠡）范大夫，我已决定。国都就建在此地。

范　蠡　此地？

勾　践　就在会稽建起我们的万世基业。

泄　皋　（大吃一惊）那岂不是靠吴国更近，更危险了吗？

范　蠡　对啊，大夫，靠近吴国，将来我们就有进取之便了。

泄　皋　（出乎意外）进取？

勾　践　（断然）定都会稽，决不南迁。

文　种　臣文种恭贺大王。

苦　成　（感动地）真是圣明的决策。大王，我有一件东西要献给大王。（他早已告诉黑肩取来藏了许久的"镇越神剑"。这时，由黑肩手里取来，献与勾践）夫差的"镇越神剑"。

勾　践　（惊愕）什么？这剑在你手里？

苦　成　它一直在我手里，请大王收下。

勾　践　（郑重地接下剑）好。（对剑，振奋地）剑哪！日后你会有用的。（把剑交给范蠡）

文　种　大王，他就是三年前在江边向大王献稻子的人。

勾　践　（注视苦成）哦，是你？

苦　成　正是。

勾　践　（从怀中取出一束焦禾）这就是你给我的稻子。

苦　成　正是。

勾　践　烧焦了的越国稻子！

苦　成　正是，这烧焦了的稻子就要滋发生长了！

勾　践　（十分感动地）苦成老人，你们现在缺少什么？

苦　成　牛。

文　种　牛就要从楚国运来。

勾　践　还缺少什么？

太辛爹　犁。

文　种　无霸正领人造犁。

勾　践　还缺少什么？

众　人　（齐声）雨。

勾　践　　那么就缺少雨了。

〔远处，猛风飘电，黑云涌起，高林霭霭，仿佛就要落雨的样子。众人翘首企望，屏息静待。勾践不觉随着仰望。

勾　践　　（焦灼地）上天，你落下一场好雨吧！多么刚强，多么有志气的好百姓哪！他们辛勤耕种，自强不息。这是多么可敬的志向，多么可贵的期望啊。"自强不息"，这句话叫我们眼前出现一片生机。从此，我们君臣上下，自强不息，至死不变。上天哪，风来吧，雨来吧，雷电一起都来吧！

〔谁知天有不测风云，在勾践祈求当中，大风吹过，把满天乌云吹得渐渐消逝。随着乌云的消逝，勾践更焦急起来。

勾　践　　（几乎是叫喊）让甘霖普降，让禾苗复苏，让越国大地呈现一片郁郁葱葱，让越国百姓焦急的心情被甘霖润泽透了吧！上天哪，你就叫禾苗和百姓一同生长起来吧！天高听卑，你是有耳朵的。降雨吧！降下一场透透的大雨吧！

〔这时天上没有一丝云彩，烈日杲杲，又和方才一样。众人默默无声。

——幕落

第 四 幕

〔四年后。会稽近郊。

〔天将晓，夜色有些透亮了。风雨潇潇，鸡鸣不已。南风吹着饱蕴雨水的薄云，把云彩吹成一块一块的絮片。

〔是一夜透雨就要晴霁的江南景色。水足土润，田里满是肥苗苗的禾苗。一夜淅淅沥沥的春雨，水满沟洫。春雨一点一滴都落在人的心坎里。半夜里，人们起来听见雨声，都喜滋滋地睡不着觉。

〔远处，浓浓的云雾，笼罩着会稽的崇山峻岭。山下，阡陌纵横，河里畅流着哗哗的雨水。过去的荒岭，有些已经开发了，露着一片刚砍伐过的硕大的树根。

〔右方，稀疏的村落，露着点点微弱的灯火。

〔东面，望见会稽城郭一角，在依山傍水、风景秀丽的岗峦上，矗立着一座富丽的楼台，画栋雕梁，檐飞若舞，那是镇越的吴国将军王孙雄的别邸。

〔眼前是勾践的几间简陋的竹阁的一角，是勾践偶尔耕地的时候，在城外建筑的"行宫"。阁前，立着戴着斗笠的卫士。竹窗敞开，灯火荧煌，照着勾践和文种他们正专注地读着案上的木简。后面，勾践夫人在纺葛。静穆中，听得见纺机咬咬的声音。

〔远处传来牛吼声和鞭哨声，有的农民开始牵牛下田了。

勾　践　（立起，不觉望着窗外）雨停了。好一夜透雨啊。每一滴都仿佛滴到我的心里。（喜滋滋地）文大夫，你看家家都在织葛。（牛吼声）有人已经下田了。这跟四年前，真是大不相同了。

文　种　（指着案上木简）大王，让臣再读一下臣的方策吧。

勾　践　（爽朗地）不用细读了，你这些理国的办法，减赋税，省刑罚，开沟洫，选贤能，轻徭役，叫百姓先富足起来，都很好。至于如何使人丁兴旺，君夫人倒又想了几条。

勾践夫人　（微笑地）庶民家奴，生了男孩，大王就赐给一壶酒，一只狗……

勾　践　（插话，颇有兴致地）生了女孩，就赐给一壶酒，一头猪。

勾践夫人　（谦和地）文大夫，你看行吗？

文　种　（大笑）臣照办。

〔勾践从竹阁走出，四面眺望，文种随后。这时天已大明，朝阳照着雨后的田野，一片青葱。树枝上的雨珠都闪着金光。

〔泄皋上。后随卫士二人，绑着苦成。

泄　皋　（憋着一口闷气）启奏大王，老臣奉命和范大夫一道陪侍吴国使命被离将军。天还没有明，被离将军要亲自巡视会稽新城，走到城门楼上，不料苦成早已在内。

苦　成　我奉了文种大夫之命，在城楼上正装设报警大鼓，没想到，吴国使臣居然派兵拦阻！……

泄　皋　（怒责）你竟敢打了吴兵，得罪了被离将军！

苦　成　（理直气壮）城是越国的城，鼓是大王的鼓。为什么他不许装在城门楼上？

泄　皋　启禀大王，被离将军说："鼓是进军用的，难道你们要向吴国进军吗？"

勾　践　（愠怒）一旦有了敌人，怎么，越国不能鸣鼓报警守卫吗？

泄　皋　被离将军说："越国在吴国的羽翼之下，有了敌人，吴兵会保护的，用不着这种进军报警的东西。"（指苦成）他就打了吴兵。臣因此将他绑来。（狠狠地望文种一眼）他是文大夫派去的，就请文大夫处置吧。臣以为他应受刖刑，断腿示众！

〔这时，鸟雍急急皇皇地跑上，喊着："苦成！"

〔鸟雍的脸上曾受墨刑，刻着一个鸟形的标记。他听清了泄皋的话——

鸟　雍　（高呼）大王，不可以啊，不可以。鼓是大王叫装的。我们理直，他们理曲。大王要是处分苦成，我情愿代他受刑。（跪下）

泄　皋　你是什么人？

鸟　雍　（抬头一看，认清是泄皋，大吃一惊）老大夫！

泄　皋　（发现是鸟雍，看清他脸上的标记）啊，你原来是我采邑上逃亡的家奴！

文　种　老大夫的家奴？

泄　皋　他脸上还刺着标记呢。逃亡者死。（向卫士）把他捉起来。

〔卫士立即将鸟雍绑住。

文　种　大王，这个人就是臣提过的鸟雍。

勾　践　（向鸟雍）你是能造船的工匠吗？

鸟　雍　小人和苦成爹，在先王时候，都造过战船，当过水军的。

勾　践　泄皋大夫，他既是你的家奴，那就赠送给我吧。

泄　皋　（很出意外，勉强地）大王既要这种不法逃亡的家奴，臣敢不从命。

勾　践　苦成——我自有处置。泄皋大夫，你快去陪侍被离将军去吧。

泄　皋　臣奉令。大王，这几年来，越国百姓，不知道保国求安的道理，动
　　　　不动就跟吴人争吵，甚至像这些庶民、家奴也学得竟敢得罪吴兵。
　　　　此风断不可长。文大夫百般纵容，才使得他们这样嚣张。这有关国
　　　　家的安危大事，老臣不能不讲，请大王圣察。（愤愤地）这两个人，
　　　　臣以为应当重办，惩一儆百！老臣告退。（下）

勾　践　（转向文种）文大夫，你看这事应如何处置？

文　种　（深深一躬）臣惶恐。大王，（指案上方策）臣在方策中曾经提到，
　　　　要省刑罚，用贤能。当此邦家多难，有用的人材是应该破格录用的。
　　　　伊尹①扶汤，傅说②相殷，伊尹、傅说两个也都是奴隶啊。

勾　践　（微笑）好吧，左右，将他们放开。

　　　　〔卫士将苦成、鸟雍的绳索解开。

文　种　臣以为泄皋大夫太没有是非了。

勾　践　文大夫，由他去吧，还有没用处的人吗？我们和吴国交往，他还是
　　　　有些用处的。

文　种　（执着木简）臣就将此方策去诏告百姓了。（下）

勾　践　（转向苦成）你打了吴兵？

苦　成　打了吴兵。

勾　践　打得好！可是你要晓得，猛虎是不把牙齿露在外面的。以后你要谨
　　　　慎了。

苦　成　（赤诚地）小人叩谢大王。（向鸟雍）鸟雍，还不快谢恩吗？

鸟　雍　（直拙地）谢个什么？今后有的是报国的日子。

勾　践　（颇觉他不凡）好，鸟雍，寡人命你去做造船工匠。今后你要好好
　　　　报效寡人。

鸟　雍　是。

勾　践　（欣赏地）你们都当过先王的水军？

苦　成　曾经在一条船上。

勾　践　你们是老弟兄了。

　　　　〔范蠡匆匆上。

---

① 伊尹，名挚，商汤大臣，原为汤妻陪嫁的奴隶，后被汤任以国政，佐汤灭夏桀，被尊为宰相。

② 傅说，商王武丁的大臣，相传原是傅岩（今山西平陆东）地方从事版筑的奴隶，武丁访得，举以为相，
　殷得以中兴。因于傅岩访得说，故命为傅姓，号傅说。

范　蠡　启奏大王，祭城衅鼓的事又有波折了。

勾　践　怎么？

范　蠡　被离在城上巡视之后，突然指出，会稽新城，城高池广。他说筑城是对吴设防，不是臣服之道。他命令将新城拆平。

勾　践　（大惊）拆城？

范　蠡　是的，拆城。臣特来报知。

勾　践　（愤怒）刚才他说城上不许设报警之鼓，如今他又要寡人把新城拆平。

苦　成　连城也不许筑吗？这还叫什么国家！

勾　践　坚决不可，勾践头可断，城断不能拆。

苦　成　多少百姓服劳役，日夜辛勤，才造成这座城。

鸟　雍　刚刚盖好。大王难道叫我们再次拆平吗？

勾　践　范大夫去告诉他，决不能拆。

范　蠡　（沉静地）大王，是否容臣再思索一下？

　　　　〔静默。

勾　践　范大夫，你有什么好对策？

范　蠡　臣只想到，吴国今日正像夏天的骄阳，毒烈无比啊。臣有一策，十分冒昧，不知大王能否垂听？

勾　践　你讲吧。

范　蠡　拆平新城，劳民过甚。不如把城门拆掉，不设关防。那么这座城，名存实亡，他就没有话讲了。

勾　践　（大怒）范大夫，想不到你竟想出这样荒谬的对策。没有城，寡人如何自保？吴国兵不是随时可以长驱直入，我们岂不要日夜提心吊胆了吗？

范　蠡　不死不生，不断不成。这是置之死地而后生的道理。拆去城门，叫夫差不生疑虑，不把越国看成眼中钉，肉中刺。拆去城门，才更叫我们君臣上下不能高枕无忧，知道吴兵随时打得进来。大王，城的用处，只是退守。而如今，我们生聚教训，是为了来日向吴的进攻。如果只求退守，不想进取，那么，这仅余的弹丸之地，也是不能自保的。这样看来，拆与不拆，都是小事。

勾　践　（有所领悟）都是小事。

范　蠡　苦成，鸟雍，你们是打过仗的，在战场上，不怕死的反会生，想偷生的反会死。大王，如果越国上上下下不准备立志破吴，那么，只是靠城，有什么好处呢！

乌 雍	对呀!
苦 成	我懂了。拆了城门,这才是下定决心,向前进取。
勾 践	(缓缓地)是啊,置之死地而后生。

〔无霸上,捧虎血一盂。

无 霸	启禀大王,衅鼓的时辰到了。
勾 践	(奋扬地)抬鼓来,寡人就在此地衅鼓。范大夫,从此我们再不能有一丝一毫苟安自保的念头。敌人也不许我们稍有一点苟安的打算。

〔卫士抬上战鼓。

无 霸	(献呈虎血)大王,这是猛虎的鲜血。
勾 践	好。以虎血衅鼓,更加令人勇壮!

〔勾践接过虎血,行衅鼓之礼。众跪下。勾践捧盂过顶,举了三举,祝告。

勾 践 (朗诵)

　　击鼓蓬蓬,外御强凶,

　　赫赫威武,六军之雄。

　　击鼓蓬蓬,且击且攻,

　　声威烈烈,歼彼元戎。

〔勾践用虎血洒在鼓上,无霸接过血盂涂洒鼓身。

勾 践 (激昂地)战鼓的声音,叫我们锐意进取。战鼓的声音,叫我们有进无退。范大夫,今天不能将这鼓装在城上,来日伐吴,我定要用此鼓,击鼓发兵!

苦 成

　　好,来日伐吴,击鼓发兵。(抬鼓下)

乌 雍

〔季婴上,后随卫士二人,持着铁犁,季婴手持牛鞭。

季 婴	父王,百官恭候大王行春种之礼,儿臣已经把牛牵来了。

〔泄皋匆匆上。

泄 皋	启禀大王,被离、王孙雄要觐见大王。
范 蠡	昨日和他约定,在城东淮阳宫赐见。
泄 皋	在这里,臣也以为不可。可是被离将军固执异常,定要在此地相见。
勾 践	〔冷笑)他无非是要讥笑寡人扶犁耕田,失了君王的体统就是了。(恨恨地)就在此地召见他!
泄 皋	大王,还是换上王服吧!

勾　践　（怒视）为什么要换?! 叫他上来。

泄　皋　遵命。（向内呼）被离将军，王孙大夫，大王有旨召见!

〔王孙雄引被离上。后随军士。

王孙雄　（荐介）夫差大王特遣使命被离将军，前来宣慰越国臣民。

被　离　被离奉寡君之命，问勾践大王安好。

勾　践　谢大王恩。将军一路辛苦了。

被　离　（捧旨宣读）勾践听旨："越君勾践，返国四年，守土事吴，克恭克
　　　　顺，年来进呈贡品，葛布十万匹，甘蜜千坛，狐皮百双，黄金千
　　　　镒。良材巨木，犀甲晋竹如数。寡人嘉许，特赐羽毛之饰，以示深
　　　　恩。猗欤盛哉！"

〔吴军甲士呈上带羽毛的冠服一袭。

被　离　勾践大王，这样的恩赐是稀有的盛事。连伍相国征战有功，辅弼老
　　　　臣，也没有受过这样的重典啊。

勾　践　勾践谢恩谨领。（接过冠服，递与泄皋）

泄　皋　（恭维地）夫差大王的恩德，真是山高水长。

被　离　听说大王躬耕南亩，夫人亲自织葛，真是很得人心啊。夫差大王和
　　　　伍相国听了你们如此劳心苦志，十分关切。

范　蠡　寡君和君夫人亲自耕织，无非是为了贡献上国。

勾　践　寡人受吴国深恩，死不敢忘。

被　离　（傲然）这样说来，大王颇懂得以小事大的道理了。那么今日筑城
　　　　是什么居心呢?

范　蠡　寡君奉命唯谨，已命令将城门拆平。

王孙雄　（惊讶地）拆平城门?

被　离　（不满地）只拆平城门?

勾　践　拆平城门，为了便于向上国朝贡。

王孙雄　（立刻转圜）好极，好极。这足见大王与吴国和睦的诚意了。

被　离　（还是不满地）暂且如此吧。大王，我还有一事相商。

勾　践　（笑说）贵使还有何吩咐，可与下国上大夫范蠡商量。（转命泄皋）
　　　　泄皋大夫，要好好款待被离将军。（对被离）寡人不恭，寡人要去
　　　　犁田了。

〔勾践率季婴和持犁卫士下。

被　离　（不悦）好吧! 就对你讲吧。（骄矜）前日，夫差大王兴师伐齐，大
　　　　破齐兵于艾陵，俘虏了齐国的宰相，声威远震，中原慑服。你们既
　　　　是吴国臣属，早应同申庆贺，犒劳吴军。大王命我传谕勾践，速贡

肥牛千头，押送姑苏。

范　蠡　要肥牛千头吗？

被　离　嗯，肥牛千头。

泄　皋　（自作主张）犒劳吴军，下国义不容辞。不过肥牛千头，未免太多了。（转对王孙雄）王孙大夫，我看就凑个五百头吧。

〔范蠡一怔。

王孙雄　（望望被离，笑着）被离将军索牛千头，泄老大夫你就去了一半，这未免太少了。（自作主张地）我看就六百头吧，被离将军以为如何呢？

〔被离不理。

泄　皋　（笑容可掬地上前）被离将军！……

被　离　（猛地翻了脸）我奉了大王使命，和范大夫办理此事，王命国法，怎么有你插嘴的地方！（说着向王孙雄扫了一眼）

泄　皋　（无趣）是，是。

范　蠡　被离将军，越国缺牛。百姓耕田，不能没有牛，否则米从哪里出？

被　离　越国从前本是打鱼打猎的小邦。耕田种稻，不是你们的事情。吴国有的是米，还能养得起你们。

范　蠡　我们不愿作上国的累赘。被离将军要其它东西，越国上下定当勉力奉命，只是牛——

被　离　（满心愠怒）夫差大王意旨，这次要的是牛，肥牛千头，一头也不能少。

王孙雄　（不满被离的年少气盛）被离将军，这事要慢慢磋商才是啊。

范　蠡　请你禀复夫差大王，莫说是肥牛千头，便是一百头也没有力量办到。

〔无霸匆匆上。

无　霸　范蠡大夫，凡是有牛的人家都来了吴国兵，不许牵牛下田，范大夫……

范　蠡　被离将军！这是为了什么？

被　离　（专横地）既要牛来劳军，就不能用来耕地了。

〔忽然传来牛吼人叫的声音。

〔太辛老爹匆匆奔上。

太辛爹　范蠡大夫，不好了！吴兵抢牛了，吴兵抢牛了！

王孙雄　（低声，着急地）被离将军，这是怎么回事情？

被　离　范蠡大夫，这显然是越国刁民对吴国兵士又来撒野，才闹出事来。

今天一早，就闹了两次。范蠡大夫，你要查究严办！王孙大夫，走。

〔被离扬长下，王孙雄随下。

泄　皋　被离将军，千万不要动气。王孙大夫，王孙大夫……（追下）

无　霸　范蠡大夫，奉大王谕，大王要立刻见你。（向远处一指）就在田边。

范　蠡　太辛，你去告诉百姓，赶快赶牛上山，能保一头，就保一头。

〔范蠡与无霸下，太辛爹下。

〔这时在一片牛奔人喊声中，吴兵二人挥着鞭子暴打防风婆婆。防风婆婆挣扎着上。

防风婆婆　天杀的吴国兵啊！你们不能抢我的牛，强盗！

〔防风婆婆跌倒地上，吴兵狠狠毒打。

〔黑肩奔上。

黑　肩　（大呼）住手!

吴　兵　你也找打?

〔黑肩扑在防风婆婆身上，吴兵没头没脸地鞭打黑肩。

另一吴兵　（向外）把牛牵走!

〔内应:"是!"

防风婆婆　还我的牛，还我的牛啊！（追喊着下）

〔黑肩挣扎起来。这时，吴兵二人房劫黑肩妻，匆匆走过。

黑肩妻　救命啊！救命！（发现黑肩）黑肩，救我！

黑　肩　禽兽！我跟你拼了！（冲下）

〔四面八方牛奔人叫，鞭打厮斗，乱成一片。

〔匠丽、匠丽妻、越国百姓和"壮士们"执刀剑棍棒追上。

百姓甲　吴兵把黑肩嫂也抢走了，快去救人啊！

众　人　走!

〔许多百姓追下。

匠　丽　无霸，我们绝不叫这群禽兽再横行霸道。

众　人　（擎起刀剑）跟他们硬拼!

无　霸　（怒气填胸）好，天塌下来，有我顶住。我们就去杀光这群强盗，抢牛回来。

匠　丽　我们就去杀死被离。

众　人　杀被离，走啊！杀被离！（正要冲杀前去）

〔范蠡急上，后随苦成、鸟雍。

范　蠡　（大喝）无霸，停住!

苦　成　停住。

〔众人立刻停住。

无　霸　范大夫。

范　蠡　你们要干什么？

匠　丽　去杀被离！

范　蠡　（望众人）这里有"五千壮士"吗？

　　　　〔无霸和壮士数人举起刀剑，齐声回答。

无霸等　有。

范　蠡　（沉静地）你们不想报家国深仇了吗？——你们手里拿的是什么？

无　霸　（不觉）刀啊。

范　蠡　这样一来，不是完全泄露了吗？——就为了杀几个吴国兵吗？

鸟　雍　我拼了性命也要杀死被离。

苦　成　杀死十个被离也不能解恨哪。

范　蠡　刀剑收起，仇恨记下。

众　人　（一致收起刀剑，低声）刀剑收起，仇恨记下！

　　　　〔沉静肃穆中，勾践上，后随文种。

　　　　〔众人屏息，凝望勾践。

勾　践　（镇静）大家去犁田吧！

匠　丽　（轻声）没牛了！

防风婆婆　（这时踉跄走来，拭着眼泪）大王，我的牛啊！——

　　　　〔勾践夫人率季婴上。

勾　践　（望防风婆婆，转对文种）将寡人的牛赐给她。

季　婴　（跪下，悲愤地）父王的牛也没有了。

防风婆婆　（喃喃）没牛，怎么耕田啊？

勾　践　（坚决地）有人！用人拉！（从卫士手里接过铁犁，背在身上。转对夫人和季婴）下田去吧。

　　　　（勾践率夫人、季婴走向田里，把绳子背了起来。范蠡扶犁，他们奋力拉犁前进。

苦　成　（向众人，刚强地）走，下田去！

　　　　〔百姓们望着勾践，都默不作声，奔向田里。

　　　　〔被离与王孙雄上。他们望着田间奋力拉犁，一声不响的越国君臣。

被　离　你看，他们在干什么？

王孙雄　犁田。这群人哪！——被离将军，夺牛的事，未免太鲁莽了。伯嚭太宰是不会赞同的。

被　离　王孙雄大夫，你镇越四年，大王说你办事不力！

王孙雄	怎么？

被　离　失落了"镇越神剑"，到现在还没有找到。

王孙雄　为了此事，我寝食不安。失剑之后，我曾按照大王的圣谕，派兵搜索，杀人屠城，前后三次。但是这群蛮子，简直毫无人性。……

被　离　大王命你立刻搜剑，今天夜里，我就要带回姑苏。

王孙雄　今天夜里？（谄媚地）我还预备在（指着）我的歌台，笙歌女乐，和你作长夜之饮呢！

被　离　（冷冰冰）我要紧急禀报。请你今夜四鼓，鸡叫第二遍的时候，为我备下轻车快马，我准备星夜起程。

王孙雄　好，我马上动手搜剑！定要穷追到底！

————暗转

〔满天晚霞，映在水田里。古槐枝旁，一轮血红的夕阳，正照着勾践、文种和苦成。在沉郁的空气中，三个人在土坡上相对着。

〔远处禹庙的钟声，不断从暮霭中传来。钟声缓缓震荡着。半晌。

文　种　乌雍在禹庙敲钟了。这一下一下的钟声，告诉了百姓，吴兵正在搜剑，每家赶快把兵器藏好。

勾　践　（抚剑不语。瞭望着远处城郭上的云霞，满脸怒气。忽然拔出剑来，霞光闪闪，向前一挥）这一"镇越神剑"，是不能再换主人的。它在夫差手里，是越国的耻辱。百姓将它拔下，为它流了血，死了人，交在寡人手里，它就是越国人的骨气。

文　种　（不安地）王孙雄连下了三道军令，叫吴兵见人就搜，有门就闯。几次搜索兵器，没有这样严紧过。现在他们已经搜过了坠马桥。搜到城南，大王密藏刀剑的兵库，如果因而泄露，全被劫走，那损失就难于弥补了！

勾　践　是啊！交出去就能停止搜索，救下兵库。难道能为了这三尺烂铁，丧失所有的兵器吗？——（低声）交出去吗？（昂奋地）可是交出去，就是交出了越国人的骨气，交出了百姓对寡人的期望。

苦　成　（沉重地）也是交出了越国百姓这一片耿耿的是非之心了。

勾　践　这剑是万不能交的。（望着夕阳）宁可做那笔直折断的剑，不做那弯腰屈存的钩！寡人这番心志，定要上告祖先，昭示百姓。我到禹庙去了。文大夫，你叫范大夫去妥善应付吧。（佩剑昂然下）

文　种　（自语）无论如何要保住兵库的剑和刀。

苦　成　（义形于色）定要保住兵库的剑和刀!

文　种　（意在言外，安抚地）苦成老人，不要担心。我和范大夫计议一下，
　　　　必然想出万全之策。

苦　成　（长揖）苦成领受了贤大夫的深意!

〔文种下。

〔沉重的钟声，不断敲击，一声声震动人心。苦成望着天边殷红的
　半轮夕阳，镇定肃穆。

苦　成　生当为人杰，死也做鬼雄。宁做那笔直折断的剑，不做那弯腰屈存
　　　　的钩。兵库的剑、刀是不能搜去的，越国的骨气是不能丧失的。（沉
　　　　毅地）疾风知劲草，岁寒见青松。只有苦成我去，才是万全之策。
　　　　（望着远处的禹庙，心思如潮，诵白）

　　　　　　是非难颠倒，就是千刀万剐，

　　　　　　　要保下兵库的剑和刀!

　　　　　　拜倒，向钟声起处拜倒，

　　　　　　朝那巍巍大禹闪英灵的庙。

　　　　　　是大禹的苗裔，人不老，

　　　　　　双肩担负下铁铮铮的节操。

　　　　　　　要保住这剑和刀!

〔这时，吴兵押着被绑的越国百姓数人，他们坚毅不屈，昂然走过。

苦　成　（继续诵白）

　　　　　　这暖水热土啊，你恩盖天高，

　　　　　　为了你，多少人惨烈烈死了。

　　　　　　这红红的夕阳啊，

　　　　　　是流不尽的英雄血;

　　　　　　这腾腾的晚雾啊，

　　　　　　是压不倒的冲天壮气豪。

　　　　　　要保住这剑和刀!

　　　　　　是我拔下这"镇越剑"，

　　　　　　我就去当头劈面，

　　　　　　喝住这横行的鸱鸮，

　　　　　　告诉他们:

　　　　　　"我早将它沉在万丈的剑湖底，

　　　　　　它化成了越国的龙蛟，

　　　　　　　正气难摇。你不用找!"

为了保住这剑和刀，

做了厉鬼也咆哮！

儿孙们哪，

你们定要揭地掀天，

将今日的乾坤翻倒！

〔鸟雍匆匆上。

鸟　雍　（急煎煎地）苦成老爹，大王这时还要我带人上山伐木！

苦　成　为了造战船吗？

鸟　雍　（愤急）正是啊！现在吴国兵眼看着就要搜到我们的兵库了，可是大王这个时候，还叫我伐木造船！

苦　成　（沉思）大王这时还不忘记造船伐吴的大事，这才是我们的大王啊！（望着鸟雍）你还不安心吗？

鸟　雍　（恍然）对啊。

苦　成　你还不去吗？

〔勾践上。

鸟　雍　（兴奋）对啊！

苦　成　去吧，鸟雍。（望见勾践，语重心长）你要衔枚疾走啊。从今以后，要像追剿敌人那样，口含竹枚，默不作声，奋迅前行。

鸟　雍　知道了。（返身就走）

苦　成　知道什么？

鸟　雍　"快快做，莫作声"。我走了。（下）

苦　成　大王，我献给大王一件东西。

勾　践　什么？

苦　成　（从腰间取下苦胆）胆。胆能明目，它叫人眼亮。大王要看清哪！一时强弱在于力，千古胜负在于理。大王，我去了。（下）

勾　践　（将胆随手挂在石崖上，陷入沉思中）千古的胜负在于理！

〔在这当口，日落云懑，夕阳沉落在暝色里，最后的几缕晚霞散了。

〔天暗暮浓，茂竹丛岭上，升起一轮新月。

〔勾践在徘徊着，沉思着。

〔远处有几声清亮的渔歌，随着月光照着的江水，逐渐消失了。

〔村落里，劳累一天的人们回了家。炊烟熄了，村落开始入梦。偶尔有几点星火，想是妇女们还在纺织。

〔勾践在徘徊着，沉思着。

〔禾田里灌满了水，星光在水里，静静的。

　　　〔春风荡漾，夜色是那样晴朗。

　　　〔竹阁里，勾践夫人走进来，点起油灯，坐下纺织。

　　　〔竹篱外，无霸默默走上，执戈守卫。

　　　〔更锣敲了两声。

勾践夫人　　大王，二更了。（见勾践没有答应，仍坐下纺织）

勾　践　（诵白）千古的胜负在于理。然而要多少今天这样的日子才能赢得这个胜负啊。

　　　〔木铎声缓缓响过去。

勾　践　二更天了。这一天哪，拆城，抢牛，搜剑，民受苦，君受辱，还不知道兵库如何呢？

　　　　　漫说人非木石，就是一块石头也会气得喷出火来。

　　　　　大禹啊，我的祖先！你披荆斩棘，劳神焦思，奔走七年，过门不入。

　　　　　你为了百姓的疾苦，奔波劳碌。草鞋掉了，你顾不得回头去拾，树枝挂住你的王冠，你顾不得回头去摘啊！

　　　　　大禹啊，我的祖先，你形容枯槁，面目黧黑。你奔走四海，研究山川脉理；你疏江导河，凿石决流，你终于制服了天下滔滔的洪水。

　　　　　你说：一个男子不耕田，就有人因而受到饥饿；一个女子不采桑，就有人因而受到寒冷。

　　　　　你威德通神明，连一群群飞鸟都为你耘田！会稽，就是你得天下的地方。是你叫四海九州，都知道会稽这个光灿灿的名字。

　　　　　而我，你的子孙，一个鱼虾都不如的东西，竟然辱没了你，也辱没了会稽。

　　　　　我，继位的时候，只知道酗酒打猎，流连荒亡。略略知事的时候，又骄傲盈满，不知养民。我把会稽这个名字变成了粪土败絮，会稽在我的手里，成了最羞辱，最见不得人的地方！

　　　〔这时，一阵急管繁弦，伴着女歌，从王孙雄的楼台，随风飘来。

勾　践　这是什么声音？

　　　　　王孙雄就在我的京城会稽，盖起歌台，夜夜唱着夫差的吴歌。可羞啊，可羞！

　　　　　我卑鄙，我怯弱，像一只惊弓之鸟，一见猎人的影子，就钻入天去。我只知退缩。抢牛，我不敢回手；搜剑，我不敢回手；连拆城我都不敢回手。这一鞭一道血痕，打在我的心上。我就是脸皮厚，就是不知痛。在群臣面前，在范蠡、文种这样难驾驭、不能长居人下的大夫面前，站着我这样一个不成器的君王！

　　我是什么人哪！（捶胸长啸）哦，我恨——哪！

〔远处忽然轰轰隆隆，一片倒塌的声音。

勾　践　这是什么声音？

无　霸　大王，我们的城门拆了。

〔勾践悲愤地，默默低下头来。

〔一个披甲执戈的卫士上。

卫　士　（对着竹阁，用戈矛敲了三记，高声）勾践！你忘了会稽之耻吗？

勾　践　（突然仰起头来，奋声疾呼）没有忘记！勾践没有忘记！

〔卫士下。

〔勾践又在徘徊。

〔更锣敲了三下。

〔夜更深了。月光如水。文种走上，后随黑肩。

文　种　（镇静地）启奏大王，吴兵停止搜剑了。王孙雄说已经获得拔剑的人了。

勾　践　苦——成？

文　种　（沉重地）苦成老人自己去的。他殉了难。他在禹王庙前殉了难！

〔沉默。

黑　肩　（望着无霸）二哥！

勾　践　苦成老人！

黑　肩　二哥，我要去练兵习武。

无　霸　好，你来吧！（领黑肩下）。

〔文种下。

勾　践　（诵白）义士啊，苦成！你死得其所，你死得比泰山还重。（走到崖前，望着苦成送的胆）怪不得你送给我这东西——胆哪！

　　胆哪，你颜色墨而绿，你不美，你不香，你性寒，你苦而涩，一看见你，就知道你的气味是多么难以入口。你像苦成，苦成又多么像你啊。

　　你苦啊，胆！可你是清心明目的；你叫我们眼亮耳明，看得见希望，听得进一切忠言善语。

　　你苦啊，胆！然而你是退热的，定神的，使人镇定，你叫我不焦躁，不慌张。在敌人面前，深思熟虑，知机观变，要沉静。

　　胆，你是多么苦啊。但是你能教人胆壮，叫人勇敢，敢于面对一切残暴和不平。

　　胆，你苦啊。但你是驱毒的，除不洁的。你教我们把一切懒惰、苟安的毛病都一起抛却，教我们敢于把这肮脏的世界洗得干干净净。

　　胆哪，你不巧言令色，你外面那样的不动人，你心中却藏了这么多的治国治人的道理！

　　苦成，这一个胆就顶替了你的千言万语。这一个胆就说出了多少死了的壮士百姓深深的心意。

　　我要天天尝它，夜夜尝它，日夜不离它。见了胆，就如同苦成在我的身边。见了胆，就如同见到多少被杀戮的黎民百姓。

　　见了胆，就会想起"千古的胜负在于理"，而这理要多少劳心苦行才能争取到啊。

〔这时，披甲执戈的卫士又上。

卫　士　（仍对着竹阁，用戈矛敲了三下，高呼）勾践！你忘了会稽之耻吗？
勾　践　（沉静地回答）没有忘记。

〔卫士下。

〔夜更深了，月光下，江山如画。勾践望着睡熟了的村落，一片刚犁过的田野，心中逐渐引起一腔欣悦的情怀。

勾　践　（诵白）江山哪！我们定要苦尽甘来，我们要赢得千古的胜负。

　　黎民百姓啊！我们定要苦尽甘来，我们不怕这一时的强弱。

　　个个执剑，人人扶犁，就在这方圆不满百里的疆土上，也要兴起一片腾腾的王气。

　　我听见，这是多么美妙的声音啊！一天辛苦，人们在沉沉酣睡的声音。

　　我听见，妇女们在灯下纺葛的声音，

　　我听见，南风吹动麦浪的声音，

　　我听见，丰收割稻的声音，

　　我听见，酿酒祭神的声音，

　　我听见，捣土筑屋的声音，

　　我听见，坎坎伐木的声音，

　　我听见，丁丁造船的声音，

　　我听见，战舰上扬起风帆的声音，

　　我听见，沟洫中哗哗流水的声音，

　　我听见，泼剌剌鱼跳的声音，

   我听见，禾苗在滋长的声音，

   我听见——

   〔忽然传来呱呱的婴儿的啼哭声。

勾 践 （谛听，低声）——这是什么声音？

   〔婴儿哭得更欢，勾践喜形于色。

勾 践 婴儿的哭声，这是多么美妙的声音啊！

   〔勾践夫人抱着一对孪生的婴儿上。

勾践夫人 （欣喜地）大王，无霸的妻子刚刚生下一对男孩，请大王取名。

勾 践 好，好，一个叫子犁，一个叫子剑。

勾践夫人 好。（抱婴儿下）

   〔晓星闪闪，鸡唱第一声。

勾 践 （满怀朝气）一声鸡叫！我听见支楞楞剑响的声音！

   （拔剑而起）

   〔这时披甲执戈的卫士又上。

卫 士 （向着竹阁，高声）勾践！你忘了会稽之耻吗？

勾 践 （拔剑向前一刺，活跃地）没有忘记！ （舞起剑来）

   〔勾践舞得热烈欢畅，无霸这时也舞着剑上来。二人月下对舞。文
   种悄悄上，望着他们。

文 种 （向山下一指）大王请看，都在练呢！

勾 践 （招手）到这边来。

   〔卫士二人抬鼓上。勾践拾起鼓槌，雄壮地击起刚刚衅过的鼓来。

   〔无霸用剑一挥。大队青年农夫，整齐肃武，持戈操矛，按着冬冬
   的鼓声，操练着上来。最末一个恰是黑肩。

   〔鸡叫第二遍，远处田野边，有人持着火把，驾着轻车快马，正向
   吴国飞驰。

   〔范蠡匆匆上。

范 蠡 大王，请轻一些。（指着远处移动的火光）被离回国去了。他
   一定又向伍子胥急报什么去了。

   〔勾践警觉地停了一刻。火光隐没，鼓声再起，震荡田野。

   〔东方开始露出熹微的晨光。

         ——幕落

第 五 幕

〔十五年后，又一个秋收的季节。江岸禹庙前（景同第一幕）。

〔清晨，阳光洒满了江畔。江流蜿蜒，远处望见越国一簇簇的朦胧战舰，大小渔船在江上来往如梭。

〔山青了，树绿了。对岸的田野稻穗累累，茂密的农作物延伸到吴王夫差的丰功碑旁，连碑底的雕饰花纹，都看不见了。

〔岩石上，夫差插剑的地方还是光溜溜的。这几年里，在苦成殉难以后，不知谁在这上面刻上两个巨大的篆字——"苦成"，刻得苍劲古朴，生气勃勃，就像苦成活着时那种神气。人们把这块地方称为"苦成崖"。它成了越国父老经常教诲砥砺子弟的地方。

〔江岸禹庙焕然一新。门前高悬着越王勾践衅过的钟和鼓。

〔开幕时，禹庙门前立着两个越国军士。对面防风婆媳、匠丽妻、子犁、子剑、黑肩，还有许多越国兵士和百姓，都跪在苦成崖前，崖前燃烧着熊熊的燎火。乌雍站在最前面。他深深拜了三拜，跪下。

乌　雍　苦成！老爹！十五年前，夫差就是在这里杀的你。十五年了！这十五年乌雍没有一天忘记你。越国人也没有一天忘记你。你成了神了。你保佑越国风调雨顺，你保佑越国年年丰收。这十五年，我们忍着这口气，昼夜辛苦，不敢怠慢。苦成，老爹，你来看吧！你看，大江里是咱们越国的战船。你看，家家是谷满仓，牛成群，孩子一堆一堆的。他们长大了，入了伍了。连你殉难那天生下的孙儿，子犁、子剑也都入了伍了，拿起你舍命保下来的戈矛刀剑了。天天都显着灵应的老爹啊，如今我们熬出头来了。这十五年，越国人每年都要在你的苦成崖上磨一次刀剑。你看崖石都磨了深沟。崖石啊，你好比苦成老爹铁硬的骨头！这剑上的钢锋啊，你好比苦成老爹望着我们的眼睛！老爹啊，你看吧，我们不会给越国丢人的。（持剑上前，在崖上磨了两下，退回，对大家）起来吧，都磨了吧？

众　人　（齐声）磨好了。

〔一个青年后生站在崖石上，向远处瞭望着。

青年后生　（一面瞭望，一面兴奋地喊）看哪，船上的渔户们都来了，送
　　　　　　壮士从军的都快连成一条河了。
　　　　　　（完全白了头发的太辛老爹赶来，举着一袭战袍，走到子犁、子剑
　　　　　　面前。

太辛爹　（对孪生兄弟）子犁、子剑哪，你们入伍了。这战袍是我儿子穿过的，
　　　　　当作寒衣，你穿上吧。可惜只有这一件，太少了。

几个青年　（齐声）这还少吗？这是五千壮士穿过的啊！

子　犁
子　剑　（接下战袍，躬身）多谢老爹，我们兄弟合着穿吧。

黑　肩　对呀，合着穿吧！（诵《战歌》）
　　　　　　　谁说寒衣少，
　　　　　　　咱们合穿一件战袍。
　　　　　　　大王起义兵，
　　　　　　　壮士磨戈矛。

鸟　雍　（豪气地）看啊！这个歌才是汉子唱的。

黑　肩　（领唱）
　　　　　　　谁说寒衣少，
　　　　　　　咱们合穿一件战袍。

青年们　（唱）
　　　　　　　大王起义兵，
　　　　　　　壮士磨戈矛。

众　人　（齐声唱）
　　　　　　　谁说寒衣少，
　　　　　　　咱们合穿一件战袍。
　　　　　　　大王起义兵，
　　　　　　　壮士磨戈矛。
　　　　　　　你我同仇恨，
　　　　　　　仇恨似火烧。

　　　　　　〔远处军角声。

子　剑　听，这是为什么？

　　　　　　〔一个老妇人仓皇跑上。

老妇人　鸟雍爹，不好了，吴国兵来了！

太辛爹　吴国兵又来了？夫差不是要领兵到中原黄池去会盟吗？怎么又到越
　　　　　国来了？

〔四面传来军角声。

乌　雍　你们听各处都起了号角声，是吴国兵来了。

〔一个青年击着木铎跑上。

青　年　吴国兵来了，离会稽不远了。

子　犁　我们的戈矛都磨好了！

青年甲　杀他个干干净净！

子　剑　把夫差的首级就枭在这里。

〔马嘶声。

乌　雍　我们的战马都叫起来了。大王要发兵了。

〔众人摩拳擦掌，议论纷纷。

〔文种上。

众　人　文大夫来了。

文　种　（对众人）你们速做准备，归营的归营，上船的上船，等候大王号令。

〔众人下，乌雍留下。

〔勾践上，后随泄皋与卫士。勾践着戎装。

泄　皋　（急趋前）大王，容老臣再冒死上言，不要因为一时轻举妄动，断送了大王的前程。

勾　践　（严厉地）你说寡人的前程是什么？

〔无霸上。

无　霸　见大王。

勾　践　无霸将军，战舰现在何处？

无　霸　屯在江东。已经祭过了水神，等候开船。

勾　践　无霸将军，你看现在是否还能将战船隐蔽起来？

乌　雍　（激动地）怎么？隐蔽起来？大王还没有隐蔽够吗？

无　霸　大王，我们应该迎头交锋。（跪下）十八条战船水军叫我向大王请命发兵。

乌　雍　（也跪下）大王，打吧！再不打，我们又成了夫差的网中鱼，就要下油锅了。

泄　皋　乌雍，你懂得什么？在此地乱说！（对勾践）夫差大王正要出兵北伐齐晋两国。他此来虽说与大王会猎，实则必然是有求于我们。大王就应该趁此立功，尽力相助，将来夫差一定对大王感恩论爵，那时，大王虽在夫差之下，却在诸侯之上。越国百姓的万世安乐都看大王当机而断了。

乌　雍　（愤怒地）泄皋大夫，我从前看你不过是个胆小怕事的大臣，今天我才知道你是个罪该万死的小人！

泄　皋　一个家奴敢这样犯上！左右，把他拉下去斩了！

勾　践　（拦住）泄皋大夫！

鸟　雍　斩就斩吧。大王，你要是听了他的话，你会丧尽民心的。

泄　皋　大王，臣以为大王要在黄池会盟^①之前，争得第一个以霸主之礼侍
　　　　奉夫差。

鸟　雍　（激愤难抑，指着泄皋，迸发地）无耻！石头人也要气炸了。一个
　　　　人只要有条脊梁，有点血性，今天就再也不会想到向夫差做这样没
　　　　骨头的事。（远处，战马嘶鸣）大王，听啊，越国的战马都叫着要
　　　　上战场啦。我一头都想把夫差的万乘兵车，撞个粉碎！（一怒而下）

泄　皋　（气急败坏地）家奴！这样悖乱！

勾　践　（赞叹地望着鸟雍的背影）这是个奴隶吗？（忽然转身对泄皋）你叫
　　　　些什么？连一个卑贱的奴隶都能说出这样的话来，（厉色）你不觉
　　　　得羞愧吗？（抑制住，烦恶地）你快去迎接夫差去吧。

泄　皋　（连连应声）是，是。（退下）

勾　践　（转向文种，刚毅地）"杀敌者，怒也。"文大夫，今天百姓的怒气已
　　　　经是按捺不住了。

文　种　大王说得是。

无　霸　大王，那么还是立刻发兵，迎头痛击，杀他个片甲不存。

勾　践　我多么想就在这会稽城下，雪会稽之耻啊。（挥手）无霸将军。

无　霸　（上前）在。

勾　践　（抓住无霸的手腕，机密地）杀猪杀到喉，做事做到头。我们天天
　　　　踩在老虎的尾巴上过了二十年，今天这一棍打下去，必得叫他永难
　　　　翻身。今日和吴国对垒，不在眼前小胜，定要一举灭吴。如今还是
　　　　吴大越小，不可硬拼，利在智取。范大夫联结齐国、晋国去了，还
　　　　没回来。临行之时，寡人和文、范两大夫，订下了灭吴大计。

无　霸　（紧张地听着）哦。

勾　践　我们必须等待夫差北上黄池会盟的时候，趁他精兵北上，国内空
　　　　虚，攻他的后背。

无　霸　哦。

勾　践　我们必须等待时机，出其不意，从海道袭击姑苏。

无　霸　（一愣，豁然）从海道袭击姑苏。

---

① 黄池，古地名，在今河南省封丘西南。公元前482年，吴王夫差与晋定公、鲁哀公会盟于此，史称
　"黄池之会"。

勾　践	我们必须联结齐国、晋国，和我们南北夹击。
文　种	这才能以少胜多，一举灭吴。三者缺一不可。
勾　践	如今，夫差在北上之前，又突然引兵来越，这仍是对寡人不甚放心。为今之计，是要使他安心北上。无霸，你去速做准备。好好开导鸟雍。
无　霸	是，小人懂得了。（施礼下）
勾　践	（向文种，有些焦灼）范大夫怎么还不回来呢？
文　种	大约正在路上。
勾　践	文大夫，我们一同到江边迎接夫差去吧。
文　种	时机微妙，越国的生死安危在于呼吸之间，大王要善于周旋哪。
勾　践	（从容地）二十年来，寡人别无长进，听取忠言，寡人学会了。（与文种同下）

〔鼓乐奏鸣声中，泄皋引夫差和伯嚭上。

〔夫差年已五旬以上，面染风霜，多了皱纹，但还是神采飞扬。

〔伯嚭颇见苍老，不像以前那样锋芒毕露了。他在润泽的面色下，掩藏着更难捉摸的狡险。

泄　皋	寡君勾践，正去江边迎候，不料大王却换了乘马前来。

〔夫差不理他。

伯　嚭	大王是为了多观赏一下越国的风光。

〔一阵猎犬狂吠奔窜的声音。

泄　皋	（用尽心思找出一句恭维的话）大王此番和寡君会猎，大王带来的猎狗都是又胖又壮，胖，胖得可爱极了。
夫　差	（打断他，不怿地）去，速传勾践，前来见我！
泄　皋	是，下臣告退。（施礼下）
夫　差	（进场来便背身望着江上的一片战船，一语不发。这时忽然回首，悻悻然地向伯嚭）太宰，这些年来，你只知贪财好货，收下勾践的贿赂，却看不见他处心积虑，早生了异心。
伯　嚭	（惶恐地）大王圣明，臣罪该万死。
夫　差	幸亏寡人听了伍子胥的话，在会盟之前，亲来看个虚实。
伯　嚭	（窥探着）大王圣明。
夫　差	（踱了两步，面色略霁）不过伍子肯也未免大惊小怪了。
伯　嚭	大王圣明。（依然窥探着）伍老相国虽是危言耸听，而大王还是不虚此行啊。
夫　差	哼，越国情况，不过尔尔。这次来越，耽误了寡人两天北上会盟的

日期。

伯　嚭　　大王圣明。（摸准了夫差的心意，滔滔不绝地）大王，十五年来，南
征北讨，宣布威德，就为的是今天能够会盟诸侯，称霸中原。如今，
陈、卫、晋、鲁四国诸侯都已在黄池等候。万一误了会盟日期，那
不仅失信诸侯，还要贻笑天下。这样看来，伍老相国定要大王来越，
未免是多此一举了。刚才伍老相国与大王争执不休，有失臣礼。也
难怪，自从他卸了兵权以后，对大王心怀不满，这次……

夫　差　　（用眼一睃）伯嚭，你又想说他的坏话了！

〔这时，伍子胥上。他须发皓白，精神矍铄，但眉宇之间透露着内
心的忧思。他穿着文官宽大的朝服。

伍子胥　　（直咄咄地）大王还要北上会盟吗？

夫　差　　伍相国，你又看到了什么？

伍子胥　　老臣看到——（痛心疾首）越国将兴，吴国将亡。

夫　差　　（隐忍地）伍相国，你老了，你很忠心，你讲什么，我都懂了，你去
吧！

伍子胥　　大王，你并没有懂！（长者的口气）你并非孩童，而是五十以上的
人了。你应该看清，朝廷里里外外都是你的仇人，满朝文武对你不
敢说一句真话。各国诸侯都窥伺吴国，要来挖我们的祖坟。老臣一
想到大王的处境，不禁忧心如捣。

夫　差　　（骄横自负地）二十年来，寡人战无不胜，攻无不克，你有什么可
虑？

伍子胥　　我怕不等你会盟回来，勾践大军已经打进姑苏了。

夫　差　　（盛怒）你简直妖言惑众！（又镇定下来）那么，伍相国，依你之
见呢？

伍子胥　　（一字一字地）马上调回北上大军。就在此时，一举灭越，永除后患。

夫　差　　会盟称霸，寡人二十年来苦心经营，寝馈难忘。如今已是势在必成，
而且，这是天命所归啊。

伍子胥　　（惊诧，转而大笑）天命所归？大王的雄心真令人吃惊。（冷冷地）
大王与其这样想，就不如那样做了。

夫　差　　怎样做？

伍子胥　　今天大王就带领伯嚭，解去衣冠，在勾践门前，长跪不起，叩头请
罪，俯首称臣，也许还能保住大王的性命。

夫　差　　（大怒）荒谬已极，你给我下去！

伍子胥　　大王，你睁开眼睛吧。你看！那是满江越国的战船，这是遍地丰登

的稻田。越国现在坚甲利兵，仓廪充足，上上下下，立志灭吴。而吴国呢？（向近处一招手）你过来！（一个瘦弱的吴国士兵应声而上，伍子胥揭开他的甲胄）大王，你看吧！（士兵的甲胄里露出嶙峋的瘦骨，褴褛的衣衫）这就是吴国！外强中干！他一身铠甲，却面有饥色，体无寒衣。

夫　差　你住口！

伯　嚭　（斥退士兵）下去！

〔士兵惊惶退下。

伍子胥　大王，恐怕会盟之后，你的尸首都回不得家乡啊。

夫　差　（气得发抖）住口，寡人平日对你百般优容，你始终不改你那骄横的禀性。伍子胥，寡人如果不念你是先王老臣——

〔王孙雄匆匆上。

王孙雄　启禀大王，北上大军中不少兵士逃亡，请大王圣裁！

伍子胥　（剀切地）大王，你还不省悟吗？

夫　差　住口！这都是因为你妖言惑众，扰乱军心所致。（转对王孙雄）王孙雄！

王孙雄　（急应）在。

夫　差　把逃亡兵士，统统捉回杀掉！

王孙雄　是。（下）

夫　差　伍子胥，你老而不知安分，心怀奸诈，不忠不信，——

伍子胥　大王！

夫　差　你一贯欺压寡人，专权专威，倾害吴国！

伍子胥　（几乎是狂喊）大王，老臣忠心无二，可誓天日！

伯　嚭　（淡淡地）伍老相国，你难道忘记了，你把你的儿子偷偷送到齐国去抚养的事了么？

夫　差　（突然一脸怖厉的杀气）是啊，此事寡人隐忍至今，不肯说穿。伍子胥，今天你还有何话说？左右！取寡人的"属镂剑"来！

卫　士　是。

伯　嚭　（大惊失色，匍匐在地，仓皇地）大王，这这，万万不可，万万不可……

〔卫士捧剑上。

夫　差　伍子胥！你拿去自处吧！

伯　嚭　（连连叩头）大王，大王不可啊！不可！

伍子胥　（接剑，仰天长呼）臣死不足惜，只可惜先王血汗得来的江山，白白断送在你的手里。

〔这时，前后左右战歌声起。越人齐唱《战歌》："谁说寒衣少……"
　　　　歌声昂扬。

伍子胥　你听吧，他们就要来杀你了。

夫　差　（大叫）我是天之所生，地之所载，神之所使，谁敢动我？

伍子胥　（悲怨已极）老臣死后，请把老臣的眼珠高悬在姑苏城上。我要亲眼
　　　　看着越国大军，杀进姑苏！

夫　差　（恶狠狠地）我要豺狼吃你的肉，野火烧你的骨，大风扬你的灰，
　　　　叫你骨肉糜烂，化为齑粉，你还看个什么！

〔越人《战歌》声更加雄壮。

伍子胥　（执剑走了两步，忽又返身停住，向夫差，哀恳地）大王，就听老臣
　　　　死前的一句话吧！越王勾践，爱民敬贤，肯听忠言，此人不死，必
　　　　成大事！越王勾践，寝不安席，食不兼味，此人不死，必得其愿！
　　　　越王勾践，整军经武，立志灭吴，此人不死，必为大敌！

夫　差　（盛怒，顿足）下去！你还留恋什么？

伍子胥　（跪下，施礼）臣——走了。臣伍子胥一生受吴国厚恩，向大王谢罪。
　　　　（持剑下）

〔越人《战歌》声又起。

夫　差　他们唱些什么？

伯　嚭　他们唱的是："你我同仇恨，仇恨似火烧！"

夫　差　（沉吟自语）想不到巴掌大的地方，蛤蟆一样的几个人，却成了这
　　　　样的局面了。

伯　嚭　大王，（窥探地）那么就此刻动手吧。

夫　差　（有些犹豫）可是北上会盟之期……

伯　嚭　是啊，打起来，我们就被拖住了。

夫　差　（决断地）还是先会盟，后灭越！

伯　嚭　大王，（指点着）这些越国船舰，不可轻视啊。

夫　差　（徘徊，忽然）这我自有办法。

〔被离匆匆上。

被　离　（施礼）臣被离见驾，有紧急军报。（望着左右，有些迟疑）

夫　差　你快讲吧！

被　离　（机密地）齐国暗中发了甲兵五万，兵车千乘，意图夺霸，正向我
　　　　们北部边境集结。

伯　嚭　（大惊）真有此事？

被　离　是！

伯　嚭　齐国果然不可靠!

被　离　听说晋国也誓师发兵了。大王,情势危急啊!

夫　差　嗯。

被　离　(又露出悻悻的神色)臣还有一事不解,刚才伍老相国从臣身边走
　　　　过,对臣一言未发,面有忧色,这是何缘故?

夫　差　(怒斥)此事你不要多问!

伯　嚭　被离,齐晋两国发兵的事情,你泄露过吗?

被　离　被离一字未泄。

夫　差　(从容)被离,你上前来!

被　离　(走上前)大王!

　　　　〔夫差一剑刺杀被离。

伯　嚭　大王,这是为何?

夫　差　免得惑乱军心,让他从伍相国于地下去吧!

伯　嚭　大王圣明,拖下去!

　　　　〔卫士将被离尸首拖下。

　　　　〔卫士长上。

卫士长　启禀大王,勾践君臣,率妻子来迎见大王。

夫　差　传他上来!

卫士长　是。(下)

夫　差　希虎。

希　虎　在。

夫　差　我命你调动吴国舰船,火速带一队兵马,急驰江边,把越国船只统
　　　　统看守起来!

希　虎　遵令。(下)

夫　差　(焦灼,自语)看来,伍子胥的话,还是叫他讲中了。

　　　　〔一阵猎犬狂吠声传来。

夫　差　(咆哮地)把这群猎犬给我统统杀掉!

　　　　〔卫士应声下。

夫　差　(恶狠狠地)中原称霸,势在必行。勾践,勾践,会盟之后,我定
　　　　要斩草除根,把越国杀个干干净净!

　　　　〔内呼报:"勾践君臣到!""勾践君臣见驾!"

　　　　〔勾践、勾践夫人、文种、泄臯等上。后随越国仪仗。

勾　践　(与夫人同施礼)东海贱臣勾践率臣妾参见大王。

文　种　(施礼)陪臣文种参见大王。

夫　差　（欠身还礼）请起，赐坐。

勾　践　臣等僻居海滨，蒙大王不弃，亲来下国会猎，不胜惶恐。

夫　差　（语意深长地）姑苏一别，二十年了。

勾　践　勾践获释返国，一直战战兢兢，侍奉大王，不敢怠慢。

夫　差　你不忘本就好。吴越一水之隔，朝发可以夕至啊。如今，寡人将北上会盟，诸侯拥戴，要寡人为中原的霸主，寡人只好从众。你多年来臣事吴国，望你继续忠顺，谨慎小心！

勾　践　勾践敢不受命，请大王安心北上。

夫　差　寡人有一子，尚未成婚，愿与你结为儿女亲（读阴平）家，不知你意如何？

勾　践　（一惊，沉吟）这……

夫　差　（逼紧一步）此事我想了很久，勾践，你很通达，谅你不会不允。

伯　嚭　（逢迎上去）吴越两国，君臣之邦，今又结为亲好，向大王恭贺！

泄　皋　恭贺大王！

勾践夫人　（抑制不住，向夫差）大王，此事万万不可……不可如此轻率。小女无知，鄙陋不堪，不足以侍奉公子……

夫　差　（威胁地）难道你不肯吗？

勾践夫人　大王！

勾　践　（拦住夫人，断然）君夫人，只要大王不加嫌弃，勾践敢不从命。
　　　　〔夫人领会不语。

夫　差　很好。（突然）今天，寡人就要带着新儿媳回姑苏成亲。

勾践夫人　大王，如此仓促吗？

文　种　寡君只有一位公主，十分怜爱。为了备妥妆奁，也要从容一些才是。

伯　嚭　大王一言既出，不便更改啊。

泄　皋　良缘天定，还是早办为是。

勾　践　（紧紧握着玉圭）好吧。

伯　嚭　（忽然发现）勾践大王，你的玉圭断了。

勾　践　（强笑）儿女之情，在所难免。君夫人，请你马上为季婴料理一下去吧。

勾践夫人　遵命。（忍泪下）

勾　践　大王北上会盟，何时启程？

夫　差　寡人还有一事问你，我看江上舟船如云，不知你造此何用？

勾　践　（侃侃地）为了经商。下国僻处东海，向慕中原文化，愿与他国往来，开我教化。

夫　差　船上为何安置甲兵呢?

勾　践　为了防盗守国。越国虽小,也是非兵莫守的。

夫　差　寡人运兵北上,要借你的船只一用,会盟之后,定然归还。

勾　践　(坚决地)此事断难从命。

夫　差　(大怒)怎么,勾践,你忘了,二十年前,寡人在此地立碑的时候
　　　　了吗? 而且,"镇越神剑"还没有下落呢!

勾　践　(毅然地)夫差大王,二十年来,我越国君臣,侍奉吴国,翼翼小心,
　　　　年年纳贡,岁岁朝觐。凡有需索,无不从命,为的是上报大王的恩
　　　　德,求得两国相安。但是,到了今天,还不能取得大王的相信。如
　　　　今,勾践又将小女允婚,实则,就是送到吴国,作为人质。骨肉之
　　　　亲,勾践怎能断然割舍。难道大王还不相信勾践吗? 大王要船运兵,
　　　　并非真意! 船行缓慢,一定会误了大王会盟的日期。勾践今天纵然
　　　　从命,只要大王心存疑虑,勾践就是肝脑涂地,也难求得今后的相
　　　　安。因此,刀斧鼎镬,勾践甘愿一死。交船的事,断不答应。至于
　　　　那"镇越神剑",勾践不久一定交还。

夫　差　你全是巧言强辩。不肯借船,就是图谋不轨。寡人大军十五万,挥
　　　　兵南下,那时,就要你全国"血流漂杵"的!

勾　践　(坦然而豪壮地)越国虽是小国,大王如果只逞豪强,那么两国兵
　　　　车战马,再周旋于会稽山下,勾践也只好奉陪了。

夫　差　(暴怒)你竟敢如此狂妄!

　　　〔此时王孙雄急上。

王孙雄　启禀大王,有紧急军简。

夫　差　拿来我看。(接看军简,强自镇定)王孙雄,我命你火速传令三军,
　　　　弓上弦,刀出鞘,立即待命!

王孙雄　是。(下)

夫　差　勾践,我现在回到中军大帐,限你在辰时正刻,交出船只与季嬴公
　　　　主。不然,寡人提兵问罪,灭你君臣,毁你宗庙。这次你们定要玉
　　　　石俱焚了! (率伯嚭匆匆下。卫士随下)

泄　皋　臣等恭送大王。(施礼)

勾　践　真是欺人太甚了。

文　种　大王做得对,船是万不能交的。

泄　皋　(匆忙回来,十分着急)大王,你不该这样冒犯夫差,借船的事应
　　　　该立即答应。越国刚刚过上几年太平日子,大王,你又要惹事吗?

勾　践　(盛怒)奴才! 下去!

泄　皋　（愕然）是，是。（退下）
　　　　〔夫差与季婴上。季婴匍匐在勾践面前。

季　婴　父王，爹爹！

勾　践　（扶起季婴）孩子，苦了你了。

勾践夫人　（强自抑制，悲愤地）大王，我们怎么忍心把季婴送到吴国去做
　　　　人质呢？可怜，身为王侯，一国之主，连自己的亲生骨肉，都保不
　　　　住啊！

勾　践　"皮之不存，毛将焉附"？勾践岂无父女之情？二十年来，我们受
　　　　尽欺凌。夫人，越国黎民百姓，哪一家没死过人，哪一家是骨肉团
　　　　圆的？今天也轮到我们王侯之家了。为了争得战机，一举灭吴，只
　　　　好忍痛。孩子，你要识大体。

季　婴　孩儿领受父王教诲。请父王母后珍重。（刚强地）愿父王坚决破吴，
　　　　不要以孩儿为念。（施礼，诀别）

勾　践　（深情地）季婴，你……你去做些准备吧。
　　　　〔夫人领季婴下。

文　种　刚才臣看夫差临去的时候，嘴上强硬，面色惨变，心中似有大忧，
　　　　莫不是齐晋两国已经发兵黄池了？

勾　践　范大夫回来，便知究竟。
　　　　〔远处，江上战船，隐约中浓烟滚滚。

卫士甲　（惊呼）大王，不好，江上战船起火了。

勾　践　（大惊，向江边瞭望）这是为了什么？难道夫差动起手来了吗？
　　　　〔越国百姓仓皇奔走，有的顺着江岸呼喊。

老人甲　战船起火了，救火去呀！

青年甲　吴兵抢船了！

青年乙　战船起火了，救火去呀！
　　　　〔远处鼓角声此起彼应。
　　　　〔急促的马蹄声由远而近，军士甲匆上。

军士甲　启禀大王，吴军偷袭，要夺战船。现在激烈交锋，我们的战船着
　　　　火！

勾　践　随我来。（下）
　　　　〔鼓角之声大作。
　　　　〔越国百姓执戈矛飞奔而过。
　　　　〔一霎时，远处江上熊熊烈火，烧红了半边天。听得见桅杆和帆篷
　　　　噼啪的爆裂声。

〔有顷，鼓声渐息，偶然还有一些断断续续的厮杀声。

〔勾践走上，后随无霸。勾践焦灼地立在江边，望着远处的火光。无霸急促地叙述方才的战况。

无　霸　臣罪该万死！事出仓促，吴国船只，出其不意，顺风而下，围住了我们，夺去了我们船只三艘。

勾　践　夺去船只三艘？

无　霸　其余的和敌人激烈交锋。就在这个时候，我军被虏船只，忽然着起火来。这时，我在风上，敌在风下。北风正紧，吴国船只立刻烧成了一片。我们乘火急攻，杀得吴兵喊爹叫娘，江上成了一片血水。

勾　践　（不禁连连夸赞）烧得好，打得好。

无　霸　这时我军被虏船上，只见鸟雍忽然从火中跳出。原来就是他，鸟雍，点起来这把烈火的。他领头跳上敌船，大喊："有种的汉子随我来！"他冲进大火，跳上吴国帅船，砍倒了十几个兵将。在四面火焰当中，他爬上了桅杆。砍断了吴王夫差的帅旗，大喊："吴国的士兵们，你们还打什么？我们已经占了你们的姑苏了。杀敌呀！"这时，吴兵像潮水一般，慌慌张张，一起退却。希虎也仓皇起来，只好鸣锣收兵了。

勾　践　真机智，真勇猛！"占了姑苏！"他会想出这句话来，真是先得我心。那么鸟雍呢？

无　霸　这时，黑烟冲天，一片火海，一箭正射中鸟雍的脚心。鸟雍就从桅杆上，一头栽倒在烈火里。我们把他救出来的时候，他已经不能说话了。他躺在地上，纵了三纵，只喊出两个字来："杀——敌！"

文　种　可敬的鸟雍啊。

无　霸　这就是鸟雍砍下的吴国帅旗。

〔两个军士呈献已被烧残的帅旗。

勾　践　今后就将鸟雍配祭在苦成崖上。——我们的船呢？

无　霸　被吴兵虏去的船都烧光了。可是吴国的十几艘大船烧去了一半。现在我军还有十五只大船，完整无缺。

〔一越国军士匆上。

军　士　禀报大王，吴王夫差的中军大帐，旌旗飘展，辕门大开。里面却空无一人，连造饭的锅灶也拔掉了。

〔外报："范大夫到！"

勾　践　（满怀欣喜）范大夫回来了。

〔范蠡风尘仆仆，走上。

范　蠡　（施礼）参见大王。

勾　践　范大夫辛苦了。大事如何？

范　蠡　臣与齐晋两国诸侯已经会商妥帖。齐侯已发兵车千乘南下了。晋侯
也答应尽力相助。我们争得了时机，有了与国。

勾　践　范大夫，那么我们现在就从海道发兵吧。无霸听令！立刻将所有战
船，扬帆出海。

〔泄皋跑上。他抱着一个龟甲和一些卜筮用的东西。

泄　皋　（气急败坏，大叫）大王，我们该卜算一下啊！

范　蠡　怎么？

勾　践　你又要如何？

泄　皋　（振振有词）先王说过："兵者，凶也。"吉凶福祸，关系匪浅。按先
王遗言，誓师发兵，必须卜算。先问天神，这是祖宗的法制！

勾　践　祖宗的法制？

泄　皋　（把龟甲一举，得意非凡）要问神的！

〔范蠡拔剑而起，一剑将泄皋手里的龟甲砍成两半。

范　蠡　（断然）有疑惑才问神，没有疑惑，还问个什么？如果神说不打，
难道就不打了吗？大王，臣在齐国听说，泄皋大夫喝醉了酒，向王
孙雄泄露了我们造船的事！

勾　践　（吃惊）真有此事？

泄　皋　（语塞）这，这……

勾　践　（大怒）绑了！查实以后，定拿你的头来祭旗，带下去。

〔卫士将泄皋带下。

〔许多渔民百姓拥上。

黑　肩　大王看，我们把王孙雄的楼台放火烧了。

勾　践　父老将士们，千古的胜负在于理啊！灭吴雪耻，在此一举。我们立
刻发兵！（诵白）

　　　　　击鼓蓬蓬，且战且攻，

　　　　　声威烈烈，歼彼元戎。

〔勾践举起鼓槌，在庙前巨大的祭鼓上，重重地击了一下。一时四
面鼓声隆隆，无数的军鼓响应起来。

〔远远近近，唱起雄壮的《战歌》："谁说寒衣少，咱们合穿一件战
袍！……"

〔歌声不断，愈唱愈奋发有力，激昂高亢，洋洋满满，一若滚滚的
人潮在怒吼，一若千军万马在奔走，一若长长的战伐岁月，在歌

声中一闪而过。

〔歌声中，江边禹庙前，夫差的丰功之碑已经不见了。

〔云弥四野，雪蔽山林。大雪纷纷扬扬，下得那样欢畅而愉快。冻起一层薄冰的江上，一艘高悬越国帅旗的大船，逐渐驶近。上面站满了越国的武士，衣甲鲜明，十分煊赫。他们脸上带着庄严而自信的神采。

〔庙前，在一片旌旗中，摆满了越国的仪仗，刀戟斧钺。勾践身穿甲胄，披着战袍走上，当门而立。夫人与季婴随立旁边。左右侍立着范蠡、文种和无霸。

〔苦成崖前，燃着一堆余烬未熄的微火。

〔战歌声中，从警备森严的越国战船上，走下许多吴国的俘虏。他们垂头丧气，缓缓从江岸走过。

〔这时，战歌声停，四周寂静。在纷纷大雪中，夫差从船上走下。后面跟着越国的武士。夫差仍然着王服，面色惨沮，他被武士们押到勾践面前。

勾　践　（对夫差）战伐的岁月，过得很快。上次会猎以后，又是三年了。

〔夫差一语不发。

勾　践　（向卫士）取剑来!

〔卫士将"镇越神剑"献与勾践。

勾　践　（持剑）"镇越神剑"! 无霸，赐还他。

〔无霸受剑，持与夫差。

勾　践　你拿去自处吧。

〔夫差愣了一下，将剑接了。

〔卫士押夫差下。

〔百姓欢腾，歌声四起。勾践神采飞扬。

〔这时，忽然空中传来响亮的声音："勾践，你忘掉会稽之耻么?"

勾　践　（悚然）寡人没有忘记。（振奋地）文大夫，取胆来!

〔文种把胆来献与勾践。

勾　践　（接在手里）卧薪尝胆，自强不息。勾践永远不会忘记。

〔大雪纷纷扬扬，弥天盖地。

——幕落·剧终

（注：此幕时间变化最好不用暗转）